Auf ein baldiges Wiedersehen

81 alte Briefe der Deutschen im Zweiten Weltkrieg

Zhongkai SHEN

每天讀一點德文

知君何日同

81封二戰舊信中的德國往事

沈忠鍇　著

Meiner Mutter

獻給我的母親

✠ Vorwort 自序

An einem Wochenende im Sommer 2005 habe ich zum ersten Mal auf einem Flohmarkt in der Nähe des Potsdamer Platzes in Berlin einen Stapel deutscher Feldpostbriefe aus dem Ersten und Zweiten Weltkrieg gesehen. Schon damals keimte in meinem Herzen der Gedanke, die Briefe der Deutschen aus dem Zweiten Weltkrieg zu sammeln und ins Chinesische zu übersetzen, damit mehr Chinesen die deutsche Geschichte kennenlernen können. Leider verfügte ich damals als Student nicht über genügend Finanzmittel und konnte diese Idee nicht verwirklichen. An einem Tag im Februar 2009 entdeckte ich im Internet zufällig alte Briefe aus dem Zweiten Weltkrieg, die zum Verkauf angeboten wurden. Das motivierte mich mit der Sammlung dieser Briefe anzufangen und ein Buch zu schreiben. Nach vier Jahren konnte ich dieses Buch beenden, und die Leser erhalten es nun endlich zur Ansicht.

2005年夏季的一個週末，我第一次在柏林波茨坦廣場附近的一個舊貨市場上看到一堆第一次和第二次世界大戰中遺留下來的德軍家書。從那時起，我心中就萌發了搜集德國人在二戰中的書信並譯成中文，從而讓更多的中國人瞭解德國歷史的想法。無奈當時作為窮學生的我阮囊羞澀，只得作罷。2009年2月的一天，我偶然在互聯網上發現有二戰舊信出售，於是便開始了收藏與寫作。時過四年，此書終告完成，可以呈獻給讀者。

Manche der 81 alten Briefe in diesem Buch lagen mehrere Jahrzehnte lang vergessen auf einem Dachboden oder in einem Keller, bis sie vor wenigen Jahren wieder aufgefunden wurden. Andere Briefe hingegen wurden von ihrem Besitzer behutsam bis ans Lebensende aufbewahrt. Diese Briefe sind eigentlich nur gewöhnliches Papier, doch die Schriftworte voller Gefühle lassen in ihnen die Liebe einer Mutter, das Herz des Verliebten und den Traum eines Kindes nachempfinden. Diese Briefe in den Händen haltend kann ich mir das Glück guter Nachrichten aber auch den Kummer von Trauernachrichten bei den jeweiligen Empfängern vorstellen. Diese Briefe lesend spüre ich die Hoffnung auf das Leben und die Angst vor dem Tod, die Sehnsucht nach dem Frieden und die Ratlosigkeit über den Krieg bei dem Absender. Ich kann die lodernden Flammen, die zum Nachthimmel über Berlin aufsteigen, sehen, den heulenden eisigen Wind des russischen Winters hören und die brennende Sonne in den Wüsten Nordafrikas empfinden.

本書收錄的81封舊信中有些曾被遺忘在某個閣樓或地窖中數十年之久，直到最近幾年才再度被人發現，而有些則被持有人一直珍藏至生命的終點。這些信件原本不過是一些平常的紙張，然而飽含深情的筆墨卻使它們凝聚了母親的愛、戀人的心、孩子的夢。手持這些信件，我會感覺到當年收信人因喜訊而欣喜若狂或因噩耗而肝腸寸斷；閱讀這些信件，我能體會到當年寄信人對生活的祈望與對死亡的恐懼、對和平的嚮往與對戰爭的無奈。我似乎看到了柏林夜空的沖天烈焰，聽到了俄國冬日的寒風呼嘯，感到了北非沙漠的似火驕陽。

Diese 81 Briefe stammen von 50 Deutschen. Sowohl die Absender als auch die Empfänger waren nur die sogenannten „kleinen Leute", die in keinem Geschichtsbuch zu finden sind. Die Männer mit dem höchsten Dienstgrad waren bloß Feldwebel, alle Frauen waren durchschnittliche Mütter, Ehefrauen und Töchter. Sie haben nicht wie die „großen Leute", die in die Geschichte eingegangen sind, die Geschichte geprägt. Sie waren lediglich Sandkörner, die von der Strömung der Geschichte getrieben wurden. Doch wie die Bibel sagt: „Bei Gott gibt es keine Parteilichkeit" (Römer 2:11). Vor ihm sind alle Menschen gleich. Ich denke, dass sich Menschenleben nie vom Wert her unterscheiden sollten. Das Leben dieser „kleinen Leute" war genauso wertvoll wie das der „großen Leute". Ihre Geschichten sollten somit auch nicht in Vorgessenheit geraten. Ich hoffe, dass die Geschichten dieser gewöhnlichen Deutschen Im Westen und auch im Osten erhalten bleiben, damit die Deutschen und die Chinesen gleichermaßen erfahren können, dass es in der Geschichte des deutschen Volkes Menschen mit solchen Schicksalen gab.

　　這81封信分別出自50名德國人之手。無論寄信人還是收信人，皆是在任何歷史書中都找不到的所謂「小人物」，男人中軍銜最高者僅為中士，而女人則皆為平凡的母親、妻子或女兒。他們不曾像那些載入史冊的所謂「大人物」一樣創造歷史，而僅是在歷史長河中隨波沉浮的沙礫。然而正如聖經所言：「上帝不偏待人」（羅馬書2章11節）。在上帝面前人人平等。我想人的生命從來就不應有貴賤之分，這些「小人物」的生命與「大人物」的生命等值，他們的故事也不應為時間所湮沒。我希望讓這些普通德國人的故事得以流傳於東西方，讓中國人和德國人都知道在德意志民族的歷史上曾有如此之人、如此之事。

Zhongkai SHEN 沈忠鎧

Anfang 2013, Stuttgart 2013年初 斯圖加特

✠ Danksagung 感恩

Herzlichen Dank an meine Mutter! Als ich 20 Jahre alt war, ermöglichte sie mir mit fast all ihren Ersparnissen ein Studium in Deutschland. Obwohl meine Mutter ihr Bestes tat, um mich heranzuziehen, jedoch neigte ich öfters zur Faulheit und meinte, nie etwas intensiv gelernt oder bis heute nichts zustande gebracht zu haben. Als Chiang Kai-shek 30 Jahre alt wurde, schrieb Herr Sun Yat-sen eigenhändig „Vorbildliche Erziehung" und schenkte diese Schrift der Mutter von Chiang Kai-shek. Was für einen Ruhm es war, vom Vater der Nation persönlich ausgezeichnet zu werden! Ich bin sicher, dass meine Mutter sich auf keinen Fall weniger Mühe gegeben hat als die Mutter von Chiang Kai-shek, aber mit meinen über 30 Jahren habe ich manchmal das Gefühl, meiner Mutter immer noch keinen Stolz schenken zu können. Hoffentlich kann ich mit diesem Buch meiner Mutter eine Freude machen und ihr zeigen, dass ich doch durchaus einige Fähigkeiten habe.

衷心感謝我母親在我20歲時幾乎傾盡所有送我來德國讀書！儘管媽媽盡全力培養我，我卻長年好吃懶做、不學無術，時至今日一事無成。遙想當年蔣中正30歲時，中山先生手書「教子有方」贈予蔣母。獲國父親筆嘉許是何等榮耀！相信我母親的付出絕不比蔣中正的母親少，而已過而立之年的我卻至今無法讓媽媽為我自豪。希望此書能令我母親略感欣慰，讓她看到我雖無龍鳳之才卻也並非百無一用。

Des weiteren herzlichen Dank an das Ehepaar Gerhard und Cornelia Stryk für die beste Unterstützung bei der Verfassung dieses Buches! Obgleich wir nicht blutsverwandt sind, halfen sie mir in vielen Lebenssituationen weiter, kümmerten sich um mich so wie leibliche Eltern, seit ich Ende 2007 die Ehre hatte, sie kennenlernen zu dürfen. Der deutsche Originaltext von jedem Brief und jeder deutsche Hintergrundtext in diesem Buch wurde von Herrn und Frau Stryk gründlich korrigiert. Wenn Sie nicht mit so viel Geduld und Akribie die für mich kaum leserlichen Worte und Passagen entziffert hätten, oder wenn sie mir die für mich fremden Merkmale in der deutschen Kultur nicht vermittelt hätten, gäbe es das vorliegende Buch nicht.

此外，衷心感謝Gerhard與Cornelia Stryk夫婦對我撰寫此書的鼎力相助！我們雖無任何血緣關係，然而自從我2007年末有幸與他們相識以來，他們不斷提攜扶助我，關懷之殷切如待親子。本書中每封德文信件原文以及每篇德文背景文章都經由Stryk夫婦縝密校對。倘若沒有他們耐心細緻地揣度我難以辨認的詞句，或者如果沒有他們為我講解德國文化中於我陌生的獨特之處，此書都不會問世。

Zuletzt, herzlichen Dank an Deutschland! Ich halte mich eigentlich für einen durchschnittlichen Menschen. Die erstklassigen chinesischen Hochschulen konnten mich nicht zulassen. Jedoch die weltberühmte Humboldt-Universität zu Berlin hat mich aufgenommen, was ich bis heute noch unglaublich finde. Zudem übernahmen die deutschen Steuerzahler den größten Teil der Studiengebühren und des Krankenkassenbeitrags während meiner sechs Studienjahre in Deutschland. Und nach meinem Universitätsabschluss fand ich eine Arbeitsstelle in Deutschland, so dass ich mir somit eine Existenz aufbauen konnte. Daher gilt dieses Buch auch als meine erste Vergütung an das deutsche Volk.

最後，衷心感謝德國！我本為一平庸之輩，一流的中國大學不能讓我入內，而世界聞名的柏林洪堡大學竟接納了我，令我至今想來不可思議。此外，德國納稅人承擔了我在德求學六年間的絕大多數學費以及醫療保險費用。畢業後，我在德國找到一份工作，得以安身立命。此書也算是我對德意志民族的第一份回報。

✠ Inhaltsverzeichnis 目錄

✠ Einleitung

„Die Innenseite einer Epoche erkennt man meist nur dann, wenn man den intimen Briefwechsel, der in ihr geführt wurde, zu Rate zieht."

—— Theodor Heuss (1884 – 1963), der erste Präsident der BRD

Das Feldpostwesen hat eine lange Geschichte in Deutschland. Allein im Deutsch-Französischen Krieg 1870 bis 1871 wurden schon 104 Millionen Briefsendungen inklusive Briefe, Postkarten, Zeitungen sowie 2,5 Millionen Pakete zwischen Front und Heimat verschickt. Briefe waren in den Kriegsjahren der wichtigste und auch fast der einzige Kommunikationsweg zwischen Soldaten an der Front und ihren Familienangehörigen in der Heimat. Da der größte Teil der Briefe keiner Zensur unterlag, erzählten die Soldaten an der Front im Brief offen über ihre Erlebnisse auf dem Schlachtfeld, während die Familienangehörigen in der Heimat im Brief auch rückhaltlos über die Lage im Hinterland schrieben. Die deutschen Soldaten, die 1900 bis 1901 weit nach China zur Niederschlagung des Boxeraufstandes geschickt wurden, berichteten in ihren Briefen nach Hause ausführlich über die Gräueltaten des internationalen Expeditionskorps, und während des Ersten Weltkrieges, im Winter 1916 bis 1917, schilderten die deutschen Bürger leidvoll die tragischen Szenen der Hungersnot wegen der Missernte von Kartoffeln. Nicht zuletzt deswegen sind die Feldpostbriefe bedeutsame Dokumente zur Aufarbeitung der deutschen Geschichte. Heutzutage gibt es in Deutschland spezielle Forschungseinrichtungen, Vereine und Personen, die sich den Feldpostbriefen aus allen Kriegen widmen.

✠ 引 言

「若要洞悉一個時代的內涵，大都唯有參閱當年所寫的私人信函。」

——特奧多爾‧豪斯（1884—1963），德意志聯邦共和國首任總統

　　戰地郵政在德國由來已久。早在1870至1871年的普法戰爭中就有至少1億零400萬份包括信件、明信片、報紙在內的郵件以及250萬個包裹寄送於前線與後方之間。書信曾是前線軍人與後方家人在戰爭歲月中最重要也幾乎是唯一的聯繫途徑。由於絕大部分信件都不會受到審查，前線軍人會在信中直陳戰場經歷，後方家人也會在信中坦言後方境況。1900至1901年期間遠赴中國鎮壓庚子拳變的德國士兵就曾在家信中詳盡描述八國聯軍的暴行，而在第一次世界大戰之中——在1916至1917年的冬天，德國百姓曾在寄往前線的書信中悲情勾勒因馬鈴薯歉收造成的饑荒慘景。故此，戰地書信是德國歷史研究的重要文獻。如今德國有專門學術機構、協會以及個人致力於研究各場戰爭中的戰地書信。

　　在第二次世界大戰期間，德軍戰地郵件的數量之鉅史無前例。其關鍵原因在於第三帝國政府將書信聯絡視為保持軍隊士氣的重要手段並鼎力支持。分佈於各個戰區的千餘萬名德國軍人都是透過書信來與他們留守後方的親眷故交互訴離情別緒。德國軍郵的工作規模也因而空前龐大。整場二戰中投遞的戰地郵件數量估計介於300億至400億之間——平均每天都超過千萬件。

Während des Zweiten Weltkrieges war das Volumen der deutschen Feldpostsendungen ohne Beispiel in der Geschichte. Der entscheidende Grund liegt darin, dass das Regime des Dritten Reiches die Postverbindung als ein bedeutsames Mittel zur Erhaltung des Kampfgeistes ansah und mit aller Kraft unterstützte. Die über 10 Millionen in verschiedenen Kriegsgebieten verteilten deutschen Soldaten schilderten in den Briefen an ihre Familienangehörigen und Bekannten in der Heimat ihre Erfahrungen und Trennungsschmerzen. Die Arbeitsdimensionen des deutschen Feldpostwesens wurden somit gigantisch. Im gesamten Zweiten Weltkrieg wurden schätzungsweise 30 bis 40 Milliarden Feldpostsendungen zugestellt, durohschnittlich immer über 10 Millionen täglich.

Das System der Feldpostzustellung wurde ebenfalls im Zweiten Weltkrieg standardisierter und perfektionierter als jemals zuvor. Die massige und mannigfaltige Arbeit der Feldpost wurde von der Deutschen Reichspost und der deutschen Wehrmacht gemeinsam abgewickelt. In den Versorgungstruppen wurden Feldpostkompanien errichtet, und man spezialisierte sich auf die Aussortierung, Beförderung und Zustellung der Feldpostsendungen. Die Anzahl des Feldpostpersonals betrug zeitweise bis zu 12.000. Anders als bei der Zivilpost sind Sendungen bei der Feldpost portofrei. Sowohl für die Briefe von der Front in die Heimat als auch für die von der Heimat an die Front wurden die Versandkosten von dem Regime des Dritten Reiches übernommen, die überschweren Sendungen blieben natürlich Ausnahmen. Die Beförderungsmittel der Feldpost waren fast vollständig motorisiert. Es wurden Kraftfahrzeuge, Eisenbahnen, Schiffe und Flugzeuge eingesetzt. Die Feldpostnummer wurde schon vor dem Kriegsausbruch, im Herbstmanöver 1937 in Gebrauch genommen. Dadurch konnte der Truppenteil, zu dem der Absender beziehungsweise der Empfänger gehörte, sofort exakt festgestellt werden. Die Postleitzahl wurde 1941 eingeführt. Das Territorium des Dritten Reiches sowie die Besatzungsgebiete wurden später 1943 in 32 Postleitzonen aufgeteilt, damit die Sendungen nach

„Ein Gruß von Herz zu
Herzen!": Feldpostkarte
im Ersten Weltkrieg

「心與心的祝福！」：
第一次世界大戰中的戰
地明信片

　　戰地郵件投遞系統亦在二戰期間得以前所未有地規範與完善。浩大紛繁的投遞工作由德意志帝國郵政與德國國防軍協同完成。德軍後勤部隊中設立軍郵連，專職負責戰地郵件的分揀、運輸與投遞。戰地郵政人員曾一度高達1萬2千名。與民用郵件不同，戰地郵件無需付郵費。無論從前線寄至後方還是從後方寄往前線的信件均由第三帝國政府承擔郵費——當然超重郵件例外。戰地郵政運輸工具幾乎完全機械化，機動車、火車、輪船、飛機均投入使用。戰地郵編早在戰爭爆發之前的1937年秋季演習中即已啟用，通過戰地郵編可立即準確得知寄信人或收信人的所屬部隊。地區郵編則於1941年首次頒行，第三帝國國土以及佔領區後於1943年被劃分為32個郵政區，從而實現郵品分區投遞。多方面措施皆旨在將郵件迅速而安全地送達。

„Verwende Postleitzahlen!": Auf einem Faltbrief gedruckte Postleitzonenübersicht im Zweiten Weltkrieg

「使用郵政編碼！」：第二次世界大戰中印在折疊信上的郵政區圖

Gebieten zugestellt werden konnten. All diese vielseitigen Maßnahmen waren darauf ausgerichtet, dass die Sendungen schnell und sicher ankamen.

Die in den deutschen Feldpostbriefen im Zweiten Weltkrieg verwendeten Schriftarten waren unter anderem die Sütterlinschrift und die Deutsche Normalschrift. Die Sütterlinschrift, auch die „alte deutsche Schrift" genannt, wurde 1911 von dem deutschen Grafiker Ludwig Sütterlin (1865 – 1917) erschaffen und ab 1915 durch das Preußische Kultusministerium in den deutschen Schulen verbreitet. Diese Schriftart wurde 26 Jahre lang in Deutschland als reine Schreibschrift benutzt, bis sie Anfang 1941 durch die Deutsche Normalschrift ersetzt wurde. Die Deutsche Normalschrift war eine Variante der lateinischen Schrift und unterscheid sich sehr wenig von der heutigen deutschen Schrift. Im Laufe des Zweiten Weltkrieges verwendeten viele ältere Deutsche auch nach 1940 weiterhin wie gewohnt die Sütterlinschrift, während die jüngeren Deutschen dazu neigten, zur Deutschen Normalschrift zu wechseln.

„Ob Schütze oder Flieger, der Zapfenstreich bleibt Sieger!":
Feldpostkarte mit Sütterlinschrift im Zweiten Weltkrieg

「無論陸軍還是空軍，都要聽晚點名號！」：第二次世界大戰中帶有聚特林字體的戰地明信片

　　德軍二戰家書中所用字體主要為聚特林體或德語標準體。聚特林體也稱「舊德語字體」，於1911年由德國版畫家路德維希・聚特林（1865—1917）首創，並自1915年起經普魯士文化部推行於德國學校。此字體只有手寫體而無印刷體，流行於德國26年之久，直至1941年初為德語標準體所取代。德語標準體為一種拉丁字體，與今日德語字體之間差別甚微。在二戰期間，很多年齡較長的德國人即便在1940年之後也依舊習慣書寫聚特林體，而年輕人則傾向於改用德語標準體。

　　無人知曉當年浩如煙海的德軍二戰家書究竟有多少留存至今。唯一毋庸置疑的是，留存比例甚低。由於幾乎全部信件都是用鋼筆或鉛筆在簡易紙張上書寫而成，須十分謹慎方能長久保存。大部分前線來信都在戰後近70年間黴爛或遺失，而絕大多數從後方寄往前線的信件甚至早在戰爭中即已遭銷毀或遺棄。鑒於落入敵手的書信可能會洩露軍情，德軍規定參戰人員不得將家書擅自隨身攜帶，故此我們今天所能看到的僅是其中極少數。

„Wo bleibt Antwort?":
Feldpostkarte im
Zweiten Weltkrieg

「回信呀？」：第二
次世界大戰中的戰地
明信片

Niemand weiß, wie viele der damals unzählbaren deutschen Feldpostbriefe aus dem Zweiten Weltkrieg bis heute erhalten geblieben sind. Das Einzige, was außer Zweifel steht, ist, dass es verhältnismäßig sehr wenige sind. Da fast alle Briefe mit Füllfederhalter oder Bleistift auf einfachem Papier geschrieben sind, können sie nur mit großer Behutsamkeit langfristig erhalten werden. Die meisten Briefe von der Front verdarben oder gingen in den fast 70 Jahren nach dem Krieg verloren, während der größte Teil der Briefe aus der Heimat an die Front bereits im Krieg vernichtet oder fortgeworfen wurden. Angesichts der Gefahr, dass die in feindliche Hände gefallenen Briefe militärische Auskünfte verraten könnten, ordnete die Führung der deutschen Armee an, dass die am Kampf teilnehmenden Personen nicht eigenmächtig Briefe aus der Heimat bei sich haben dürften. Daher können wir heute nur äußerst wenige davon sehen.

✠ Leserhinweise 閱讀提示

1. Alle in diesem Buch aufgenommenen Briefe, Postkarten, Fotos, Ausweise, Dokumente, Orden und weitere Nachlasse gehören zur privaten Sammlung des Autors.

本書所收錄的全部信件、明信片、照片、證件、文件、勳章等遺物皆為作者私人收藏。

2. Der deutsche Originaltext ist komplett getreu zum jeweiligen Originalbrief. Nichts wurde hinzugefügt, entfernt oder abgeändert. Sogar Schreibfehler, alte Schreibweisen und unpassende Satzzeichen wurden ebenfalls unverändert abgeschrieben. Doch um die Leser des deutschen Textes nicht zu verwirren, hat der Autor die Schreibfehler und die alten Schreibweisen nach der am 1. August 2006 in Kraft getretenen „deutschen Rechtschreibung" korrigiert und in die eckigen Klammern ([ ]) eingefügt, ebenso mit den unpassenden Satzzeichen. Nur bestimmte Schreibformen in den Adressfeldern der Briefe und Datumsformate rechts am Anfang der Brieftexte wurden nicht modifiziert, weil es damals keine einheitlichen Normen dafür gab oder um die ursprüngliche Erscheinung des Briefes beizubehalten (bitte siehe Hinweise 5, 6, 7 und 8). Der einzige Unterschied zwischen dem deutschen Originaltext und dem zugehörigen Originalbrief besteht in der Verteilung der Absätze. Damals achteten viele Briefschreiber wenig auf die Absatzverteilung, vermutlich zum Sparen des Briefblattes oder zur Vermeidung von Übergewicht. Um den deutschen und den chinesischen Lesern das Verständnis zu erleichtern, verteilte der Autor beim Abschreiben die Absätze sinngemäß und deutlich.

德文原文內容完全忠實於書信原件，無任何增刪篡改之處。甚至連拼寫錯誤、舊拼寫法以及不當標點符號也都照原樣謄寫。然而為避免誤導德文讀者，作者依據2006年8月1日頒行的「德語正字法」將拼寫錯誤以及舊拼寫法更正並加注於方括號（[]）之中，對不當標點符號亦是如此處理。唯有信件地址欄中的某些書寫格式以及信件內文起首處右側的日期格式因當年無統一規範可循或為保持信件原貌而未予修正（請見第5、第6、第7以及第8條提示）。德文原文與書信原件之間的唯一不同之處在於段落劃分。當年很多寫信人想出於節約信紙或避免超重之考量，較少注重劃分段落。為便於中文與德文讀者閱讀，作者在謄寫時依據文意將段落清晰劃分。

3. Der chinesische Übersetzungstext ist komplett getreu zum jeweiligen deutschen Originaltext. Nichts wurde hinzugefügt, entfernt oder abgeändert. Nur die Redewendungen wie Begrüßungen, Glückwünsche oder Abschiedswörter wurden wegen unterschiedlicher Sprachgebräuche der deutschen und chinesischen Sprachen ausgetauscht. Und Anpassungen der Satzzeichen waren natürlich beim Übersetzen vom Deutschen ins Chinesische unvermeidlich, während die Absatzverteilung im chinesischen Text einheitlich mit der des deutschen Textes ist.

中文譯文內容完全忠實於德文原文，無任何增刪篡改之處。唯有問候、祝福或告別等習慣用語因中德語言習慣不同而有所更替。標點符號之調整在德譯中時自然無可避免。而中文段落劃分則與德文一致。

4. Allen Kapiteln sind Scanbilder der jeweiligen Originalbriefe beigefügt. Dadurch bekommt der Leser die Möglichkeit, die Originalschrift des Briefverfassers zu sehen. Die Reihenfolge der Kapitel richtet sich nach dem Verfassungsdatum des jeweiligen Briefes, beginnend bei Kriegsausbruch im Jahre 1939 bis Kriegsende im Jahre 1945. Auch die Briefe in den Kapiteln sind chronologisch angeordnet.

全部章節皆配有相應書信原件之掃描圖片，讀者由此得見各位寫信人的原始筆跡。章節排序以各封信件的撰寫日期為依據，從1939年戰爭爆發直至1945年戰爭結束。同一章中的信件亦以時間先後排序。

5. Die fünfstelligen Nummern sowie die Buchstaben davor und danach in den Militäradressen sind die Feldpostnummern. Gemäß der Standardform

sollen alle Buchstaben großgeschrieben werden, zudem soll zwischen dem Buchstaben und der Nummer eine Leerstelle gelassen werden, z. B. die Feldpostnummer des Briefes in Kapitel 38 lautet „M 30162 B". Natürlich hielt sich nicht jeder Briefschreiber an diese Standardform. Um die ursprüngliche Erscheinung des Briefes beizubehalten, hat der Autor nicht direkt im Adressfeld die Formen der Feldpostnummern modifiziert, sondern alle Feldpostnummern der in diesem Buch aufgenommenen Briefe nach der Standardform samt Entschlüsselungen im Anhang „Verzeichnis der Feldpostnummern" aufgelistet. Die Entschlüsselungen liegen dem folgenden erwähnten Nachschlagewerk der deutschen Feldpostgeschichte zugrunde:

軍用地址中的五位數字以及位於數字前後的字母為戰地郵編。規範格式為全部字母大寫且在字母與數字之間留一空格，例如第38章信件的戰地郵編為「M 30162 B」。當然此規範格式並非為每位寫信人所遵循。為保持信件原貌，作者未直接在地址欄中修正戰地郵編格式，而是將本書所收錄信件的全部戰地郵編以規範格式連同其解碼開列於附錄「戰地郵編目錄」之中。解碼依據為以下德國軍郵史權威著作：

Kannapin, Norbert: Die deutsche *Feldpostübersicht 1939 – 1945*. Band I – III. Osnabrück: Biblio Verlag, 1980 – 1982.

6. Die Zahlen und Buchstaben, die vor manchen Ortsnamen in den Ziviladressen stehen, sind Postleitzahlen. Gemäß der Standardform soll der Buchstabe kleingeschrieben werden, zudem sollen die Zahl und der Buchstabe beide in einen Kreis oder in Klammern gesetzt werden, z. B. die Postleitzahl im Adressfeld des Briefes in Kapitel 32 lautet „⑬b", und die Postleitzahl im Adressfeld des Briefes in Kapitel 33 ist „(13a)". Natürlich hielt sich nicht jeder Briefschreiber an diese Standardform. Um die ursprüngliche Erscheinung des Briefes beizubehalten, hat der Autor die Formen der Postleitzahlen nicht modifiziert.

民用地址中某些地名之前的數字與字母為郵政編碼。規範格式為字母小寫且將數字與字母同置於一圓圈或括號之中，例如第32章信件地址欄中的郵政編碼

「⑬b」以及第33章信件地址欄中的郵政編碼「（13a）」。當然此規範格式並非為每位寫信人所遵循。為保持書信原貌，作者未修正郵政編碼格式。

7. Die Datumsangabe rechts am Anfang des Brieftextes hatte damals keine einheitliche Norm, deshalb hat der Autor das Datumsformat nicht modifiziert. Bei manchen Briefen steht links am Anfang des Brieftextes noch die Nummer des Briefes. Damals nummerierten viele deutsche Soldaten und deren Familienangehörigen ihre Briefe, um zu wissen, ob irgendwelche Briefe verloren gegangen waren, z. B. die fünf Briefe in Kapitel 30 haben jeweils die Nummern 19, 24, 29, 32 und 36.

信件內文起首處右側的日期在當年無統一規範格式可循，故此作者未修正日期格式。某些信件內文起首處左側還帶有信件編號。當年很多德國軍人及其親屬都為信件編號，以便知曉是否有信件丟失，例如第30章的五封信分別編號為19、24、29、32以及36。

8. Die üblichen gebrauchten Abkürzungen in den Brieftexten werden im Anhang „Verzeichnis der deutschen Abkürzungen" aufgelistet. Manche Abkürzungen in den Adressfeldern hatten damals keine einheitliche Norm, z. B. „Feldpost No" („Feldpostnummer") im Adressfeld des Briefes in Kapitel 2. Um die ursprüngliche Erscheinung des Briefes beizubehalten, hat der Autor solche Abkürzungen nicht modifiziert.

信件內文中的德文通用縮寫皆開列於附錄「德文縮寫目錄」之中。地址欄中的某些縮寫在當年無統一規範可循，例如第2章信件地址欄中的「Feldpost No」（「戰地郵編」）。為保持書信原貌，作者未修正此類縮寫。

9. Die Luftentfernungen, die in den Fußnoten erwähnt sind, wurden durch die beiden folgenden Webseiten berechnet:

注釋中所提及的飛行距離皆透過以下兩個網站計算而得：

maps.google.de

www.luftlinie.org

Ich lebe noch!

我還活著！

Am 1. September 1939 überschritt die deutsche Wehrmacht ohne Kriegserklärung die deutsch-polnische Grenze und überfiel Polen, damit brach der Zweite Weltkrieg aus. Durch die Motorisierung praktizierte die deutsche Armee perfekt die Idee des Blitzkrieges und stieß tief ins polnische Hinterland vor, mit einer Geschwindigkeit, die für jenes Zeitalter unglaublich war. Am 15. September bildete sich schon ein Kessel um die polnische Hauptstadt *Warschau*. Nach dem zwölftägigen Kampf befahl das Warschauer Verteidigungskommando den Verteidigungtruppen die Einstellung der Abwehr ab dem 27. September um 12 Uhr mittags. Am 28. September unterzeichnete es dann die bedingungslose Kapitulation. Nach weiteren acht Tagen ergab sich auch die letzte polnische Regierungtruppe am 6. Oktober der deutschen Armee, was das Ende des Polenfeldzuges markierte.

1939年9月1日，德國國防軍不宣而戰跨過德波邊境突襲波蘭，第二次世界大戰由此爆發。德軍透過機械化將閃電戰理念完美實踐，以對那個時代而言難以置信的速度長驅直入波蘭腹地，於9月15日即對波蘭首都華沙形成合圍之勢。經過12天的戰鬥，華沙城防司令部命令守軍自9月27日中午12時起停止抵抗，繼而於9月28日正式在無條件投降書上簽字。8天後，最後一支波蘭政府軍於10月6日同樣向德軍投降，標誌著波蘭戰事最終結束。

Der Gefreite Max Müller ging in der ersten Zeit des Kriegsausbruchs mit seiner Truppe nach Polen zum Kampf. Er war auch einer der deutschen Soldaten, die Warschau einnahmen. „Ich lebe noch!" war der erste Satz, den Müller nach der Schlacht um Warschau an seine Familie schrieb. Eine Parole wie „Es lebe Deutschland!" war es nicht, „Ich lebe noch!" war der herzlichste Jubel von diesem normalen deutschen Soldaten. Zudem redete er auch nicht wie die Staatsoberhäupter des Dritten Reiches mit hochtrabenden Worten über die großartige Bedeutung dieses Krieges für das Vaterland und das Volk. Was er erwartete und glaubte, war nur, dass nach diesem Krieg „wir wirklich keine Not mehr leiden". Naiverweise dachte Müller, dass der Krieg nun zu Ende gehen würde, aber in der Tat war der Polenfeldzug 1939 bloß ein Vorspiel zu einem totalen Krieg, und die eigentliche Not, die die Deutschen zu leiden hätten, war noch nicht gekommen.

In der Geschichte gab es Streit über den genauen Zeitpunkt des Ausbruchs des Deutsch-Polnischen Krieges. Die polnische Seite gab bekannt, am 1. September 1939 um 4 Uhr 45 morgens von den deutschen Streitkräften überfallen worden zu sein,

二等兵馬克斯・米勒在戰爭爆發的第一時刻就隨軍進入波蘭境內作戰，也是攻陷華沙的德軍士兵之一。「我還活著！」是米勒在華沙戰役結束之後寫給家人的第一句話。並非「德國萬歲！」之類的口號，「我還活著！」是這名普通德軍士兵最由衷的歡呼。此外，他也根本沒有像第三帝國首腦一樣高談闊論此戰對國家民族之深義。他所期待並相信的就是，經過此戰，「我們真的再也不會過苦日子了」。米勒天真地以為戰爭就此結束，然而實際上1939年的波蘭戰事僅僅是一場全面戰爭的序幕，德國人真正的苦難還尚未開始。

德波戰爭爆發的確切時刻在歷史上曾有爭議。波蘭方面通告是在1939年9月1日凌晨4時45分突然遭到德國

während die deutsche Seite behauptete, um 5 Uhr 45 gegen die Grenzverletzungen durch die polnische Armee zurückgeschlagen zu haben. Unter den Briefen von Müller entdeckte ich noch eine dreiseitige Tagesnotiz über den Kampf. Mit deutscher Genauigkeit notierte Müller auf zwei Briefblättern seine hauptsächlichen Erlebnisse zwischen dem Abmarsch am 28. August bis zur Rückkehr am 18. Oktober, und die zeitlichen Angaben sind exakt bis auf Minuten aufgeführt. Auf der ersten Seite der Tagesnotiz steht eindeutig: „1.9. 4⁴⁵ andere B. Feuerbeginn." [1]

武力攻擊，而德國方面則宣稱是在5時45分開始反擊波蘭軍隊侵犯邊境。我在米勒的信件中還發現了一篇長達三頁的戰鬥日誌。米勒在兩張信紙上以德國人的縝密詳細記下了他從8月28日開拔直至10月18日返回期間的主要經歷，時間記錄準確至分鐘。在此日誌的第一頁上明確寫道：「9月1日4點45分友鄰炮兵部隊開火。」

---

1. Dieses „B." steht für „Batterie".

Absender:	Empfängerin:
Gefr. Müller	Frau Martha Müller
15481	Hildesheim[2]
P.S. Hannover	Silberfundstr. 32 I

Warschau, den 28.9.1939.

Liebe Martha, liebe Kinder!

„Ich lebe noch!" und zwar ganz groß[!] gestern [Gestern] abend [Abend] im Dunkeln empfing ich noch 4 Päckchen. Deine restlichen 3 Pakete und Brief vom 14. sind eingetroffen. Alles tadellos und heil erhalten. Wieviel [Wiel viel] Liebe und Mühe sind von Dir wieder aufgewandt. Bei allem das <u>Eine</u>! Wenn Ihr Euch irgendeine Entbehrung oder Schwierigkeiten auferlegen müßt [müsst][,] so verzichte ich gern, denn wir leiden wirklich keine Not mehr. In Hild. [Hildesheim] Silberstr. [Silberfundstr.] habe ich gelesen zwischen d. [den] Zeilen, wieviel [wie viel] Mühe und Sorge Ihr auf Euch nehmen müßt [müsst] durch alle Rationalisierung. Seit gestern Mittag herrscht Waffenruhe. Wir waren hier noch mehr eingesetzt. Gestern morgen [Morgen] Trommelfeuer. Um 10 Uhr erfolgte schon die Übergabe. Die ganze Nacht vorher haben wir Panzermunition herumgefahren.

Ich habe nun alles von Dir erhalten, was Du in dem Brief erwähntest. Die beiden Photos haben mir viel Freude bereitet, meine alles andere natürlich auch. Gelegentlich kannst Du mir noch ein Bild von Dir schicken, daß [dass] Du von Maria od. Herrn Helmke noch schnell mit unserem Apparat

---

2. Hildesheim befindet sich im Norden Deutschlands, gehört zum heutigen Bundesland *Niedersachsen*.

```
寄信人：                        收信人：

二等兵 米勒                     瑪塔・米勒 女士

15481                          希爾德斯海姆³

漢諾威郵件集散站                 銀古董街32 I號
```

華沙，1939年9月28日

親愛的瑪塔、親愛的孩子們！

「我還活著！」而且精神抖擻！昨天晚上我在天黑後又收到了4個郵包。妳寄的另外3個包裹和14日寫的信我都收到了，全都完好無損地交給了我。妳又付出了多少厚愛與心血啊！一切都結束了！如果你們仍在縮衣節食或者吃苦受累，我要說不用了，因為我們真的再也不會過苦日子了。我從家信的字裡行間中可以體會到，你們因各項配給規定所限而須承受多麼大的艱辛和苦痛。停火從昨天中午開始，可此前派給我們的任務卻是有增無減。昨天早晨萬炮齊發，10點就開始接管地盤。此前的一整夜我們都忙著運送坦克彈藥。

妳在信中提到的東西我都收到了。那兩張照片特別讓我高興，其他東西當然也不錯。有機會妳再給我寄一張妳的照片，讓瑪麗亞或者赫爾穆特先生用咱們的照相機簡單照一張。我真想看看妳現在的樣子。莫裡茨和古斯塔夫也給我寄來了裝著雪茄和巧克力的包裹。我有一種國王般的感覺，受寵若

---

3. 希爾德斯海姆（Hildesheim）市位於德國北部，如今隸屬德國下薩克森（Niedersachsen）
  州。

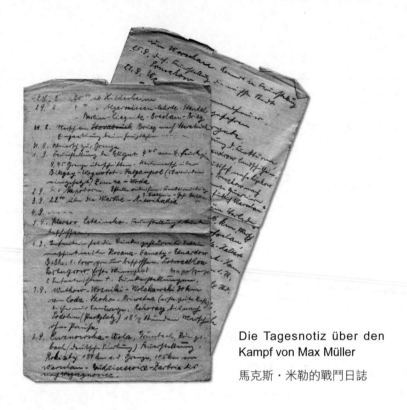

Die Tagesnotiz über den
Kampf von Max Müller

馬克斯・米勒的戰鬥日誌

aufnehmen lassen mußt [musst]. Ich möchte Dich zu gern sehen, wie Du jetzt aussiehst. Von Moritz und Gustav habe ich ebenfalls ein Päckchen mit Zigarren und Schokolade erhalten. Ich fühle mich königlich, von Euch Lieben so umsorgt zu sein. Du bist in meiner Kameradschaft schon aufgefallen mit Deiner rührenden Fürsorge. Wenn Du es möglich machen kannst[,] schick mir nur noch Tabak und vielleicht eine Büchse Schmalz. Brotaufstrich fehlt uns verschiedentlich. Von Herrn Helmke habe ich 1 Brief bekommen und 1 Brief mit Postkarten fertig für Dich erhalten. Hoffentlich bleibt nun die Zeit[,] jeden Tag 1 Karte los zu werden. Sie wird ja nicht jeden Tag abgeholt. Was ich natürlich daran tun kann geschieht. Wir rechnen ja auch täglich aufs Verladen in die Heimat. Und Ihr liebe Kinder habt schönen Dank für Eure Briefe. Seid alle herzlich gegrüßt und geküßt [geküsst][,] besonders Du liebe Martha.

Dein Max.

Euer Vater.

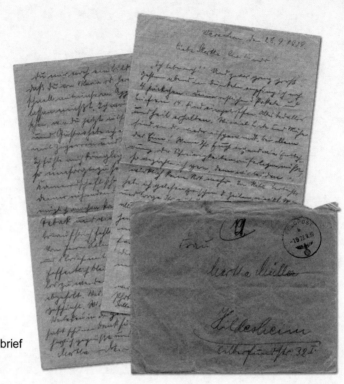

Der Originalbrief
信件原件

驚！我的戰友們都為妳那無微不至的關愛而感動。如果可能的話，請再給我
寄一些菸葉和一罐豬油來。我們好幾次都沒有什麼可抹在麵包上。赫爾穆特
先生也給我來了一封信，還另一封信裡裝著了印好妳地址的明信片。但願我
還有時間每天給妳寄一張。不是每天都有人取郵件，當然我會盡力不浪費
的。我們每天都準備著啟程回家。親愛的孩子們，謝謝你們寄來的信！衷心
祝福你們、親吻你們！特別是妳，親愛的瑪塔！

妳的馬克斯

孩子的爸

Teilung von Polen

瓜分波蘭

◇◇◇

Der Überfall auf Polen war kein Alleingang von Deutschland. Seit dem 1. September 1939 wartete Stalin über einen halben Monat verstohlen auf die Entwicklung der Kriegslage. Nachdem die deutsche Armee mit der polnischen Armee 16 Tage lang heftig gekämpft hatte, befahl Stalin den sowjetischen Truppen am 17. September aus dem Osten in Polen einzudringen. Da die meisten polnischen Truppen gerade im Westen und der Mitte Polens Widerstand gegen die Deutschen leisteten, erlangte die Sowjetunion nur mit minimalen Kosten große Flächen im Osten Polens.

Gerhard Fuchs war ein deutscher Gefreiter, der direkt am Kampf gegen Polen teilnahm. Aus diesem Brief an eine ihm bekannte Familie kann man sehen, wie angesichts des gleichzeitigen Zangenangriffs von zwei starken Feinden das schwache Land Polen einen unglaublichen Mut hervorbrachte und alle Kräfte einsetzte, um den Eindringlingen effektive Schläge zu versetzen. Leider standen

侵襲波蘭並非德國一國所為。自1939年9月1日起，史達林在一旁靜待戰局發展半月有餘。在德軍與波軍鏖戰16天之後，史達林命令蘇軍於9月17日自東方開進波蘭境內。由於大部分波軍都在波蘭中西部抗擊德軍，蘇聯僅以微乎其微的代價便攫取了波蘭東部的大片土地。

格哈特·福克斯是一名直接參與對波作戰的德軍二等兵。從他寫給朋友家的這封信可以看出，面對兩大強敵的同時夾擊，弱國波蘭顯示出令人難以置信的勇氣，竭力給予入侵者有效打擊。可嘆波蘭面對的是兩個太過強悍的大國，最終未能擺脫被瓜分的命運。

zwei viel zu starke Länder Polen gegenüber. Schließlich konnte Polen dem Schicksal nicht entkommen, geteilt zu werden.

Obwohl Fuchs in diesem Brief die sowjetische Besatzung nur mit einem Wort erwähnte, ließ es mich aber sofort an die Mandschurei denken. Die „Weisheit" von Stalin bei den internationalen Angelegenheiten zeigte sich darin, dass er immer genau den günstigsten Moment für die Einmischung finden und daraus Gewinn ziehen konnte. Diese Handlungsweise war im Jahre 1945 wieder absolut erfolgreich. Eine Woche vor der Kapitulation von Japan entschied sich die Sowjetunion plötzlich, „Verpflichtungen der Alliierten zu erfüllen" und schickte Truppen in die Mandschurei. Der Reichtum, den Japan durch seine vierzehnjährige Bewirtschaftung in der besetzten Mandschurei gesammelt hatte, wurde deswegen auf Züge geladen und in die Sowjetunion transportiert.

雖然福克斯在此信中對蘇聯佔領軍只是一筆帶過，卻令我立即聯想到中國東北。史達林之「英明」在國際事務中的體現就是總能準確找出最適當的時機介入事端並從中漁利。此等手段在1945年再次大獲成效，蘇聯在日本投降前　週突然決定「履行同盟國義務」，出兵中國東北。日本在中國東北佔領區經營14年所積累的財富因此而被裝上火車運往蘇聯。

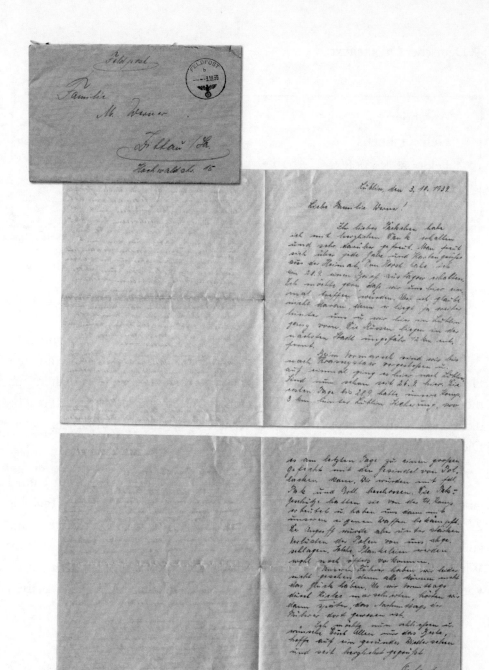

Der Originalbrief

信件原件

Absender:	Empfänger:
Gefr. G. Fuchs	Familie M. Werner
Feldpost N̲o̲ 06852	Zittau[1]/Sa.
Postsammelstelle Dresden	Hochwaldstr. 15

Lublin[2], den 3. 10. 1939.

Liebe Familie Werner!

Ihr liebes Päckchen habe ich mit herzlichem Dank erhalten und sehr darüber gefreut. Man freut sich über jede Gabe und Kartengrüße aus der Heimat. Von Horst habe ich am 28. 9. einen Brief aus Lagow[3] erhalten. Ich möchte gern, daß [dass] wir uns hier einmal treffen würden. Aber ich glaube nicht daran, denn er liegt ja weiter hinter uns u. wir hier in Lublin ganz vorn. Die Russen liegen in der nächsten Stadt ungefähr 12 km entfernt.

Beim Vormarsch sind wir bis nach Krasnystaw[4] vorgestoßen u. auf einmal ging es hier nach Lublin. Sind nun schon seit 26. 9. hier. Die ersten Tage bis 28. 9. hatte unsere Komp. 3 km hinter Lublin Sicherung, wo es am letzten Tage zu einen [einem] großen Gefecht mit den [dem] Gesindel von Pollacken kam. Wir wurden mit fdl. Pak. und Artl. beschossen. Die Pak.-Geschütze hatten sie von der 14. Komp. erbeutet u. haben uns dann mit unseren eigenen Waffen

---

1. Die Kreisstadt *Zittau* befindet sich im Osten Deutschlands, an Polen und Tschechien angrenzend, gehört auch jetzt zum heutigen Bundesland *Sachsen*.

2. Lublin ist eine Stadt im Osten Polens.

3. Lagow ist ein Städtchen im Westen des heutigen Polens, und gehörte vor dem Ende des Zweiten Weltkrieges Deutschland.

4. Die Stadt *Krasnystaw* liegt südöstlich von Lublin, die Luftlinie beträgt 52 km.

```
┌─────────────────────────────────────────────────────────┐
│  寄信人：                      收信人：                    │
│  二等兵 格哈特·福克斯          M⁵·維爾納 家                │
│  戰地郵編 06852                齊陶⁶/薩克森州              │
│  德累斯頓郵件集散站            喬木林街15號                │
└─────────────────────────────────────────────────────────┘
```

盧布林[7]，1939年10月3日

親愛的維爾納家！

　　我收到了你們寄來的包裹。由衷感謝！我高興極了！每一份來自家鄉的禮物或賀卡都會讓人心情愉悦。我在9月28日收到了霍斯特從拉戈夫[8]寄來的一封信。我真希望能和他在這裡見上一面。可我知道這是不可能的，因為他的駐紮地離我們很遠，我們在最前線的盧布林。俄國人駐紮在一個大約12公里開外的鄰近城市。

　　我們一直推進到了克拉斯內斯塔夫[9]，然後就一口氣打到了盧布林這地方。我們於9月26日進駐此地。在截至9月28日的最初幾天中，我們連隊在盧布林後方3公里處打掩護，在最後一天和波蘭的烏合之眾大打了一仗。我們遭到敵方反坦克炮和火炮的射擊。反坦克炮是他們從第14連隊手中繳獲的，這些

---

5. 德文原文中收信人的前名被縮略為起首字母「M」，本書作者又無其他信件以作參照，故無法確定收信人前名。

6. 齊陶（Zittau）縣城位於德國東部，與波蘭、捷克毗鄰，如今依然隷屬德國薩克森（Sachsen）州。

7. 盧布林（Lublin）是一座地處波蘭東部的城市。

8. 地名自譯。拉戈夫（Lagow）是一個地處今日波蘭西部的小鎮，在二戰結束前歸屬德國。

9. 克拉斯內斯塔夫（Krasnystaw）市地處盧布林東南方向，飛行距離為52公里。

bekämpft. Der Angriff wurde aber unter starken Verlusten der Polen von uns abgeschlagen. Solche Plankeleien werden wohl noch öfters vorkommen.

Unseren Führer haben wir leider nicht gesehen, denn alle können nicht das Glück haben. Als wir Vormittags [vormittags] durch Kielce[10] marschierten, hörten wir dann später, das [dass] Nachmittags [nachmittags] der Führer dort gewesen ist.

Ich möchte nun schließen u. wünsche Euch Allen [allen] nur das Beste, hoffe auf ein gesundes Wiedersehen und seit [seid] herzlichst gegrüßt[,]

Gerhard

Gleichzeitig herzl. [herzliche] Grüße an meine lieben Eltern. Sie sollen bitte die Filme senden.

....

原本屬於我方的武器被用來打我們。不過我們擊退了這輪進攻，而且給波蘭人造成巨大傷亡。估計這種小規模戰鬥還會經常發生。

可惜我們沒有見到我們的元首。不是所有人都那麼好運氣。我們上午從凱爾采[11]城中列隊穿過，後來聽說元首下午就到了。

我就想寫到這裡，誠摯問候你們大家。但願我們平安再見，最衷心地祝福你們！

格哈特

同時也向我親愛的雙親問好。請他們把膠捲寄來。

_____

10. Die Stadt *Kielce* liegt südwestlich von Lublin, die Luftlinie beträgt 142,2 km.

11. 凱爾采（**Kielce**）市地處盧布林西南方向，飛行距離為142.2公里。

Gute Nachricht zur Beförderung
晉升喜訊

Der Krieg ist für Soldaten seit eh und je die beste Gelegenheit für Karriere und Beförderung. Nach dem Polenfeldzug 1939 wurden zahlreiche deutsche Offiziere und Soldaten mit Orden oder durch Beförderung ausgezeichnet. Der berühmte deutsche General Heinz Wilhelm Guderian (1888 – 1954) erhielt im September und Oktober 1939 kurz nacheinander zwei Eiserne Kreuze, und wurde nach weniger als einem Jahr vom Generalleutnant zum Generaloberst befördert. Nicht nur deutsche Offiziere konnten den Krieg als Chancen für große Karrieren nutzen, sondern auch die Soldaten. Nach den „Beförderungsbestimmungen der deutschen Wehrmacht" sollte jeder Soldat befördert werden, wenn er bestimme Leistungen erbracht hatte und einen geeigneten Charakter besaß. Und es gab auch keine obere Grenze für die Beförderung der Soldaten, theoretisch konnte auch ein normaler Soldat bis zu den höchsten Stellen der Armee aufsteigen.

戰爭對軍人而言素來是建功立業的最佳時機。1939年波蘭戰事結束之後，有大量德軍軍官以及士兵獲得勳章或晉升以作嘉獎。德國名將古德裡安（1888—1954）就在1939年9月與10月連獲兩枚鐵十字勳章，不到一年之後即由中將提升為上將。不僅德國軍官可借戰爭之機飛黃騰達，士兵也是如此。根據《德國國防軍晉升條例》，只要取得一定功績並具備適當品性，每名士兵都應當獲得晉升。而且士兵晉升也沒有上限，一名普通士兵在理論上也可升至軍中最高位。

Max Karger

馬克斯・卡爾格

Max Karger war vor dem Polenfeldzug ein Gefreiter der deutschen Luftwaffe. Wegen seiner strengen Pflichterfüllung während des Feldzuges wurde er befördert, und zwar vom Gefreiten zum Unteroffizier. Über den Erhalt dieses bescheidenen Dienstgrades zwischen Soldaten und Offizieren war dieser Mann mittleren Alters so begeistert wie ein Kind. Binnen eines Tages schrieb er zwei Briefe, um seiner Familie diese gute Nachricht mitzuteilen. Voller Stolz machte er seiner Frau bekannt: „Du bist also Frau Unteroffizier, liebes Muttchen!"

馬克斯・卡爾格在出征波蘭之前是德國空軍的一名二等兵，因在戰時盡忠職守而受到提拔——由二等兵提升為二級下士。這名中年男人為當上一個兵頭將尾式的小官而像孩子一般興奮異常。他在一天內連寫兩封信將喜訊通知家人，滿懷自豪地向妻子宣布：「妳現在就是下士夫人了，親愛的孩子的媽！」

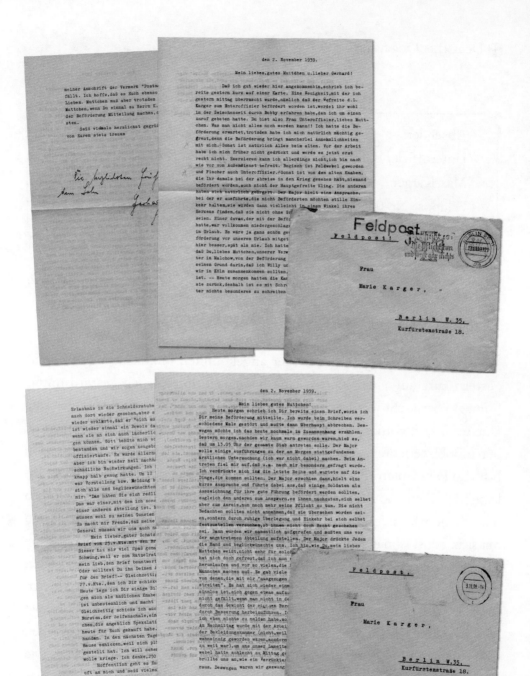

Der erste Originalbrief (oben) und der zweite Originalbrief (unten)

第一封信件原件（上）與第二封信件原件（下）

🙥 Der erste Brief 🙥

Absender:	Empfängerin:
Unteroffizier d. L.	Frau Marie Karger
Max Karger	Berlin W. 35[1]
Feldpost-Nr. 05489	Kurfürstenstraße 18

den 2. November 1939.

Mein liebes, gutes Muttchen u. lieber Gerhard!

Daß [Dass] ich gut wieder hier angekommen bin, schrieb ich bereits gestern kurz auf einer Karte. Eine Neuigkeit, mit der ich gestern mittag [Mittag] überrascht wurde, nämlich daß [dass] der Gefreite d. L. Karger zum Unteroffizier befördert worden ist, werdet ihr [Ihr] wohl in der Zwischenzeit durch Bobby erfahren habe [haben], den ich um einen Anruf gebeten hatte. Du bist also Frau Unteroffizier, liebes Muttchen. Was man nicht alles noch werden kann!! Ich hatte die Beförderung erwartet, trotzdem habe ich mich natürlich mächtig gefreut, denn die Beförderung bringt mancherlei Annehmlichkeiten mit sich. Sonst ist natürlich Alles [alles] beim alten [Alten]. Vor der Arbeit habe ich mich früher nicht gedrückt und werde es jetzt erst recht nicht. Exerzieren kann ich allerdings nicht, ich bin nach wie vor vom Außendienst befreit. Bogisch ist Feldwebel geworden und Fischer auch Unteroffizier. Sonst ist von den alten Knaben, die Ihr damals bei der Abreise in den Krieg gesehen habt, niemand befördert worden, auch nicht der Hauptgefreite Kling. Die anderen haben sich natürlich geärgert. Der Major hielt eine Ansprache, bei der

---

1. Ein Postamt im Westen Berlins.

 第一封信

寄信人：	收信人：
空軍二級下士	瑪麗·卡爾格 女士
馬克斯·卡爾格	柏林 W. 35[2]
戰地郵編 05489	選帝侯街18號

1939年11月2日

我親愛賢淑的孩子的媽、親愛的格哈德！

　　我昨天已經寄了一張明信片，告訴你們我平安回到了軍營。昨天下午有一個特別讓我驚喜的消息，那就是空軍二等兵卡爾格晉升為了二級下士。你們現在應該也已從博貝那裡聽說了，是我讓他打電話告知你們。妳現在就是下士夫人了，親愛的孩子的媽！真讓人喜出望外！我早知道自己會得到晉升，可還是異常欣喜，因為晉升會帶來很多好處。而其他一切當然都將一如既往。我以前工作時就沒有偷過懶，現在更是不會。當然我還是不必參加操練，我和以前一樣得以免除戶外任務。博吉施被提拔為了中士，菲舍爾也當上了下士。其他那些出征時你們見過的老兵都沒有得到提升，連一等兵克林也沒有。這些人自然很生氣。少校在講話時說，未獲晉升者應當捫心自問，之後或許就能在心中找到他們受此待遇的原因。其中有一個人曾對獲得晉升有百分之百的把握，他這回深受打擊，昨晚休假去了。要是在我們休假前得

---

2. 一個位於柏林西部的郵局。

er ausführte, die nicht Beförderten möchten stille Einkehr halten, sie würden dann vielleicht in einem Winkel ihres Herzens finden, daß [dass] sie nicht ohne Grund so behandelt worden seien. Einer davon, der mit der Beförderung 100%ig gerechnet hatte, war vollkommen niedergeschlagen. Er fuhr gestern abend [Abend] in Urlaub. Es wäre ja ganz schön gewesen, wenn man uns die Beförderung vor unserem Urlaub mitgeteilt hätte, aber es ist auch hier besser spät als nie. Ich hatte Bobby gebeten, Dir zu sagen, daß [dass] Du, liebes Muttchen, unserer Verwandtschaft, außer unserer Mutter in Malchow[3], von der Beförderung nichts sagen sollst. Das hat seinen Grund darin, daß [dass] ich Willy und Hanni überraschen will, wenn wir in Köln zusammenkommen sollten, was allerdings noch fraglich ist

Heute morgen [Morgen] hatten die Kameraden Ausmarsch, jetzt kommen sie zurück, deshalb ist es mit Schreiben aus. Ich habe auch weiter nichts besonderes zu schreiben, als zu wiederholen, daß [dass] bei meiner Anschrift der Vermerk „Postsammelstelle Berlin" wegfällt. Ich hoffe, daß [dass] es Euch ebenso gut geht, wie mir, meine Lieben. Muttchen muß [muss] aber trotzdem zum Arzt gehen. Übrigens Muttchen, wenn Du einmal zu Herrn K. gehst, dem kannst Du von der Beförderung Mitteilung machen, der gönnt sie mir am meisten.

Seid vielmals herzlichst gegrüßt und geküßt [geküsst], meine Lieben[,] von

Eurem stets treuen Papa[.]

---

3. Die Stadt *Malchow* befindet sich im Norden Deutschlands, gehört zum heutigen Bundesland *Mecklenburg-Vorpommern*.

到晉升的消息就太好了，不過現在知道也不算晚。我拜託過博貝，讓妳，親愛的孩子的媽，暫且不要把我獲提升的事說出去，除我們在馬爾肖[4]的媽媽之外的所有親戚也都囑咐過了。這樣做的原因是，我想等到和維利還有漢妮在科隆重聚的時候給他們一個驚喜，當然重聚的日子還說不準。

今天早晨戰友們出去操練，現在他們回來了，所以這封信就寫到這裡。我也沒有什麼值得寫的了，只是要再跟妳說一次，我的地址已不必再標注「柏林郵件集散站」。我希望你們都和我一樣過得很好，我親愛的家人！孩子的媽還是得去看醫生。另外，如果妳去K先生[5]那裡，可以把晉升的事告訴他。他是最高興看我好的！

衷心祝福你們、親吻你們！我親愛的家人！

永遠愛你們的孩子的爸

---

4. 馬爾肖（Malchow）市位於德國北部，如今隸屬德國梅克倫堡-前波莫瑞（Mecklenburg-Vorpommern）州。

5. 德文原文如此。「K先生」必定是卡爾格家的一位好友，故此寫信人僅寫了此人姓氏的起首字母。

⚜ Der zweite Brief ⚜

Absender:	Empfängerin:
Unteroffizier d. L.	Frau Marie Karger
Max Karger	Berlin W. 35
Feldpost-Nr. 05489	Kurfürstenstraße 18

den 2. November 1939.

Mein liebes, gutes Muttchen!

Heute morgen [Morgen] schrieb ich Dir bereits einen Brief, worin ich Dir meine Beförderung mitteilte. Ich wurde beim Schreiben verschiedene Male gestört und mußte [musste] dann überhaupt abbrechen. Deswegen möchte ich das heute nochmals im Zusammenhang erzählen. Gestern morgen [Morgen], nachdem wir kaum warm geworden waren, hieß es, daß [dass] um 13.05 Uhr der gesamte Stab antreten solle. Der Major wolle einige Ausführungen zu der am Morgen stattgefundenen ärztlichen Untersuchung (ich war nicht dabei) machen. Beim Antreten fiel mir auf, daß [dass] u. a. nach mir besonders gefragt wurde. Ich verdrückte mich in die letzte Reihe und wartete auf die Dinge, die kommen sollten. Der Major erschien dann, hielt eine kurze Ansprache und führte dabei aus, daß [dass] einige Soldaten als Auszeichnung für ihre gute Führung befördert werden sollten, zugleich den anderen zum Ansporn, es ihnen nachzutun, sich selbst aber zum Anreiz, nun noch mehr seine Pflicht zu tun. Die nicht Bedachten sollten nicht annehmen, daß [dass] sie übersehen worden seien, sondern durch ruhige Überlegung und Einkehr bei sich selbst festzustellen versuchen, ob ihnen nicht doch Recht geschehen sei. Dann wurden wir namentlich aufgerufen und mußten [mussten] uns vor der angetretenen Abteilung aufstellen. Der Major drückte Jedem [jedem] die Hand und beglückwünschte uns. Ich bin, wie Du, mein liebes Muttchen weißt, nicht sehr für solche Äußerlichkeiten, aber es hat mich doch gefreut, daß [dass]

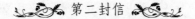 第二封信

寄信人：	收信人：
空軍二級下士	瑪麗・卡爾格 女士
馬克斯・卡爾格	柏林 W. 35
戰地郵編 05489	選帝侯街18號

1939年11月2日

我親愛賢淑的孩子的媽！

今天早晨我已經給妳寫了一封信告訴妳我晉升的消息。我在寫那封信時多次被打擾，最後不得不停筆。所以我今天還要再給妳寫封信。昨天早晨，我們起床沒多久就接到通知，在13點05分的時候指揮所全體人員都要集合。少校將對晨間體檢（我沒參加）做若干總結。在集合時我感覺到就數我特別引人矚目。我縮在最後一排，等待即將發生的事情。然後少校出現了，簡短發言之中提到若干名士兵將獲得晉升以示嘉獎，同時也作為對旁人的勉勵，以求效法他們去更好地克盡職守。未獲晉升的人不應認為不受重視，而應深刻反省，捫心自問所受的待遇難道不公平嗎？然後點了我們的名字，我們列隊站到連隊面前。少校與我們逐一握手並向我們表示祝賀。我和妳一樣，親愛的孩子的媽，不太適應這種場合。但我真高興不再是一個小兵，也不用再向那一大幫年紀只有我一半的傢伙立正敬禮了。很多人面色失落，尤其是那些和我一起「為國出征」的人。這又一次證明，倘若自身力量不足以抗拒不如意之事以圖改觀，那麼抗拒就是無意義的。我以前總是對自己說，只要我還是一個小兵，就沒我說話的份。

ich nun nicht mehr als Muschkot herumlaufen und vor so vielen, die halb so alt sind, wie ich, Männchen machen muß [muss]. Es gab viele enttäuschte Gesichter, u.a. von denen, die mit mir „ausgezogen waren, fürs Vaterland zu streiten". Es hat sich wieder einmal bewahrheitet, daß [dass] es sinnlos ist, sich gegen etwas aufzulehnen, was einem persönlich nicht gefällt, wenn man nicht in der Lage ist, die Auflehnung durch das Gewicht der eigenen Person zu dokumentieren und dadzrch [dadurch] Besserung herbeizuführen. Ich habe mir immer gesagt, daß [dass] ich eben nichts zu melden habe, solange ich Muschkote sei.

Am Nachmittag wurde mit der Arbeit nicht viel. Wir fuhren nach der Bekleidungskammer (nicht, weil wir nun plötzlich größenwahnsinnig geworden wären, sondern weil es zum Laufen tatsächlich zu weit war), um uns unser Lametta aufnähen zu lassen. Der Feldwebel hatte schlecht zu Mittag gegessen und geschlafen und brüllte uns an, wie ein Verrückter, und schmiß [schmiss] uns schließlich raus. Deswegen waren wir gezwungen, ohne seine freundliche Erlaubnis in die Schneiderstube zu gehen. Er hat uns allerdings auch dort wieder gesehen, aber sich dann beruhigt, obwohl er immer wieder erklärte, daß [dass] er „sich aufrege, wenn er uns nur sähe". Das ist wieder einmal ein Beweis dafür, daß [dass] einem Rang und Würden, wenn sie an sich auch lächerlich niedrig sind, in den Kopf steigen können. Gott behüte mich vor solchem Übel! Die Prüfung wurde bestanden und wir zogen neugeboren wieder ab. Abends war Unteroffiziertaufe. Es wurde allerhand getrunken (meist gesoffen), aber ich bin wieder heil nachhause [nach Hause] gekommen, ohne irgendwelche schädliche Nachwirkungen. Ich habe auch Schluß [Schluss] gemacht, als ich knapp halb genug hatte. Um 12 Uhr lag ich in der Koje. Heute war Vorstellung bzw. Meldung bei den Offizieren. Sie freuten sich alle und beglückwünschten uns. Ein Hauptmann sagte zu mir: „Das haben Sie sich redlich verdient, ich gratuliere Ihnen". Das war einer, mit dem ich sonst nicht zusammenkomme, weil er in einer anderen Abteilung ist. Meine unmittelbaren Vorgesetzten müssen wohl zu meinen Gunsten die Reklametrommel gerührt haben. Es macht mir Freude, daß [dass] meine Arbeit Anerkennung findet. Bei dem General müssen wir uns auch noch melden.

下午的事不多，所以我們就開車去了趟被服倉庫（不是因為我們突然都變成了自大狂，而是因為走路去實在太遠了），找人把我們的軍銜標誌縫上。可那個中士偏偏在晌午的時候飯沒吃香、覺沒睡穩，就像發瘋似地對我們大喊大叫，把我們趕了出來。所以我們就只好不經他允許就去找裁縫，不幸在那裡又一次碰上了他。他雖然已經平靜下來了，可還是不停地說「只要看到我們就有氣」。這再一次說明，即使低得可笑的官銜也能讓人不知道自己姓什麼。願上帝別讓我變成這副德性！我們歷經艱難，終得脫胎換骨。晚上是士官就職慶典。大家開懷暢飲（酩酊大醉），但我還是順利歸營了，沒有什麼不良後果。酒量剛過半我就沒再喝。12點的時候我上床睡覺。今天去軍官那裡自我介紹或者說是報到。他們都很為我們高興並且向我們道喜。一名上尉對我說：「您當之無愧，我祝賀您！」我以前沒和他共過事，因為他在另一個連隊。肯定是我的直屬上司在他面前把我誇獎了一番。我很為我的工作得到肯定而欣慰。我們還得去將軍那裡報到一次。

　　我親愛賢淑的寶貝！今天我收到了妳在上個月25日寄來的裝有眼鏡布的信，還有漢娜的來信。我高興極了！這樣一封信能讓人開動腦筋，因為要猜想和推理才行。既然親愛的妳已經回覆過了，我就把那信銷毀了。還是妳想把它保存起來？衷心感謝這封來信！另外上月27日也從特格爾來了一封信，我會儘快答覆妳。今天我給妳寄幾張我的照片。其中大多數都把我照成了一個糟老頭子。但鏡頭是不會騙人的，是什麼樣就照成什麼樣。此外我還會給妳寄兩個包裹，裡面有兩根普通香腸、一個肥皂盒、一條手帕，還有一些我今天給你們買的餅乾，應該是聖誕甜餅可樣子不太像。可惜沒買到巧克力。等過幾天我還得寄幾雙長統襪回家修補，由於用料不佳而突然破了。我看看能不能弄到一張織補棉線的配給證。我想，先寄250克應該夠了。

Mein lieber, guter Schatz! Heute erhielt ich Deinen lieben Brief vom 25. v. Mts. [vorigen Monats] mit den Brillenlappen und dem Brief von Hanni. Dieser hat mir viel Spaß gemacht. So ein Brief hält den Geist in Schwung, weil er zum Rätzelraten [Rätselraten] und Kombinieren zwingt. Da Du, mein Lieb, den Brief beantwortet hast, habe ich ihn vernichtet. Oder wolltest Du ihn Deinem Archiv einverleiben? Herzlichen Dank für den Brief! Gleichzeitig kam auch ein Brief aus Tegel vom 27. v. Mts. [vorigen Monats], den ich Dir schicke, sobald ich ihn beantwortet habe. Heute lege ich Dir einige Bilder von mir bei. Die meisten zeigen mich als häßlichen [hässlichen] Knaben. Aber die photographische Linse ist unbestechlich und macht einen nicht schöner, als man ist. Gleichzeitig schicke ich auch ein Päckchen ab mit zwei übrigen Bürsten, der Seifenschale, einem Taschentuch und ein paar Plätzchen, die angeblich Spekulatius darstellen sollen und die ich heute für Euch gekauft habe. Schokolade war leider nicht vorhanden. In den nächsten Tagen muß [muss] ich ein paar Strümpfe nach Hause schicken, weil sich plötzlich ein Materialfehler herausgestellt hat. Ich will sehen, ob ich einen Bezugschein für Stopfwolle kriege. Ich denke, 250 gr. werden fürs erste [Erste] reichen.

Hoffentlich geht es Euch, meine Lieben, recht gut. Denkt oft an mich und seid vielmals herzlichst gegrüßt und geküßt [geküsst] von

Eurem stets treuen Papa[.]

....

但願你們一切都好，我親愛的家人。時常想起我！最衷心地祝福你們、親吻你們！

永遠愛你們的孩子的爸

Tage in Paris

巴黎的日子

◇◇

Am 14. Juni 1940 marschierte die Parade der deutschen Wehrmacht mit Marschmusik in Paris ein. Damit begann die 1533-tägige deutsche Besatzungszeit in der französischen Hauptstadt während des Zweiten Weltkrieges. Bis zur alliierten Landung in der Normandie am 6. Juni 1944, abgesehen von den Störtätigkeiten durch die französischen Widerstandskämpfer, hatte die deutsche Besatzung in Paris grundsätzlich ein friedliches und müßiges Leben geführt. Die jungen Deutschen in der „französischen Traumstadt" konnten genau wie die Pariser trinken, tanzen und ins Theater gehen. Manche Soldaten aus deutschen ländlichen Gebieten hatten sogar das Gefühl, dass sie erst in Paris die Welt richtig kennenlernten. Die Tage in Paris waren für den größten Teil der deutschen Soldaten eine schöne Erinnerung.

Wilhelm Schubert war ein Fahnenjunker unter den deutschen Besatzungstruppen in Paris. Durch diesen Brief an seine jüngere Schwester Trudi lässt sich nicht schwer

1940年6月14日，德國國防軍在鼓樂聲中扛槍列隊進駐巴黎。法蘭西之都在二戰中長達1533天的德占期自此開始。截至1944年6月6日盟軍諾曼底登陸之前，除法國抵抗分子的騷擾活動之外，巴黎的德國佔領軍基本享受著太平清閒的生活。身處「法國夢幻之都」的德國年輕人可以像巴黎人一樣去品酒、跳舞、看戲。有些來自德國鄉村地區的士兵甚至感覺自己是在巴黎才真正認識了世界。巴黎歲月成為絕大多數德國軍人的美好回憶。

威廉‧舒伯特是駐巴黎德軍中的一名士官候補生。從他這封寫給妹妹蘿蒂的信中不難看出威廉是一位受

erkennen, dass Wilhelm ein junger Mann mit relativ guter Bildung war, und gerade aus diesem Grund hatte er ein hohes Selbstwertgefühl, nicht nur gegenüber den Franzosen, sondern auch gegenüber seinen Kameraden. In seiner Freizeit unterhielt er sich mit dem Lesen und fand es unter seiner Würde, mit den Kameraden auszugehen oder über die kitschigen Themen zu plaudern. Was bemerkenswert war, auch wenn ihn die Franzosen manchmal ärgerten, betrachtete er als Besatzungsmacht die Gewaltanwendung gegen die französischen Zivilisten immer noch als eine Schande.

過較好教育的年輕人，正因如此，他自視頗高──不但在法國人面前，在同袍面前亦是如此。閒來無事的威廉會讀書怡情，不屑於與戰友出遊觀光或調侃世俗話題。值得注意的是，即便法國人有時會令威廉氣惱，作為德國佔領軍的他依然會視毆打法國平民為恥。

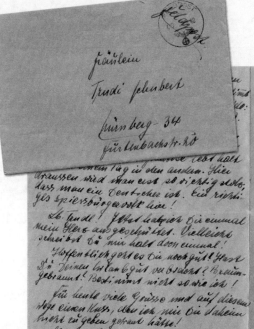

Der Originalbrief

信件原件

Absender:	Empfängerin:
Fahnj. Gefreiter Schubert	Fräulein Trudi Schubert
17449 D	Nürnberg - 34
	Furtenbachstr. 20

den 25. 8. 40.

Mein liebes Trudi – Schwesterlein!

Ich will Dir heute wieder einmal schreiben, obwohl Du meinen letzten Brief bis jetzt noch nicht beantwortet hast. Vielleicht kommt er noch!

Mir ist heute ein Buch und zwar „Barb" von Tremel-Eggert[1] unter die Finger gekommen und ich habe es in einem Zug ausgelesen. Obwohl heute Sonntag ist, bezw. [bzw.] war, es ist jetzt nämlich 22 h, war ich nicht fort, so hat mich das Buch gefesselt. Du musst unbedingt sehen, dass Du es zum Lesen bekomst [bekommst]. Die Dichterin hat die richtige Auffassung von einem Mädchen, wie ich es mir auch vorstelle. Ich meine, Dir als meiner Schwester kann ich es ja schreiben. Mädchen solcher Art geben einmal die besten Frauen ab. Lese doch bitte das Buch und schreibe mir dann Deine Auffassung.

Wir sind jetzt schon bald 8 Wochen hier bezw. [bzw.] fast ein Vierteljahr in Frankreich. Glaube mir, manchmal bekommt man direkt Sehnsucht nach Deutschland. Es ist kein Heimweh, sondern nur einfach das Bedürfnis wieder einmal anständig oder besser gesagt vernünftig mit einem Menschen reden zu

---

1. Kuni Tremel-Eggert (1889 - 1957), deutsche Schriftstellerin. „Barb: Der Roman einer deutschen Frau" war ihr bekanntestes Werk, erschien 1934. Die in diesem Buch dargestellte Weltanschauung für Frauen gewann hohe Wertschätzung bei dem Regime des Dritten Reiches.

寄信人：	收信人：
士官候補生/二等兵 舒伯特	露蒂・舒伯特 小姐
17449 D	紐倫堡-34
	福滕巴赫街20號

40年8月25日

我親愛的露蒂小妹！

雖然妳至今未回覆我的上一封信，我今天還是接著寫信給妳。或許妳的回信馬上就到了！

今天我弄到了一本書——特雷梅爾-埃格特的《芭珀》[2]。我一口氣就把它讀完了。儘管今天是星期日（應該說已經過去了，因為現在已經是22點），可我還是沒出門，就因為這本書太讓我愛不釋手。妳一定要設法弄到這本書。這位女詩人具有我心目中理想女孩的價值觀。我是說，我想以兄長的身份告訴妳，這樣的女孩堪稱完美女性。請讀讀這本書，然後寫信告訴我妳的感受。

---

2. 作者名及書名自譯。庫妮・特雷梅爾-埃格特（1889—1957），德國女作家。《芭珀——一個德國女人的小說》是她最著名的作品，出版於1934年。書中展示的女性世界觀大獲第三帝國政府推崇。

können. Die Kameraden reden ja doch nur immer dasselbe. Und was das ist[,] weisst [weißt] Du ja. Trinken, Frauen, Dienst. Der einzige [Einzige][,] mit dem ich mich mal vernünftig unterhalte[,] ist der Kamerad, dessen Vater daheim bei Euch anrief. Er ist nämlich 9 Jahre ins Neue Pennal gegangen.

Schau, liebe Trudl, und wenn man dann immer so nichts zu tun hat in seiner Freizeit oder wenn man auf Wache ist, dann kommen einem so diese und jene Gedanken. Warum man denn immer nur wie ein Tier sein muss, warum man nie sich auch ein mal geistig beschäftigt. Glaube nicht, dass ich trübsinnig bin, im Gegenteil[,] so lustig wie zur Zeit war ich noch nie, eben weil mir doch der Barras so gut gefällt.

Und darum lassen mich auch hier die Mädchen kalt. Ich unterhalte mich ganz gerne einmal mit einer hübschen Französin, aber mehr nicht. Eben weil es ihnen nur um die „Liebe" zu tun ist. Weisst [Weißt] schon, was ich meine. Ausserdem [Außerdem] haben die Leute hier einen so begrenzten Horizont, dass es bestimmt schrecklich ist. Immer das stupide: je ne sais pas (ich weiss [weiß] nicht!). Reinhauen möchte ich manchmal, wenn mir die Soldatenehre nicht so viel wert wäre. Der Franzose lebt halt nur von einem Tag in den anderen. Hier draussen [draußen] wird man erst so richtig stolz, dass man ein Deutscher ist. Ein richtiges Spiessbürgervolk [Spießbürgervolk] hier!

Lb. [Liebe] Trudl! Jetzt habe ich Dir einmal mein Herz ausgeschüttert. Vielleicht schreibst Du mir halt doch einmal!

Hoffentlich geht es Dir noch gut! Hast Du Deinen Urlaub gut verbracht? Braungebrannt? Bestimmt nicht so wie ich!

Für heute viele Grüsse [Grüße] und auf diesem Wege einen Kuss, den ich mir Dir daheim nicht zu geben getraut hätte!

Also viele Grüsse [Grüße] und auf frohes Wiedersehen

Dein Wilh.

我們已經快在這裡待了8週了，在法國總共快3個月了。說真的，有時真是想念德國。這不能算鄉愁，而只能說是一種希望與正派或者說理智之人交談的渴求。戰友們整天談論的無非就是那一套。妳知道是什麼：美酒、美女、軍務。我只能與唯一一位戰友坐而論道。他家尊翁曾給你們打過電話。他讀過9年的書。

妳看，親愛的小露蒂，當一個人在閒來無事或者站崗的時候就容易心生這樣那樣的想法。為什麼有人總像行屍走肉般活著？為什麼有人從不注重精神生活？我不相信我是個無聊之人，與此相反，我從未像現在這樣有情趣過，就是因為我在軍中如魚得水。

也正因如此我才對此地的女孩們冷漠相向。我只和一個漂亮的法國女孩聊過一次天，僅此而已。因為她們關心的只有「愛情」。妳該明白我的意思。另外，這地方人的眼界狹小得可怕，永遠都是那句傻呼呼的「je ne sais pas（我不知道！）」。要不是恪守軍人武德，我早就搧他們耳光了。法國人的日子得過且過。人在國外才真正為自己身為德國人而自豪。這裡的人真是一個小家子氣十足的民族。

親愛的小露蒂！我把心裡話都對妳說了。或許妳也該給我寫封信了！

妳一切都還好吧！假期過得愉快嗎？曬黑了嗎？肯定不是像我這副樣子！

送上今天的問候，再親妳一下！在家我可是從來不敢親妳的！

衷心祝福妳，望早日歡聚一堂！

威廉

Mama ist im Himmel

媽媽在天國

Bonn ist eine deutsche Stadt, die äußerst tief vom Christentum beeinflusst ist. Diese alte Stadt mit einer Geschichte von über 2.000 Jahren wurde schon im 4. Jahrhundert dem römisch-katholischen Erzbistum Köln angegliedert. Dort befindet sich bis heute immer noch das Ordinariat des alt-katholischen Bischofs. Bis zum Ende des Zweiten Weltkrieges waren die meisten Einwohner in Bonn Katholiken. Nach der religiösen Doktrin der katholischen Kirche würde Gott aus Mitleid Menschen in den Himmel rufen. Die Verstorbenen würden dadurch von all dem Leid und Kummer auf der Erde befreit und im Himmel Glück und Ruhe genießen. Damit will der wohlmeinende Pfarrer auf der Beerdigung die Lebenden, die ihre Verwandten schmerzvoll verloren haben, trösten.

Der Gefreite Hans Weyler aus Bonn hatte 1940 seine Mutter verloren. Kurz vor Weihnachten schickte er aus Frankreich einen

波恩是一座受天主教影響至深的德國城市。這座歷史超過兩千年的古城早在公元4世紀就被劃入羅馬天主教的科隆大主教區,至今仍是德國舊天主教的主教公署之所在。直至二戰結束,大多數波恩居民都是天主教徒。按照天主教教義,上帝會出於憐憫將世人帶往天國。逝者將由此而擺脫世間的一切疾苦憂愁,在天國之中盡享幸福寧靜。善良的神父在葬禮上會以此來慰藉痛失親人的生者。

來自波恩的二等兵漢斯·魏勒在1940年失去了母親。聖誕節前夕,身在法國的他給家人寄去了一份感人

Das von Hans Weyler sorgfältig geschmückte Briefblatt

漢斯・魏勒精心裝飾的信箋

tief bewegenden Gruß an seine Familie. Die erste Person, die Welyer in diesem Glückwunschbrief grüßte, war seine „Mama", als ob seine Mutter diesen Brief auch mitlesen würde. Zwischen allen Zeilen in diesem Brief erkennt man seine große Sehnsucht nach seiner Mutter und seine Verehrung Gottes. Sein Glaube überzeugte ihn, dass seine Mutter im Himmel mit der Familie auf der Erde das schöne Weihnachtsfest feiern würde.

Die Empfängeranschrift auf dem Umschlag dieses Briefes ist Bonngasse 23. Die berühmte katholische Kirche „Namen-Jesu-Kirche" befindet

至深的祝福。在這封聖誕祝福信中，魏勒問候的第一個人就是「媽媽」，就好像他母親也會讀到這封信一樣。此信字裡行間無處不充滿他對母親的懷念與對上帝的敬仰。他的信仰使他堅信，在天國的母親定會與尚在世間的親人一同歡度佳節。

此信信封上的收信人地址是波恩巷23號，與著

Der Originalbrief

信件原件

sich ebenfalls in dieser Gasse. Dadurch lässt sich vermuten, dass die Familie Welyer sich zur katholischen Kirche bekannte. Dieser Brief ist der am sorgfältigsten geschmückte Brief in diesem Buch. Am Rand des Briefblattes sind pinkfarbene Geschenkbänder geflochten, zudem noch mit einem gelben Blümchen und einem Bündel von grünen Tannennadeln versehen. Darüber hinaus sind fast alle Satzzeichen in diesem Brief Ausrufezeichen. Das kann natürlich eine Schreibgewohnheit von Welyer sein, aber ich glaube eher, dass das der Ausdruck von starken Gefühlen in seinem Herzen ist.

名天主教堂「聖名耶穌教堂」同處一巷。由此推測，魏勒家信奉天主教。此信是本書中最為精心裝飾的一封信。在信紙邊緣編織有粉色彩帶，並配有一朵小黃花和一束綠松針。另外，信中所用標點幾乎都是感嘆號。這當然可能是魏勒的寫作習慣，但我更相信是他心中強烈情感的表達。

Absender: Empfänger:

Gefr. Hans Weyler   Familie Jean Weyler

Feldpostnummer 12338B   Bonn am Rhein

                                 Bonngahse [Bonngasse] No. 23.

Frankreich, den 15.12.40.

Meine Liebsten!

Mutter! Vater! Maria! Josef! Änny! Fröhliche Weihnachten!

Es ist bereitz [bereits] der [das] zweite Kriegsweihnachten, den wir Alle [alle] miterleben, so Gott will der letzte [Letzte]! Im vorigem Jahr war ich zum Glück noch zu Hause! Was in diesem leider nicht der Fall sein kann. Lieber Vater! Maria! Josef! Ännychen! in diesem Jahre wird dieses Weihnachts-Fest [Weihnachtsfest] ein Tag des Nachdenkens geben. Denn wir Alle [alle] haben das schönste [Schönste]! liebste [Liebste]! treuste [Treuste]! und Heiligste verloren! Was es auf Erden für einen Menschen gibt! Unsere liebste treusorgende Mutter! ist nicht mehr unter uns Lebenden! Aber Mutter! ist im Himmel! und feiert dieses schönste Fest dort mit uns Ihren [ihren] liebsten [Liebsten] auf Erden! Unser liebstes Mütterchen! wird uns vom Himmel aus behüten und beschützen, und den lieben Gott bitten, das [dass] Er uns Ihren [ihren] liebsten [Liebsten] auf Erden, diesen Tag zu einem festlichen gestaltet! Freuen wir uns Alle [alle]! an diesem Heiligsten [heiligsten] Festtag, das [dass] unsere liebste beste gute Mutter! alles dieses nicht mehr mit zu erleben braucht! Der liebe Gott hats [hat's] besser mit unserm [unserem] guten Mütterchen gemeint! und hat dieses Alles [alles] unserer Mutter erspart! Er hatte einen

寄信人：

二等兵 漢斯‧魏勒

戰地郵政編碼 12338B

收信人：

彥‧魏勒 家

波恩/萊茵河畔

波恩巷23號

法國，40年12月15日

我最親愛的家人！

媽媽！爸爸！瑪麗婭！約瑟夫！安妮！聖誕快樂！

這已經是我們在戰爭中度過的第二個聖誕節了，但願也是最後一個！去年我還能在家過節！可今年卻不行了。親愛的爸爸！瑪麗婭！約瑟夫！小安妮！今年的聖誕節將會是一個充滿追思的節日。因為我們大家失去了這世上最美麗、最親愛、最忠誠，也是最神聖的人！我們最摯愛、最慈祥的母親已不在人世了！然而媽媽將在天國與我們這些生者一同慶祝人世間最美好的節日！我們最親愛的媽媽會在天國照看我們、保佑我們！她會請親愛的上帝保佑我們歡度佳節！讓我們大家在此神聖的節日歡欣鼓舞！因為我們最親愛、最慈善的媽媽不必再忍受世間的痛苦！親愛的上帝是為了媽媽好，讓她得以免嘗苦痛。上帝已為我們親愛的媽媽選定了一個更為美好的地方，然後將媽媽帶往天國——那裡不再有戰爭，唯有和平、和諧與和睦。親愛的爸爸！瑪麗婭！約瑟夫！還有小安妮！讓我們在此佳節之時像媽媽所希望的那樣與高

Platz für unser gutes Mütterchen ausgewählt, Er hat Mutter zu sich genommen in den Himmel, wo es keinen Krieg mehr gibt! wo nur Friede und Eintracht Einigkeit herrscht! Demnach müssen wir uns, Du liebster Vater! Maria! Josef! und Ännychen! an diesem Fest freuen, so wie es unsere liebste Mutter will! die ja immer noch bei uns ist, wenn auch im Herzen! so doch im Himmel alles mit uns erlebt! Liebster Vater und Geschw. [Geschwister][,] seit [seid] tapfer! so wie unsere gute Mutter es war! Sie schreckte vor nichts in der Welt zurück! Drum kämpfen wir, Ihr meine liebsten [Liebsten] in der Heimat! und wir als stolze treue Deutsche [deutsche] Soldaten an der Front! Auf das [dass] der Krieg ein baldiges Ende findet! damit wir in Zukunft Einigkeit und Friede! zusammen in der Heimat verleben können!

Liebster Vater! Maria! Josef! und Ännychen! werde [Werde] Euch Liebsten! nach den Tagen die Geschenke, per Päckchen durch die Post zusenden! Habe für jeden von Euch! eine Kleinigkeit! In der Hoffnung Euch meine Lieben! Gesund zu wissen! So wie ich es von mir berichten kann! Verbunden mit dem herzlichstem Wunsche! Im steten gedenken [Gedenken] Der [der] liebsten Mutter! Des [des] liebsten Vater! und Geschwister Maria! Josef! Änny! verbringe ich das Weihnachts-Fest [Weihnachtsfest]!

Nachmals Tausend Grüße und Küße [Küsse] und ein schönes Weihnachts-Fest [Weihnachtsfest]! sowie ein Glückliches [glückliches] Neu-Jahr [Neujahr]!

Euer Euch liebender Sohn u. Bruder Hans.

Herzliche Grüße an Freunde u. Bekannte!

采烈！她永遠與我們同在，活在我們心中！她在天國與我們共同歡度佳節！親愛的父親和兄妹們，鼓起勇氣——就像我們親愛的媽媽一樣！她是多麼無所畏懼！這也正是我們奮鬥的目標——無論是你們這些身在後方的親人，還是我們這些在前方奮戰的德國軍人！為了讓戰爭早日結束，為了我們將來能在家鄉盡享大同與和平！

親愛的爸爸！瑪麗婭！約瑟夫！還有小安妮！我會在隨後幾天中把給你們的禮物裝進包裹郵寄給你們！我給你們每一個人都準備了一件小禮物！但願我們大家都身體健康，就像我這樣！同時衷心祝福你們！我將滿懷對我最親愛的媽媽、最親愛的爸爸還有我的兄妹——瑪麗婭、約瑟夫、安妮的思念來度過這個聖誕節！

千萬次祝福你們、親吻你們！聖誕快樂！新年愉快！

子、兄 漢斯

代我衷心問候各位親朋好友！

Meine Braut

我的新娘

◇◇

Der in Paris stationierte, junge Unteroffizier Hans Reh würde bald mit Fräulein Erna Kitz den Bund fürs Leben schließen. In einer geruhsamen Nacht in Paris hatte der allein die Wache haltende Hans große Sehnsucht nach seiner Verlobten in Deutschland. Obwohl es zehn Kameraden um ihn gab, empfand er immer noch eine unerträgliche Verlassenheit und hatte sogar das Gefühl, dass „Müdigkeit und etwas Einsamkeit mich beinahe verschlingen wollen". Er erträumte sich, dass er und Erna „ein Stündchen des Abends zusammen verleben konnten". Deshalb verfasste er diesen Brief, um sein Begehren im Herzen zum Ausdruck zu bringen.

Durch diesen Brief lässt sich ersehen, dass die Liebe zwischen Mann und Frau durch keine anderen Empfindungen auf der Welt übertroffen werden kann. Für Soldaten war es auch nicht anders, das Gefühl der Einsamkeit beim Militär konnte auch nicht durch die sogenannte „Kameradschaft"

駐守巴黎的年輕下士漢斯・雷即將與愛爾娜・基茨小姐結百年之好。在一個靜寂的巴黎之夜，獨自值勤的漢斯愈加思念自己在德國的未婚妻。儘管有十名戰友環繞身旁，他卻依然孤寂難耐，甚至感覺「疲憊與孤獨幾乎將我吞噬」。他夢想能與愛爾娜「在今晚共度片刻」，於是便提筆寫下此信，以抒心中眷戀。

由此信足見世間從沒有任何一種情感能夠替代男女之愛。對士兵亦是如此，軍中寂寥絕非所謂「袍澤之情」能夠消弭。第三帝國時代的德國國防軍曾大力宣揚

gelindert werden. Die deutsche Wehrmacht in der Zeit des Dritten Reiches propagierte tatkräftig die Soldatenlieder, die für die Verbrüderung unter Kameraden warben, wie zum Beispiel „Der gute Kamerad" (1809). Doch das Lied, das von den deutschen Soldaten im Zweiten Weltkrieg am häufigsten gesungen wurde, war ein Liebeslied namens „Lili Marleen" (1939). Dieses Lied hatte weder eine kraftvolle Melodie noch einen inspirierenden Text, aber es gab kein einziges deutsches Soldatenlied, das wie dieses Lied den Kummer, die Einsamkeit und die Angst im Herzen der Soldaten verdrängen konnte.

諸如《好戰友》（1809）之類鼓吹同袍手足情深的軍歌。然而德國士兵在二戰中最頻繁唱起的卻是一首名為《莉莉·瑪蓮》（1939）的愛情歌曲。這首歌曲既無威武旋律也無雄壯言辭，然而卻沒有任何一首德國軍歌能像此歌一樣消釋士兵心中的苦悶、孤獨與恐懼。

J. U. den. 15. 1. 41.

Meine liebe kl.
    Braut!

Die herzlichsten Grüsse von einer kl.
Wachstube in P. sendet Dir Dein Bräutigam.

Einsam in dieser Mitternachtstunde
sitzt Dein Hänsi voll Sehnsucht u. Heimweh
nach Dir, auf dieser Wachstube.
Meine Gedanken sind bei Dir in Deinem
lieblichen Bettchen, wo ich Dich im Geiste
in einen tiefen Schlaf versunken betrachte.
Manschmal ist es mir so, als wenn Du immer in meiner Nähe wärst, diese Gedanken
verwehen aber wieder schnell, wenn man erst
in die Wirklichkeit versetzt wird.
Frage mich ...
Schatz in ...
daß Du ...
bis, und d...
befindest. ...
noch von ...
etwas Einsa...
verschlung...

Müdigkeitsgefühl, ...
u. schlafen, u. ...
man oft an die ...
schönen Stunden ...
schliessen, es ist ...
Wünsche Dir u. Eltern alles Gute, welche ja
die größte Freude unseres Lebens ist.
So grüßt u. küsst Dich recht herzlich
viele Grüsse an Vater u. Mutter.   Dein liebes Hänsi

Feldpost

Abs. Uffz. Reh
Nr. 01389 B

No 3 abl...t...
am 30. I. 41

Fräulein
Erna Kitz
Rodheim v. d. Höhe
Borngasse Nr. 6.
Kreis - Friedberg

Der Originalbrief

信件原件

71

Absender:

Uffz. Reh

No. 07389 B

Empfängerin:

Fräulein Erna Kitz

Rodheim v. d. Höhe[1]

Borngasse No. 6

Kreis-Friedberg[2]

O.U.[,] den. 15. 1. 41.

Meine liebe kl. [kleine] Braut!

Die herzlichsten Grüsse [Grüßen] von einer kl. [kleinen] Wachstube in P. [Paris] sendet Dir Dein Bräutigam. Einsam in dieser Mitternachtstunde [Mitternachtsstunde] sitzt Dein Hänsi[,] voll Sehnsucht u. Heimweh nach Dir, auf seiner Wachstube.

Meine Gedanken sind bei Dir in Deinem lieblichen Bettchen, wo ich Dich im Geiste in einen tiefen Schlaf versunken betrachte. Manschmal [Manchmal] ist es mir so, als wenn Du immer in meiner Nähe wärst, diese Gedanken verwehen aber wieder schnell, wenn man erst in die Wirklichkeit versetzt wird.

---

1. Rodheim vor der Höhe befindet sich 4 km südlich des Taunus, bekam deswegen die Bezeichnung „vor der Höhe", und gehörte in der Zeit des Zweiten Weltkrieges zum Landkreis *Friedberg*. Der Taunus liegt im Südwesten Deutschlands, seine Gebiete gehören zum heutigen Bundesland *Hessen*.

2. Der Landkreis Friedberg war in der Zeit des Zweiten Weltkrieges ein selbstständiger Landkreis, wurde dann 1972 mit den anderen Städten und Gemeinden in der Umgebung vereinigt. Die Kernstadt *Friedberg* befindet sich im südlichen Teil von dem Bundesland *Hessen*.

```
寄信人：                          收信人：

二級下士 雷                        愛爾娜·基茨 小姐

戰地郵編 07389 B                   山前羅德海姆³

                                 波昂巷6號

                                 弗裡德貝格縣⁴
```

駐地，41年1月15日

我親愛的新娘！

　　妳的新郎從一個小小的崗樓裡向妳致以最由衷的問候。在此午夜時分，妳的小漢斯獨坐在崗樓中，滿懷對妳的思戀與鄉愁。

　　我的思緒飄逸到妳那張溫馨的睡床上，在心中默默端詳熟睡的妳。有時我感覺妳似乎就在我身旁。可這感覺又驟然消釋，我重歸現實。

---

3. 地名自譯。山前羅德海姆（Rodheim vor der Höhe）位於陶努斯（Taunus）山以南4公里處，故得「山前」之稱，在二戰時期隸屬弗裡德貝格（Friedberg）縣。陶努斯山座落於德國西南部，其地域歸屬今日德國黑森（Hessen）州。

4. 弗裡德貝格（Friedberg）在二戰時期是一個獨立縣，後於1972年與周邊城鄉合併。其核心城市弗裡德貝格位於黑森州南部。

Frage mich oft, wie wird es Deinem kleinen Schatz in der Heimat ergehen, so hoffe ich doch, daß [dass] Du, liebe Erna[,] noch gesund u. munter bis [bist], und Dich bei bestem Wohlergehen befindest. Kann Dasselbe [dasselbe] bis zur Stunde auch noch von mir schreiben, nur Müdigkeit u. etwas Einsamkeit wollen mich beinahe verschlingen. Liebe Erna, wie war es doch so schön, wenn wir Beide [beide], des Abends, ein Stündchen zusammen verleben konnten. Ich freue mich schon auf die nächsten Tage, wo ich wieder mal in Deiner Nähe weilen kann. Lieber Schatz, die Post wird Dich etwas verwiert [verwirrt] machen. Dies ist mein 3. Brief[,] den ich an Dich senden [sende], habe den zweiten [Zweiten] einem Kameraden mitgegeben[,] der in Urlaub fuhr. Es ist nähmlich [nämlich] so, in den letzten Tagen ist keine Post von hier fortgegangen, so wird der erste Brief mit reichlich Verspätung im Borngasseneck[5] landen.

Heute sind wir zum Letztenmal [letzen Mal] auf große Wache in P. [Paris] aufgezogen, so kann es jede Stunde von hier fortgehen. Liebe Erna, bin am Samstagnachmittag mal 2 Stunden ausgegangen, habe danach P. nicht wieder außer Dienst gesehen. So werde ich die Einkäufe nicht alle erledigen können, will mir ja alle Mühe geben.

Lieber Schatz, könntest Du etwas bei mir sein, u. mich etwas ablösen, oder Gesellschaft leisten in so schlaflosen Nächten. Es ist wirklich ein Müdigkeitsgefühl, wenn 10 Mann um einem [einen] liegen und schlafen, u. einer muß [muss] wachen. Da denkt man oft an die Liebsten in der Heimat u. die schönen Stunden im Urlaub. Will nun allmählich schliessen [schließen], es ist Mittwoch früh 4.00 Uhr.

Wünsche Dir u. Eltern alles Gute, welches ja die größte Freude unseres Lebens ist.

So grüßt u. küsst Dich recht herzlich

Dein liebes Hänsi

Viele Grüsse [Grüße] an Vater + Mutter

---

5. Es wird hier der Wohnort von der Briefempfängerin gemeint.

我時常問自己：「你親愛的寶貝在家鄉怎麼樣了？」我衷心希望妳，親愛的愛爾娜，身心健朗，同時也祈望妳幸福安康。到目前為止，我自己可以說過得還不錯，只是疲憊與孤獨幾乎將我吞噬。親愛的愛爾娜，如果我們能在今宵共度片刻該有多好！我現在一想到以後幾天能與妳相伴就喜不自禁。親愛的寶貝，我的來信肯定讓妳感到有些不解。這封信是我給妳寫的第三封信，我把第二封信交給了一位回鄉休假的戰友。由於過去一段日子裡沒有信從這裡被送出去，第一封將很遲才會送到博爾巷的巷尾[6]。

今天我們完成了在巴黎的最後一次大規模警戒任務，所以可能隨時開拔。親愛的愛爾娜，我在週六下午出去逛了兩個小時，此後就只在執行軍務時上過巴黎的市面。所以我沒時間買齊全部的東西，不過我會盡力的。

親愛的寶貝！漫漫長夜，我心無眠，若是妳能在我身邊、為我解憂、與我相伴該有多好！十個男人躺在我身旁酣睡，就只有我一個人要守夜，真令人感覺厭煩！我時常想起家鄉的親人，懷念回鄉休假時的美好時光。我就止筆於此，現在是週三凌晨4時。

祝妳和妳父母身體健康！這是我們生命中最大的幸福！

衷心祝福妳、親吻妳！

愛妳的小漢斯

代我問候爸爸＋媽媽！

---

6. 此處指收信人的住所。

Das einsame Ostern

孤獨的復活節

Nach den Aufzeichnungen in der Bibel schickte Gott seinen einzigen Sohn Jesus Christus auf die Erde, um die Menschen zu retten. Jesus als sterblicher Mensch reinigte mit seinem heiligen Blut die Menschen von ihren Sünden und zahlte mit dem Tod seines unschuldigen Lebens, damit die sündigen Menschen erlöst werden konnten. Drei Tage nach Jesu Tod ließ Gott ihn auferstehen und später in den Himmel zurückkehren. Ostern ist eben ein Fest zum Gedächtnis an die Auferstehung des heiligen Sohnes Gottes, Jesu Christi. Für die Deutschen ist das Osterfest das zweitwichtigste Fest im Jahr nach Weihnachten. Traditionsgemäß treffen sich die deutschen Familien während der Osterfeiertage, und die deutschen Kinder suchen im Garten nach den Ostereiern, die „von dem Hasen versteckt wurden".

Das auf diesem Brief angegebene Datum ist der 18. März 1941, Der Ostersonntag fiel aber im Jahr 1941 auf den 13. April, zudem ist

據聖經記載，上帝為拯救世人而派遣祂的獨子耶穌基督來到塵世。降世為人的耶穌以祂聖潔的血液將世人的罪孽洗淨，用祂無罪生命的死亡讓有罪的世人得以救贖。在耶穌死去3天之後，上帝使耶穌復活並於不久後重歸天國。復活節正是一個紀念聖子耶穌復活的節日。對德國人而言，復活節是一年中僅次於聖誕節的第二大節日。遵照傳統，德國家庭會在復活節假期中歡聚一堂，德國的孩子們會在花園中尋找「兔子藏起來的」復活節彩蛋。

這封信上所注日期為1941年3月18日，但1941年的復活節是在4月13日，且

das Datum des Poststempels der 20. April 1941, daher musste dieser Brief am 18. April 1941 verfasst worden sein. Der in Polen stationierte Gefreite Helmut Süß hatte keine andere Wahl, als das Osterfest 1941 in weiter Ferne vereinsamt zu verbringen. Die Person, nach der er sich während des Festes am meisten sehnte, war seine Freundin, Fräulein Olga Sachs. Angesichts vieler polnischer Mädchen dachte Helmut, dass Olga „viel, viel hübscher als alle anderen" wäre, und er seufzte: „Wenn ich Ostern zu Hause und bei Dir hätte sein können!"

郵戳日期是1941年4月20日，因此寫信時間必定為1941年4月18日。駐紮在波蘭的二等兵赫爾穆特・聚斯不得不在異國他鄉孤獨地度過1941年的復活節。他在節日期間最為思念的人是他的女友奧爾嘉・薩克斯小姐。面對眾多波蘭女孩，赫爾穆特覺得奧爾嘉「比她們都漂亮得多得多」，並感嘆：「假如我能在復活節時回家陪妳該有多好！」

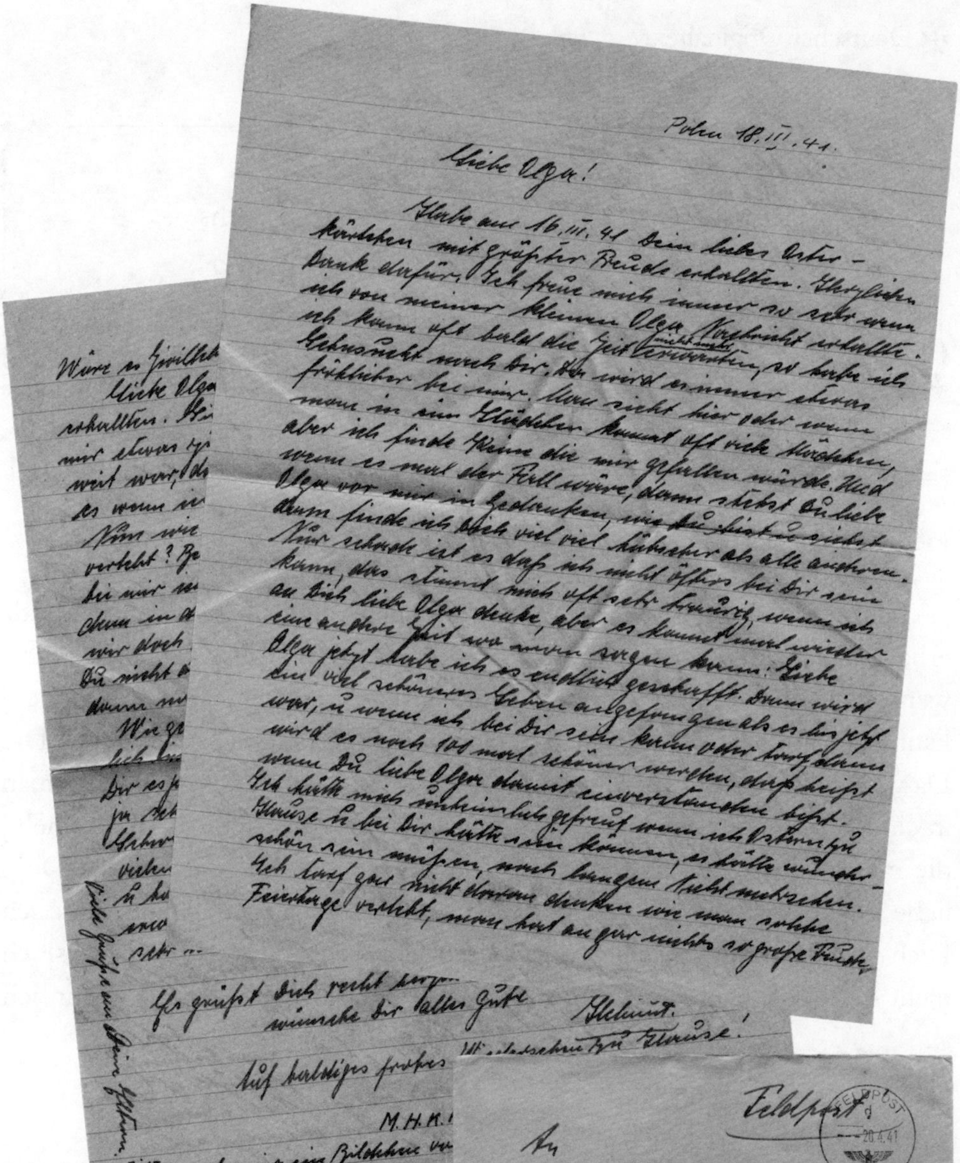

Absender:
Gefr. Helmut Süß
07241

Empfängerin:
Fräulein Olga Sachs
Schödlas[1] (Obfr.[2])
bei Münchberg[3]

Polen[,] 18.III.41[4]

Liebe Olga!

Habe am 16.III.41 Dein liebes Osterkärtchen mit größter Freude erhallten [erhalten]. Herzlichen Dank dafür, ich freue mich immer so sehr[,] wenn ich von meiner kleinen Olga Nachricht erhallte [erhalte]. ich [Ich] kann oft bald die Zeit nicht mehr erwarten, so habe ich Sehnsucht nach Dir. Da wird es immer etwas fröhlicher bei mir. Man sieht hier[,] oder wenn man in ein Städtchen kommt[,] oft viele Mädchen, aber ich finde Keine [keine][,] die mir gefallen würde. Und wenn es mal der Fall wäre, dann stehst Du[,] liebe Olga[,] vor mir in Gedanken, wie Du bist u. siehst[,] dann finde ich Dich viel[,] viel hübscher als alle anderen. Nur schade ist es[,] daß [dass] ich nicht öfters bei Dir sein kann, das stimmt mich oft sehr traurig, wenn ich

---

1. Das Dorf *Schödlas* befindet sich westlich von der Stadt *Münchberg*, die Luftlinie beträgt 5,2 km.

2. Die Region *Oberfranken* befindet sich im Südosten Deutschlands, an Tschechien angrenzend, gehört zum heutigen Bundesland *Bayern*.

3. Die Stadt *Münchberg* befindet sich im Osten von der Region *Oberfranken*, nahe tschechischer Grenze.

4. Es handelt sich hier um einen Schreibfehler vom Briefschreiber. Das korrekte Datum soll der 18. April 1941 sein.

寄信人：　　　　　　　　收信人：

二等兵 赫爾穆特‧聚斯　　奧爾嘉‧薩克斯 小姐

07241　　　　　　　　　舍特拉斯⁵（上弗蘭肯地區⁶）

　　　　　　　　　　　　明希貝格⁷附近

波蘭，41年3月18日⁸

親愛的奧爾嘉！

　　我在41年3月16號收到了妳那張可愛的復活節賀卡。我高興極了！衷心感謝！每當我親愛的奧爾嘉給我來信，我都特別高興！我對妳的思戀時常讓我度日如年。越想妳我就越快樂。無論在這裡還是在城裡都可以看到很多女孩，但卻從來沒有一個讓我喜歡。即便有，親愛的奧爾嘉，我會想起妳的為人和模樣，之後我就會覺得妳比她們都漂亮得多得多！只可惜我不能經常和妳在一起。每當我想起妳，親愛的奧爾嘉，我都很感傷。但這段時期終會過去的，到那時我會對妳說：「親愛的奧爾嘉，我終於熬過來了。」此後就能

---

5. 地名自譯。舍特拉斯（Schödlas）村位於明希貝格（Münchberg）市以西，飛行距離5.2公里。

6. 上弗蘭肯（Oberfranken）地區位於德國東南部，毗鄰捷克，如今隸屬德國巴伐利亞（Bayern）州。

7. 明希貝格市位於上弗蘭肯地區東部，鄰近捷克邊境。

8. 寫信人筆誤。正確日期應為1941年4月18日。

an Dich[,] liebe Olga[,] denke, aber es kommt mal wieder eine andere Zeit[,] wo man sagen kann: [,,]Liebe Olga[,] jetzt habe ich es endlich geschafft.["] Dann wird ein viel schöneres Leben angefangen [anfangen] als es bis jetzt war, u. wenn ich bei Dir sein kann oder darf, dann wird es noch 100 mal [100-mal] schöner werden, daß [dass] heißt[,] wenn Du[,] liebe Olga[,] damit einverstanden bißt [bist]. Ich hätte mich unheimlich gefreut[,] wenn ich Ostern zu Hause u. bei Dir hätte sein können, es hätte wunderschön sein müßen [müssen], nach langem Nichtmehrsehen. Ich darf gar nicht daran denken[,] wie man solche Feiertage verlebt, man hat an gar nichts so große Freude. Wäre es Zivilleben da wüßte [wüsste] [ich][,] was ich zu tun hätte.

Liebe Olga, haßt [hast] Du meinen Brief mit der Photographie erhallten [erhalten]. Sie viel [fiel] ganz gut aus nur der Hemdkragen rutschte mir etwas zu weit heraus, weil der Uniformkragen etwas weit war, das versaute etwas das Bild. Mich ärgert es[,] wenn ich das Bild ansehe mit dem dämlichen Kragen.

Nun wie haßt [hast] Du u. Dein Schwesterchen die Ostern verlebt? Bei Euch wird es viel schöner gewesen sein, als bei mir[,] ich gönne es Euch Beiden [beiden] von Herzen. Wie geht es denn in der Pulschnitz[9] zu.[?] Wenn ich daran denke, haben wir doch oft schöne Stunden da verlebt, oder meinst Du nicht auch? Hoffentlich kommen sie wieder[,] es würde dann nach dem Kriege noch schöner werden.

Wie geht es Dir sonst[?] liebe [Liebe] Olga, ich weiß es ja so ziemlich immer gut u. auf zwei Beinen. Du Spaßvogel läßt [lässt] Dir es ja nicht oft schlecht gehen, so viel kenne ich Dich ja schon, oder habe ich nicht recht.[?] Richte Deinem Schwesterchen viele herzliche Grüße von mir aus u. auch vielen Dank für die Ostergrüße. Nun will ich schließen u. hoffe[,] daß [dass] der Brief bei Dir gut ankommt. Mit Sehnsucht erwarte ich baldige Nachricht von Dir, Du weißt ja[,] wie sehr ich mich immer freue.

---

9. Das Dorf *Schödlas* liegt an dem Fluss *Pulschnitz*.

過上一種遠比現在美好得多的生活。而如果我能夠——或者說有幸與妳長相廝守，那麼生活更是會美好上百倍。我是說，親愛的奧爾嘉，如果妳願意的話。假如我能在復活節時回家陪妳該有多好！久別之後的重逢該是多麼美好！我根本不知該如何度過這樣的節日，根本就沒有什麼讓人高興的。可要是作為一個平民百姓，我就會知道該做些什麼。

親愛的奧爾嘉，我在信中夾寄的照片妳收到了嗎？那照片看起來很不錯，只是我的襯衫領子向外翻得有點過多了，因為軍裝領子太寬了。這影響到整張照片的效果。我一看這傻裡傻氣的領子就有氣。

妳和妳妹妹是怎樣度過復活節的呢？妳們那裡肯定比我們這裡美好得多！我衷心為妳們兩人祈福。普爾斯尼茨河[10]那邊出了什麼新鮮事嗎？每當我想起這個地方，都會感嘆我們在那裡共同度過的時光是那樣美好！妳不覺得嗎？但願這美好時光重來，在戰爭結束後更是會好上加好。

妳一切都好嗎？親愛的奧爾嘉，我相信妳一定很好很快活。因為我知道，性格開朗的妳難過的時候不多。我很瞭解妳，不是嗎？代我衷心問候妳妹妹，非常感謝她的復活節祝福！我就寫到這裡，希望這封信能順利送達。我急切地盼妳儘早來信！妳可知道妳的信會讓我多高興！

我在異國他鄉遙祝妳幸福，祝妳萬事如意！

赫爾穆特

---

10. 河名自譯。舍特拉斯村座落於普爾斯尼茨（Pulschnitz）河畔。

Es grüßt Dich recht herzlich aus weiter Ferne u. wünsche [wünscht] Dir alles gute [Gute]

Helmut.

Auf baldiges frohes Wiedersehen zu Hause!

M.H.K.F.D.D.L.???? [11]

Bitte sende mir ein Bildchen von Dir mit[,] es wäre eine große Freude für mich. Denke daran[,] es ist sehr wichtig.

Viole Grüße an Deine Eltern

....

願我們早日在家鄉團圓！

熱吻妳，親愛的！！！！

請寄給我一張妳的照片，我會很高興的！別忘了，這很重要！

代我向妳父母問好！

---

11. Vermutlich stehen diese sieben Buchstaben für: „Mit herzlichen Küssen für Dich, Dein Liebling."

Unternehmen Barbarossa
巴巴羅薩行動

„Barbarossa" bedeutet im Lateinischen „roter Bart", und dies war ursprünglich der Spitzname von Friedrich I (1122 – 1190), dem Kaiser des Heiligen Römischen Reiches. Dieser Kaiser wurde als der größte Herrscher des deutschen Volkes im Mittelalter verehrt. Er war sein ganzes Leben lang ein tapferer und heldenmütiger Kämpfer, erweiterte die nördliche Grenze des Reiches bis zur Nordsee, erstreckte die südliche Grenze bis nach Sizilien und überspannte den gesamten europäischen Kontinent. Etwa 800 Jahre später wurde das militärische Unternehmen, mit dem Deutschland die Sowjetunion angriff, nach diesem heldenhaften Kaiser benannt. Am 22. Juni 1941 um 3 Uhr 15 morgens starteten mehr als 3 Millionen deutsche Soldaten gemeinsam mit 600.000 Mann von den deutschen Vasallenstaaten plötzlich eine Offensive gegen die Sowjetunion. Die Front erreichte eine Länge von 2.900 Kilometern, von der Ostsee bis zum Schwarzen Meer. Das war der Anfang des „Unternehmens Barbarossa".

「巴巴羅薩」在拉丁文中的意思是「紅鬍子」，本是神聖羅馬帝國皇帝腓特烈一世（1122—1190）的綽號。這位皇帝被譽為德意志民族在中世紀最偉大的君主。他一生驍勇善戰，將帝國北疆拓展到北海，南疆延伸至西西里島，跨越整個歐洲大陸。大約800年後，德國進攻蘇聯的軍事行動被以這位能征善戰的皇帝命名。1941年6月22日凌晨3時15分，300餘萬德軍協同60萬德國僕從國軍隊突然對蘇聯發起進攻。此次攻勢的戰線長達2900公里，從波羅的海一直延伸至黑海。這便是「巴巴羅薩行動」的開端。

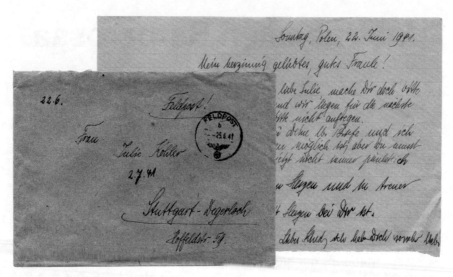

Der erste Originalbrief

第一封信件原件

Der Wachtmeister Helmut Kohler leitete zwei Tage vor Beginn des „Unternehmens Barbarossa" ein Vorkommando in einen Wald nahe der Demarkationslinie zur Sowjetunion. Gleich in der Nacht, als das Unternehmen startete, schrieb er einen kurzen Brief mit nur wenigen Zeilen an seine Frau. Nach Erledigung der Aufgaben nahm er sich sofort die Zeit und schrieb einen längeren Brief an seine Frau, um ihr seine Erlebnisse ausführlich zu erzählen. Bei einer solch großen militärischen Operation dachte er überhaupt nicht daran, wie es der damalige Kaiser mit dem roten Bart vor 800 Jahren tat, das Territorium von Deutschland zu extendieren, sondern daran, dass seine liebe Frau sich keine Sorgen machen sollte.

赫爾穆特・科勒中士在「巴巴羅薩行動」開始前兩天率領一支先遣分隊進入對蘇分界線附近的一片樹林中。在行動開始當夜他立即給妻子寫了一封只有寥寥數語的短信，完成任務後又趕快抽時間寫了一封長信向妻子詳細描述了自己的經歷。在如此重大的軍事行動之際，他首先想到的根本不是像那位800年前的紅鬍子皇帝一樣為德國開疆闢土，而是不能讓他的愛妻擔心。

im Osten, 22/23. Juni 1941.

Mein geliebtes, verehrtes gutes Fraule!

Kurz vor dem Abrücken in eine neue Unterkunft will ich Dir noch ein kleines Brieflein schreiben.

Mein liebes Kind, heute am Sonntag hab ich noft an Dich gedacht hab mir Gedanken gemacht wie Du wohl die neuesten Ereignisse aufgenommen hast. Du hast mir ja so schrecklich leid, dass du durch mich soviel Sorgen hast.

Will Dir kurz erzählen wie ich den Kriegsbeginn erlebt habe. Also ich war auf Vorkommando mit noch 3 Soldaten. Am Freitag Abend traf ich in unserem jetzigen Quartier ein, es befindet sich in einem Wald, die Unterkunft besteht aus Schleppdächern d.h. lediglich schräge Dächer die im Wald aufgestellt sind. Ich hab hier mit meinen 3 Mann allein übernachtet am Samstag die Aufahrtswege gerichtet, einige Tische gebastelt und am Abend erfuhr ich dann was noch am Sonntag früh ereignen würde, schon längere Zeit hatte ich allerdings davon geahnt, aber nun erfuhr ich den genauen Zeitpunkt. Meine Aufgabe war nun die Kompanie am Sonntag früh um 2 Uhr an einem bestimmten Punkt zu erwarten und in die Unterkunft zu führen. Ich legte mich um ½ 12 Uhr in's Moos um noch 2 Stunden zu schlafen, dann fuhr ich mit einem Mann raus zu dem befohlenen Punkt. Alles war ganz ruhig und ich wartete mit der Uhr in der Hand bis der Krieg begann. ¾ 3 Uhr seh ich dann auch schon den Geschützdonner die ersten Flugzeuge überflogen uns und dann hörte man die Einschläge zu hören. Ich stand bis morgens ¾ 5 Uhr bis die Abteilung eintraf und führte sie in die Unterkunft. In unserer Nähe war ein ...

Motorrad in Ordnu...
übermorgen werde ic...
darfst Dir aber desweg...
Dich doch an unser...
sind nie soweit vor...
ich dir recht vorsichti...
schrecklich lieb und...
Liebe wird unser Be...
Dir wohl unmöglich ...
Du hast Dich doch ...
jetzt dass Du Dich ...
zu langer Dauer ...
Mein liebes Kind, ...
als möglich schrei...
grämt wenn un...
es ist jetzt natür...
Für mich ist es ...
ist mein Fraule ...
und wenn ich ...

Also nochmal bitte bitte meine Aufregung ...
zu Dir zurück, diese Gewissheit musst Du g...
Nun bitte ich Dich noch auch meinen El...
Briefe reicht die Zeit nicht, sage bitte auch Ta...
ich hätte leider nicht die Möglichkeit über ...

So wandere ich wieder weiter Du meine g...
Gedanken und im Herzen, denn Du bist i...
ich hab Dich von Herzen lieb.

Ich grüße Dich in treuer Liebe und ...
nur Dich liebender, Dir ganz gehörender ...

Helmut

Herzliche Grüsse an die l. Eltern.

Auf wiedersehen!

22/23.6.

Feldpost!

Frau
Julie Kohler
2.7.41

Stuttgart-Degerloch
Hoffeldstr. 59.

FELDPOST 25.6.41

Der zweite Originalbrief

第二封信件原件

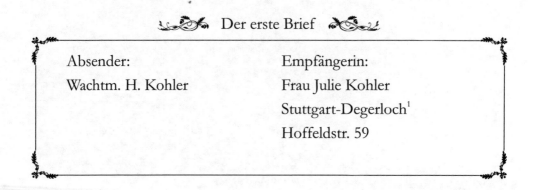

Der erste Brief

Absender:	Empfängerin:
Wachtm. H. Kohler	Frau Julie Kohler
	Stuttgart-Degerloch[1]
	Hoffeldstr. 59

Sonntag, Polen, 22. Juni 1941.

Mein herzinnig geliebtes, gutes Fraule!

Nun ist es also soweit, meine liebe Julie, mache Dir doch bitte keine Sorgen, mir geht es gut und wir liegen für die nächste Zeit nur in Reserve, also bitte bitte nicht aufregen.

Ich danke Dir von Herzen für Deine lb. [lieben] Briefe und ich werde Dir schreiben sooft es eben möglich ist, aber Du musst dran denken, dass die Feldpost jetzt nicht immer pünktlich ankommen kann.

Ich grüsse [grüße] Dich von ganzem Herzen und in treuer Liebe[.]

Dein Helmut, der mit Herzen bei Dir ist.

Viele Grüße an beide Eltern.

Liebes Kind, ich hab Dich so sehr lieb.

---

1. Degerloch ist ein südlicher Stadtteil von Stuttgart.

第一封信

寄信人：	收信人：
中士 赫爾穆特·科勒	尤莉葉·科勒 女士
	斯圖加特 德格勞赫區[2]
	霍夫菲爾德街59號

星期日，波蘭，1941年6月22日

我衷心摯愛的、賢淑的妻子！

現在是時候了，我親愛尤莉葉。請別擔心！我很好。我們在隨後的時間裡將只作為預備隊，所以請千萬、千萬不要激動。

我衷心感謝妳的來信。我會盡可能經常地給妳回信。不過妳要想到，戰地郵件目前不能總被準時送到。

我全心全意地祝福妳，我永遠忠誠地愛著妳。

與妳心心相通的赫爾穆特

代我問父母好！

親愛的寶貝，我多麼愛妳！

---

2. 區名自譯。德格勞赫（Degerloch）是斯圖加特（Stuttgart）南部的一個城區。

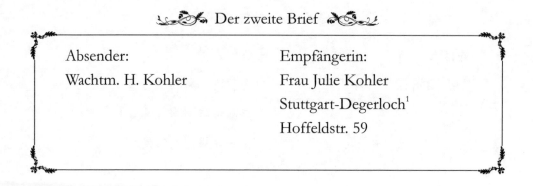

❧❀ Der zweite Brief ❀❧

Absender:	Empfängerin:
Wachtm. H. Kohler	Frau Julie Kohler
	Stuttgart-Degerloch[1]
	Hoffeldstr. 59

im Osten, 22/23. Juni 1941.

Mein geliebtes, verehrtes, gutes Fraule!

Kurz vor dem Abrücken in eine neue Unterkunft will ich Dir noch ein kleines Brieflein schreiben.

Mein liebes Kind, heute am Sonntag hab ich sooft [so oft] an Dich gedacht, hab mir Gedanken gemacht wie Du wohl die neuesten Ereignisse aufgenommen hast, Du tust mir ja so schrecklich leid, dass Du durch mich soviel [so viel] Sorgen hast.

Will Dir kurz erzählen[,] Wie [wie] ich den Kriegsbeginn erlebt habe. Also ich war auf Vorkommando mit noch 3 Soldaten. Am Freitag Abend [Freitagabend] traf ich in unserem jetzigen Quartier ein, es befindet sich in einem Wald, die Unterkunft besteht aus Schleppdächern[,] d. h. lediglich schräge Dächer, die im Wald aufgestellt sind. Ich hab hier mit meinen 3 Mann allein übernachtet, am Samstag die Anfahrtswege gerichtet, einige Tische gebastelt und am Abend erfuhr ich dann was sich am Sonntag früh ereignen würde, schon längere Zeit hatte ich allerdings darum gewusst, aber nun erfuhr ich den genauen Zeitpunkt. Meine Aufgabe war nun die Kompanie am Sonntag früh um 2 Uhr an einem bestimmten Punkt zu erwarten und in die Unterkunft zu führen. Ich legte mich um 1/2 12 Uhr in's Moos[,] um noch 2 Stunden zu schlafen, dann fuhr ich mit einem Mann raus zu dem befohlenen Punkt. Alles war ganz ruhig und ich

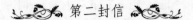
第二封信

寄信人：	收信人：
中士 赫爾穆特·科勒	尤莉葉·科勒 女士
	斯圖加特 德格勞赫區[2]
	霍夫菲爾德街59號

東方戰區，1941年6月22/23日

我衷心摯愛的、尊敬的、賢淑的妻子！

在臨出發去另一個駐地之前，我還想再給妳寫封信。

我親愛的寶貝，我在今天這個星期日好多次想起妳。我反覆想妳會對這最新事件如何反應。妳那麼為我擔心，真讓我難過。

我想給妳簡要講一講我是怎樣經歷開戰的。當時我率領一支由另外3名戰士組成的先遣分隊，在週五晚上就來到了現在這個位於林中的宿營地。屋子是木板拼的，就是完全靠木板在林中斜搭起來的。我和我的3名士兵單獨度過了一夜，在週六開闢了行車道，還打造了幾張桌子。夜晚時分我得知了將在週日凌晨發生的事情。其實我早已有所知曉，不過直到那時我才得知準確時間。我的任務是在週日凌晨2點於某一地點接應連隊，並將連隊帶往宿營地。11點半的時候我在青苔地上躺下，睡了2個小時。之後我和一名士兵動身前往指定地點。萬籟俱寂，我手裡拿著錶，等待戰爭的來臨。在3點15分的時候我就聽到了炮火轟鳴，第一批戰機在我們頭頂上呼嘯而過。我一直站在那裡，

wartete mit der Uhr in der Hand bis der Krieg begann[,] 3.15 Uhr[,] und da hörte ich dann auch schon den Geschützdonner, die ersten Flugzeuge überflogen uns und dann waren die Einschläge zu hören. Ich stand bis morgens 1/2 5 Uhr bis die Abteilung eintraf und führte sie in die Unterkunft. In unserer Nähe war ein Ferngeschütz aufgebaut[,] das nun auch das Feuer eröffnete, es war ein schönes Spektakel. Morgens hörte ich dann im Radio die Erklärung der Reichsregierung. Wann hast denn Du die Neuigkeit erfahren? Heute am Sonntag habe ich zwei Stunden geschlafen und dann mein Motorrad in Ordnung gebracht. Jetzt geht es dann wieder weiter und übermorgen werde ich wohl den Laden etwas von der Nähe betrachten. Du darfst Dir aber deswegen keine Sorgen machen, mein liebes Kind, erinnere Dich doch an unsere früheren Gespräche, Du weisst [weißt] ja die Nachrichtensoldaten sind nie soweit vorn, dass es gefährlich werden könnte, auch verspreche ich Dir recht vorsichtig zu sein. Mein liebes Fraule, ich hab Dich ja so schrecklich lieb und ich muss ja wieder zu Dir zurückkehren, unsere grosse [große] Liebe wird unser Beschützer sein. Der schlimmste Gedanke ist nur, dass Du Dir evtl. unnötige Sorgen machst, dass Du ängstlich bist, bitte bitte nicht, Du hast Dich doch schon so oft als stark und mutig erwiesen, zeige auch jetzt, dass Du Dich nicht unterkriegen lässt. Sieh[,] dieser Krieg wird von nicht zu langer Dauer sein und dann gibt's denn langersehnten Urlaub.

Mein liebes Kind, ich werde um Dir die Sorge und Angst abzunehmen, sooft [so oft] als möglich schreiben, aber Du musst mir auch versprechen, dass Du Dich nicht grämst[,] wenn mal einige Tage oder gar Wochen keine Post ankommt, denn es ist jetzt natürlich unmöglich einen geregelten Postverkehr durchzuführen. Für mich ist es eine grosse [große] Beunruhigung, wenn ich annehmen muss, jetzt ist mein Fraule in Sorge um Angst, weil ich keinen Brief schreiben konnte und wenn ich aber weiss [weiß], mein Kind, versteht ja diese Lage, so bin ich ruhiger. Also nochmal bitte bitte keine Aufregung und Sorge, Dein Mutele kommt zu Dir zurück, diese Gewissheit musst Du ganz fest glauben, gelt!

Nun bitte ich Dich noch auch meinen Eltern Grüsse [Grüße] zu bestellen, für zwei Briefe reicht die Zeit nicht, sage bitte auch Tante Sofie Dank für Paket und ich hätte leider nicht die Möglichkeit[,] ihr selbst zu schreiben.

直到4點半的時候連隊抵達，我將他們引領至宿營地。一門遠程火炮在離我們不遠的地方架起，現在也已開火，聲音震耳欲聾。然後我在清晨廣播裡聽到了帝國政府的宣戰聲明。我在今天這個週日睡了2個小時的覺，之後把我的摩托車修理妥當。現在又要轉移。後天我將更近距離地觀察戰況，但妳不必為此而擔心，我親愛的寶貝！妳是否還記得我以前對妳說過的話，我們通信兵從來不深入到敵前的危險位置。另外我也答應妳一定小心。我親愛的妻子，我是那麼瘋狂地愛著妳，我一定要回到妳的身邊。我們熾烈的愛情將成為我們的保護神。然而最令我難受的就是，妳可能會不必要地擔心，妳會擔驚受怕。請千萬、千萬不要！妳曾經那麼多次顯示了妳的堅強與勇氣。如今妳也要表現得無所畏懼。這場戰爭不會持續太長時間，過後就能迎來期待已久的祥和。

　　我親愛的寶貝，我會盡可能經常地給妳寫信，以減輕妳的憂愁與恐懼。不過妳也要答應我不要憂傷難過——如果妳一連幾天甚至幾週收不到信的話。因為現在當然不可能像往常一樣投遞信件。一旦我想到，我的妻子此刻正在憂傷害怕，就因為我沒機會寫信，那麼我就會極度不安。而如果我知道，我的寶貝清楚當前局勢，那我就會較為平靜。所以我再說一次，請千萬、千萬不要衝動憂傷！妳的小穆特[3]會回到妳身邊的。妳一定要堅信這一點，一定！

　　另外，我請妳向我父母問好。我沒時間再寫一封信。也請替我向索菲姨媽為她寄來的包裹表示感謝。我還沒機會自己給她寫信致謝。

---

3. 寫信人在此使用的是妻子對自己的暱稱。

So wandere ich wieder weiter, Du meine geliebte Frau[,] ziehst mit mir in Gedanken und im Herzen, denn Du bist unlösbar mit mir verbunden und ich hab Dich von Herzen lieb.

Ich grüsse [grüße] Dich in treuer Liebe und Verehrung und bleibe Dein nur Dich liebender, Dir ganz gehörender

Helmut.

Herzliche Grüsse [Grüße] an die lb. [lieben] Eltern.

Aufwiedersehen [Auf Wiedersehen]!

....

好了，我現在又要換地方了。我親愛的妻子，妳在我的腦海與心海之中與我相伴，因為妳我已永結同心，我由衷地愛妳。

滿懷對妳的忠誠與敬重，我衷心祝福妳！我只愛妳一人、只屬於妳一人！

赫爾穆特

衷心問候親愛的雙親！

再見！

Blitzkrieg gegen die Sowjetunion

對蘇閃電戰

Mit der Blitzkriegstrategie hat das Dritte Reich im Jahre 1939 nur 35 Tage gebraucht, um Polen zu erobern, im Jahre 1940 bloß 46 Tage benötigt, um Frankreich zu besiegen, und wollte im Jahre 1941 auf dem ausgedehnten Territorium der Sowjetunion nach demselben Konzept vorgehen. Am Anfang des Russland-feldzuges war der Blitzkrieg genauso wirkungsvoll wie zuvor. Die deutsche Armee war unaufhaltsam vorgedrungen, besetzte innerhalb weniger Monate riesige Flächen und machte Millionen Gefangene. Das riesige sowjetische Reich schien tatsächlich gemäß Hitlers (1889 – 1945) Prophezeiung keinem Angriff standhalten zu können.

Viktor Rittmann war ein Gefreiter, der erst seit einem Jahr der Armee beigetreten war. Er nahm im Oktober 1941 an der „Operation Taifun" teil, deren Ziel die Erstürmung von

憑藉閃電戰法，第三帝國在1939年用35天即征服了波蘭，在1940年用46天便戰勝了法國，並希望於1941年在蘇聯的廣袤國土上如法炮製。對蘇開戰之初，閃電戰一如既往地奏效。德軍勢不可擋，在短短數月內掠地千里，俘敵百萬。幅員遼闊的蘇聯帝國似乎真像希特勒（1889—1945）所預言的那般不堪一擊。

維克托‧裡特曼是一名參軍僅一年的二等兵，於1941年10月參加了旨在攻佔莫斯科的「颱風行動」。初戰告捷使這位年輕人興奮不已，元首的蠱惑更令他熱

Ein Foto aus dem Nachlass von Rittmann, Aufnahmeort und -zeit unbekannt.

裡特曼遺物中的一幅照片，拍攝時間地點不明。

Moskau war. Der Sieg am Kriegsanfang begeisterte ihn. Die Demagogie vom Führer ließ sein Blut noch heißer in ihm aufwallen. Obwohl es in seinem Herzen auch Sorge um persönliches Schicksal gab, war es aber viel mehr Freude über den Sieg. Angesichts des rasanten Rückzugs der sowjetischen Armee hatte Rittmann nicht den geringsten Zweifel am Sieg Deutschlands, glaubte sogar, dass die Einnahme von Moskau zum Greifen nahe wäre.

血沸騰。雖然他心中也有些許對個人命運的擔憂，但更多的是勝利的喜悅。目睹蘇軍的迅速潰敗，裡特曼對德國的勝利毫不懷疑，甚至相信莫斯科的攻陷指日可待。

裡特曼的天真讓我不禁想起電影《偷襲珍珠

Ein Foto aus dem Nachlass von Rittmann, auf der Rückseite steht „Zur Erinnerung von meinem Bruder Hans Pfingsten 1937".

裡特曼遺物中的一幅照片，背面寫有「我兄漢斯1937年聖靈降臨節留念」。

Die Naivität von Rittmann ließ mich unwillkürlich an die Empfindung von dem Kommandanten der 1. japanischen Marineluftflotte, Nagumo Chūichi (1887 – 1944), vor dem Überraschungsangriff auf Pearl Harbor denken, die im Film „Tora! Tora! Tora!" (1970) gezeigt wird. Gegenüber den jungen Piloten, die voller Freude und Begeisterung waren, murmelte Nagumo: „Junge Leute sind gut, glauben alle so ernsthaft an den Sieg."

港》（1970）中日本第一航空艦隊司令南雲忠一（1887—1944）在攻擊發起前的感慨。面對興高采烈的年輕飛行員們，南雲自語道：「年輕人就是好，都如此認真地相信勝利。」

⚜ Der erste Brief ⚜

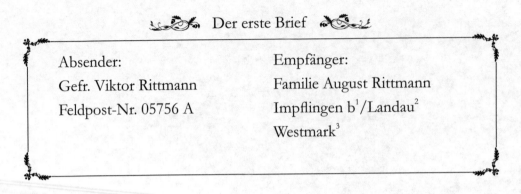

Absender:
Gefr. Viktor Rittmann
Feldpost-Nr. 05756 A

Empfänger:
Familie August Rittmann
Impflingen b[1]/Landau[2]
Westmark[3]

Im Felde, den 3. Okt. 1941

Liebe Eltern u. Schwester!

Ich will nicht versäumen Euch wieder ein Lebenszeichen von mir zu geben.

Ihr habt bestimmt den Aufruf des Führers an uns Soldaten der Ostfront vom Radio vernommen, wir erhielten hier den Aufruf auf Zetteln überreicht. Als ich die Worte des Führers laß [las], durchrann ein Glücksgefühl meinen Körper, so ging es bestimmt faßt [fast] allen Soldaten der Ostfront. Wissen wir nun doch, daß [dass] noch vor Winter die Entscheidung fallen muß [muss] und auch fallen wird. Ich weiß, es werden noch schwere und harte Kampftage werden. Nun weiß man aber, wie die Sache steht. Wenn der Führer sagt, die Entscheidung fällt noch vor Einbruch des Winters, dann können wir es glauben. Auch wir sind auf den Befehl des Führers hin zum Angriff angetreten und wird auf der ganzen Front nun der Russe angegriffen. Wir werden nicht eher Ruhe geben bis die Sowjet Armee [Sowjetarmee] vernichtet ist. Ich hoffe,

---

1. Die Gemeinde *Impflingen* befindet sich südlich der Stadt *Landau*, die Luftlinie beträgt 3,5 km.

2. Die Stadt *Landau* befindet sich im Südwesten Deutschlands, nahe französischer Grenze, gehört zum heutigen Bundesland *Rheinland-Pfalz*.

3. „Westmark" ist ein historischer Begriff in der deutschen Sprache, bezeichnet die nach dem Ersten Weltkrieg von den Truppen der alliierten Mächte besetzten und verwalteten deutschen Gebiete im Rheinland.

✎✎ 第一封信 ✎✎

寄信人：	收信人：
二等兵 維克托・裡特曼	奧古斯特・裡特曼 家
戰地郵編　05756 A	茵普夫靈恩⁴/朗道地區⁵
	西部邊區⁶

戰地，1941年10月3日

親愛的雙親和姊妹！

我想及時讓你們知道我平安的消息。

你們肯定在廣播中聽到了元首對我們東線軍人的號召。我們是在這裡接到了書面的傳達。當我讀到元首的講話時，一股興奮感充斥我的身軀，相信東線的所有軍人都有同感。現在我們知道，勝負必須也必將在冬季到來之前決定！我清楚，還將有艱苦卓絕的戰鬥要打。然而現在局勢已經明朗。既然元首說勝負將在冬至之前決定，那麼我們就無須懷疑。我們同樣將執行元首的進攻命令，在全線對俄國人發起攻擊。我們不會給他們喘息之機，直至蘇

---

4. 地名自譯。茵普夫靈恩（Impflingen）鄉位於朗道（Landau）市以南，飛行距離為3.5公里。

5. 朗道市位於德國西南部，鄰近法國邊境，如今隸屬德國萊茵蘭-普法爾茨（Rheinland-Pfalz）州。

6. 「西部邊區（Westmark）」為德語中一歷史名詞，指在一戰之後被協約國軍隊佔領管理的德國萊茵蘭（Rheinland）地區。

Der erste Originalbrief

第一封信件原件

daß [dass] ich auch diese wenigen Wochen noch glücklich überstehen werde und ich Euch vielleicht noch in diesem Jahre begrüßen kann. Morgen bin ich ein Jahr Soldat, daß [dass] ich in diesem Jahre so viel erleben würde, hätte ich nicht geglaubt.

Mit großer Freude kann ich Euch berichten, daß [dass] mein Leutnant wieder bei uns ist und seine Verwundung gut überstanden hat. Von Frau Baumann erhielt ich auch Post. Ihr Mann ist nun mehr Kriegsverwaltungsinspektor in Kaiserslautern, sei aber gesundheitlich nicht ganz auf der Höhe. Frau Baumann und Kinder sind noch gesund. Das Päckchen mit Brausepulver habe ich erhalten. Recht herzlichen Dank. Schickt mir bitte wieder ein [einen] Kopierstift. Was gibt es daheim neues [Neues]? Ich muß [muss] nun schließen, da es so langsam dunkel wird. Laßt [Lasst] bitte wieder was von Euch hören.

Mir geht es noch gut und bin noch gesund und munter, was ich auch von Euch hoffe. Es grüßt Euch für heute recht herzlich

Euer Viktor[.]

Viele Grüße an alle Verwandte und Bekannte

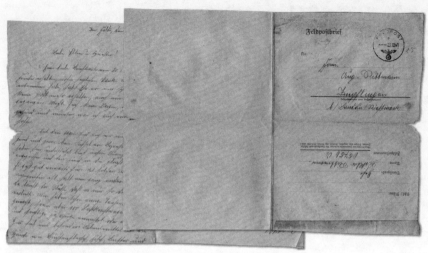

Der zweite Originalbrief

第二封信件原件

軍被徹底消滅。我希望自己能順利挺過今後這數週，並能在今年內與你們團聚。明天我就當兵滿一年了。我真不敢相信我在這一年裡經歷了這麼多事情。

我可以非常高興地告訴你們，我的少尉又回到我們這裡來了，他的傷恢復得很好。鮑曼女士也給我來了信，她的丈夫現在在凱撒斯勞滕擔任軍事調查員，可就是健康狀況不太妙。鮑曼女士和孩子們還都很健康。那個裝有起泡粉的包裹我也收到了。衷心感謝！麻煩你們再給我寄一根複寫鉛筆來。家鄉有什麼新聞嗎？我只能寫到這裡了，因為天快黑了。請再給我來信！

我的日子過得還不錯，身心健朗，希望你們也是如此。最後我衷心祝福你們！

你們的維克托

代我向各位親朋好友問好！

ᘓᕽ Der zweite Brief ᕽᘓ

Absender:	Empfänger:
Gefr. Viktor Rittmann	Fam. Aug. Rittmann
05756 A	Impflingen
	b/Landau/Westmark

Im Felde, den 13. Okt. 41

Liebe Eltern u. Schwester!

Eure liebe Briefkarte vom 20.9. mit großer Freude erhalten, wofür herzlichen Dank. Wie ich daraus entnommen habe, habt Ihr von mir schon lange keine Post mehr erhalten, auch mir ist es so gegangen. Macht Euch keine Sorgen, ich bin noch gesund und munter, was ich auch von Euch hoffe.

Seit drei Tagen sind auch wir wieder am Feind und zwar beim Kessel von Brjansk[7]. Wir haben hier, unterstützt durch unsere Sturmgeschütze, angegriffen und den Feind in die Flucht geschlagen. Es geht gut vorwärts hier. Mit solchen Waffen angegriffen ist halt eine ganz andere Sache, da läuft der Russe, daß [dass] er nur so die Schlappen verliert. Wir haben schon einige Tausend Gefangene gemacht, sowie über 1000 Lastkraftwagen, Schlepper und sonstige Fahrzeuge vernichtet oder erbeutet. Hier fiel uns besonders Lebensmittel in die Hände wie Büffelfleisch, Fisch, Butter und noch viele andere Sachen. Willkommene Zusatzverpflegung. Da der Kessel zu ist, hat der Russe wichtige Nahrung verloren. Denn wenn der Nachschub fehlt ist es aus mit kämpfen. Der Kessel wird täglich enger und werden wir den Russen auch hier bald vernichtet haben. Wenn uns das Wetter gut bleibt.

---

7. Brjansk liegt südwestlich von Moskau, die Luftlinie beträgt 346,3 km.

❦❧ 第二封信 ❦❧

寄信人：	收信人：
二等兵 維克托·裡特曼	奧古斯特·裡特曼 家
05756 A	茵普夫靈恩
	朗道地區/西部邊區

戰地，1941年10月13日

親愛的雙親和姊妹！

　　我歡天喜地地接到了你們在9月20日寫來的明信片。衷心感謝！我在上面讀到，你們已經很長時間沒收到我的信了。我也一樣很久沒接到信了。你們不要為我擔心，我依舊身心俱佳，但願你們也是如此。

　　三天來我們一直在對敵作戰，準確地說是在包圍布良斯克[8]。我們在這裡發動的進攻得到自行火炮的支援，打得敵人落荒而逃。這裡推進得很順利。用這種武器打仗就是不一樣，逼得俄國人狼狽奔逃。我們已經抓了幾千俘虜，還銷毀或繳獲了1千多輛載重車、牽引車以及其他機動車。我們這裡繳獲特別多的就是食品，有牛肉、魚、黃油還有好多其他吃的。不錯的額外配給！由於包圍圈已經封死，俄國人無法得到關鍵給養。而一旦沒有了後勤，這仗也就打完了。包圍圈每天都在縮緊，不久我們就會將此地的俄國人徹底殲滅——如果一直有好天氣的話。

---

8. 布良斯克（Brjansk）地處莫斯科（Moskau）西南方向，飛行距離為346.3公里。

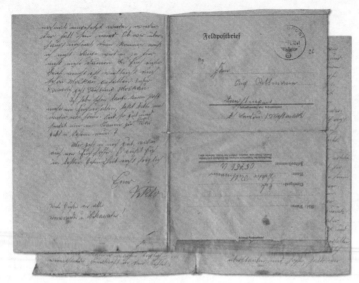

Der dritte Originalbrief

第三封信件原件

In der Nacht vom 9./10. gab es hier den ersten Schnee, der sich zum Glück nur 2 Tage hielt. Eben ist trocken kalt. Hoffentlich bleibt es so. Ich habe auch hier bereits erfahren, daß [dass] Frau Kainsaner ihren ältesten Sohn verloren hat. Es ist furchtbar gleich zwei Söhne zu verlieren, leider aber nicht zu ändern. Schitzfaden Eduard habe ich auch wieder getroffen.

Es grüßt Euch recht herzlich

Euer Viktor[.]

在9日到10日的夜裡這地方下了第一場雪，幸好只下了2天就停了。就是乾冷，希望能一直這樣。我在這邊也已經得知，凱桑納女士失去了她的長子。接連喪失兩個兒子一定很可怕，可惜沒辦法改變。我還再次遇到了席茨法頓・愛德華。

衷心祝福你們！

你們的維克托

Viktor Rittmann

維克托‧裡特曼

✠ Deutscher Originaltext

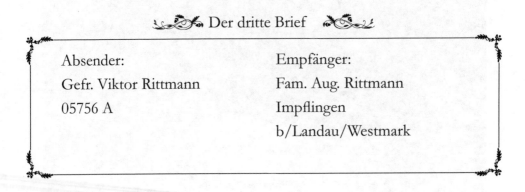

✤✦✧ Der dritte Brief ✧✦✤

Absender:	Empfänger:
Gefr. Viktor Rittmann	Fam. Aug. Rittmann
05756 A	Impflingen
	b/Landau/Westmark

Im Felde, den 19. Okt. 41

Liebe Eltern u. Schwester!

Endlich komme ich dazu Euch wieder einige Zeilen zu schreiben. Es war mir leider durch den letzten Einsatz nicht möglich, da wir die ganzen Tage im Freien waren und es die kalten Hände nicht zuließen. Es ist direkt eine Wohltat über Nacht wieder ein Dach über dem Kopf zu haben.

Ihr habt bestimmt gestern auch die Sondermeldung vom endgültigen Abschluß [Abschluss] der Kampfhandlungen der Kessel von Wjasma[9] und Brjansk gehört. Auch ich war mit dabei und zwar bei Brjansk. Diesmal hatten wir das Glück bis zur endgültigen Vernichtung dabei zu sein. Eine solche Vernichtungsschlacht wie hier habe ich bis jetzt noch nicht erlebt. Bei Nacht sah man wunderbar wie der Kessel enger wird und zwar von den Bränden und den hochgehenden Leuchtkugeln. Besonders unsere Panzer, Flugzeuge und Artillerie aller Kaliber warfen täglich in vernichtender Feuerkraft in den Kessel. Dabei sah ich zum erstenmal [ersten Mal] wie unsere Stukas herunterstießen und die Panzer der Russen zusammenmähten wo sie sich zum Kampfe stellten. Unübersehbares Material wurde erbeutet oder vernichtet. Die Toten der Russen lagen an manchen Stellen haufenweise. Besonders Lebensmittel war für uns die Hauptsache. Ein jeder organisierte sich was er davon mitschleppen konnte.

---

9. Wjasma liegt nördlich von Brjansk. die Luftlinie beträgt 212,2 km.

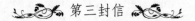

第三封信

寄信人：	收信人：
二等兵 維克托·裡特曼	奧古斯特·裡特曼 家
05756 A	茵普夫靈恩
	朗道地區/西部邊區

戰地，41年10月19日

親愛的雙親和姊妹！

　　我終於有功夫再給你們寫封信。最近的軍務忙得我沒機會寫信，因為整天都在戶外，手凍得沒法寫字。重新在屋內過夜簡直成了一種享受。

　　你們昨天一定在廣播裡聽到了特別報導，維亞濟馬[10]和布良斯克的包圍戰徹底結束。我也參與其中，就在布良斯克地區。這次我們有幸參與了最終的殲滅戰。一場如此規模的殲滅戰我以前還從未經歷過。透過烈焰和升空的照明彈，在夜幕中可以清楚地看到包圍圈是如何收緊。尤其是我們的坦克、飛機和各種口徑的大炮每天都向包圍圈內發射毀滅性的火力。其間我第一次看到我們的俯衝轟炸機是如何俯衝而下，將俄國人的坦克在作戰集結地大批擊毀。無法計數的物資被繳獲或銷毀。俄國人的死屍在有些地方堆積如山。我們最關心的就是食品。每個人都想方設法裝上些吃的。這種經歷無法用筆墨形容。這裡的戰鬥那麼慘烈，可俄國人卻始終如一地留在根本就無法保住的陣地上，堅守至最後一人。如此絕望的抵抗還是要歸因於服從精神。這回我們把這幫可憐的傢伙驅趕到一起，給了他們應得的榮譽。我在此次戰鬥中再

---

10. 維亞濟馬地處布良斯克（Brjansk）以北，飛行距離為212.2公里。

So was kann man nicht alles niederschreiben, das muß [muss] man erlebt haben. Es ging dabei sehr hart her. Trotzdem daß [dass] der Russe von vorn herein auf verlorenem Posten stand, verteidigte er sie bis zum Letzten. Diese verzweifelte Verteidigung war wieder auf die Kommission zurückzuführen, diesmal haben wir aber diese elenden Brüder geschnappt und haben ihren verdienten Lohn erhalten. Ich habe auch diesen Einsatz glücklich überstanden und hoffe, falls wir nochmals eingesetzt werden, wieder der Fall sein wird. Ob wir überhaupt nochmals dran kommen[,] weiß ich nicht. Lange wird es ja hier nicht mehr dauern. Bis Euch dieser Brief erreicht[,] ist vielleicht auch schon Moskau gefallen. Unser Vormarsch geht Richtung Moskau.

Ich habe schon lange keine Post mehr von Euch erhalten, laßt [lasst] bitte mal wieder was hören. Seid so gut und sendet mir ein Kamm zu. Was gibt es daheim neues [Neues]?

Mir geht es noch gut, was ich auch von Euch hoffe. Es grüßt Euch in bester Gesundheit recht herzlich

Euer Viktor[.]

Viele Grüße an alle Verwandten u. Bekannte

次得以倖存。如果我們還被派去戰鬥，希望也會像這次一樣。可我不知道到底還會不會輪到我們。這場戰爭不會持續太久。在你們接到這封信的時候，或許莫斯科都已經攻陷了。我們正在朝莫斯科挺進。

我已經很長時間沒收到你們的信了。請再給我來封信。麻煩你們給我寄一把梳子來。家鄉那邊有什麼新聞嗎？

我還很好，希望你們也是如此。此刻我身康體健，衷心祝福你們！

你們的維克托

代我向各位親朋好友問好！

Klima in Afrika

非洲水土

Um das verbündete Italien zu unterstützen, ließ Hitler ein deutsches Korps unter der Führung von Erwin Rommel (1891 – 1944) im Februar 1941 nach Nordafrika fahren und gegen die englische Armee kämpfen. Diese deutschen Verbände wurden nach ihrem Einsatzgebiet als „Afrikakorps" bezeichnet. Da sich das Afrikakorps schlecht an das örtliche Klima anpassen konnte, verbreiteten sich innerhalb weniger Monate nach der Ankunft in Nordafrika verschiedene Krankheiten rasant unter den Soldaten. Es waren unter anderem Ruhr, Gelbsucht, Diphtherie und weitere Epidemien. Bis September 1941, erkrankten allein an Ruhrepidemie schon 11.000 Mann der beiden Panzerdivisionen des Afrikakorps, nämlich Soldaten der 15. und 21. Panzerdivision. Zahlreiche von Krankheiten gequälte deutsche Soldaten wurden kampfunfähig, doch bei den britischen Truppen, die über mehr Erfahrungen mit den klimatischen Verhältnissen in Afrika verfügten,

為支援友邦義大利，希特勒命隆美爾（1891—1944）於1941年2月率領一支德國軍團開赴北非對英軍作戰。這支德國軍隊因其作戰地域而得名「非洲軍團」。由於水土不服，各類疾病在非洲軍團抵達北非之後的數月內迅速蔓延於軍中，主要為痢疾、黃疸、白喉等傳染病。時至1941年9月，非洲軍團當時所轄的兩個坦克師——第15與第21坦克師中僅感染痢疾的官兵即已高達1萬1千之眾。眾多飽受病痛折磨的德軍官兵喪失了戰鬥能力，然而對非洲更具經驗的英國部隊卻未爆發如此大規模的瘟疫。故此，

brach aber keine Seuche von solcher enormen Dimension aus. Aufgrund dessen hatte der finale Sieg der Engländer über das deutsche Afrikakorps auch mit dem afrikanischen Klima zu tun.

Alle drei Söhne von Familie Kretschmer kämpften in der Fremde. Der älteste Sohn war in Russland, der Zweite und der Dritte in Afrika. Der Gefreite Walter Kretschmer war der zweite Sohn der Familie und diente bei der 15. Panzerdivicion. Die Krankheit, die er sich vier Wochen vor dem Verfassen dieses Briefes zugezogen hatte, war wahrscheinlich die Ruhrepidemie. Zuvor hatte er schon einmal die „gleiche Krankheit" gehabt. Die Ruhr war schon im Polenfeldzug die häufigste Krankheit bei der Wehrmacht. Das Klima in Afrika führte sehr leicht zu einem schweren Rückfall der Ruhr. Nach der Heilung von diesem herben Leiden schrieb Walter sofort an seine Freundin, Fräulein Gerda Fischer, und schärfte ihr die Geheimhaltung seiner Krankheit ein, damit sich seine Mutter keine Sorgen zu machen brauchte.

英軍對德國非洲軍團的最終勝利也要歸因於非洲水土。

克雷奇默家的三個兒子都在異國作戰。長子在俄國，次子與三子皆在非洲。二等兵瓦爾特·克雷奇默是家中次子，服役於第15坦克師。他在寫此信前四週所患的疾病很可能是痢疾。他之前就曾得過「同一種病」，而痢疾早在1939年的波蘭戰事之中就是德軍中最常見的疾病，非洲水土又極易導致痢疾惡性復發。在大病初癒之後，瓦爾特立即叮囑女友格爾妲·菲舍爾小姐不要透露他生病之事，以免他母親擔心。

Afrika, 5. 10. 194.
— 15 Uhr —

Beste Gerda, für deinen Brief und deinen Kartengruß meinen allerherzlichsten Dank! ...

Fräulein
Gerda Fixler
Rastätten i. Taunus
Paul Spindlerstraße

Der Originalbrief

信件原件

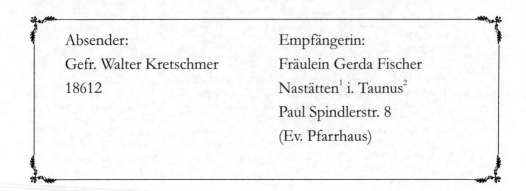

Absender:
Gefr. Walter Kretschmer
18612

Empfängerin:
Fräulein Gerda Fischer
Nastätten[1] i. Taunus[2]
Paul Spindlerstr. 8
(Ev. Pfarrhaus)

Afrika, 5. 10. 1941
- 15 Uhr -

Beste Gerda,

für Deinen Brief und Deinen Kartengruß meinen allerherzlichen Dank!
Natürlich auch, und das an erster Stelle, für die Zigaretten! Ich kam gerade
vom Lazarett zurück, als mir Deine Post überreicht wurde. Ich lag 4 Wochen
und hatte die gleiche Krankheit, wie in Nordfrankreich, dieselbe[,] die
Deinem „Assi"[3] sicherlich auch soviel [so viel] Arbeit macht, in dem so viele
Kameraden darnieder [danieder] liegen. Aber da ist nichts zu ändern! Bei uns
ist's noch viel toller ist ja bei solch einem Klima auch gar nicht verwunderlich!
Glaub ja nicht[,] daß [dass] es bei uns keine Krankheiten gibt, nur weil Ihr
nichts davon hört. Es ist ja auch richtig so, denn Ihr habt Sorge genug[,] indem
Ihr tägl [täglich]. um die Angehörigen bangt! Ich selbst habe das in solch
Ausmaß auch nicht gewußt [gewusst], aber in diesen 4 Wochen Lazarett habe

---

1. Die Stadt *Nastätten* befindet sich im Südwesten Deutschlands, gehört zum heutigen
   Bundesland *Rheinland-Pfalz*.

2. Der Taunus liegt im Südwesten Deutschlands, seine Gebiete gehören zu dem heutigen
   Bundesland *Hessen*.

3. Hier wird möglicherweise der Bruder der Briefempfängerin gemeint.

✠ 中文譯文

寄信人：	收信人：
二等兵 瓦爾特・克雷奇默	格爾妲・菲舍爾 小姐
18612	納施泰滕[4] 陶努斯山[5]中
	保爾・施平德勒街8號
	（基督新教牧師家）

非洲，1941年10月5日

- 15點 -

最親愛的格爾妲：

　　衷心感謝妳寄來的信件與賀卡！當然最令我感激的是香菸！當妳的郵件送來的時候，我剛從野戰醫院回來。我躺了4個星期，得的是和在法國北部時一樣的病。這病肯定把妳的「小怪物」[6]也折騰得不得了。很多戰友都因此而病倒了。可是沒有辦法啊！我們這邊更是要命，這樣的氣候讓人得這病根本不奇怪！妳不要相信我們真的沒災沒病，只是你們沒聽說罷了。不過這樣也好，你們擔的心已經夠多的了，你們整天為家人擔驚受怕！我自己也沒想到這病會蔓延到這種程度，在野戰醫院的這4週我可是開眼界了！不過我請妳盡量不要對我媽媽提及我生病的事！她已經夠為她的這兩個「非洲人」瞎操心的了！

---

4. 地名自譯。納施泰滕（Nastätten）市位於德國西南部，如今隸屬德國萊茵蘭-普法爾茨（Rheinland-Pfalz）州。

5. 陶努斯（Taunus）山座落於德國西南部，其地域歸屬今日德國黑森（Hessen）州。

6. 此暱稱指的可能是收信人的兄弟。

ich genug gesehen! Aber ich bitte Dich, evtl. meiner Mutter gegenüber ja nichts von meiner Erkrankung erwähnen! Sie macht sich doch schon genug unnötige Sorgen über ihre beiden „Afrikaner"!

Inzwischen sind wir umgezogen und liegen jetzt hart am Meer. Die Sandstürme sind wir jetzt wenigstens für das erste los. Aber wie lange? Umso mehr machen uns aber jetzt hier die Fliegen zu schaffen! War es vorher schon fast nicht zum Aushalten, so ist das jetzt einfach toll! In Heerscharen sage ich Dir, gehts [geht's] über uns her. Schon morgens um 6 Uhr gehts [geht's] los und dann kann man sich mit diesen Biesten rum [herum] ärgern bis abends!

Sonst nichts Neues! Vorgestern hörten wir den Führer sprechen! Wir freuen uns über das schnelle Vordringen unserer Kameraden im Osten, wissen wir doch am besten Entfernungen zu schätzen und erkennen mit Ehrfurcht die übermenschl. Leistungen, die dort vollbracht werden, an! Aber wir hätten uns auch gefreut[,] wenn das Deutsche Afrikakorps doch auch mal erwähnt worden wäre. Aber kein einzig mal war von uns die Rede. Hat man uns denn ganz vergeßen [vergessen] in der Heimat? In einigen Tagen, ist's ein halbes Jahr, daß [dass] wir hier in Afrika eingesetzt sind! Wie lange wird es noch dauern[,] bis auch mal für uns die Ablösungsstunde schlägt? Mal wieder deutsche Heimat, grüne Wälde [Wälder] und Felder schauen dürfen, das ist unser aller Sehnsucht! Aber wir wollen doch gerne weiter aushalten und die Zähne aufeinander beißen, mit der Hoffnung im Herzen, daß [dass] auch dieser Tag für uns wieder kommt[,] und gerade jetzt[,] wo unsere Kameraden im Osten die größten Leistungen und im stündlichen Lebenseinsatz vollbringen, erst recht!

Auch für die schönen Veilchen, meinen Dank! Sie sind noch schön erhalten. Wie geht es Deinem Bruder? Dauert seine Post immer noch so lange? Mein älterer Bruder ist auch in Rußland [Russland], bei ihm dauert es meistens 4 – 5 Wochen bis eine Nachricht kommt. Habe ich Dir schon geschrieben, daß [dass] ich meinen jüngsten Bruder jetzt endlich auch getroffen habe? Mitten in der Wüste standen wir uns gegenüber. Unsere Wiedersehensfreude wirst Dir wohl vorstellen können! Jetzt liegt er mit seiner Einheit auch am Meer, ganz in meiner Nähe. Gesehen habe ich ihn allerdings noch nicht!

我們最近轉移了，如今駐紮在海邊。至少暫時不用再忍受滾滾黃沙了！可這會持續多久呢？我們現在倍受蒼蠅的折磨！先前就已經快受不了了，如今簡直是要人命了！我跟妳說，它們都是鋪天蓋地地朝我們飛過來。從早上6點開始，這幫孽畜一直把人煩到晚上！

　　別的沒什麼事！前天我們聽了元首講話！我們為我們的同袍在東方戰場上的迅猛推進而欣喜。我們對長途奔命之苦最有體會，對他們在那裡取得的超人成就心懷崇敬！不過元首要是也提一下德國非洲軍團就更讓我們高興了。可連一句都沒提我們。家鄉人都把我們忘了嗎？再過幾天，我們就被派到非洲滿半年了！要到什麼時候才是我們的凱旋之時呢？再次見到德意志故土、碧綠的森林還有田野，這是我們所有人的祈望！不過我們還是要繼續恪盡職守、咬緊牙關，在心中滿懷對我們凱旋之日的憧憬。當此之時我們的同袍正在東方戰場上創造最為弘大的偉業──以隨時喪失生命為代價！

　　同樣感謝妳那美麗的紫羅蘭！送達的時候依然嬌豔！妳的兄弟還好嗎？他的信也要送很長時間才到嗎？我哥哥也在俄國，他寄一封信大都要4至5週的時間。我終於又見到了我弟弟，我把這事告訴妳了嗎？我們在沙漠之中相見，我們的重逢之喜妳難以想像！現在他的連隊也駐紮在海邊，離我很近。當然在這個地區我還沒見過他！

　　我就寫到這裡。敵機還飛到你們那裡嗎？我媽媽說，她最近又經常聽到警報。可我們這邊英國佬卻很少來！

　　在此誠摯問候妳的父母！

　　妳的瓦爾特

Bin wieder am Schluße [Schluss] angelangt. Was machen bei Euch die Flieger? Meine Mutter schreibt, daß [dass] sie in letzter Zeit wieder oft Alarm hatten. Bei uns ist der Tommy selten zu Gast!

Für heute wieder viele liebe Grüße auch Deinen Eltern, von

Deinem Walter.

Einnahme von Charkow

攻佔哈爾科夫

Charkow ist die zweitgrößte ukrainische Stadt nach Kiew und war auch ein wichtiges Industriezentrum sowie Verkehrsknoten der Sowjetunion. Als bedeutender strategischer Ort für beide Kriegsseiten erlebte sie im Zweiten Weltkrieg vier Schlachten, wechselte viermal den Besitzer. Im Oktober 1941 nahm die deutsche Armee Charkow zum ersten Mal ein. Da das schlechte Wetter den deutschen Vorstoß verlangsamt hatte, konnte die sowjetische Armee vor dem Rückzug rechtzeitig alle Fabriken und maschinelle Anlagen zerstören, die nicht abzutransportieren waren, und legte in der Stadt zahlreiche Sprengsätze und Minen. Bis Mitte November 1941 gab es immer wieder Explosionen in Charkow.

Josef Merk war ein Gefreiter der Artillerie, einer der ersten deutschen Soldaten, die in Charkow stationiert wurden. Gleich am Anfang des Briefes hatte er geschrieben, dass sie in „einer verlassenen feinen Judenwohnung" wohnten. Das war wahrscheinlich eines der Ausführungsergebnisse des bekanntlich

哈爾科夫是僅次於基輔的烏克蘭第二大城市，也曾是蘇聯重要的工業中心與交通樞紐。作為戰爭雙方的必爭之地，哈爾科夫在二戰中經歷四場會戰，四度易手。1941年10月，德軍首次攻陷哈爾科夫。由於此前的惡劣天氣延緩了德軍推進速度，蘇軍得以在撤退前及時毀壞一切無法轉運的工廠以及機器設備，並在城中布置大量爆炸物與地雷。直至1941年11月中旬，哈爾科夫城內的爆炸聲此起彼伏。

約瑟夫‧墨克是一名炮兵二等兵，為最初進駐哈爾科夫的德軍士兵之一。他在信中一開始便寫到他們住在「一個廢棄的猶太人家裡」。這很可能是罪惡昭彰的「賴

Das Sterbebild von Josef Merk, aus dem man entnehmen kann, dass Merk am 11. Mai 1913 in Buchloe geboren wurde und am 28. Januar 1943 südwestlich von Woronesch in Russland fiel.

約瑟夫・墨克的遺像，據此可知墨克於1913年5月11日生於布赫洛埃，於1943年1月28日陣亡於俄國沃羅涅日西南方。

heimtückischen „Reichenau-Befehls"[1]. Außerdem hatte Merk noch die Versorgungsknappheit erwähnt. Wegen schlammiger Wege wurde die deutsche Nachschublinie, die die sowjetische Armee nicht zerstören konnte, durch das sowjetische Klima abgeschnitten. Merk hatte jedoch nicht erkannt, dass die Klimaverhältnisse ein schwerwiegendes Problem sein würden, was für das Schicksal der deutschen Armee entscheidend war.

歇瑙指令」[2]的執行結果。此外，墨克還提到了給養不足問題。由於路面泥濘，蘇聯紅軍未能破壞的德軍補給線被蘇聯氣候截斷了。然而墨克沒有意識到，氣候條件將是一個改變德軍命運的嚴重問題。

---

1. Der „Reichenau-Befehl" wurde am 10. Oktober 1941 von dem Generalfeldmarschall Walter von Reichenau (1884 – 1942) erlassen, mit dem Zweck, die deutschen Soldaten zur Ermordung von Juden aufzuhetzen.

2. 「賴歇瑙指令」於1941年10月10日由德國陸軍元帥瓦爾特・馮・賴歇瑙（1884—1942）頒布，旨在煽動德國軍人屠殺猶太人。

Der Originalbrief

信件原件

Gemäß den Geschichtsbüchern gehörte Charkow zu den Gebieten, die am meisten unter den Gräueltaten der deutschen Truppen gelitten hatten. Viele Bewohner in Charkow wurden hingerichtet oder nach Deutschland zur Zwangsarbeit verschleppt. Aber Merk als ein einfacher Soldat hatte Mitgefühl gegenüber der Bevölkerung und ging harmonisch friedlich mit seiner ukrainischen Nachbarin um. Obwohl er sich sehr ein „Andenken von Russland" erhoffte, dachte er nie an Plünderung oder andere gewalttätige Mittel. Seine gerechte und mitfühlende Gesinnung zeigte sich auch in seinen anderen Briefen.

據史書記載，哈爾科夫是德軍暴行最為嚴重的地區之一。大量哈爾科夫居民被處決或押往德國從事強制勞動。然而墨克作為一名普通士兵卻對當地居民抱有同情態度，與他的烏克蘭鄰居相處融洽。雖然他很希望給家裡寄一個「俄國紀念品」，卻從未想過採取搶劫等暴力手段。他的公平憐憫之心在他的其他信件中也有所體現。

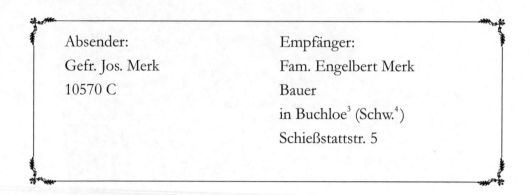

Absender:	Empfänger:
Gefr. Jos. Merk	Fam. Engelbert Merk
10570 C	Bauer
	in Buchloe[3] (Schw.[4])
	Schießstattstr. 5

Harkow [Charkow], den 6. Nov. 1941

Liebe Eltern!

Hab eben Wache u. ein wenig Zeit zum schreiben [Schreiben]. Hier wird es schon um 4 h Nacht, & wir haben schlechtes Licht zum schreiben [Schreiben]. Untertags haben wir Stalldienst & Futterfassen. Müssen oft 30 km fahren bis zur Ankunft. Quartier haben wir sehr gut. Ist ein Kirschnermeister [Ein Kürschnermeister ist] nun bei mir als Kanonier & der macht das Zimmermädchen & ich koch & der andere Fahrer macht Schiermeister [Schirrmeister]. Sind in einer verlassenen feinen Judenwohnung & haben uns ganz bequem eingerichtet.

Eine Nachbarin[,] eine alte Frau wascht [wäscht] uns & flickt uns. Sie hat uns schon ein paar mal [Mal] zum Essen eingeladen. Das hat uns schon gefallen, denn wir hatten letzte Zeit wieder knappe Verpflegung 10 Tage kein Brot & da mußten [mussten] wir im Tag 3 mal [3-mal] Kartoffelstampf machen. Jetzt gibt's wieder Brot. Da ging die Straße nicht mehr für die

---

3. Buchloe befindet sich im Süden Deutschlands, gehört zum heutigen Bundesland *Bayern*.

4. Die Region *Schwaben* schließt einen östlichen Teil vom heutigen Bundesland *Baden-Württemberg*, einen westlichen Teil vom Bundesland *Bayern*, sowie einige Gebiete, die sich in der Schweiz und Österreich befinden.

```
┌─────────────────────────────────────────────────────┐
│   寄信人:                    收信人:                    │
│                                                        │
│   二等兵 約瑟夫・墨克          埃德蒙・墨克 家             │
│                                                        │
│   10570 C                    農夫                       │
│                                                        │
│                              布赫洛埃⁵(施瓦本地區⁶)      │
│                                                        │
│                              席斯施泰特街5號             │
└─────────────────────────────────────────────────────┘
```

哈爾科夫,1941年11月6日

親愛的雙親!

　　我正在值勤,所以有點時間寫信。現在已經是夜裡4點,光線對寫信來說
很暗。白天我們要清理馬圈還要給馬找飼料,經常得驅車30公里才能找到。
我們的一個炮兵在入伍前是皮革匠,他負責收拾屋子,我管做飯,還有一個
司機護理裝備器械。我們住在一個廢棄的猶太人家裡,把我們的生活料理得
舒舒服服。

　　我們的一個鄰居是一位老婦人。她幫我們換洗衣服,縫縫補補,而且
她已經請我們吃過幾頓飯。我們非常高興,因為過去一段日子的給養又很
匱乏。一連10天沒有麵包,我們只好一日三餐都吃馬鈴薯泥。現在總算又有
麵包吃了!由於定時炸彈要過8到10天才爆炸,一直都沒有路能去通郵的郵
局。俄國人在整座城都布下了地雷和定時炸彈。不過工兵已經把大部分都清

---

5. 地名自譯。布赫洛埃(Buchloe)位於德國南部,如今隸屬德國巴伐利亞(Bayern)州。

6. 施瓦本(Schwaben)地區包括今日德國巴登-符騰堡(Baden-Württemberg)州東部、巴伐
　利亞州西部以及部分位於瑞士與奧地利境內的若干區域。

verpflegten Postämter dahin & da eine Zeitmine losging nach 8 – 10 Tage. Die Russen hatten die ganze Stadt vermint & mit Höllenmaschinen belegt. Aber die Pioniere holten die Meisten raus. Wir sind in einer großen Motoren & Eisenfabrik. 36 große Fabriken sind hier. Eine Traktorenfabrik, die ist so groß wie ganz Buchloe. Aber der Russe hat schon Wochen vorher alle Maschinen aus den Fabriken abmontierte & mit Bahn zurück. Alles andere haben sie kaputtgeschlagen oder gesprengt. Licht & Wasser gibt's hier selten. Post haben wir schon 14 Tag [Tage] keine mehr bekommen & ging auch nichts weg. Wenn die Bahn von Poltawa[7] nach Harkow [Charkow] wieder gerichtet ist, soll wieder alles nachkommen. Hoffentlich habt Ihr die Kaffeebohnen bekommen. Hab an Lini auch welche geschickt. Schicke schon noch mehr. Bekommen von der Batterie noch einen. Müßt [Müoot] halt selber rösten. Wir rösteten auch einen, ist sehr gut. Hier ist's nicht wie in Frankreich, daß [dass] man was kaufen kann. Waren lauter Judengeschäfte & die hauten mit Sack & Pack ab nach Sibirien. Bin neugierig wie das den Winter durch geht. Da gibt's bei Zivil. schon noch eine Hungersnot. Betteln schon jetzt von uns. Hoffentlich bekommen wir bald Urlaub[,] oder kommen naus [hinaus]. Es geht wieder ganz kasernenmäßig her. Wächst uns bald zum Hals raus. Aber hier sind wir doch sicher & im trockenen. Wird wohl auch mal ein Ende geben. Z. Zt. [Zzt.] haben wir schon ziemlich kalt & Schnee & Regen. Immer schlechtes Wetter hier.

Wie geht's bei Euch auf & zu immer. Werdet auch immer viel Arbeit haben. Hoffentlich seit [seid] Ihr immer gesund & macht Euch nicht zu viel Sorge [Sorgen]. Hier kann mir als Besatzung nicht viel passieren. Wir drei machen uns das Leben ganz gemütlich. Wenn mir mein Plan gelingt[,] bekommt Mutter auf Weihnachten etwas schönes [Schönes] von mir. Der Kirschner [Kürschner] versteht was mit Pelze & wir sind auf der Spur von ein paar wunderbaren Persianerfellen.

Ein Fell soll bei uns mindestens 100 M kosten[,] aber hier ist's billiger. Wir zwei halten zusammen. Ich habe ihm Kaffeebohnen organisiert, weil er seiner Mutter & seiner Frau auch eine Freude bereiten will & er hilft mir

7. Die Stadt *Poltawa* liegt südwestlich von Charkow, die Luftlinie beträgt 127 km.

除了。我們守衛一個很大的發動機兼冶鐵工廠。這裡一共有36個大工廠。有一家拖拉機廠和布赫洛埃一樣大。不過俄國人早已在幾週前就把所有機器都拆開用火車運走了。剩下的東西不是被他們砸毀就是炸爛了。照明和自來水都很缺乏。我們已經有14天沒有收到郵件了，也寄不出去什麼。等到從波爾塔瓦[8]到哈爾科夫的鐵路重新通車，全部郵件就都應該送來。但願咖啡豆已經寄到你們手裡了。我也給莉妮寄了一些。我還會給你們寄更多，我又從連裡得到了一些。只是你們得自己來焙咖啡豆。我們也焙了一些，很不錯。這裡可不像在法國買東西那麼方便。這裡以前盡是猶太人的店舖，可他們都扛著大包小包逃到西伯利亞去了。我不知道這個冬天該怎麼過，因為平民百姓已經陷入饑荒了，現在就開始向我們乞討。但願我們不久就能回家休假，或者能離開這裡。現在的日子和在軍營裡差不多，要煩死我們了！不過在這裡我們是安全的，也沒有風吹雨打。可是不會總這樣的。目前天相當冷，雨雪交加，老是壞天氣。

你們都還好嗎？肯定有很多事要做。但願你們身體都很健朗。你們別為我擔心，我在這裡作為佔領軍不會出什麼事。我們3個兵在這裡過得很舒坦。如果我的計劃實現，媽媽在聖誕節時就能收到些好東西。那個皮革匠對毛皮很在行。我們正在尋覓幾張上好的波斯羔羊皮。

一張獸皮在咱們家那邊至少要100馬克，可這裡比較便宜。我和他互相幫助。我給他弄得咖啡豆，因為他也想讓他的母親和妻子高興一下。而他則幫我買毛皮。這樣的獸皮在布赫洛埃不多見，也算是一個不錯的俄國紀念品。我還有大約20磅咖啡，一起寄回家。我也會給紹爾女士寄一個包裹，她老是給我寄東西。方便的話請給我寄一條內褲來，過冬需要一條比較暖和的，糖

---

8. 波爾塔瓦（Poltawa）市地處哈爾科夫（Charkow）西南方向，飛行距離為127公里。

beim Pelzeinkauf. Sowas [So was] siehst in Buchloe nicht so oft, wie die Felle sind. Sollst auch eine schönes Andenken v. Rußland [Russland] haben. Kaffee hab ich schon noch ca. 20 ℔ & schick es nebenzu heim.[9] An Fr. Saur schick ich auch ein Päckchen. Hat mir immer geschickt. Bei Gelegenheit kannst mir eine Unterhose beilegen. Können im Winter eine Wärmere brauchen. Auch Süßstoff kannst wieder mitschicken. Sonst weis [weiß] ich nichts von Bedeutung. Handschuh [Handschuhe] hab [habe] ich gute. Die Kost ist wieder sehr knapp, da können schon wir Winterhilfe brauchen. Gebt nur nicht so viel. Wir können hier genug erfrieren & dazu noch knappes Essen & meist Kraut & Kartoffel. Nun seid recht herzlich gegrüßt von

Eurem Sepp[10].

Jetzt kann sein[,] daß [dass] der Brief lg. [lange] Zeit noch liegen bleibt im Postamt, da es noch nicht da ist das Feldpostamt.

....

精也可以順便寄些來。別的我就不需要什麼了，我的手套已經很不錯了。伙食又變得非常匱乏，估計我們還額外需要冬季補給。不過你們可不要給我寄太多東西。我們在這裡凍得不得了，同時食品還不足，主要就靠酸菜和馬鈴薯過日子。衷心祝福你們！

你們的澤普[11]

目前看來這封信可能會在郵局擱置很長時間，因為戰地郵局還沒趕來。

---

9. In diesem Satz wird hinter der Zahl „20" das alte deutsche Symbol für die Gewichtseinheit *Pfund* verwendet.

10. „Sepp" ist der Kosename von Josef.

11. 「澤普」為約瑟夫的暱稱。

Menschensee gegen Feuersee

人海對火海

◇◇

Als das Jahr 1942 begann, wussten sich die Oberhäupter der Alliierten keinen Rat über die Zukunft der Kriegslage. In Europa verlangsamte sich zwar die Offensive der deutschen Armee gegen die Sowjetunion, sie war aber immer noch ungestüm. In Asien besetzte Japan rasant große Gebiete von Südostasien. Die ganze Welt zitterte vor der Gewalt des Faschismus. Die beiden großen Länder, Sowjetunion und China kämpften gerade mit allen Kräften gegen eingedrungene Feinde. Wenn es an Material mangelte, war das Menschenleben die billigste Kriegsressource.

Das auf diesem Brief angegebene Datum ist der 27. Januar 1941. Jedoch durch das Datum des Poststempels und den Inhalt des Briefes lässt sich feststellen, dass die Verfassungszeit dieses Briefes im Jahre 1942 sein musste. Als ein deutscher Gefreiter, der direkt an dem jämmerlichen Kampf teilnahm,

當1942年開始的時候，同盟國的各位首腦們對戰局前途一籌莫展。在歐洲，德軍對蘇聯的攻勢雖有所放緩卻依舊迅猛。在亞洲，日本迅速佔領了東南亞的廣大地區。全世界都在法西斯的淫威前戰慄。蘇聯與中國這兩個大國都正在自己的國土之上傾盡一切力量抗擊入侵之敵。在物資匱乏的情況下，人命就是最為廉價的戰爭資源。

這封信上所注日期為1941年1月27日，但據郵戳日期以及信件內容推測，寫信時間必定為1942年。作為一名直接參加慘烈戰鬥的德軍二等兵，埃克哈特・施奈

hatte Eckhardt Schneider die russische Taktik der Menschensee mit eigenen Augen gesehen. Die Brutalität des sowjetischen Befehlshabers gegenüber den eigenen Soldaten vertiefte den Abscheu vor dem Kommunismus bei diesem jungen Mann. Außerdem ist dieser Brief der Einzige in diesem Buch, der die Kriegslage in Fernost erwähnt. Eckhardt hoffte auf einen Kompromiss von China in dem Japanisch-Chinesischen Krieg, und träumte davon, dass Deutschland gemeinsam mit Japan die Sowjetunion erledigt und dann die USA Schritt für Schritt zersetzt.

Nachdem ich diesen Brief gelesen habe, schwebte mir ein deutsches Lied in Gedanken vor, das Anfang des 21. Jahrhunderts geschrieben wurde. Der berühmte deutsche Liedermacher und Lyriker Wolf Biermann (1936 –) singt in seinem Lied „Im Steinbruch der Zeit": „Wir selber nicht, doch Stalins Sklaven haben uns befreit."

德親眼目睹了俄國版的人海戰術。蘇軍統帥對己方士兵的殘暴無情也加深了這名年輕人對共產主義的反感。另外，此信也是本書中唯一提及遠東戰局的信件。埃克哈特期待中國在中日戰爭中做出妥協，並夢想德日聯手解決蘇聯，繼而逐步瓦解美國。

我在讀此信之後，一首創作於21世紀初的德文歌曲在我腦海中久久縈繞。德國著名音樂製作人兼詩人沃爾夫・比爾曼（1936—）在歌曲《時間採石場》中唱道：「不是我們自己，是史達林的奴隸們解放了我們。」

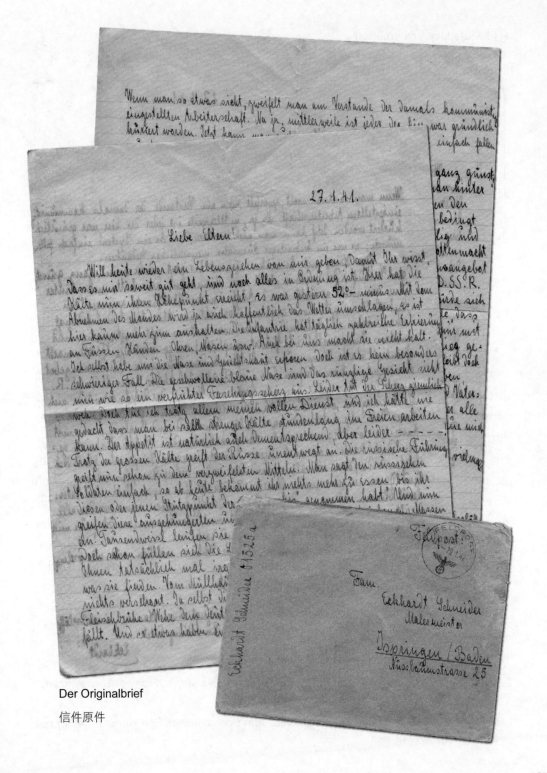

Der Originalbrief

信件原件

✠ Deutscher Originaltext

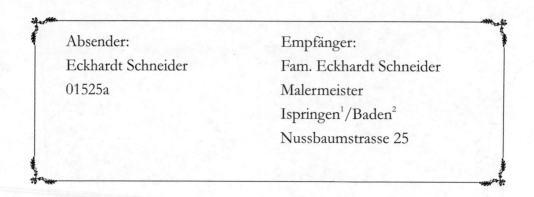

Absender:
Eckhardt Schneider
01525a

Empfänger:
Fam. Eckhardt Schneider
Malermeister
Ispringen[1]/Baden[2]
Nussbaumstrasse 25

27. 1. 41.[3]

Liebe Eltern!

Will heute wieder ein Lebenszeichen von mir geben, damit Ihr wisst, dass es mir soweit gut geht, und noch alles in Ordnung ist. Hier hat die Kälte nun ihren Höhepunkt erreicht, es war gestern 52°– minus. Mit dem Abnehmen des Mondes wird ja auch hoffentlich das Wetter umschlagen, es ist hier kaum mehr zum aushalten [Aushalten]. Die Infantrie [Infanterie] hat täglich zahlreiche Erfrierungen an Füssen, Händen, Ohren, Nasen usw. Auch bei uns macht sie nicht halt. Ich selbst habe mir die Nase und Gesichtshaut erfroren, doch ist es kein besonders schwieriger Fall. Die geschwollene blaue Nase und das runzlige Gesicht sieht nun wie so ein verfrühter Faschingsscherz aus. Leider tut der Scherz ziemlich weh. Doch tue ich trotz allem meinen vollen Dienst, und ich hätte nie gedacht, dass man bei solch strenger Kälte stundenlang im Freien arbeiten kann. Der Appetit ist natürlich auch dementsprechend, aber

---

1. Die Gemeinde *Ispringen* befindet sich im mittelnördlichen Teil von der Region *Baden*.

2. Die Region *Baden* befindet sich im Südwesten Deutschlands, an Frankreich angrenzend, gehört zum heutigen Bundesland *Baden-Württemberg*.

3. Es handelt sich hier um einen Schreibfehler vom Briefschreiber. Das korrekte Datum soll der 27. Januar 1942 sein.

寄信人：	收信人：
埃克哈特・施奈德	埃克哈特・施奈德 家
01525a	刷漆匠
	伊斯賓根[4]/巴登地區[5]
	胡桃樹街25號

41年1月27日[6]

親愛的雙親！

　　我今天想再寫封信，好讓你們知道我目前很好，一切如常。如今這裡的嚴寒已達極點，昨天是零下52度。但願天氣能隨時間推移而轉暖，現在的天氣真讓人受不了。步兵師每天都有大量兵員的腳、手、耳朵和鼻子等部位凍傷。我們部隊也不例外。我自己的鼻子和臉部皮膚也都凍傷了，不過不是特別嚴重。腫得發紫的鼻子加上皺皺巴巴的臉皮看起來好像一個提前到來的狂歡節小丑。只可惜這個小丑疼痛難耐。儘管如此，我依舊克盡職守。只是我從未想過，人能在如此酷寒之下在戶外一連做上數個小時。胃口當然也隨之變化，只可惜……！俄國人卻不顧嚴寒持續進攻。俄軍統帥如今已經

---

4. 地名自譯。伊斯賓根（Ispringen）鄉位於巴登（Baden）地區中北部。

5. 巴登地區位於德國西南部，與法國毗鄰，如今隸屬德國巴登-符滕堡（Baden-Württemberg）州。

6. 寫信人筆誤。正確日期應為1942年1月27日。

leider…! Trotz der grossen [großen] Kälte greift der Russe unentwegt an. Die russische Führung greift nun schon zu den verzweifelsten [verzweifeltesten] Mitteln. Man sagt den russischen Soldaten einfach „so ab heute bekommt ihr nichts mehr zu Essen bis ihr diesen oder jenen Stützpunkt der „Germanskis" genommen habt." Und nun greifen diese ausgehungerten und mit Gewalt vorwärtsgetriebenen Massen an. Tausendweise laufen sie aufrecht in unsere M.G. Garben [Maschinengewehrgaben] hinein. Doch schon füllen sich die Lücken mit frischen Leibern. Gelingt es Ihnen [ihnen] tatsächlich mal irgendwo einzudringen, so wird alles gefressen[,] was sie finden. Vom Müllhaufen bis zum Gedärme verendeter Pferde bleibt nichts verschont. Ja selbst die eigenen Toten und Verwundeten geben eine gute Fleischbrühe. Wehe dem deutschen Soldaten[,] der in die Hände solcher Bestien fällt. Und so etwas haben einmal Millionen deutscher Arbeiter gewählt? Wenn man so etwas sieht, zweifelt man am Verstande[,] der damals kommunistisch eingestellten Arbeiterschaft. Na ja, mittlerweile ist jeder[,] der hier war[,] gründlich kuriert worden. Jetzt kann man auch verstehen, dass so ein System einfach fallen musste; es war ein krebsartiger Auswuchs menschlicher Gedanken.

Der Krieg mit Amerika nimmt bis jetzt schon einen ganz günstigen Verlauf. Der Japaner stellt sein Männchen. Das hätte man hinter dem gar nicht gesucht hm? Auch unsere U-Boote zwingen den „Onkel Sam" zu etwas grösserer [größerer] Vorsicht im Atlantik. Das bedingt schon wieder ein Geleitzugsystem[,] was erstens recht kostspielig und zweitens umständlich ist. Zuletzt zersplittert es ja auch die Flottenmacht ziemlich stark. Wenn nun noch China das japanische Friedensangebot annimmt, so kann Japan bis zum Frühjahr aktiv gegen U.D.S.S.R. [UdSSR] eingreifen. Das wäre für uns sehr von Vorteil, der Japaner würde sich gleichzeitig die russische Ostküste sichern. Wir hier glauben alle, dass dieses Jahr alle Entscheidungen fallen, Russland und England, nur mit Amerika wird es noch einen lange anhaltenden Wirtschaftskrieg geben. Doch kann man auch hierin nichts sagen. Hauptsache bleibt doch letzten Endes, dass wir alle gesund das Ende dieses Kampfes erleben, und dann in eine neue bessere Zukunft für unser Volk und Vaterland blicken können. Das wird ein Schaffen geben[,] wenn wieder alle Kräfte sich im friedlichen Weltstreit miteinander messen. Ich freue mich direkt bis ich wieder arbeiten kann und darf.

動用最為無能的戰術。他們直接告知俄軍士兵：「從今天開始，你們要是拿不下『德國佬』的這個或者那個據點，就別想吃飯！」於是這股被暴力驅使的饑餓人潮就奔湧向前。他們成千上萬地徑直衝入我們用機關槍編織的火網之中。新倒下的屍體不斷填充火網的孔洞。而一旦他們真的在某個地方突破了，那麼這些人就會見什麼吃什麼，從垃圾堆到死馬的內臟無所不吃。甚至他們己方的死者和傷者也會成為美味佳餚。可嘆落入這幫野獸之手的德國士兵是何等地不幸！難道當年數百萬德國工人的選票就投給了這種傢伙嗎？面對如此景象，人會不禁懷疑當年信仰共產主義的工會是否喪失了理智。唉！每一個曾經來過這裡的人都已認清真相。如今也就不證自明，這樣一個體制必須滅亡，它是人類思想的毒瘤。

對美國打的戰爭到現在為止進展得十分順利。日本人顯示了他們的勇氣。這是出人意料的，不是嗎？而我們的潛艇也令「山姆大叔」不得不在大西洋上有所收斂，被迫建立起一整套護航系統，不但耗資巨大，而且十分繁瑣，另外還相當嚴重地分散了海軍艦隊的力量。如今要是中國肯接受日本的和平條款，那麼日本最晚在春天就能對蘇聯主動出擊。這會對我們非常有利，因為日本將同時奪取俄國東海岸。我們這裡的所有人都相信，今年將是對俄和對英戰爭的關鍵一年，唯獨對美國還要打一場持久的經濟戰，會怎麼樣現在還很難說。總之最重要的是，我們大家都平安活到戰爭結束的那一天。那時我們將能憧憬我們民族和國家更為美好的未來。到時候將有很多事情要做。世界各國將以和平方式展開較量。我個人將為重新能夠有機會工作而感到欣慰。

So nun möchte ich aber für heute Schluss machen[,] seid alle vielmals gegrüsst [gegrüßt] und geküsst von

Eurem Eckhardt[.]

Nachträglich fällt mir noch ein: Ich sollte unbedingt einen Kamm, einen Esslöffel, und wenn es geht, Kerzen haben. Um baldige Zusendung bittet Eckhardt[.]

(Kamm evtl. in einem Cuvert [Kuvert] als Brief schicken!)

....

我今天就寫到這裡。衷心親吻你們、祝福你們！

你們的埃克哈特

另外我還想到：我得要一把梳子、一個飯勺。要是可能的話，還要一些蠟燭。麻煩儘快寄來。

（梳子也許可以裝在一個信封裡作為信件寄來！）

Unsere halbe Wohnung

我們的半套房子

Als Hauptstadt des Dritten Reiches war Berlin eine der am schwersten durch Luftangriffe zerstörten deutschen Städte. Vom November 1942 bis zum Kriegsende wurde Berlin ständig von den Alliierten bombardiert. Insgesamt 45.517 Tonnen Bomben fielen vom Himmel auf Berlin, brachten 50.000 Menschen den Tod, 70% der Wohnhäuser im Bezirk Mitte die Zerstörung. 1945 kam der deutsche Kommunist Johannes Robert Becher (1891

Rudolf Dubbermann
魯道夫・杜貝爾曼

作為第三帝國的首都，柏林是二戰中遭受空襲毀壞最嚴重的德國城市之一。從1942年11月一直到戰爭結束，柏林頻繁遭到盟軍轟炸。總共有45517噸炸彈自柏林上空傾瀉而下，導致5萬人死亡，市區中心70%的居民房屋被毀。1945年，在莫斯科流亡10年之久的德國共產黨人約翰內斯・貝歇爾（1891—1958）重返柏林。目睹曾令德國人引以為豪的前帝國首都，他於1949年為東德譜寫了國歌歌詞，歌名就是「重生於廢墟中」。

魯道夫・杜貝爾曼先生與格特魯德・蒂茨小姐都是柏林人。在20世紀30年代，

Frau Dubbermann und der kleine Jörg

杜貝爾曼夫人與小約克

– 1958), der 10 Jahre in Moskau im Exil gelebt hatte, nach Berlin zurück. Mit Blick auf die ehemalige Reichshauptstadt, die der Stolz der Deutschen gewesen war, verfasste er den Text für die Nationalhymne der DDR. Der Titel war ausgerechnet „Auferstanden aus Ruinen".

Herr Rudolf Dubbermann und Fräulein Gertrud Tietz kamen beide aus Berlin. In den 30er Jahren des 20. Jahrhunderts arbeiteten

魯道夫與格特魯德同在一家柏林咖啡館工作。二人於1941年9月喜結良緣。在1942年2月，他們終於租到了位於鴿子街54號的半套房子，有了一個自己的家。雖然只是一套完整公寓中的兩個房間，但這

Rudolf Dubbermann in Uniform auf den Trümmern.

一身戎裝的魯道夫・杜貝爾曼站在瓦礫之上。

Rudolf und Gertrud zusammen in einem Café in Berlin. Die beiden heirateten im September 1941. Im Februar 1942 konnten sie endlich eine halbe Wohnung in der Taubenstraße 54 mieten und ein eigenes Zuhause haben. Obwohl es nur zwei Zimmer von einem kompletten Apartment waren, war das Ehepaar Dubbermann schon sehr glücklich damit. Aber auch in einem so bescheidenen Zuhause konnten sie nur anderthalb Jahre wohnen. Da das Haus sich im

已令杜貝爾曼夫婦心滿意足。然而就是這簡素的家也只讓他們住了一年半。由於房子處於盟軍重點轟炸的中心城區，格特魯德不得不攜幼子約克於1943年8月搬走，先在位於柏林邊緣地帶的父母家暫

Körner-Oberrealschule i. E.
Körner-Realschule (Nr. 3)

Abgangszeugnis.

Schul-Entlassungs-Zeugnis

▶ Das Abgangszeugnis von Rudolf Dubbermann, aus dem man entnehmen kann, dass er am 24. Oktober 1913 in Berlin geboren wurde.

魯道夫・杜貝爾曼的中學畢業證，據此可知他於1913年10月24日生於柏林。

▲ Das Schul-Entlassungs-Zeugnis von Frau Dubbermann, aus dem man entnehmen kann, dass sie am 24. März 1920 in Berlin geboren wurde.

杜貝爾曼夫人的中學畢業證，據此可知她於1920年3月24日生於柏林。

◀ Der Glückwunschbrief von dem Café an das Ehepaar Dubbermann zur Hochzeit, die Kollegen schenkten diesem neuen Paar 70 Mark als Geldgeschenk.

咖啡館給杜貝爾曼夫婦的結婚賀信，同事們送給這對新人70馬克的禮金。

Rudolf Dubbermann im Lebensabend
晚年的魯道夫・杜貝爾曼

Bezirk Mitte befand, der als ein Schwerpunkt der alliierten Luftangriffe galt, musste Gertrud im August 1943 mit ihrem kleinen Sohn Jörg die Wohnung verlassen. Sie wohnten zuerst vorübergehend im Elternhaus im Randgebiet von Berlin, flüchteten dann aufs Land nach Norddeutschland.

Die Taubenstraße 54 liegt nur 1.000 Meter von der Humboldt-Universität zu Berlin entfernt, wo ich studiert habe. Nach meinem Eindruck gibt es in diesem Straßenblock kein

居，之後又逃到了北德鄉村躲避。

鴿子街54號距離我就讀的柏林洪堡大學僅有千米之遙。在我印象中，這一街區中似乎沒有哪幢房屋是戰前建造的。然而令人欣慰的是，格特魯德與兒子都平安熬過了戰爭歲

Der erste Originalbrief

第一封信件原件

Haus mehr, das vor dem Krieg gebaut wurde. Was jedoch beglückend war, dass Gertrud und ihr Sohn die Kriegszeit unverletzt überlebten, und Rudolf 1944 mit viel Glück in die britische Kriegsgefangenschaft ging. Die dreiköpfige Familie kam nach dem Krieg wieder zusammen. Das Café, wo sie gearbeitet hatten, wurde zwar 1945 durch das sowjetische Artilleriefeuer zerstört, aber dann 1951 wieder eröffnet und ist heute immer noch eines der bekanntesten Cafés in Berlin.[1]

月，魯道夫則在1944年幸運地進了英軍戰俘營。一家三口在戰後再度團聚。他們曾工作過的咖啡館在1945年毀於蘇軍炮火，後於1951年重新開張，如今依然是柏林最著名的咖啡館之一。[2]

---

1. Diese Information ist entnommen aus der Webseite *www.cafekranzler.de*.

2. 此信息取自網站*www.cafekranzler.de*。

Der zweite Originalbrief

第二封信件原件

Der dritte Originalbrief

第三封信件原件

✠ Deutscher Originaltext

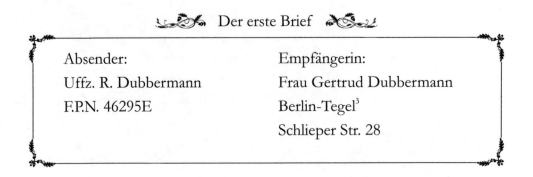

Der erste Brief

Absender:	Empfängerin:
Uffz. R. Dubbermann	Frau Gertrud Dubbermann
F.P.N. 46295E	Berlin-Tegel[3]
	Schlieper Str. 28

O.U.[,] den 27. Januar 1942.

Mein liebes gutes Frauchen!

Heute bekam ich von Herbert[4] einen langen Brief[,] in dem er mir ziemlich ausführlich über den Stand unser [unserer] Wohnungsangelegenheit berichtet hat. Er unterstützt Dich herzlich gern und regelt alles nach bestem Wißen [Wissen] in der Hoffnung, daß [dass] ich eben das genügende Vertrauen zu ihm habe. Ich bin davon überzeugt, daß [dass] er seine Bestmöglichstes tut und alles zur Zufriedenheit in Ordnung bringt. Am Montag wolltet Ihr also den Kaufvertrag über die Möbel unterzeichnen und gleichzeitig soll auch der Mietsvertrag [Mietvertrag] mit der Allianz unterschrieben werden. Das wäre also gestern gewesen und wenn nichts dazwischen gekommen ist, steht uns die Wohnung also ab 1. Februar zur Verfügung. Damit wäre ja ein großer Teil erledigt. Nun kommt dann aber noch die polizeiliche Ummeldung, die Ummeldung der Lebensmittelmarken und dann mußt [musst] Du doch sicher bei der Wirtschaftsstelle Gardinen und dergl. [dergleichen] beantragen. Das gibt ja sehr viel Arbeit für Dich und ich kann Dir beim besten Willen nicht helfen. Im Gegenteil[,] die Urlaubssperre ist noch verschärft worden, es darf nicht mal Urlaub in dringenden Sonderfällen gewährt werden. Ich

---

3. Tegel ist st ein nördlicher Stadtteil von Berlin.

4. Herbert is ein Verwandter von der Familie Dubbermann.

✠ 中文譯文

꒰꒱ 第一封信 ꒰꒱

寄信人：	收信人：
二級下士 魯道夫・杜貝爾曼	格特魯德・杜貝爾曼 女士
戰地郵編 46295E	柏林 特格爾區[5]
	施利佩爾街28號

駐地，1942年1月27日

我親愛賢淑的妻子！

　　今天我收到了赫伯特[6]寄來的一封長信。他在信中詳細描述了我們房子目前的狀況。他很樂意幫忙，會盡全力料理一切，而且希望我充分信賴他。我相信他會做最大努力來讓我們滿意。他說你們打算週一在購買家具的合同上簽字，同時也會把和安聯[7]的租住合同也簽了。這應該是昨天的事，要是沒出什麼意外，2月1日這房子就能入住了。這事也就基本辦妥了。只是還要在警察局轉戶口、轉食物券登記，之後妳一定還得去民生部門申請窗簾之類的東西。妳有那麼多的事要辦，可我卻幫不上忙。度假禁令實施得更嚴格了。即使出現很緊急的特殊情況，也還是不准離隊。真是急死我了！因為我只能在這裡袖手旁觀。赫伯特也已經給我詳細描述了這套房子的情況。這是一套四居室，其中的兩個房間歸我們住。另兩個房間是辦公室，有兩個職員在裡面工作，但不會影響到我們。全部房間都並列在一個走廊裡。要是妳一個人住

---

5. 特格爾（Tegel）是柏林（Berlin）北部的一個城區。

6. 赫伯特是杜貝爾曼家的一位親戚。

7. 一家創立於1890年的德國著名保險公司。

bin schon richtig nervös[,] weil ich hier untätig abwarten muß [muss], wie alles seinen Lauf nimmt. Herbert hat mir nun auch genau beschrieben wie die Wohnung liegt. Es ist also ehemals eine 4 Zimmerwohnung [4-Zimmer-Wohnung] gewesen, von der wir nun 2 Zimmer bewohnen, während die anderen beiden durch Büroräume belegt sind. Die beiden Angestellten[,] die in diesen Zimmern arbeiten[,] stören uns ja nicht weiter, nur daß [dass] alle Zimmer an einem Korridor liegen. Wenn Du da allein wohnen sollst, wird es bestimmt sehr einsam für Dich sein, aber dann machst Du Dir mit dem Radio-Apparat [Radioapparat] schöne Musik, das ist wirklich prima, daß [dass] wir den auch bekommen haben. Ich muß [muss] Dir jedenfalls zusammenfaßend [zusammenfassend] sagen, daß [dass] ich sehr glücklich und froh bin, daß [dass] wir mit dieser Wohnung schon eine Grundlage haben um es uns mit der Zeit immer schöner und gemütlicher zu machen. Wenn der Krieg nun bloß bald zu Ende gehen möchte, daß [dass] ich wieder ganz zu Hause sein kann und ich mich Dir und unserem Heim voll und ganz widmen kann.

Von mir kann ich Dir nur sagen, daß [dass] es mir so weit gut geht und bei uns auch noch keinerlei Änderungen eingetreten sind. Heute bekam ich von Leika und Heini ein Päckchen, was auch schon seit dem 5. Januar unterwegs war. Da habe ich mich aber sehr gefreut. Sie haben mir außer einigen Süßigkeiten noch ein Stückchen Wurst und etwas Gänseschmalz geschenkt, das ist doch wirklich sehr lieb von ihnen.

Nun möchte ich schlafen in der Hoffnung, daß [dass] ich recht bald nach Hause kommen kann.

Sei recht herzlich gegrüßt und geküßt [geküsst] von

Deinem Peter[8][.]

Viele liebe Grüße auch an Mutti und Willi

Eins wollte ich noch sagen, schreib [schreibe] man ruhig wieder zur Adresse noch „Abholpostamt Kielie" dazu, es geht doch schneller. Herberts Brief hat nur zwei Tage gedauert.

在那裡一定會感覺很寂寞，但妳可以打開收音機聽好聽的音樂。我們能得到這個收音機真是太好了！總之我要說，我們以這套房子為基礎，會讓我們的生活隨著時間越來越美滿幸福，我真是太高興了！但願這場戰爭早日結束，那樣我就能回到家，把我們的家布置得溫馨無比。

至於我這邊的日子，可以說還算不錯，沒有什麼變化。今天我收到了萊卡和海妮在1月5日寄出的包裹。這可真讓我高興！除了幾塊糖果之外，他們還給我寄來了一小段香腸和一些鵝油。我真的很感謝他們！

現在我要睡覺了，但願我能很快就有機會回家。

衷心祝福妳、親吻妳！

妳的彼得[9]

代我向媽媽還有維利問好！

再提一句，在地址中附帶寫上「基林郵件收取站」，這樣信寄得更快。赫伯特的信只用了兩天就寄到了。

---

8. Der Briefschreiber verwendet hier einen Kosenamen, den er sich mit seiner Frau gibt.
9. 寫信人在此使用的是妻子對自己的暱稱。

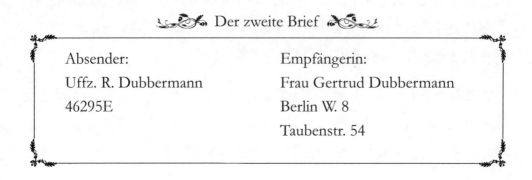

Der zweite Brief

Absender:	Empfängerin:
Uffz. R. Dubbermann	Frau Gertrud Dubbermann
46295E	Berlin W. 8
	Taubenstr. 54

Freitag[,] den 17. April 1942.

Mein allerliebstes Muckile!

Wie Du schon auf der ersten Seite siehst, ist es nun so weit, daß [dass] die Urlaubsperre aufgehoben ist. Meine Hoffnung und mein gesunder Optimismus haben mich nicht im Stich gelassen. Heute sind die ersten Beiden schon gefahren. Man kann es garnicht [gar nicht] glauben[,] aber es ist wirklich Tatsache. Ich freue mich ja so, daß [dass] ich nun doch bald kommen kann um mein neues Heim zu bewundern und vor allem, Dich wieder bei mir zu haben. Die Urlaubsliste ist aufgestellt und danach fahre ich am 29. April. Ich mache also noch den Umzug mit, habe gerade noch Zeit mich etwas einzurichten und dann geht es Richtung Heimat. Am Mittwoch fahren wir ab von hier und übernehmen dann am Donnerstag die Wachen in Tschenstochau[10]. Falls sich meine Abfahrt zum Urlaub durch den Umzug eventuell noch verschieben sollte, schreibe ich Dir noch genaueren Bescheid oder schicke ein Telegramm, wahrscheinlich wird es aber so bleiben, so daß [dass] ich am Donnerstag[,] den 30ten[,] im Laufe des Tages bei Dir bin. Ich denke gerade daran, wir haben doch ein Bad, da kann ich mich ja dann gleich in die Fluten stürzen und den Soldatenstaub für 14 Tage abwaschen. Das wird herrlich sein. Du bist wieder so gut und hilfst mir dabei, damit auch der Rücken richtig sauber wird. Die

---

10. Tschenstochau ist eine Stadt im Süden Polens.

✺✺ 第二封信 ✺✺

寄信人：	收信人：
二級下士 魯道夫・杜貝爾曼	格特魯德・杜貝爾曼 女士
46295E	柏林 西8區
	鴿子街54號

星期五，1942年4月17日

我最親愛的小茉莉！

　　正像妳在明信片上看到的，休假禁令終於解除了。我的執著和樂觀支撐我熬了過來。今天已經有兩個戰友離隊了。簡直難以置信，但千真萬確！我真是高興極了！不久我就能看到我的新家，而最令我高興的還是能再見到妳！休假名單已經排好，我被安排在4月29日啟程。我還要在部隊調防時幫忙，也正好有點時間來整理一下我的東西，之後就能回家了。我們將在週三從這裡出發，然後在週四換防琴斯托霍瓦[11]。萬一我的假期因為這次調防而再次推遲，我會再告訴妳準確日期或給妳發一封電報，但按理是不會再推遲。我應該在週四，也就是30號的當天就到家。此刻我正在想，我們家有一個浴室，我可以立即一頭栽進水裡，用14天的時間洗淨身上的征塵，肯定會很痛快！妳要幫我好好把背搓乾淨！這幾天的軍務還要趕緊完成，可我的心思已經飄去休假了。妳不應再為時間限制規定而生氣，我們要把它置之腦後，真

---

11. 琴斯托霍瓦（Tschenstochau）是一座地處波蘭南部的城市。

Rudolf Dubbermann beim Kugelstoßen.

魯道夫·杜貝爾曼在投擲鉛球。

paar Tage Dienst werden schnell noch abgemacht aber die Gedanken sind nur auf den Urlaub konzentriert. Du sollst Dich dann nicht mehr ärgern über die Verfügungen die da heraus gekommen sind, sondern wir werden während der ganzen Zeit nicht daran denken und recht glückliche Tage verleben. Du kannst ja Deinen Chef schon darauf vorbereiten und wenn er meint, es würden Dir 11 Tage zustehen, dann werde ich mich schon mit ihm einigen. Nun wollen wir noch bitten, daß [dass] wir auch mit dem Wetter Glück haben und es recht viel [viele] sonnige Tage geben wird.

Alles was ich Dir sonst noch zu sagen hätte, sage ich Dir dann mündlich, das geht bedeutend besser.

Sei recht herzlich gegrüßt mit vielen lieben, lieben Küßen [Küssen] von

Deinem Peter.

Recht liebe Grüße auch an Mutti

Rudolf Dubbermann (Mitte vorn sitzend) bei der Wehrmacht, auf der Rückseite steht „Mit meiner Gruppe bei Schanzarbeit 24/8.41.".

魯道夫‧杜貝爾曼在軍中（前方中央坐者），背面寫有「與我的小組挖戰壕 41年8月24日」。

正愉快地度過這些時日。妳可以事先通知妳的上司，要是他說就給妳11天的假，那我自會去與他談妥的。現在我們只希望天公作美，讓那些日子裡陽光燦爛。

其他想要告訴妳的事我都會親口告訴妳，這樣要好得多。

衷心祝福妳、親吻妳！

妳的彼得

也代我誠摯問候媽媽！

✦✦ Der dritte Brief ✦✦

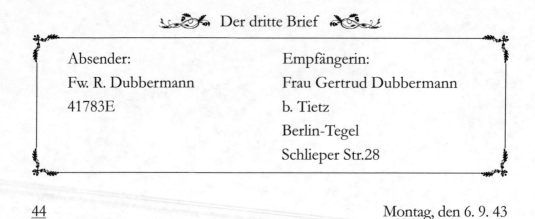

Absender:	Empfängerin:
Fw. R. Dubbermann	Frau Gertrud Dubbermann
41783E	b. Tietz
	Berlin-Tegel
	Schlieper Str.28

<u>44</u>   Montag, den 6. 9. 43

Mein liebes gutes Muckile!

Wenn ich Dir heute diesen Brief schreibe, nehme ich an, daß [dass] Du ihn am 10. in Händen haben wirst. Ich wünsche Dir also zu unserem 2 jährigen Hochzeitstag alles Liebe und Gute. Laß [Lass] Dich recht herzlich Küßen [küssen][,] mein Liebes. Wie gern möchte ich es in Wirklichkeit tun und Dich ganz fest in meine Arme nehmen[,] damit Du weißt[,] wie lieb ich Dich habe. Wir wollen an diesem Tage recht fest gegenseitig an uns denken und nur den einen Wunsch haben, daß [dass] wir uns recht bald für immer wiedersehen. Hoffen wir immer aufs neue [Neue], daß [dass] wir diese Zeit gesund überstehen um dann endlich recht glücklich mit unserem Jüngsten eine schönere Zeit zu erleben. Ich freue mich schon sehr darauf und denke immer wieder daran. Aber wer kann uns sagen[,] wann es so weit ist. Wir sind aber immer zuversichtlich, nicht wahr? Wir glauben eben ganz fest daran, daß [dass] der Tag nicht mehr so weit ist, wo wir endlich mal etwas von unserem Leben haben. An all das wollen wir an unserem Hochzeitstag denken und darum bitten, daß [dass] unsere Wünsche in Erfüllung gehen. Ich will Dir nun nichts Allgemeines weiter in diesem Brief schreiben, es soll nur ein Glückwunsch sein zu dem schönen Tag.

Behalt mich lieb und laß [lass] Dich nochmals recht herzlich küßen [küssen] von

Deinem Peter.

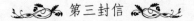 第三封信

寄信人：	收信人：
中士 魯道夫·杜貝爾曼	格特魯德·杜貝爾曼 女士
41783E	蒂茨 轉
	柏林 特格爾區
	施利佩爾街28號

<u>44</u>　　　　　　　　　　　　　　　　星期一，43年9月6日

我親愛賢淑的小茉莉！

　　我想我今天給妳寫的這封信會在10日寄到妳手中。在我們結婚兩周年之際，我對妳致以誠摯的祝福。請允許我深情地親吻妳，我親愛的！我多麼希望能真的吻到妳並緊緊地擁抱妳，好讓妳知道我是多麼愛妳！我們彼此都在今天深切地思念著對方，祈盼早日重逢。我們永遠都要對未來滿懷憧憬，祈望能平安熬過這段歲月，之後與我們的小傢伙共同享受更為美好的時光。我總是不停期待並不斷憧憬。然而又有誰能告訴我們還要等多久呢？但我們總是滿懷希望的，不是嗎？我們堅信那一天不會遙遠，我們終將長相廝守！讓我們在我們的結婚紀念日銘記這一切，並祈禱夢想成真。我不想在這封信中提及日常瑣事，只想在這一美好的日子以此信向妳獻上一份祝福。

　　永遠愛我，再次深情地親吻妳！

　　妳的彼得

◈◈ Der vierte Brief ◈◈

Absender:	Empfängerin:
Fw. R. Dubbermann	Frau Gertrud Dubbermann
41783E	b. Tietz
	Berlin–Tegel
	Schlieper Str. 28

11.   Mittwoch, den 24. 11. 43

Mein geliebtes Muckile, mein lieber kleiner Jörg!

Kaum ist die Nachricht da, daß [dass] Berlin am Montag abend [Montagabend] einen großen Angriff gehabt hat, da muß [muss] man schon wieder von einem neuen erfahren. Es ist doch furchtbar und vor allem ist es die Ungewißheit [Ungewissheit][,] die einem so an die Nerven geht. Ein Feldwebel, der eigentlich gestern schon zurück sein sollte, kam heute abend [Abend] erst. Er kam von Landsberg[12] und war gerade am Montag abend [Montagabend] im Bahnhof Schlesischer B. [Schlesischer Bahnhof] als es los ging. Im Zentrum muß [muss] es ja schlimm sein, da wird ja in unserer Wohnung zu mindestens keine Scheibe mehr drin sein, wenn das Haus überhaupt noch steht. Die Züge nach dem Western gingen erst ab Potsdam, da scheint der Potsdamer Bahnhof in Berlin ja auch seinen Teil abbekommen zu haben. Das soll ja meinetwegen auch sein wie es will, die Hauptsache ist ja, Ihr seid gesund und habt alles gut überstanden. Ich sehe mir immer die Bilder von Dir und unserem Kleinen an, das gibt mir immer neue Zuversicht. Trotz allem möchte ich nun doch wieder daran denken, daß [dass] Du mit dem Kleinen Berlin verläßt [verlässt].

---

12. Der Briefschreiber meint hier höchst wahrscheinlich die Stadt *Altlandsberg*, die sich ca. 20 km östlich von Berlin befindet, und nicht die Stadt *Landsberg*, die im Süden Deutschlands liegt.

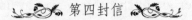

第四封信

寄信人：	收信人：
中士 魯道夫·杜貝爾曼	格特魯德·杜貝爾曼 女士
41783E	蒂茨 轉
	柏林 特格爾區
	施利佩爾街28號

11.　　　　　　　　　　　　　　　　　　星期三，43年11月24日

我親愛的小茉莉、我可愛的小約克！

　　柏林在週一晚上又遭大規模轟炸的消息剛到，新一輪轟炸的報導就接踵而至。這實在太可怕了，而最要命是對當下境況不得而知。一個本該昨天歸隊的下士今天晚上才回來。他來自蘭茨貝格[13]。當週一晚上空襲開始的時候，他正好在西里西亞火車站。市中心被炸得很慘。就算那棟樓還在，我們那套房子也是一塊窗戶玻璃都不會有了。向西開的火車只能在波茨坦發車，因為柏林波茨坦火車站好像也被炸塌了一部分。愛炸成什麼樣就什麼樣吧！我最關心的是你們的安危，是你們安然無恙。我反覆看妳和我們的小傢伙的照片。這會給我些許慰藉。儘管如此，我還是不停地考慮，妳是不是帶著我們的小傢伙離開柏林。要是情況如此下去，連片刻安寧都沒有了。萬一你們

---

13. 寫信人此處所指的極可能是位於柏林以東約20公里處的舊蘭茨貝格（Altlandsberg）市，而並非地處德國南部的蘭茨貝格（Landsberg）市。

Wenn das jetzt eine Weile so weiter geht, dann kann man doch keine ruhige Minute mehr haben. Es wäre nicht auszudenken, wenn Euch etwas passieren sollte. Du bist ja immer ziemlich ruhig gewesen und denkst Dir, es wird schon nichts passieren[,] aber denke mal an die Verantwortung, die Du und ich übernehmen[,] wenn wir unseren lieben Kleinen bei dieser Gefahr in Berlin lassen. Vielleicht hast Du es Dir selbst schon überlegt und schreibst mir darüber. Diesmal werde ich aber wohl lange auf Post warten müssen und es werden lange bange Tage sein bis endlich Nachricht eintrifft, wie es Euch in diesen Angriffsnächten ergangen ist. Wenn Du auch schließlich gleich geschrieben hast, so wird es wohl bei diesen zerstörten Bahnhöfen lange mit der Beförderung dauern.

Ganz nebenbei denke ich dabei an die Kiste mit dem Käse, ob die wohl heil angekommen ist, bzw. ob sie bei dem Angriff noch heil geblieben ist. Wie gesagt, wäre der Verlust garnicht [gar nicht] so schlimm, die Hauptsache ist, Ihr lieben guten Beide seid gesund und munter. Von Tegel habe ich ja Gott sei Dank noch nichts gehört[,] aber deswegen ist es da auch nicht sicher, denn neulich, als es nicht so schlimm war, waren sie doch auch dort in der Nähe. Wenn das so weiter geht, dann mußt [musst] Du unbedingt nach Streckenthin[14]. Ich will Dir nicht wehe tun[,] aber Du mußt [musst] jetzt in erster Linie an den Kleinen und an Dich denken. Du mußt [musst] mir da unbedingt Recht geben.

Ich möchte nun mit der Hoffnung schließen, daß [dass] [es] Euch gesundheitlich gut geht und wünsche Euch Lieben auch weiterhin alles erdenklich Liebe und Gute.

Seid recht herzlich gegrüßt mit vielen lieben Küssen von

Eurem Peter + Pappi [Papi][.]

Viele liebe Grüße auch an Mutti

---

14. Streckenthin ist ein Dorf im Norden des heutigen Polens, und gehörte vor dem Ende des Zweiten Weltkrieges Deutschland.

出了什麼事可怎麼辦啊？妳總是那麼鎮靜，認為不會有事，可妳也要想到，妳我將我們親愛的小傢伙留在危險的柏林是要負責任的！或許妳已經自己考慮過並正要寫信把妳的想法告訴我，只是這次我得等很長時間才能收到妳的信。在得知你們是如何熬過這些夜襲之前，日子是多麼難熬啊！即便妳立即寫信，要把信經由那些炸壞的車站運來也需要很長的時間。

在此刻不經意間我突然想到了那箱奶酪，能順利送到嗎？能不在空襲中被炸爛嗎？當然這點損失無關緊要。最要緊的是親愛的你們二人都安然無恙。我還沒有聽說特格爾區挨炸，謝天謝地，但也不敢就此肯定沒事，因為不久前當空襲還沒那麼猛烈的時候，飛機也在那附近出現過。要再這樣下去，你們就務必要搬到施特肯廷[15]去。我不想傷妳的心，但妳現在必須首先要為孩子和妳自己考慮。妳一定要聽我的話！

我就寫到這裡，希望你們平安無事，但願你們永遠幸福安康。

衷心祝福你們、親吻你們！

你們的彼得＋爸爸

也代我向媽媽問好！

---

15. 地名自譯。施特肯廷（Streckenthin）是一個地處今日波蘭北部的村莊，在二戰結束前歸屬德國。

✧✦ Der fünfte Brief ✦✧

Absender:	Empfängerin:
Fw. R. Dubbermann	Frau Gertrud Dubbermann
41783E	b. Tietz
	Berlin-Tegel
	Schlieper Str. 28

15.)   Montag, den 29.11.43

Mein liebes gutes Muckile!

Heute kam nach einer Woche das erste Mal Post aus Berlin, aber leider war von Dir noch nichts dabei. Die Telegramme für die Bombengeschädigten kamen gestern, heute war keins [keines] dabei. Da könnte ich ja nun annehmen, daß [dass] Gott sei Dank nichts passiert ist. Trotzdem werde ich nicht eher Ruhe haben bis ich von Dir nichts Genaues weiß. Von Mutti bekam ich einen Brief, daß [dass] sie in Schöneberg[16] noch alle am Leben sind. Allerdings soll Tante Miezis Wohnung kaputt sein, ebenfalls ist auch Herberts Wohnung wieder bombardiert. Mutti hat vergeblich versucht, Dich zu erreichen, aber nach so einem schweren Angriff ist wohl auch kaum Verbindung zu bekommen. In die Innenstadt soll man wohl auch nicht reinkommen, wenigstens am Mittwoch nach dem zweiten Angriff noch nicht, so daß [dass] mir Mutti über unsere Wohnung auch noch nichts schreiben konnte. Es tut mir immer etwas weh, wenn ich von Mutti zuerst Nachricht bekomme, aber verstehen kann ich es trotzdem. Du hast ja nun reichlich mit unserem lieben Butzelmann zu tun und kannst Dich nicht gleich so hinsetzen und schreiben. Vor allem warst Du sicher auch aufgeregt und auch müde und warst froh, daß [dass] Du Dich etwas ruhen konntest. Sicher hast Du

---

16. Schöneberg ist ein südlicher Standtteil von Berlin.

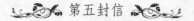

第五封信

寄信人：	收信人：
中士 魯道夫‧杜貝爾曼	格特魯德‧杜貝爾曼 女士
41783E	蒂茨 轉
	柏林 特格爾區
	施利佩爾街28號

15.)　　　　　　　　　　　　　　　　　　　星期一，43年11月29日

我親愛賢淑的小茉莉！

　　今天送來了一週以來的第一批郵件，然而卻沒有妳的信。昨天發來了給空襲受害者的電報，今天沒有電報再來。現在我估計應該沒有事，謝天謝地！儘管如此，只要沒接到確定消息，我就不能平靜。媽媽給我寄來一封信，說他們在舍內貝格區[17]都安然無恙。不過米茨姨媽的房子被炸壞了，赫伯特的房子也再次挨炸了。媽媽試圖與妳聯繫，但在一場如此大規模的空襲過後幾乎一切聯繫都中斷了。內城也無法進入，至少在週三的第二次空襲過後還不行，所以媽媽也沒法知道我們房子目前的狀況。老是得從媽媽那裡等消息，這讓我感覺很不安。但我也可以理解，如今妳得忙著照顧我們親愛的小寶貝，沒法立即坐下來寫信。妳肯定又驚又累，難得片刻安寧。妳一定也曾試圖去看看我們的房子——憑著妳那張居住證。只要有可能，肯定也得到了准許。我估計，要是真出了什麼事，妳一定也會給我發張電報的。明天我一

---

17. 舍內貝格（Schöneberg）是柏林南部的一個城區。

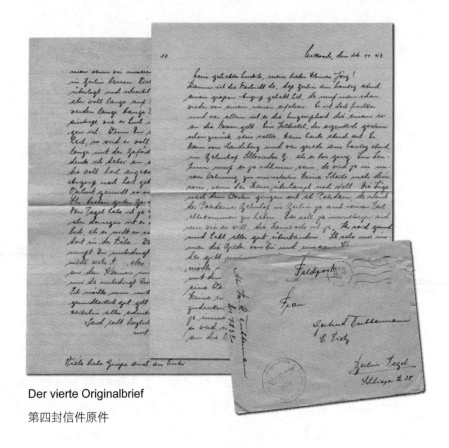

Der vierte Originalbrief

第四封信件原件

auch versucht zu unserer Wohnung zu kommen, mit einem Ausweis, daß [dass] Du dort wohnst, hat man Dich sicher auch hingelassen[,] so weit es überhaupt möglich war. Ich nehme an, daß [dass] Du mir auch ein Telegramm geschickt hättest[,] wenn irgendetwas passiert wäre. Morgen habe ich sicher auch Post, aber nun war ja am Freitag schon wieder ein Angriff. Ich bin mit meinen Gedanken Tag und Nacht nur zu Hause. Unser Kleiner tut mir ja so leid, schön wäre es ja, wenn er von allem noch nichts merken würde und ruhig schlafen würde. Ich bin schon sehr neugierig, was Du mir schreiben wirst.

Bei uns ist nichts los, man sieht von den Berlinern nur bedrückte Gesichter, die alle mit Spannung auf eine Nachricht warten. Das wird wohl ein trauriges Weihnachten geben und hoffentlich das letzte[,] was wir unter diesen Umständen verleben müssen. Von einer Weihnachtsfreude kann ja wohl keine

Der fünfte Originalbrief

第五封信件原件

定能接到妳的來信。週五又是一場空襲。我的思緒日日夜夜都在家裡。我為我們的小傢伙而難過，幸虧他還不懂事，也睡得著。我真想馬上知道妳會給我寫些什麼。

　　我們這裡沒什麼事，但柏林戰友的表情都很沉重，都急切地等待著消息。這個聖誕節將很悲痛，但願這是最後一個讓我們飽受煎熬的聖誕節。聖誕的喜悦無處可尋。再這樣下去，已經很難保持理智了。然而只要身體健康，就可以堅持下去。我衷心希望我們的身體至少是健康的。

　　我祝願妳，我親愛的，還有我們的小約克，一切都好、平平安安！

Das Ehepaar Dubbermann in ihrer Jugendzeit

青年時代的杜貝爾曼夫婦

Rede sein. Es ist bald nicht mehr so einfach, die Nerven zu behalten[,] aber so lange noch alles gesund ist[,] rafft man sich immer aufs Neue wieder auf und ich will auch hoffen, daß [dass] uns wenigstens die Gesundheit bleibt.

Ich wünsche Dir[,] mein Liebes[,] und unserem lieben Klein[kleinen] Jörg auch weiterhin alles Liebe, Gute und beste Gesundheit.

Seid Ihr lieben Beiden [beiden] herzlichst gegrüßt und recht lieb geküßt [geküsst] von

Eurem Peter + Pappi [Papi][.]

Viele liebe Grüße auch an Mutti u. Willi

....

衷心祝福你們、親吻你們！

你們的彼得 + 爸爸

同時衷心問候媽媽和威利

158

Kleiner Spaß in der Kriegszeit
戰時小趣

Für die deutschen Soldaten im Zweiten Weltkrieg gab es keine Mission, die noch unglücklicher wäre, als nach Russland zum Kampf geschickt zu werden. Sowohl die Gnadenlosigkeit der Roten Armee als auch die Erbarmungslosigkeit der russischen Naturverhältnisse waren unübertrefflich. An die Ostfront verlegt zu werden war sogar eine Strafmaßnahme der deutschen Wehrmacht in der Kriegszeit. Manche deutschen Offiziere verwendeten als Druckmittel gegenüber ihren Untergebenen oft den Satz: „Ich schicke dich an die russische Front!"

Der ebenfalls in der Sowjetunion eingesetzte Nachrichtensoldat Max Pöllmann war aber anders als die anderen. Zu jeder Zeit sah er die eigentlich brutale Realität aus einer humorvollen Perspektive. Ein auffallender Unterschied zwischen den Briefen von Pöllmann und den anderen Briefen in diesem Buch liegt darin, dass er seiner Mutter gegenüber beim

對於第二次世界大戰中的德國軍人而言，沒有比赴俄作戰更為不幸的使命。無論蘇聯紅軍之兇悍還是俄國自然條件之嚴酷皆無出其右。調往東線甚至在戰時成為了德國國防軍的一種懲罰措施。有些德軍長官在威脅屬下時經常用的一句話就是：「我送你去俄國前線！」

同樣在蘇聯作戰的通信兵馬克斯・珀爾曼卻與眾不同。他始終以幽默的眼光來看待原本殘酷的現實。珀爾曼的信件與本書中其他信件的顯著不同之處就在於，他總是側重向母親講述有趣

Erzählen immer die lustigen Kleinigkeiten betonte: den gefrorenen Mantel aufrecht zu stellen, Ostern gemeinsam mit Russen zu feiern, die Katze beim Mäusefang zu beobachten. Während sich viele Kameraden über die beschwerlichen Lebensverhältnisse beklagten, konnte Pöllmann stets einen kleinen Spaß finden. Sogar bis zu den härtesten Tagen in der letzten Kriegszeit hatte sich der Stil von Pöllmanns Worten immer noch nicht geändert. Es mag sein, dass er tatsächlich von Geburt an so optimistisch und heiter war, oder vielleicht wollte er bloß nicht, dass seine Mutter traurig wurde.

的小事情：將凍冰的軍大衣豎放、與俄國人共慶復活節、看貓抓老鼠。在眾多戰友們抱怨生活條件艱苦的同時，珀爾曼卻總能發現一些小小的樂趣。甚至直到戰爭後期最艱難的日子，珀爾曼的言語風格依然未改。或許他的確天生就是如此樂觀開朗，也可能只是他不希望母親難過。

Der erste Originalbrief

第一封信件原件

Der zweite Originalbrief

第二封信件原件

✠ Deutscher Originaltext

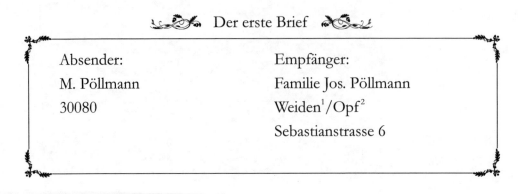

Der erste Brief

Absender:	Empfänger:
M. Pöllmann	Familie Jos. Pöllmann
30080	Weiden[1]/Opf[2]
	Sebastianstrasse 6

Ostern[3], 1942.

Meine lieben [Lieben], liebe Schwester!

Habe gestern einen Brief vom 18.3. u. 3 Päckchen erhalten. Ausserdem [Außerdem] erhielt ich vor einigen Tagen eine Menge Päckchen[,] ich weiß nicht mehr genau wieviel [wie viele] es waren. Ich danke Dir recht herzlich dafür.

Ich habe nun schon 10 Tage nicht mehr geschrieben, da ich in der letzten Zeit dauernd auf dem Marsch war. Ich bin bin [bin mit] einer Schlittenkolonne die Gegend abgefahren nach Pferdefutter. Auf dem Heimwege wären wir beinahe im Schlamm ersoffen. Es ist nämlich in der Zwischenzeit Tauwetter eingetreten. Gestern hat es den ganzen Tag geschneit. Der Schnee war aber ganz nass. Heute ist es wieder etwas kälter geworden. Mein Mantel, den ich über Nacht im Freien hatte hängen lassen, war so steif gefroren, dass ich ihn mitten ins Zimmer stellen konnte. Wir haben natürlich alle herzlich darüber gelacht.

---

1. Die Stadt *Weiden* befindet sich im nordöstlichen Teil von der Region *Oberpfalz*.

2. Die Region *Oberpfalz* befindet sich im Südosten Deutschlands, nahe tschechischer Grenze, gehört zum heutigen Bundesland *Bayern*.

3. Ostern 1942 war am 5. April.

✠ 中文譯文

 第一封信

寄信人：	收信人：
馬克斯・珀爾曼	約瑟夫・珀爾曼 家
30080	魏登[4]/上普法爾茨地區[5]
	塞巴斯蒂安街6號

1942年復活節[6]

我親愛的雙親、親愛的姐妹！

昨天我收到了你們在3月18日寫的信和3個包裹。另外在幾天前我就收到了一大堆包裹，多得我都記不清到底是多少個了。真是感謝你們！

我已經有10天沒給你們寫信了，因為前一段時間我一直在路上奔波。我隨卡車車隊去尋找馬飼料，在回來的路上我們幾乎陷入了泥潭。現在是融雪季節。昨天下了一整天雪。而雪一落地就化成水。今天天氣變得更冷了。我的軍大衣在屋外掛了一夜，被凍得硬梆梆的，我都能把它豎放在屋子中央。我們大家都不禁開懷大笑。

---

4. 魏登（Weiden）市位於上普法爾茨（Oberpfalz）地區東北部。

5. 上普法爾茨地區位於德國東南部，鄰近捷克邊境，如今隸屬德國巴伐利亞（Bayern）州。

6. 1942年的復活節是在4月5日。

Unsere Madga, das ist die Hausfrau bei der wir jetzt wohnen[,] hat uns für Ostern einen grossen [großen] Kuchen gebacken. Ausserdem [Außerdem] bekamen wir von ihr pro Mann 2 Eier, gefärbt natürlich. Die Russen haben die gröste [größte] Freude, dass sie heuer [heute] das erste mal [Mal] seit 20 Jahren wieder Ostern feiern dürfen. Früher, als die Bolschewisten noch hier waren[,] mussten die Bauern genau so wie an den anderen Tagen arbeiten. Es gab nur für die Komissare [Kommissare] etliche Feiertage. Ihr werdet das sicher nicht recht begreifen können, dass deutsche Soldaten von den Russen so zuvorkommend behandelt werden. Ich kann das selbst manchmal nicht verstehen. Wenn man die Russen anständig behandelt[,] so kann man alles von ihnen bekommen. Ihr seht also dass es mir, solange ich im Ruhequartier bin gut geht. Wenn man die primitiven Verhältnisse rechnet so geht es uns hier besser als in manchem Privatquartier in Deutschland. Jetzt brauche ich gar nicht mehr dran [daran] zu denken, dass ich in den nächsten 14 Tagen an die Front komme. Bei uns liegt immer noch ausser [außer] auf den Wegen sehr viel Schnee. Es ist fast unmöglich mit dem Schlitten zu fahren. Auf der Strasse [Straße] liegt der Schlamm 20 cm tief und auf den Feldern sind Schneewehn [Schneewehen] bis zu 5 Meter. Wer jetzt vorne ist, muss dort bleiben bis die Schlammperiode vorüber ist.

Meine Läuse habe ich seit 8 Tagen restlos bekämpft. Ich bin jetzt wieder ein richtiger Mensch.

Sonst gibt es nichts Neues bei uns.

Herzliche Grüße

Max

我們現在住的民房的女主人名叫馬德嘉。她給我們烤了一個大大的復活節蛋糕，而且還送給了我們每個人兩個彩蛋。俄國人是最興高采烈的，因為這是他們20年來第一次有機會慶祝復活節。以前布爾什維克在這裡的時候，這些農夫得像平常一樣終日勞作。只有那些當官的才能無限期地遊手好閒。你們肯定無法理解為什麼俄國人會如此熱情地對待德國軍人。我自己有時候也想不通。只要合理對待俄國人，他們什麼都肯送給你。你們看，只要不去打仗，我的日子就過得不錯。要是不在乎惡劣條件，這裡的生活甚至比在德國的一些居家裡都舒服。現在我根本不必擔心在以後的14天裡還要上戰場，因為軍車四周積雪盈尺。卡車幾乎動彈不得。道路上的爛泥足有20公分深，農田裡的積雪能深達5公尺。要想再往前推進，只有等泥潭時節結束才行。

　　8天來我不懈地與我身上的蝨子作戰。現在我總算又有個人樣了。

　　這裡沒出其他什麼事。

　　衷心祝福

　　馬克斯

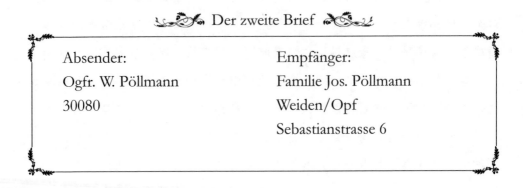

৵৵৵ Der zweite Brief ৵৵৵

Absender:	Empfänger:
Ogfr. W. Pöllmann	Familie Jos. Pöllmann
30080	Weiden/Opf
	Sebastianstrasse 6

Russland, 30. Nov. 1942.

Liebe Mutter!

Ich habe heute abend [Abend] Deinen Brief vom 23. Nov. erhalten. Wie ich sehe bist Du schon wieder in Sorge um mich. Gar so schlimm wie Du Dir das vorstellst ist es bestimmt nicht. Mittlerweile habe ich mich schon an die Kälte gewöhnt. Ausserdem [Außerdem] bin ich ja gross [groß] u. stark genug, ich kann schon etwas aushalten. Über mangelhafte Winterausrüstung kann ich mich auch nicht beklagen.

Von Fini habe ich vor einigen Tagen eine Karte erhalten. Leider kann ich ihr daraufhin nicht antworten. Sie hat keine Adresse angegeben.

Bei uns herrscht seit einigen Tagen wieder Sturm. Gott sei Dank ist der Wind nicht kalt. Es hat etwa 2 – 3° unter Null. Es ist manchmal ein sehr schönes Bild[,] wenn der Schnee so staubt und in der Sonne glitzert. Ich werde versuchen so etwas mal auf dem Film festzuhalten.

Gestern am Sonntag[,] den 29. XI.[,] war bei uns eine Schauspielergruppe aus Kursk. Sie haben uns für einige Stunden Zerstreuung gebracht. Leider aber hatten wir auch sehr viel Arbeit damit. Wir musten [mussten] erst mal einen Raum ausbauen u. mit der nötigen Innenausstattung versehen. Dazu war es

第二封信

寄信人：

一等兵 馬克斯·珀爾曼

30080

收信人：

約瑟夫·珀爾曼 家

魏登/上普法爾茨地區

塞巴斯蒂安街6號

俄國，1942年11月30日

親愛的媽媽！

我在今晚收到了您在11月23日寫的信。我感覺您好像很為我擔心。實際上情況並不像您想像的那麼糟。如今我已經適應了這裡的寒冷。再說我已經長得又高又壯，足以應對這一切。而且我的冬季裝備也不匱乏。

芬妮在幾天前給我寄來了一張賀卡。可惜我無法回覆她，因為她沒寫明地址。

最近幾天我們這裡又起了風暴。幸虧這風還不算太冷。溫度大約在零下2至3度。有的時候，飄舞的雪花在陽光的照耀之下熠熠生輝，真是美景如畫！我要想辦法把這景致拍攝下來。

昨天是星期日，11月29日，從庫爾斯克來了一個劇團。他們為我們演出了幾個小時。不過這對我們來說也夠麻煩的。我們先得騰空一間屋子，還要做好必要的布景。昨天天氣還偏偏異乎尋常地冷。總之可真是夠費勁的！

gerade gestern ausnahmsweise etwas kälter als sonst. Kurz u. gut das ganze [Ganze] war mit grossen [großen] Schwierigkeiten verbunden.

Heute habe ich den ganzen Tag dafür gefaulenzt. Ich hatte mich abgemeldet zum Zahnarzt Doch war mir dann das Wetter zu schlecht. Bei so einem Schneetreiben kann es passieren[,] dass man vom Weg abkommt u. in der Gegend rumirrt. Ich habe die Zeit ausgenutzt um meine Klamotten in Ordnung zu bringen. Ausserdem [Außerdem] habe ich gewaschen. Das muss man in Russland alles selber machen. Ob die Hemden u. das andere Zeug natürlich sauber geworden sind[,] will ich dahingestellt sein lassen.

Die übrige Zeit habe ich ausgefüllt mit zeichnen [Zeichnen] von Weihnachtskarten. Weihnachtskarten zeichnen ist übrigens bei uns schon eine Krankheit. Jeder der nur einige Minuten Zeit hat[,] sitzt am Tisch mit Papier und Bleistift. Ich habe natürlich die schönsten in der ganzen Bude fabriziert! Meine allerschönste [Allerschönste] werde ich natürlich Dir schicken.

Heute habe ich wieder mal Wache für Grossdeutschland [Großdeutschland]. Meine ersten 1 ½ Stunden hatte habe ich schon hinter mir. Um 24 00 h muss ich wieder aufziehen. Es ist jetzt 21 h.

Eben hätte ich beih beinahe eine Maus erlegt. Diese Viecher gibt es in Massen bei uns. Wir fangen täglich so 5 – 10 Stück. Ausserdem [Außerdem] haben wir jeden 2ten Tag leihweise eine Katze, die hat gestern nicht weniger als 17 Stück gefangen. Es ist manchmal eine schöne Unterhaltung. Ein flotter Schafkopf, den wir jeden Abend klopfen[,] trägt ausserdem [außerdem] dazu bei uns die Zeit zu verkürzen. Du must [musst] bedenken, es ist jeden Tag um 3 Uhr schon Nacht. Da gibt es sehr lange Abende u. die wollen vertrieben sein.

Das war so ein kleiner Ausschnitt aus unserem hiesigen Dasein. Etwas besonderes ist sonst nicht vorgefallen.

Viele herzl. [herzliche] Grüße

Dein Max

所以今天我閒散了一整天。我本來在牙醫那裡掛了號，可天氣實在太糟了！雪下得這麼大，人容易偏離道路，在此地區迷失方向。我掌握時間把我的衣服整理好，還洗了一遍。在俄國什麼事都得自己做。當然，至於是不是真能把襯衫還有其他難洗的衣服都洗乾淨，我就不管了。

其餘時間我都在畫聖誕賀卡。我們畫聖誕賀卡簡直都已經上癮了。無論誰只要有幾分鐘的時間，就會坐到桌前展開紙筆。我們一屋子人就數我畫得最漂亮！我最美的佳作當然會寄給您的。

今天我又要為大德意志站崗。第一班崗的一個半小時已經過去。等到24點我還要上崗。現在是21點。

剛才我差點就滅掉了一隻老鼠。這種畜牲在我們這裡多如潮水。我們每天都能抓到5到10隻。另外我們每隔一天都會借一隻貓來。昨天這貓至少抓到了17隻。看貓抓老鼠有時也是一種娛樂。另外，我們每天晚上都興致勃勃地打一場撲克，也能消磨時間。您想想，每天3點天就黑了。長夜漫漫，總得找些事做。

這就是我們在此地生活的一個縮影。別的沒有什麼事發生。

衷心祝福

您的馬克斯

Die letzte Fahrt im Leben

此生最後一程

◇◇

Der russische Schlamm schrieb mindestens zweimal Geschichte in Europa. Das eine Mal handelte es sich um Napoleons Feldzug gegen das zaristische Russland 1812, das andere Mal nach 129 Jahren war es Hitlers Russlandkrieg ab 1941. Die deutschen motorisierten Truppenverbände waren auf den Landstraßen in Westeuropa unüberwindlich, gerieten aber in der Sowjetunion in die Schlammgrube. Die schlimmen Naturverhältnisse in Russland ließen die deutschen Panzer, Kanonen und Transportfahrzeuge keinen Schritt vorwärts kommen. Die Vorteile der Motorisierung konnten sich auf dem russischen Schlachtfeld nicht entfalten. Man kann sagen, dass die deutsche Armee im großen Maßstab vom russischen Schlamm besiegt wurde.

Der Sanitätsgefreite Hermann Steegmann erlebte abgründig die Beschwerlichkeit des russischen Schlamms. Es lässt sich nicht schwer vorstellen, dass ein auf dem Flachland in der Schlammgrube steckendes Militärfahrzeug, sobald es vom Feind entdeckt wurde, zu einer idealen stehenden Zielscheibe

俄國爛泥至少有兩次改寫歐洲歷史。一次是拿破崙在1812年遠征沙俄，另一次就是129年後希特勒於1941年發起的對蘇戰爭。德軍機械化部隊曾在西歐的公路上所向披靡，而在蘇聯卻陷入了泥潭之中。俄國惡劣的自然條件使德軍坦克、火炮、運輸車寸步難行。機械化優勢在俄國戰場上無法施展。可以說，德軍在很大程度上是被俄國爛泥擊敗的。

二等醫療兵赫爾曼‧施特格曼對俄國爛泥之棘手深有體會。不難想像，在平原上陷入泥潭的軍車一旦被敵人發現，就會成為理想的靜止射擊目標。施特格曼在此信中毫無隱諱地向親人講

Das Sterbebild von Hermann Steegmann, aus dem man entnehmen kann, dass Steegmann am 2. Mai 1920 in Kevelaer geboren wurde und am 5. September 1942 in Russland fiel.

赫爾曼・施特格曼的遺像，據此可知施特格曼於1920年5月2日生於凱威萊爾，於1942年9月5日陣亡於俄國。

Der Personalausweis von Hermann Steegmann

赫爾曼・施特格曼的身分證

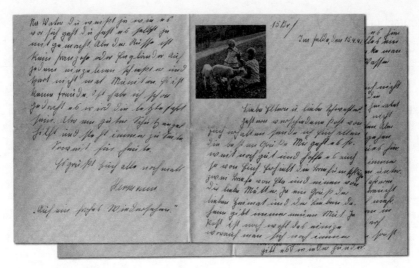

Der Originalbrief

信件原件

wurde. In diesem Brief erzählte Steegmann seiner Familie ohne Vorbehalt über seine innere Angst. Ihm war klar, dass jede Ausfahrt die „letzte Fahrt" sein könnte. Außerdem zeigte Steegmann auch den unmenschlichen Angriff auf den Sanitätswagen durch die Sowjets auf.

Die Sorgen, die Steegmann in diesem Brief zum Ausdruck gebracht hatte, waren sozusagen eine unglückliche Vorhersage, die sich bewahrheiten sollte. Am 143. Tag nach dem Schreiben von diesem Brief fiel Steegmann am 5. September 1942 und wurde für immer und ewig in Russland beerdigt. Sein Kompaniechef fügte der Todesmitteilung an die Familie Steegmann noch ein Foto vom Grab bei.

述自己內心的恐懼，他很清楚自己每次出行都將可能是「最後一程」。此外，施特格曼也揭發了蘇軍攻擊醫療車的反人道行為。

施特格曼在此信中表達的憂慮可謂一語成讖。在寫此信之後的第143天，施特格曼於1942年9月5日陣亡，並被永遠地安葬在了俄國。他的連長在給施特格曼家人的陣亡通知書中還夾寄了一張墓地照片。

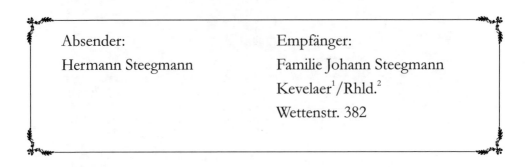

Absender:	Empfänger:
Hermann Steegmann	Familie Johann Steegmann
	Kevelaer[1]/Rhld.[2]
	Wettenstr. 382

15 Br./   Im Felde, den 15.4.42.

Liebe Eltern u. liebe Schwester!

Gestern verschiedene Post von Euch erhalten[,] sende ich Euch allen die besten Grüße. Mir geht es soweit noch gut und hoffe es auch so von Euch. Erhielt die Briefumschläge[:] zwei Briefe von Esa und einen von Dir[,] liebe Mutter. Ja ein Gruß der lieben Heimat und der Lieben daheim gibt immer neuen Mut. Ja Post ist noch wohl das einzige [Einzige] worauf man sich noch immer am meisten freut. Jetzt ist es hier nichts mit dem Wetter[,] alles ein Drek [Dreck]. Hier gibt es jetzt Kranke[,] man steht auch den ganzen [Tag] im Wasser oder Schlamm.

Aber über eines komme ich nicht recht drüber[,] und zwar das [dass] die lustige Witwe wieder geheiratet hat. Na[,] das [dass] das bei Jansen nicht recht ist[,] kann ich verstehen. Aber wie lange soll das gut gehen.

Sonst gibt es wenig Neues hier. Nachts sind wir jetzt bald immer mit dem Sanitätswagen unterwegs. Aber es ist eine Fahrerei zum kotzen [Kotzen][,] über 3 km braucht man 1 Stunde und noch mehr. Und wie oft stekt [steckt] man in

---

1. Die Stadt *Kevelaer* befindet sich im westlichen Teil von der Region *Rheinland*.

2. Hier wird Niederrhein von der Region *Rheinland* gemeint. Niederrhein befindet sich im Westen Deutschlands, an Holland angrenzend, gehört zum heutigen Bundesland *Nordrhein-Westfalen*.

```
寄信人：                          收信人：

赫爾曼・施特格曼                 約翰・施特格曼 家

                                凱威萊爾³/萊茵蘭地區⁴

                                韋滕街382號
```

15號信   戰地，42年4月15日

親愛的雙親、親愛的姊妹！

　　你們寄來的那麼多郵件昨天都收到了，為此我由衷感謝你們！我的日子過得很好，但願你們也不錯！接到的信中有兩封是艾莎寄來的，還有一封是媽媽寫的。來自家鄉親人的問候總能給我帶來新的勇氣！也唯有家信能讓人歡喜得無以復加！現在這裡的天氣糟糕透頂，污濁一片。整天泡在髒水爛泥中，這裡已經有人因此而生病了。

　　有一件事我不太明白，就是那個有趣的寡婦怎麼又結婚了？揚森對這婚事不同意，我能夠理解。這婚姻又能持續多久呢？

　　這邊沒出什麼事。如今我們晚上出去幾乎總是開著醫療車。在這路上開車可真是急死人了，跑3公里竟然需要1個小時甚至更久！多少次陷入爛泥！燈也不許開，要不然就會招來麻煩。唉！爸爸，您肯定知道這是怎麼回事，

---

3. 地名自譯。凱威萊爾（Kevelaer）市位於萊茵蘭（Rheinland）地區西部。

4. 此處指萊茵蘭地區中的下萊茵蘭（Niederrhein）。下萊茵蘭位於德國西部，與荷蘭毗鄰，如今隸屬德國北萊茵-威斯特法倫（Nordrhein-Westfalen）州。

dem Schlamm fest. Licht darf keines gemacht werden[,] sonst gibt es wieder Zunder. Na[,] Vater[,] Du weißt ja wie es vor sich geht[,] Du hast es selbst ja mitgemacht. Aber der Russe ist kein Franzose oder Engländer. Auf jeden einzelnen [Einzelnen] schießt er und spart nicht mal Munition. Es ist keine Freude. Oft habe ich schon gedacht[,] es wird die letzte Fahrt sein. Aber ein guter Schutzengel hilft und steht immer zur Seite[.]

Soweit für heute.

Es grüßt Euch alle nochmals

Hermann[.]

„Auf ein frohes Wiedersehen"

您自己也打過仗。俄國人可不像法國人或英國人。他們見誰打誰，也不在乎浪費彈藥。這可不好玩！我經常想，恐怕這是最後一程了。不過始終有一位好心的守護天使在保佑我，與我同在。

今天就寫這麼多。

再次祝福你們大家！

赫爾曼

「期待團聚！」

Die Todesmittlung und das Foto des Grabes von Hermann Steegmann

赫爾曼・施特格曼的陣亡通知書以及基地照片

Vor Stalingrad

史達林格勒城下

Vom 13. September 1942 bis 2. Februar 1943 ereignete sich in Stalingrad und Umgebung eine der größten Schlachten in der menschlichen Geschichte. Beide Kriegsseiten setzten mehr als zwei Millionen Soldaten ein. Nach 142 Tagen bitterem Kampf endete diese Schlacht mit einer beispiellosen, vernichtenden Niederlage der deutschen Truppen. Das Ergebnis der Schlacht von Stalingrad steigerte den Kampfwillen der Russen gewaltig. Sie sahen zum ersten Mal die Möglichkeit zum Sieg über die deutsche Armee, während die Deutschen extrem schockiert wurden und ihr blindes Vertrauen auf den Führer erstmalig zu schwanken begann. Die Historiker führen zwar Streit über die strategische und taktische Bedeutung der Schlacht von Stalingrad im Deutsch-Sowjetischen Krieg, sind aber dahingehend einig, dass diese Schlacht der Wendepunkt auf der psychischen Ebene der beiden Kriegsseiten war.

Der Unteroffizier Hans Eckhardt war ein Mann mit viel Glück. Im August 1942 stand Eckhardt mit seiner Truppe vor Stalingrad. Er war voller Zuversicht, was die Einnahme von

1942年9月13日至1943年2月2日在史達林格勒及其周邊地區發生了一場人類歷史上最大規模之一的會戰。戰爭雙方投入兵力200餘萬人。歷經142天鏖戰，此戰以德軍的空前慘敗而告終。史達林格勒會戰的結局令俄國人鬥志大增，初次看到了戰勝德軍的希望，而德國人則極受震撼，對元首的迷信首次開始動搖。歷史學家們對史達林格勒會戰在蘇德戰爭中的戰略及戰術意義多有爭議，卻公認此戰是戰爭雙方在心理層面上的轉折點。

二級下士漢斯·埃卡特是一個非常幸運的人。1942年8月，埃卡特隨軍開赴史達林格勒城下。他對攻陷史達林格勒滿懷信心，對

Hans Eckhardt
漢斯・埃卡特

Stalingrad betraf, bemerkte aber die anstehende Katastrophe ganz und gar nicht. Doch nur sieben Tage vor dem Einrücken der deutschen Truppen in Stalingrad wurde Eckhardt außerhalb der Stadt verletzt. Er stand deswegen nicht mehr im Kampf und erhielt ein Verwundetenabzeichen. Aber das Infanterie-Regiment 274 von der 94. Infanterie-Division, dem er angehörte, wurde in Stalingrad vollständig vernichtet. Nach der Genesung wurde Eckhardt in einen anderen Truppenteil nach Frankreich versetzt.

Das Verwundetenabzeichen von Eckhardt in der Hand haltend, besinne ich mich, dass

即將來臨的災難渾然不覺。然而就在德軍攻入史達林格勒前7天，埃卡特於1942年9月6日在城外負傷，故此退出戰鬥，並且榮獲一枚戰傷勳章。而他所屬的94步兵師274步兵團則在史達林格勒全軍覆沒。傷癒之後，埃卡特被編入其他部隊並派往法國。

　　手持埃卡特的戰傷勳章，我自忖人生中有多少事

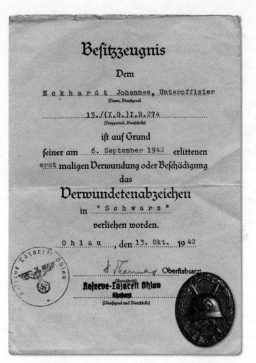

Das Verwundetenabzeichen und dessen Besitzzeugnisses von Eckhardt
埃卡特的戰傷勳章與持有證明

man viele Ereignisse im Leben, wie zum Beispiel Eckhardts Verwundung, als Glück im Unglück betrachten kann. Am Tag der Verwundung hat Eckhardt vielleicht geseufzt, wie unglücklich er im Vergleich zu den nicht verwundeten Kameraden wäre. Jedoch nach der Entscheidung in Stalingrad hat er sich sicherlich bei Gott bedankt, dass er nicht wie seine Kameraden das Unglück erleben musste. Das ist genau die Unberechenbarkeit des Lebens, Unglück und Glück liegen oft nahe beieinander.

都像埃卡特負傷一樣難以迅速評價是福是禍。在負傷當天，埃卡特或許曾哀嘆自己與未受傷的戰友相比是何等地不幸。而當史達林格勒的塵埃落定，他勢必曾感謝上帝是如此厚待他，讓他免遭與同袍們一樣的厄運。人生之微妙就在於此，禍福往往相倚相伏。

✠ Deutscher Originaltext

Absender:	Empfängerin:
Uffz. Eckardt	Frau Hildegard Eckhardt
02498	Zwickau[1]/Sachsen
	Karl-Wolf-Str. 1I
	b. Federl

Brief Nr. 13   Rußland [Russland], den 28.8.42

Mein herzliebstes tapferes Seelchen[!]

Es ist jetzt 5 30 [5 Uhr 30]. Die Sonne scheint schon sehr warm. Liege in einem Erdloch und habe mir die Zeltbahn darüber gespannt[,] damit es nicht so heiß ist.

Ich befinde mich südlich Stalingrad[,] 16 km vor der Wolga. Wir sind wieder 4 Tage marschiert und haben seit gestern eine Verteidigungslinie bezogen. Bin wieder auf B. Stelle [Beobachtungsstelle] hinter einem kleinen Hügel. Der Russe mir gegenüber hat sich bis jetzt ruhig benommen, hoffentlich bleibt es so, sonst müssen wir mit unseren schweren Waffen die Brüder besiegen.

Mir geht es gesundheitlich gut[,] nur Wasser ist hier selten. Du wirst denken so nahe an der Wolga und kein Wasser, aber es ist so. Hier ist noch alles Steppe[,] ein trostloses Land, ohne Haus, Baum und Strauch und tags über [tagsüber] heiß[,] die Nacht dagegen kalt. Brauche nachts 2 Decken und den Mantel zum zudecken [Zudecken] um nicht zu frieren. Wir schlafen alle unter dem herrlichen Sternhimmel im Erdloch. Aber der Mantel gewöhnt sich auch daran. Die Furcht ach ist, es ist bald aus. Ich glaube, viel mal frieren wir nicht mehr[,] denn über

---

1. Die Stadt *Zwickau* befindet sich im Osten Deutschlands, nahe tschechischer Grenze, gehört auch jetzt zum heutigen Bundesland *Sachsen*.

```
寄信人：                          收信人：

二級下士 埃卡特                    希爾德加德‧埃卡特 女士

02498                             茨維考²/薩克森州

                                  卡爾-沃爾夫街1I號

                                  費德勒 轉
```

第13號信   俄國，42年8月28日

我最親愛的、勇敢的寶貝！

　　現在才5點半，已經豔陽高照。我躺在一個散兵坑裡，把帳篷帆布支在頭頂，好不至於太熱。

　　我身處史達林格勒以南，前方16公里就是伏爾加河。我們又一連行軍了4天，昨天進駐了一道防線。我又守在一座小山丘之後的觀察位上。我對面的俄國人到現在為止很安分，希望會一直這樣，不然我們就得用我們的重武器解決這幫傢伙。

　　我身體很好，就是沒有水喝。妳會奇怪離伏爾加河這麼近怎麼會沒有水，可的確就是這樣。這地方全是荒草地，杳無人煙，沒有房屋，沒有樹，也沒有灌木。白天很熱，晚上卻很冷。我在夜裡要蓋上兩層毯子再加上大衣才能不被凍著。我們都在散兵坑裡睡覺，面朝璀璨的星空。不過好在我的大衣盡忠職守。這種日子恐怕不久就會結束。我想我們不會再挨凍太長時間，

---

2. 茨維考（Zwickau）市位於德國東部，臨近捷克邊境，如今依然隸屬德國薩克森（Sachsen）州。

die Wolga wird es wohl nicht gehen. Wenn Stalingrad gefallen ist, da wird auch für uns nur Ruhe sein[.] hoffentlich [Hoffentlich] brauchen wir den Winter nicht mehr hier draußen zu bleiben gell.

Nun zu Dir[,] mein Liebstes[,] hab genug von mir geschrieben. Wie geht es Dir, gell mache Dir um mich keine großen Sorgen[,] bete aber fleißig und bleibe vor allen Dingen tapfer und geduldig bis ich wieder bei Dir bin. Dann hat Alles [alles] Warten[,] Ängstigen und Sorgen ein Ende.

Du[,] die Kreuzworträtsel habe ich alle gelöst so gut es ging. Gell wenn du wieder ein paar hast so schicke sie mir bitte es vertreibt die Zeit und hilft über sehnsuchtsschwere Stunde [Stunden]. Ist sonst noch alles in Ordnung daheim, hoffentlich ist Mutter nicht gefahren aber dafür Du gell[,] ehe es kalt wird ich wünsche und bete für eine gute Erholung.

Ist Erich noch in Brieg[3] oder schon im Krieg.[?] Du mein Lieb[,] warum schreibst Du so wenig, bist Du mir böse oder geht es Dir gesundheitlich nicht gut gell[,] bitte schreibe mir[,] wenn irgend möglich ist[,] Ich hab doch solche Sehnsucht und wenn es nur ein kleiner Gruß ist, ich lese ihn dann oft und dann ist es genau so [genauso] wie ein langer Brief.

Gell schreibst mir mal Deine Gedanken an Deinem Geburtstage oder irgend welche [irgendwelche] anderen Gedanken alles auch trauriges [Trauriges][,] wir wollen uns alles schreiben.

Du[,] Läuse habe ich auch schon wieder gefunden[,] nur kann man die Wäsche nicht waschen[,] das ist doch ein Elend.

Du Seelchen[,] nun werde ich schließen, gell sei nicht traurig, bleibe mein liebes tapferes geduldiges Seelchen, bleibe mein Alles [alles] mein Lieb.

Ich grüße und küsse Dich innigst herzlichst viele mal [Male].

Auf ein baldiges gesundes Wiedersehen mit Dir.

---

3. Brieg ist eine Kreisstadt im Südwesten Polens.

因為我們不打算渡過伏爾加河。只要攻陷史達林格勒，我們就能過上安生日子了。但願我們不用在野外過冬。

現在談談妳，我最親愛的，關於我自己已經寫得夠多了。妳還好嗎？別太為我擔心！只是要勤於祈禱，一定要保持勇氣，相信我終將回到妳身邊。到時候全部等待、恐懼與憂愁都會終結。

哈！我猜出了所有字謎。很成功，不是嗎？如果妳還有的話就請再寄一些來，靠它能打發時間，還可以緩解思念之苦。家裡一切都還好嗎？希望媽媽不用出家門，但是妳得出門辦事，儘量趕在天變涼之前吧！我祝願並且祈禱妳身體能好起來。

埃裡希是還在布熱格[4]還是已經去作戰了？我親愛的，妳為什麼很少寫信？妳是生我的氣了，還是身體不好？如果可能的話，請寫信給我。我是那麼想念妳！哪怕只是隻言片語也好！我會時常拿出來閱讀，就好像妳寫的信很長很長。

也許妳可以給我寫一寫妳在過生日時的感受，或者其他一些感受——即便是悲傷的也行。我們要互相傾訴一切。

唉！我身上又長蝨子了，可是卻不能洗衣服，真是難受！

好！寶貝，我就寫到這裡。不要悲傷，要一如既往地寬容、勇敢、堅毅，還要永遠愛我，我親愛的！

我在心中反反覆覆地祝福妳、親吻妳。

但願不久平安相見。

----

4. 布熱格（Brieg）是一座地處波蘭西南部的縣城。

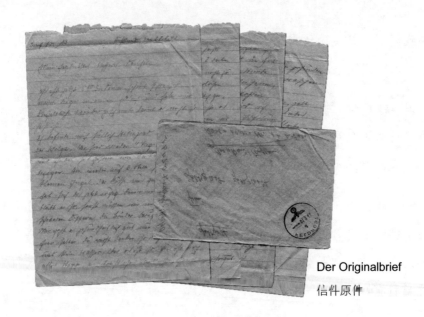

Dir wünsche ich viel Kraft[,] Geduld und baldige Genesung[.]

„Gott mit Dir"

Noch mehr viele sehnsuchtsvolle Küssele

Dein Hans

grüße [Grüße] auch alle daheim, gell

....

我祝妳堅強、堅韌，早日康復！

「上帝與妳同在！」

再次深情親吻妳！

妳的漢斯

代我向所有家鄉人問好啊！

Um nicht aufs Schlachtfeld zu ziehen

為了不上戰場

Während des Frankreichfeldzuges gab das deutsche Oberkommando des Heeres in der Heeresmitteilung vom 11. Juni 1940 bekannt, wenn der Vater einer Familie mit nur einem einzigen Sohn gefallen war, sollte der Namensträger dieser Familie an eine weniger gefährdete Stelle der Front gebracht werden oder seinen Wehrdienst in der Heimat leisten. Und falls alle Söhne von einer Familie mit mehr als einem Sohn schon bis auf einen gefallen waren, dann sollte der einzige überlebende Sohn genauso behandelt werden. Aber aufgrund dessen, dass sich der Krieg unendlich lang hinzog, nahm die Anzahl der Verluste der deutschen Armee kontinuierlich zu, und die Stärke der kämpfenden Truppen nahm fortlaufend ab. Am 6. Oktober 1942 verschärfte das Oberkommando des Heeres die Schutzbestimmungen für Namensträger. Danach verlangte das Ersatzheer einen neuen Antrag von den Namensträgern, sonst konnten

與法國交戰期間，德國陸軍最高統帥部在1940年6月11日的陸軍公告中宣布，倘若獨子家庭中的父親已陣亡，那麼家中獨子將被安排在危險性較小的前線崗位或者在後方服役；而如果一個多子家庭中的子嗣已戰至最後一人，那麼僅存的獨子也將得到同樣待遇。然而由於戰爭久拖不結，德軍傷亡人數不斷增多，參戰部隊兵力日趨匱乏。1942年10月6日，陸軍最高統帥部制定了更為嚴格的獨子保護規定。之後德軍預備部隊要求獨子

sie in die kämpfenden Truppen eingezogen werden.

Die Umgliederung des Ersatzheeres löste bei dem Gefreiten Johann Denger ungeheure Besorgnisse aus. Er war sehr verängstigt, dass er das Schicksal mit seinem Vater teilen würde, der im Ersten Weltkrieg gefallen war. Am selben Abend, als er die Nachricht bekam, schrieb er sofort einen Brief nach Hause und bat seine Familie darum, für ihn eine Dootätigung für Namensträger erstellen zu lassen und einen Antrag auf Befreiung vom Kampf zu stellen. Von Anfang bis Ende war der gesamte Brief erfüllt mit seinem Angstgefühl. Aus der Furcht, dass seine Familie beim Erledigen dieser Angelegenheit Fehler begehen würde, entwarf er selbst den Antrag. Gleichzeitig enthüllte er in diesem Brief auch indirekt, dass es damals nicht wenige junge Deutsche gab, die sich fälschlich als Namensträger ausgaben, um nicht aufs Schlachtfeld geschickt zu werden.

Nach weniger als nur einem Jahr, am 14. September 1943, wurden die Schutz-bestimmungen für Namensträger aufgehoben. Das deutsche Heer war seitdem berechtigt, jeden Soldaten uneingeschränkt einzusetzen, auch wenn er der Namensträger einer Familie war. Denger wurde schließlich doch noch auf das Schlachtfeld getrieben.

必須重新提出申請，否則就將可能被編入參戰部隊。

預備部隊的整編讓二等兵約翰・登格心焦如焚，他生恐自己重蹈父親在第一次世界大戰中陣亡的覆轍。在得到消息的當晚，登格立即給家裡寫信，請家人為他辦理獨子證明並提出免戰申請。惶恐之情貫穿全信始終。由於擔心家人在辦理此事中出現差錯，登格親手起草了申請書。同時他也在此信中間接揭露，當年曾有不少德國年輕人冒充獨子，以免被送上戰場。

在不到一年之後的1943年9月14日，獨子保護規定遭到廢除。德國陸軍從此獲權無限制委派任何士兵——即便他是家中獨子。登格最終還是被推上了戰場。

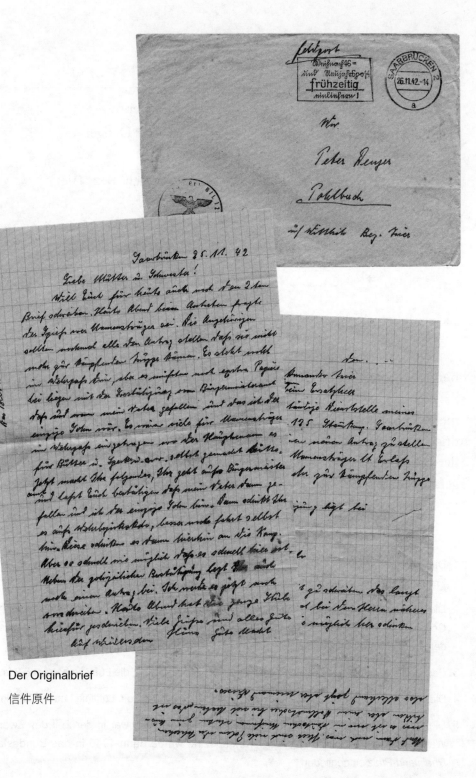

Der Originalbrief

信件原件

✠ Deutscher Originaltext

Absender: Empfängerin:
Gefr. Denger   Ww. Peter Denger
Inf.Ger.Ers.Btl. 125   Pohlbach[3]
Stamm Kp. Saarbrücken[1]   aus Wittlich[4] Bez. Trier[5]
Bel. Kas.[2]

Saarbrücken[,] 25. 11. 1942

Liebe Mutter u. Schwester!

Will Euch für heute auch noch den 2ten Brief schreiben. Heute Abend beim Antreten fragte der Spiess [Spieß][,] wer Namensträger sei. Die Angehörigen sollten nochmal alle den Antrag stellen[,] daß [dass] sie nicht mehr zur kämpfenden Truppe kämen. Es steht wohl im Wehrpaß [Wehrpass] drin, aber es müßten [müssten] noch extra Papiere bei liegen [beiliegen] mit der Bestätigung vom Bürgermeisteramt[,] daß [dass] und wann mein Vater gefallen [wäre][,] und das [dass] ich der einzige Sohn wär [wäre]. Es wären viele für Namensträger im Wehrpaß [Wehrpass] eingetragen[,] wo der Hauptmann

---

1. Die Stadt *Saarbrücken* befindet sich im südwestlichen Grenzgebiet Deutschlands, an Frankreich angrenzend, gehört zum heutigen Bundesland *Saarland*.

2. Die Below-Kaserne wurde von 1937 bis 1938 aufgebaut und nach dem berühmten deutschen General Fritz von Below (1853 – 1918) benannt, ist heute der Kernbestandteil des Campus der Universität des Saarlandes.

3. Das Dorf *Pohlbach* befindet sich südlich von der Stadt *Wittlich*, die Luftlinie beträgt 8,8 km.

4. Die Stadt *Wittlich* befindet sich nordöstlich von der Stadt *Trier*, die Luftlinie beträgt 31,1 km.

5. Die Region *Trier* befindet sich im Südwesten Deutschlands, war in der Zeit des Zweiten Weltkrieges ein selbständiger Regierungsbezirk, wurde dann 1946 in das Bundesland *Rheinland-Pfalz* eingegliedert.

寄信人：

二等兵 登格

125擲彈兵預備營

薩爾布呂肯[6]基幹連

貝洛兵營[7]

收信人：

彼得・登格 遺孀

普爾巴赫村[8]

維特利希市[9]/特裡爾行政區[10]

薩爾布呂肯，1942年11月25日

親愛的媽媽、姊妹！

　　我今天要再給妳們寫一封信。今晚點名的時候，中士問誰是家中獨子。為了不讓獨子被編入參戰部隊，家屬要再一次提出申請。雖然在兵役證中有所注明，但還是要另外再遞交申請書，並附上由民政局開具的證明。在證明中要寫明我爸的陣亡時間以及我是家裡唯一的兒子。有很多人的兵役證上都標著「獨子」，可那不過是上尉在收取黃油和燻肉等賄賂之後私自寫上去的。現在妳們要做的就是去民政局找人證明我爸已經陣亡，而且我是家裡唯

---

6. 薩爾布呂肯（Saarbrücken）市位於德國西南邊陲，與法國毗鄰，如今隸屬德國薩爾（Saarland）州。

7. 貝洛兵營（Below-Kaserne）建於1937至1938年間，以德國著名將領弗裡茨・馮・貝洛（1853—1918）命名，如今是薩爾大學（Universität des Saarlandes）主校區的核心構成部分。

8. 地名自譯。普爾巴赫（Pohlbach）村位於維特利希（Wittlich）市以南，飛行距離為8.8公里。

9. 地名自譯。維特利希（Wittlich）市位於特裡爾（Trier）市東北方向，飛行距離為31.1公里。

10. 特裡爾地區位於德國西南部，在二戰時期是一個獨立行政區，後於1946年併入德國萊茵蘭-普法爾茨（Rheinland-Pfalz）州。

es für Butter u. Speck u. an. [anderes] selbst gemacht hätte. Jetzt macht Ihr folgendes [Folgendes], Ihr geht aufs Bürgermeisteramt und laßt [lasst] Euch bestätigen[,] daß [dass] mein Vater dann gefallen und ich der einzige Sohn bin. Dann schickt Ihr es aufs Wehrbezirkskdo., besser noch fahrt selbst hin. Diese schicken es dann hierher an die Komp. Aber so schnell wie möglich[,] daß [dass] es schnell hier ist. Neben der polizeilichen Bestätigung legt Ihr auch noch einen Antrag bei. Ich werde es jetzt noch vorschreiben. Heute Abend hat die ganze Stube hierfür geschrieben.

Viele Grüße und alles Gute

Hans[11]

Gute Nacht
Auf Wiedersehen
Das Bier hatte ich doch mitgeholt[.]

Den …

Wehrbezirkskommando Trier

betr. [Betr.] Verbleib meines Sohnes Johann beim Ersatzheer

Die jetzt zuständige Dienststelle meines Sohnes Inf.Ers.Btl. 125 Stammkompanie Saarbrücken veranlaßt [veranlasst] mich einen neuen Antrag zu stellen, daß [dass] mein Sohn als Namensträger lt. [laut] Erlaß [Erlass] des Führers nicht mehr zur kämpfenden Truppe abgestellt wird.

Die polizeiliche Bestätigung liegt bei.

Bestätigung Bezirkskdo.

---

11. Der Briefschreiber verwendet hier einen Kosenamen, den er sich mit seiner Familie gibt.

一的兒子。然後妳們把證明寄到軍區司令部，要是妳們能自己去一趟就更好了。之後再把文件寄到我們連部。這事要儘快辦，好讓連部快點接到。除了警方證明之外，妳們還要附上一份申請書。我這就預先起草一份。今晚我們整間屋子的人都在忙這事。

祝好！一切順利！

漢斯[12]

晚安！

再見！

啤酒我拿到了！

日期

致特裡爾軍區司令部

犬子約翰留守預備隊之事

犬子當下之所屬單位為薩爾布呂肯步兵預備營125基幹連。感戴元首恩准，本人特此申請免除吾家獨子參戰之責。

另附警方證明

軍區司令部證章

---

12. 寫信人在此使用的是家人對自己的暱稱。

Mehr braucht Ihr nicht zu schreiben. Das langt[.] Ihr könnt in Trier und bei den Herren näheres hören aber so schnell wie möglich her schicken.

Und dann noch was. Hier sind viele Polen oder Tchechen [Tschechen][,] was es ist[,] wo in deutschen Uniformen stecken zum Ausbilden aber einen Dolmetscher bei sich haben. Das ist also allerhand sagt aber niemand dieses.

其他的妳們都不用寫，這幾句就夠了。也許妳們可以從特裡爾的辦事員那裡得知更多的細節，但一定要儘快把文件寄來！

另外，這裡有很多波蘭人、捷克人還有其他外國人。他們都身穿德國軍服訓練，還帶著一個翻譯。竟然沒人讓他們上戰場！

Die letzte Nachricht aus dem Kessel

來自包圍圈中的最後音訊

Die Schlacht von Stalingrad war für die daran beteiligten Soldaten auf der deutschen Seite eine Katastrophe ohne Beispiel. Am 22. November 1942 schlossen die sowjetischen Verbände erfolgreich den Ring um die 350.000 Soldaten der deutschen 6. Armee. In den darauffolgenden 72 Tagen bis zum 2. Februar 1943 waren, abgesehen von den fast 25.000 von der deutschen Luftwaffe ausgeflogenen Schwerverletzten, mehr als 200.000 deutsche Soldaten in der Welt aus Eis und Schnee gefallen oder vermisst. Die restlichen 100.000 Mann wurden von den Sowjets gefangengenommen, und unter diesen 100.000 konnten nur 6.000 lebend in ihre Heimat zurückkehren.

Der Obergefreite Erwin Heinrich war einer von den 350.000 eingekesselten deutschen Soldaten. Dieser Brief von ihm wurde vom Flugzeug aus dem Kessel von Stalingrad

史達林格勒戰役對德方參戰士兵來說是一場空前的劫難。1942年11月22日，蘇軍成功完成對德軍第6軍35萬人的合圍。在此後直至1943年2月2日的72天中，除德國空軍營救出的將近2萬5千名重傷員之外，有超過20萬名德軍士兵在冰天雪地之中陣亡或失蹤。剩餘10萬人被蘇軍俘虜，而這被俘的10萬人中僅有約6千人生還故土。

一等兵埃爾溫‧海因裡希就是這35萬被圍德軍中的一名。他的這封信是由飛機從史達林格勒包圍圈中運抵德國的。此信是埃爾溫留給

nach Deutschland transportiert. Dieser Brief war Erwins letzte Nachricht an seine Schwester. Der im Kessel eingeschlossene Erwin schickte Neujahrsgrüße an die gesamte Familie seiner Schwester und erzählte, wie sie in Stalingrad Weihnachten feierten. Erstaunlicherweise verriet er fast gar nichts von Trauer oder Kummer. Seither erhielten seine Schwester und Ehefrau keine einzige weitere Meldung von ihm. Erwin wurde seitdem in die Vermisstenliste der deutschen Wehrmacht aufgenommen. Niemand wusste, was sein endgültiges Schicksal war.

Der Rundfunk des Dritten Reiches gab am 3. Februar 1943 der deutschen Bevölkerung die Niederlage der Schlacht von Stalingrad bekannt. Nach dem Vorlesen der Sondermeldung vom Oberkommando der Wehrmacht übertrug der Sender anschließend die „Schicksalssinfonie" von Ludwig van Beethoven (1770 – 1827). Wenn die Schwester oder die Ehefrau von Erwin zu diesem Zeitpunkt auch gerade am Radio saßen, haben sie sich vielleicht gefragt, wer über das Schicksal von Erwin entschieden hatte?

他姊姊家的最後音訊。被困包圍圈中的埃爾溫對姊姊全家致以新年祝福，並講述他們如何在史達林格勒慶祝聖誕，竟然幾乎未流露絲毫悲傷或苦痛。而自此之後，埃爾溫的姊姊與妻子都再沒有收到他的任何訊息。埃爾溫從此被德國國防軍列入失蹤者名單。沒有人知道他的最終命運如何。

第三帝國的廣播電臺於1943年2月3日向德國民眾播報了史達林格勒會戰失敗的消息。在宣讀完德軍最高統帥部的特別公告之後，電臺旋即播放了貝多芬（1770—1827）的《命運交響曲》。倘若埃爾溫的姊姊或妻子當時也正坐在收音機旁，她們是否曾自問，埃爾溫的命運是誰決定的呢？

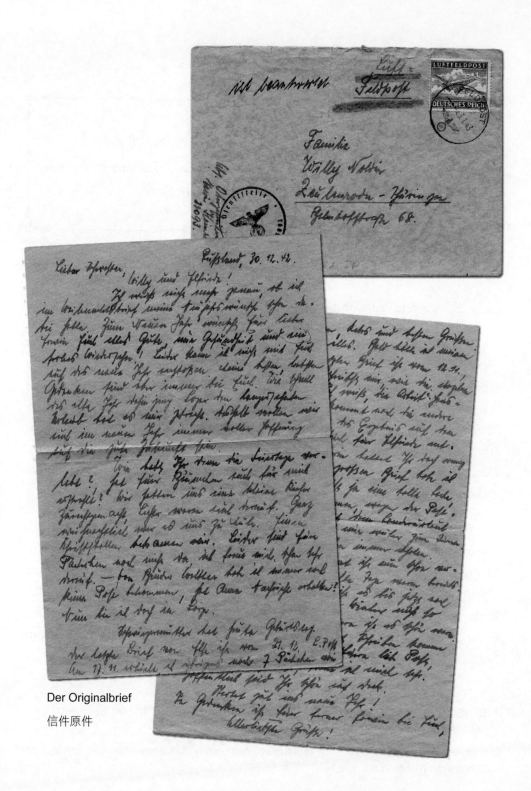

Der Originalbrief

信件原件

✠ Deutscher Originaltext

<table>
<tr><td>Absender:</td><td>Empfänger:</td></tr>
<tr><td>Obergefreiter Erwin Heinrich</td><td>Familie Willy Noldin</td></tr>
<tr><td>23093</td><td>Zeulenroda[1] - Thüringen</td></tr>
<tr><td></td><td>Bahnhofstraße 68.</td></tr>
</table>

Rußland [Russland], 30. 12. 42.

Liebe Schwester, Willy und Elfriede![2]

Ich weiß nicht mehr genau, ob ich im Weihnachtsbrief meine Neujahrswünsche schon dabei hatte. Zum Neuen [neuen] Jahr wünscht Euer lieber Erwin Euch alles Gute, nur Gesundheit und ein frohes Wiedersehen! Leider kann ich nicht mit Euch auf das neue Jahr anstoßen. Meine besten, liebsten Gedanken sind aber immer bei Euch. Wie schnell das alte Jahr dahin ging. Sogar den langersehnten Urlaub hat es mir gebracht. Deshalb wollen wir auch im neuen Jahr immer voller Hoffnung auf die gute Zukunft sein.

Wie habt Ihr denn die Feiertage verlebt? Hat Euer Bäumchen auch für mich erstrahlt? Wir hatten uns eine kleine Kiefer zurechtgemacht, Lichter waren auch darauf. Ganz weihnachtlich war es uns zu Mute. Einen Christstollen bekamen wir. Leider sind Eure Päckchen noch nicht da, ich freue mich schon sehr darauf. Von Bruder Walther habe ich immer noch keine Post bekommen, hat Oma Nachricht erhalten? Nun bin ich doch in Sorge.

---

1. Die Stadt *Zeulenroda* befindet sich im Osten Deutschlands, gehört auch jetzt zum heutigen Bundesland *Thüringen*.

2. Durch andere Briefe lässt sich feststellen, dass Willy der Schwager von Erwin, und Elfriede die Nichte von Erwin ist.

```
┌─────────────────────────────────────────────────────────┐
│  寄信人：                      收信人：                    │
│                                                           │
│  一等兵 埃爾溫・海因裡希        維利・諾爾丁 家            │
│                                                           │
│  23093                         策倫羅達³ 圖林根州         │
│                                                           │
│                                火車站街68號               │
└─────────────────────────────────────────────────────────┘
```

俄國，42年12月30日

親愛的姊姊、維利和愛爾弗麗德！⁴

　　我已記不清是否在聖誕賀信中寫過新年祝福。你們的埃爾溫遙祝你們新年快樂、身體健康，期待早日重逢。可惜我不能和你們一同歡慶新年。我最親的親人──我的思緒卻永遠縈繞著你們。過去一年多麼快地流逝了！我回家度假的願望在去年終於得以實現，因此我們在新的一年中也要滿懷希望地憧憬未來。

　　你們是怎樣度過佳節的呢？你們在光彩奪目的聖誕樹前是否也想到了我？我們也妝點了一棵小松樹，用燭光點綴。我們這裡充滿了聖誕氣氛。我們得到了一塊聖誕蛋糕。可惜你們寄的包裹還沒送到，可我早就迫不及待了。瓦爾特兄的信我還沒接到。外婆收到他的消息了嗎？現在我很擔心。

---

3. 地名自譯。策倫羅達（Zeulenroda）市位於德國東部，如今依然隸屬德國圖林根（Thüringen）州。

4. 通過其他信件可以確定，維利是埃爾溫的姊夫，愛爾弗麗德是埃爾溫的外甥女。

Erwin Heinrich

埃爾温・海因裡希

Schwiegermutter hat heute Geburtstag. Der letzte Brief war von Else ist vom 21. 12. L.Post [Luftpost]. Am 17. 11. erhielt ich übrigens noch 7 Päckchen von Euch, mit 36 Zigaretten, Keks und besten Grüßen. Ich danke recht lieb für alles. Bald hätte ich meinen Dank vergessen. Euer letzter Brief ist vom 12. 11., er liegt vor mir. Du schreibst mir, wie die letzten Tage ausgefüllt sind. Ich weiß, die Arbeit i. [im] Haushalt reißt nie ab, dazu kommt noch die andere Tätigkeit. Wie war denn das Ergebnis auf dem Arbeitsamt? Habt Ihr Euch für Elfriede entschlossen? Für Kindergärtnerin hattet Ihr doch wenig Interesse gehabt. Elfriedes großen Brief habe ich noch nicht erhalten. Das ist ja eine tolle Sache, ist schon etwas heraus gekommen, wegen der Postschalterräuberei. Das mit dem Sonderurlaub ist natürlich ein Witz. Geh nur rüber zum Zimmer, der liebe Willy muß [muss] doch ihn immer abholen.[5]

---

5. Dieser deutsche Satz ist nicht eindeutig und kann deswegen nicht genau ins Chinesische übersetzt werden.

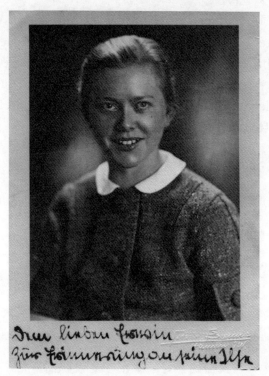

Erwins Ehefrau Else Heinrich,
unten steht: „Dem lieben Erwin
zur Erinnerung an seine Else."

埃爾溫的妻子愛爾澤・海因
裡希，下方寫有：「送給親
愛的埃爾溫 愛爾澤留影。」

今天是岳母大人的生日。愛爾澤的最後一封信是12月21日的航空信。另外，我在11月17日收到了你們寄來的7個包裹，我得到了36支香菸、餅乾還有最真摯的祝福。我真是很感謝這一切，我差點就忘了道謝。你們的最後一封信是11月12日寫的。此刻這信就擺在我面前。你們告訴我過去這些日子都做了些什麼。我知道，家裡的事總是沒完，而且還有別的事情要辦。勞動局給出結果了嗎？你們決定好讓愛爾弗麗德做什麼了嗎？你們是不太想讓她當幼稚園老師的。愛爾弗麗德寫的長信我還沒收到。針對郵局遭搶劫的調查已經有些眉目，真是件好事。特准休假當然只是一個笑話。妳可以儘管進入那間屋子，省得老麻煩人家維利去。6

---

6. 此句德文語焉不詳，故無法準確翻譯為中文。

Ein voller Wintermonat ist nun schon vergangen. Einige besonders kalte Tage waren bereits. So kalt wie voriges Jahr ist es bis jetzt noch nicht. Hoffentlich wird der Winter nicht so streng. In unseren Bunkern ist es schön warm. Sonst geht es mir gut. Zum Schreiben komme ich jetzt schlecht noch. Auf Eure liebe Post, die unterwegs ist, freue ich mich sehr. Hoffentlich seid Ihr schön auf Deck.

Startet gut ins neue Jahr!

In Gedanken ist Euer ferner Erwin bei Euch,[!]

Allerliebste Grüße!

一個完整的冬季月份已經過去，特別寒冷的幾天終於熬過了。到現在為止，還沒有像去年那樣冷。但願這個冬天不會太嚴酷。我們的掩體裡十分暖和。另外我一切都好。我現在老沒時間寫信。我期待著你們給我的來信。希望你們身體健康！

新年快樂！

遠方的埃爾溫想念你們！

此致最誠摯的祝福！

Die letzte gute Zeit in Afrika

在非洲最後的好時光

Im Januar 1943 zog sich das Afrikakorps wegen der Niederlage in der Zweiten Schlacht von El Alamein[1] mehr als 2.000 km westlich von Ägypten über Libyen nach Tunesien zurück. Um die kritische Lage zu wenden, startete dieses Korps, das das Schicksal der Achsenmächte in Nordafrika trug, am 14. Februar präventiv einen neuen Angriff auf die alliierten Truppen. Am Anfang der Offensive gewannen die deutsch-italienischen Verbände vorerst die Oberhand. Binnen zwei Tagen wurden mehr als 2.000 US-Soldaten gefangen genommen und etwa 150 US-Panzer wurden zerstört. Doch diese erfolgreiche Zeit konnte nicht lange dauern, unter dem Zangenangriff seit März durch die britische 8. Armee von

1943年1月，非洲軍團因第二次阿拉曼戰役[2]的失利而由埃及西撤2千餘公里，經利比亞回到突尼斯境內。為扭轉危局，這支擔負軸心國在北非命運的軍團於2月14日主動向盟軍重新發起進攻。攻擊之初，德意聯軍暫時佔據上風，在兩天內俘虜2千餘名美軍，擊毀約150輛美國坦克。然而好景不長，在蒙哥馬利（1887—1976）的英國第8軍與巴頓（1885—1945）的

---

1. Die Achsentruppen und die alliierten Truppen führten zweimal Krieg im Gebiet von El Alamein gegeneinander. Die Erste Schlacht von El Alamein war vom 1. bis 31. Juli 1942, und ließ den weiteren Vormarsch vom Afrikakorps stoppen. Die Zweite Schlacht von El Alamein ereignete sich zwischen dem 23. Oktober und dem 4. November 1942, und brachte Rommel zu der Entscheidung, aus Ägypten auszuziehen.

2. 軸心國軍隊與同盟國軍隊曾於二戰中兩度在埃及的阿拉曼（El Alamein）地區交手。第一次阿拉曼戰役是在1942年7月1日至31日之間，讓非洲軍團無法繼續深入埃及；第二次阿拉曼戰役發生於1942年10月23日至11月4日之間，使隆美爾決定撤出埃及。

Bernard Law Montgomery (1887 – 1976) und dem II. US-Korps von George Smith Patton (1885 – 1945) seit März geriet das Afrikakorps im April im Norden Tunesiens in eine feste Umzingelung. Am 13. Mai 1943 kapitulierte das Afrikakorps, das weder Munition noch Nachschub hatte, an der tunesischen Küste vor den Alliierten. 250.000 deutsche und italienische Soldaten gingen in die Gefangenhaft. Damit qing der Afrikafeldzug endgültig zu Ende, und Afrika war seitdem für die Achsenmächte für immer verloren.

Leider war der Umschlag dieses Briefes nicht komplett erhalten, deswegen kann man den Nachnamen und die Feldpostnummer vom Absender nicht wissen.[3] Nur durch den Briefinhalt kann man erfahren, dass der Vorname dieses Soldaten des Afrikakorps Albert war. Dieser Brief von ihm wurde zwei Tage nach der Offensive in Tunesien geschrieben, gerade innerhalb der kurzen siegreichen Periode für das Afrikakorps. Man kann erkennen, dass die Soldaten vom Afrikakorps kurz vor dem Zerfall des Korps einmal einen normalen

美國第2軍自3月展開的夾擊之下，非洲軍團於4月在突尼斯北部陷入重圍。1943年5月13日，彈盡糧絕的非洲軍團在突尼斯海灘附近向盟軍投降，25萬名德國以及意大利軍人走進戰俘營。北非戰事至此終告結束，軸心國由此永遠失去了非洲。

可惜此信信封未能完整保存，所以無從知曉寄信人的姓氏以及戰地郵編。只能由信件內容得知這名非洲軍團士兵的前名是阿爾貝特。[4]他這封信寫於突尼斯攻勢開始之後兩天，正值非洲軍團短暫的勝利期。可以看出，非洲軍團的士兵們在軍團滅亡前不久曾在突尼斯生活

---

3. Wenn der Briefempfänger ein Verwandter von seiner väterlichen Seite des Briefschreibers war, dann sollte Albert natürlich Mayer heißen. Aber auch das kann man nicht feststellen.

4. 如果收信人是寄信人的父系親屬，那麼阿爾貝特當然應該姓邁爾，但是也無法肯定。

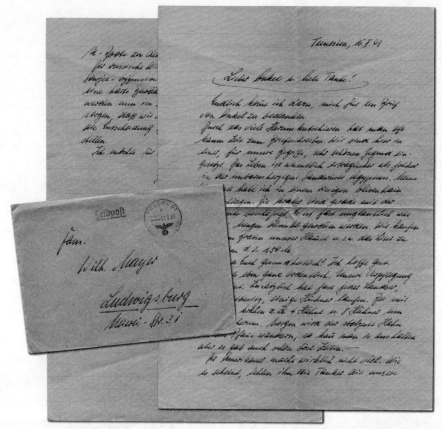

Der Originalbrief

信件原件

Alltag gelebt hatten, und sie waren sehr froh, endlich die Wüste verlassen zu können. Der kommende Niedergang war für sie ganz und gar nicht berechenbar. Albert schrieb im Brief: „Morgen wird der stolzeste Hahn in die Pfanne wandern" und wusste aber nicht, dass er selbst auch gerade kurz vor einer drastischen Schicksalsänderung stand, genau wie dieser Hahn.

得很舒適，為終於能走出沙漠而深感慶幸，末日將至卻毫無察覺。阿爾貝特在信中寫道，「明天那隻最高傲的公雞就要下鍋了」，殊不知他自己也與這隻公雞一樣正面臨命運的劇變。

✠ Deutscher Originaltext

Absender: Empfänger:
Albert [Mayer?] Fam. Wilh. Mayer
  Ludwigsburg[5]
  Meierei-Str. 31

Tunesien, 16.II.43

Lieber Onkel u. liebe Tante!

Endlich kam ich dazu, mich für den Brief von Onkel zu bedanken.

Durch das viele Herumkutschieren hat man oft kaum Zeit zum Briefeschreiben. Wir sind hier in einer, für unsere Begriffe, sehr schönen Gegend eingesetzt. Das Leben ist wesentlich erträglicher als früher in der unbarmherzigen Sandwüste Ägyptens. Meine Werkstatt habe ich in einem riesigen Olivenhain aufgeschlagen. Die Araber sind gerade mit der Olivenernte beschäftigt. Es ist fast unglaublich, was hier für Mengen Olivenöl gewonnen werden. Wir kaufen uns, zum Braten unserer Hammel u.s.w. [usw.] das [den] Liter zu 30 Franken d. i. 1,50 M.

Wie geht es Euch gesundheitlich? Ich hoffe gut. Mir geht es eben ganz ordentlich. Unsere Verpflegung ist sehr gut. Zusätzlich hat fast jeder Landser, als Privatbesitz, einige Hühner laufen. Bei mir gackern und krähen z.Zt. [zzt.] 4 Hähne u. 8 Hühner um das Zelt herum. Morgen wird der stolzeste Hahn in die Pfanne wandern, so kann man es aushalten aber es gab auch schon böse Zeiten.

---

5. Die Stadt *Ludwigsburg* befindet sich im Südwesten Deutschlands, unweit von Stuttgart, gehört zum heutigen Bundesland *Baden-Württemberg*.

寄信人：

阿爾貝特（·邁爾？）

收信人：

威廉·邁爾 家

路得維希堡[6]

牛奶場街31號

突尼斯，43年2月16日

親愛的叔舅、親愛的姨媽！

我終於有時間回覆叔舅的來信了。

頻繁的往復奔襲往往讓人沒有時間寫信。我們現在被派駐到了一個以我們的標準衡量相當舒適的地方。這裡的生活與以前在埃及沙漠中的艱難日子相比要好過得多。我把我的維修站安置在一片廣袤的橄欖樹林中。阿拉伯人正忙著收穫橄欖。榨出的橄欖油之多幾乎讓人難以置信。我們以每公斤30法郎也就是1.5馬克的價格買油來煎羊肉什麼的。

你們身體還好嗎？但願還好。我自己過得也不錯。我們的給養優良。另外幾乎每名士兵都養了幾隻雞作為私產。此刻我的營帳周圍就正有4隻公雞和8隻母雞叫來叫去。明天那隻最高傲的公雞就要下鍋了。這樣的日子還算能熬得過去，但是也有過難挨的日子。

---

6. 路得維希堡（Ludwigsburg）市位於德國西南部，鄰近斯圖加特（Stuttgart），如今隸屬德國巴登-符滕堡（Baden-Württemberg）州。

Der Amerikaner macht wirklich nicht viel. Wie es scheint, fehlen ihm die Tanker die unsere U-Boote zu den Fischen geschickt haben.

Der russische Winter u. die damit verbundene Sowjet-Offensive stellt das deutsche Volk auf eine harte Bewährungsprobe. Front u. Heimat werden nun im Zeichen des totalen Krieges dafür sorgen, daß [dass] wir diese Probe bestehen u. damit die Entscheidung für den deutschen Endsieg sicherstellen.

Ich möchte für heute schließen u. grüße Euch herzlich[,]

Euer Albert.

Herzl. [Herzliche] Grüße an Gertrud u. Georg u. Elfriede u. Hubert.

....

　　美國人可真是沒什麼動作。看樣子他們好像缺少坦克，全讓我們的潛艇給打沉了。

　　俄國的冬天和蘇軍趁機展開的攻勢讓德意志民族面臨嚴峻的考驗。當此之時，前線和後方都將懷著總決戰的信念迎接這一挑戰，以確保德國的最終勝利。

　　我今天就想寫到這裡，衷心祝福你們！

　　你們的阿爾貝特

　　衷心祝福格特魯德、格奧爾格、埃爾弗裡德、胡貝特！

Mama vergeben

諒解媽媽

Die Freundin des Obergefreiten Paul Hagen, Fräulein Lieselene Höhn, beklagte sich über den schwierigen Umgang mit ihrer Mutter. Angesichts der Verstimmung und der Betrübnis seiner Freundin redete Paul in diesem Antwortbrief Lieselene mit sanftem Ton zu, ihrer Mama zu vergeben. Durch seine eigenen Erlebnisse geprägt erklärte er seiner Freundin, warum man seine Mama „solange wie eben möglich hüten" müsste, sonst würde es eines Tages „zu spät" sein. Nach wenigen Monaten heiratete Lieselene diesen großmütigen Mann.

Ich hatte gedacht, dass nur die Chinesen die Bedeutung der „Kindespietät" verstehen würden. Doch nachdem ich viele Jahre in Deutschland gelebt und mich ein bisschen mit der deutschen Kultur vertraut gemacht hatte, merkte ich allmählich, dass die „Kindespietät" auf keinen Fall ein Patent der Chinesen war. Sie wurde bloß in der chinesischen Kultur tiefer und häufiger betont als in den anderen

一等兵保爾‧哈根的女友莉澤萊娜‧赫恩小姐抱怨難以與自己的母親相處。面對女友的憤怨，保爾在這封回信中以非常溫和的口吻勸說莉澤萊娜要諒解媽媽，並透過自己的親身經歷告訴女友，為什麼「要竭盡全力愛護」媽媽，否則有朝一日將「追悔莫及」。莉澤萊娜在數月後嫁給了這個寬宏大量的男人。

我曾以為世上唯有中國人才懂得「孝」之含義。然而在德國生活多年並對德國文化略知一二之後，我逐漸意識到「孝」絕非中國人的專利，只是在中華文化中得到比在別國文化中更為深刻

Kulturen. Der berühmte deutsche Schriftsteller Erich Kästner (1899 - 1974) veröffentlichte im Jahre 1957 seinen Kindheitserinnerungsroman „Als ich ein kleiner Junge war". In diesem Buch erzählte er voller Dankbarkeit über die schönen Erinnerungen an seine Mutter, darunter war die Szene über seine mütterliche Begleitung auf dem Schulweg besonders bewegend. Heute glaube ich, dass die durch Blut verbundene Liebe eine Gemeinsamkeit der ganzen Menschheit ist. Obwohl tausende Meilen zwischen den beiden Ländern liegen, besitzen die Deutschen, die nie vom Konfuzianismus beeinflusst worden sind, ebenfalls solche übereinstimmende Wertvorstellungen wie die Chinesen. Dieser Brief sowie die Briefe im 5. und 22. Kapitel sind hierzu aussagekräftige Belege.

與頻繁的強調而已。德國著名作家埃裡希‧克斯特納（1899—1974）於1957年出版了他的童年回憶小說《當我是一個小男孩的時候》。他在此書中滿懷感激地講述對母親的美好回憶，其中母親護送他上學的情景尤為感人。如今我相信骨血親情為全人類所共有。雖然兩國相隔萬里，從未受孔孟之道薰陶的德國人同樣有與中國人相一致的價值觀。此信以及本書第5章與第22章中的信件皆是力證。

Posen, 19.3.1943

Liebes Mädel!

Gestern erhielt ich mit großer Freude Deine Karte und Brief vom 15.3., woraus ich ersehe, daß es Dir soweit noch gut geht und Du noch gesund und munter bist. Über die Karte habe ich mich ganz besonders gefreut, sah ich doch daraus daß Du und Gerit knall einen schönen Spaziergang zur Burg gemacht habt. Recht gerne wäre ich wieder einmal dabei gewesen und hätte das schöne Bernkastel noch einmal von oben gesehen. Na vorläufig muß ich noch mit dem Anblick von Posen zufrieden sein. Das Wetter ist mir noch nicht so sehr das man lange Spaziergänge machen kann es weht noch immer so ein scharfer und kalter Wind. Na mein Kind, Du schreibst das Mutter Höhn oft schlechte Laune hat und Du darunter leiden mußt. Ich weiß ja nicht den Grund Du mußt Dir das aber auch nicht so zu Herzen nehmen sondern mit doppelter Liebe Deine Mutter über die schlechte Laune hinwegheben. Manchmal denkt man wie schön später es wenn man von zuhause weg wäre, aber schon bald muß die Feststellung machen, daß es daheim doch am schönsten ist.
Ja mein Lieb, ich habe auch mal so gegrübelt wie Du in Deinem Brief, aber schon beim Militär merkt man, wie ein wirklicher zuhause ist. Oft habe ich

dieran denken müssen, am meisten aber dann, wenn man ganz auf sich selber angewiesen ist. Und so wird es auch Dir gehen, wenn es wirklich einmal soweit kommen sollte, was ich ja nicht hoffen will. Sieh mein Kind, die Mutter ist nun einmal das schönste und beste was man auf der Welt besitzt und dieses Besitz muß man solange hüten wie eben möglich, denn wenn Sie einmal nicht mehr ist, dann ist es zu spät.
Nun zu mir selbst, es ist hier immer das gleiche, es geschieht nichts aufregendes und ein Tag verläuft so wie der andere. Noch bin ich ohne Schiene, aber ich glaube nicht mehr lange und dann sind die schönen Tage wieder vorbei Wir wollen schön geduldig sein, auch wenn nicht alles so schnell geht wie wir es uns gedacht haben. Bald wird doch der Tag kommen wo wir wieder froh und glücklich sein können und diese Tage so zu gestalten das sie schön werden, liegt dann an uns.
Nun mein munteres Kehlein, möchte ich schließen, bleibe weiterhin recht munter,

und sei für heute recht herzlich gegrüßt u. geküßt
von Deinem
Paul!

Viele herzl. Grüße an die Eltern und Fr. Knott!

Der Originalbrief

信件原件

Absender:

O.Gefr. Hagen

Lw. Laz. Posen[1]

Baracke 4

Empfängerin:

Frl. Lieselene Höhn

Bernkastel-Kues[2]

Görresstr. 4

Posen, 19.3.1943

Liebes Mädel!

Gestern erhielt ich mit großer Freude Deine Karte und Brief vom 15.3.[,] woraus ich ersehe, daß [dass] es Dir soweit noch gut geht und Du noch gesund und munter bist. Über die Karte habe ich mich ganz besonders gefreut, sah ich doch daraus[,] das [dass] Du und Frau Knott einen schönen Spaziergang zur Burg gemacht habt. Recht gerne wäre ich wieder einmal dabei gewesen und hätte das schöne Bernkastel noch einmal von oben gesehn [gesehen]. Na vorläufig muß [muss] ich noch mit dem Anblick von Posen zufrieden sein. Das Wetter ist nur noch nicht so schön[,] das [dass] man lange Spaziergänge machen kann, es weht noch immer so ein scharfer und kalter Wind.

Na mein Kind, Du schreibst[,] das [dass] Mutter Höhn oft schlechte Laune hat[,] und Du darunter leiden mußt [musst]. Ich weiß ja nicht den Grund, Du muß [musst] Dir das aber auch nicht so zu Herzen nehmen, sondern mit doppelter Liebe Deine [Deiner] Mutter über die schlechte Laune hinweg

---

1. Posen ist eine Stadt im Westen Polens.

2. Die Stadt *Bernkastel-Kues* befindet sich im Südwesten Deutschlands, gehört zum heutigen Bundesland *Rheinland-Pfalz*.

寄信人：

一等兵 哈根

波茲南[3]空軍野戰醫院

4號臨時病房

收信人：

莉澤萊娜・赫恩 小姐

貝恩卡斯特-庫斯[4]

格雷斯街4號

波茲南，1943年3月19日

親愛的姑娘！

昨天我歡天喜地收到了妳在3月15日寫的明信片和信件。從信中我可以看出，妳一切都很好，身心健朗。那張明信片特別讓我高興，我在上面看到妳和克諾特女士一同愉快地去古堡散步。我真想和妳們一起去，再從高處看一次美麗的貝恩卡斯特。可暫時我還是得湊合看波茲南的風景。可惜天氣依然不太好，沒法長距離散步，風刮得又急又冷。

對了，我的寶貝，妳在信中說妳媽媽經常情緒不好，讓妳也很難受。我雖然不清楚具體原因，但妳也不必往心裡去，而應該用更多的愛來幫助妳媽媽擺脫惡劣心情。有時候人是會想，要是能離開家該多好啊！然而不久之後就會明白，還是在家裡最幸福。

---

3. 波茲南（Posen）是一座地處波蘭西部的城市。

4. 貝恩卡斯特-庫斯（Bernkastel-Kues）市位於德國西南部，如今隸屬德國萊茵蘭-普法爾茨（Rheinland-Pfalz）州。

helfen. Manchmal denkt man[,] wie schön wäre es[,] wenn man von zuhause weg wäre, aber schon bald muß [muss] [man] die Feststellung machen, daß [dass] es daheim doch am besten [Besten] war.

Ja mein Lieb, ich habe auch mal so gesprochen[,] wie Du in Deinem Brief, aber schon beim Militär merkt man, was ein wirkliches zuhause ist. Oft habe ich daran denken müssen, am meisten aber dann, wen [wenn] man ganz auf sich selber angewiesen ist. Und so wird es auch Dir gehn [gehen], wenn es wirklich einmal soweit kommen sollte, was ich ja nicht hoffen will. Sieh[,] mein Kind, die Mutter ist nun einmal das schönste [Schönste] und beste [Beste], was man auf der Welt besitzt[,] und diesen Besitz muß [muss] man solange hüten wie eben möglich, denn wenn sie einmal nicht mer [mehr] ist, dann ist es zu spät.

Nun zu mir selbst, es ist hier immer das gleiche [Gleiche], es passiert nichts aufregendes [Aufregendes][,] und ein Tag verläuft so wie der andere. Noch bin ich ohne Schiene, aber ich glaube nicht mer [mehr] lange und dann sind die schönen Tage auch wieder vorbei. Wir wollen schön geduldig sein, auch wenn nicht alles so schnell geht[,] wie wir es uns gedacht haben. Bald wird doch der Tag kommen[,] wo wir wieder froh und glücklich sein können und diese Tage so zu gestalten[,] das [dass] sie schön werden, liegt dann an uns.

Nun mein munteres Rehlein, möchte ich schließen, bleibe weiterhin recht munter, und sei für heute recht herzlich gegrüßt u. geküßt [geküsst] von

Deinem Paul!

Viele herzl. [herzliche] Grüße an die Eltern und Fr. Knott!

是的，我親愛的，我也曾有過與妳信中一樣的抱怨。直到身在軍中，人才會感悟到家的真正含義。我時常不禁想家，尤其是當我完全孤立無助的時候。萬一妳有朝一日也到這種境地，妳也會和我一樣——當然這不是我所希望的。妳看，我的寶貝，媽媽絕對是人在世間所擁有的最美好最親近的人，要竭盡全力愛護她。因為如果有朝一日她不在了，將令人追悔莫及。

現在來說說我自己。這邊還是老樣子，沒出什麼大事，日復一日地得過且過。我依然逍遙無事，但我不相信會這樣長久下去，好日子終會結束。即便事態發展不像我們想像地那樣快，我們也要有耐心。我們歡聚一堂的日子終會到來，我們將可以隨心所欲地安排以後的歲月。

好了，我淘氣的小麋鹿，我就寫到這裡。多保重身體！衷心祝福妳、親吻妳！

妳的保爾

代我向父母和克諾特女士問好！

Das Warten ohne Ende

無盡的等待

〈◇◇◇◇◇◇◇◇◇◇◇◇◇◇◇◇◇◇◇◇◇◇◇◇◇◇◇◇◇◇◇◇◇◇◇◇◇〉

Das Deutsche Rote Kreuz veröffentlichte nach dem Zweiten Weltkrieg eine Vermisstenbildliste der deutschen Soldaten. Ungefähr 1,4 Millionen im Zweiten Weltkrieg verschollene Angehörige der Wehrmacht und der Waffen-SS schloss diese Liste mit über 200 Bänden ein. Doch vollständig war diese Liste nicht, die reale Vermisstenanzahl der deutschen Soldaten lag wahrscheinlich bei mehr als zwei Millionen. Sobald ein Soldat als „vermisst" erklärt wurde, hieß es oft auch schon gefallen, denn das Schicksal des Vermissten blieb in zu vielen Fällen für immer ungewiss, und hinterließ bei der Familie nur sinnlose Hoffnung und endloses Warten.

Diese drei Briefe wurden über 68 Jahre nach dem Verfassen noch nie gelesen. Auf dem Umschlag jedes Briefes steht dasselbe Wort: „Zurück". Als ich sie an einem Abend Ende 2011 vorsichtig mit einem Messer einen nach dem anderen öffnete, hatte ich somit die Ehre, der erste Leser zu sein. Die Briefschreiberin, Frau Betty Treusch, hatte nach

德國紅十字會在二戰結束後公佈了一份失蹤德國軍人照片名冊。大約140萬名在二戰中下落不明的德國國防軍與黨衛軍人員的姓名被收錄於這份長達200餘卷的名冊之中。然而此名冊並不完整，失蹤德國軍人的實際數字可能在200萬以上。一旦一名軍人被宣佈為「失蹤」時常也就意味著陣亡，因為失蹤者的命運在太多情況下永遠不得而知，只會留給家人虛無飄渺的祈盼與漫長無盡的等待。

這三封信在寫成之後超過68年的時間裡從未有人讀過。在每封信的信封上都寫有同一個詞：「退回」。直到2011年歲末的一個夜晚，我用刀將其逐一謹慎拆開，

Georg Treusch

格奧爾格・特勞施

Betty Treusch, aufgenommen im November 1942.

貝蒂・特勞施，攝於1942年11月。

dem 17. Januar 1943 nie mehr einen Brief von ihrem Mann Georg erhalten. In dem Zeitraum von mindestens drei Monaten nach dem Verlust des Kontaktes mit ihrem Mann beharrte sie darauf, fortgesetzt an ihren Mann zu schreiben in der Hoffnung, „wieder ein paar Zeilen von deiner Hand geschrieben zu bekommen", und wiederholend versprach sie: „Ich warte immer auf dich."

Vom März 1943 bis zum Dezember 1948, in der Zeit von mehr als fünfeinhalb Jahren, suchte Betty unermüdlich nach ihrem Mann. Sie schrieb Bittbriefe an verschiedene Stellen und Personen, darunter waren die

有幸成為第一名讀者。寫信人貝蒂・特勞施女士在1943年1月17日之後就再沒收到過丈夫格奧爾格的來信。在與丈夫失去聯繫後至少的三個月的時間內，她堅持不斷給丈夫信，祈盼「能再收到你親手寫來的信」，並反覆許諾：「我會永遠等著你。」

從1943年3月到1948年12月，貝蒂在超過五年半的時間裡不懈地尋找自己失蹤的丈夫。她曾向不同部門與

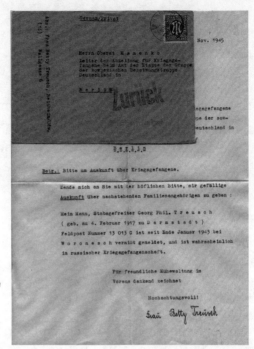

Der ungeöffnet zurückgeschickte
Bittbrief an die sowjetische
Besatzung

蘇聯佔領軍原封退回的求助信

Kompanie und mehrere Kameraden von
Georg, das Oberkommando der Wehrmacht,
den in Stalingrad gefangenen deutschen
Generaloberst Walter Heitz (1878 – 1944), das
Deutsche Rote Kreuz, und nach dem Krieg bat
sie noch bei der sowjetischen Besatzung um
Hilfe. Diese arme Frau bekam „im glücklichen
Fall" eine enttäuschende Rückmeldung,
manche Bittbriefe wurden ungeöffnet
zurückgeschickt und manche blieben nach dem
Absenden verschollen. Es gab niemanden, der
Lust, die Fähigkeit oder die Möglichkeit hatte,
der Drangsal von Betty Aufmerksamkeit zu
schenken.

個人寫信求助，其中包括格
奧爾格的連隊與數位同袍、
德軍最高統帥部、在史達林
格勒被俘的德國上將瓦爾
特‧海茨（1878—1944）、
德國紅十字會，在戰後又向
蘇聯佔領軍求援。這個可憐
的女人「在幸運時」會接到
一份令人失望的回覆，有些
求助信被原封退回，還有些
求助信在寄出後杳無音訊。
根本沒人有興趣、有能力或
有可能理會貝蒂的痛楚。

✿ Der erste Brief ✿

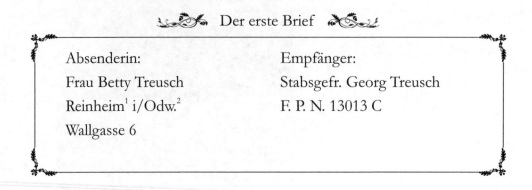

Absenderin:	Empfänger:
Frau Betty Treusch	Stabsgefr. Georg Treusch
Reinheim[1] i/Odw.[2]	F. P. N. 13013 C
Wallgasse 6	

383.   Reinheim, d. 2. 4. 43.

Mein lieber Georg!

Ich will immer wieder weiter schreiben, wenn ich auch noch keine Post erhalten habe. Schon 11 Wochen sind vergangen seit deinem letzten Brief. Mein Liebes, wann werde ich endlich einmal wieder deine Schrift lesen?? Ach, es ist grausam dieses Warten, man zermartert sich das Hirn und ist am Ende noch so klug, wie am Anfang. Ich will die Hoffnung nicht aufgeben, daß [dass] doch bald wieder Post kommt. Liebes[,] ich kann nicht mehr viele Worte machen, ich warte und warte sehnsüchtig auf ein Lebenszeichen von dir. Dein Erleben in diesen schweren Wochen kann ich nur ahnen[,] und wie es mir zu Mute ist[,] brauch ich dir nicht zu schreiben. Meine Schrift ist heute schlecht aber ich schreibe im Bett. Habe einen tiefsitzenden Bronchialkatarrh, dem endlich mal zu Leibe gegangen werden muß [muss]. Mein Pflichtgefühl hat mich seither immer abgehalten zu Hause zu bleiben bis es halt nicht mehr ging. Nun liege ich seit früh im Bett und bekomme Wickel und Arznei.

---

1. Die Stadt *Reinheim* befindet sich im Südwesten Deutschlands, gehört zum heutigen Bundesland *Hessen*, und gilt als das Tor zum Odenwald.

2. Odenwald ist ein Gebirge im Südwesten Deutschlands. Seine Gebiete gehören jeweils zu den heutigen Bundesländern *Hessen*, *Bayern* und *Baden-Württemberg*.

❧❀❦ 第一封信 ❧❀❦

寄信人：

貝蒂‧特勞施 女士

萊茵海姆[3]/奧登林山[4]中

圍牆巷6號

收信人：

上等兵 格奧爾格‧特勞施

戰地郵編 13013 C

383.　　　　　　　　　　　　　　萊茵海姆，43年4月2日

我親愛的格奧爾格！

　　我要一直給你寫信，即便我還是收不到你的信。自從接到你的上一封信，已經過去11週了。我親愛的，我要到什麼時候才能讀到你的信呢？？唉！這是殘酷的等待，絞盡腦汁之後也還是想不出辦法。我不願放棄很快就接到你來信的希望。親愛的，我沒有別的話要對你講。我等了又等，期待著你的音訊。我可以想像你在過去幾週中的經歷是十分艱難的。至於我的心情如何，我不必多提。今天我的字跡不清，因為這信是我在床上寫的。我得了嚴重的支氣管炎，已經到了不治不行的地步。我的責任心不容我在家休養，直到最後站不起來了。我從早上躺到現在，敷布吃藥。

----

3. 地名自譯。萊茵海姆（Reinheim）市位於德國西南部，如今隸屬德國黑森（Hessen）州，被喻為奧登林（Odenwald）山之門戶。

4. 奧登林山是一座德國西南部山脈，其地域分別歸屬今日德國黑森州、巴伐利亞（Bayern）州以及巴登-符騰堡（Baden-Württemberg）州。

Wenn ich nur wüßte [wüsste][,] ob du meine Post auch bekommst? Seit März schreibe ich nur jede Woche einmal. Vielleicht hast du mir auch schon oft geschrieben und es liegt irgendwo. Oder es ist bei Euch noch Schreibverbot? Beckele hat seit 15. 2. auch nicht mehr geschrieben, ich stehe mit seinen Eltern in Verbindung. So wartet man von Tag zu Tag. Einmal muß [muss] es ja auch wieder anders werden und Post kommen. Ich habe dich doch so sehr lieb.

Sei innigst gegrüßt u. geküßt [geküsst]

von Deiner treuen Betty.

Viele herzliche Grüße von Mutter, Vater, Wilhelm u. Johanna und allen Verwandten.

....

要是我能知道你是否收得到我的信該有多好！從三月份起，我每週只寫一封信。也許你也給頻繁我寫信，可都積壓在某處了。要不然就是你們那裡禁止寫信了？貝克勒從2月15日起也沒再來信。我和他的父母保持聯繫。這樣日復一日地等待，這種日子總會結束，總會有信來的。我是那麼愛你！

深情祝福你、親吻你！

你忠誠的貝蒂

媽媽、爸爸、威廉和約翰娜還有各位親戚都衷心問候你！

Der erste Originalbrief

第一封信件原件

Der zweite Originalbrief

第二封信件原件

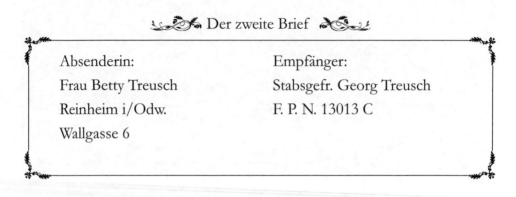

❧❧ Der zweite Brief ❧❧

Absenderin:	Empfänger:
Frau Betty Treusch	Stabsgefr. Georg Treusch
Reinheim i/Odw.	F. P. N. 13013 C
Wallgasse 6	

384.   Reinheim, d. 11. April 43.

Mein lieber Georg!

Heute ist nun wieder mal ein Sonntag, und damit nun genau 12 Wochen vergangen, seit du[,] mein Lieber[,] zum letzenmal [letzten Mal] geschrieben hast. Ich will aber immer tapfer weiter schreiben, denn ich habe immer so eine kleine Hoffnung, daß [dass] du doch meine Briefe noch bekommst, weil ich bis jetzt noch keine Briefpost zurück bekommen habe. Allerdings schreibe ich seit Monat März nur alle 8 Tage einmal, denn, mein Liebes, was soll ich dir schreiben. Immer nur von meiner großen, großen Angst um dich, um mein ganzes Glück. Wie es in mir aussieht, und in welch seelischer Verfassung ich mich befinde, kannst du dir wohl vorstellen. Und wie wird es dir mein Liebes, gehen und schon ergangen sein? Ich könnte manchmal hinaus schreien, warum man uns keinerlei Anschrift zukommen läßt [lässt]. 12 Wochen sind doch gar zu lange und wie lange werde ich noch warten müssen. Beckele (Darmstadt) hatte ja inzwischen mal vom 1. Feb. und 15. Feb. geschrieben (aus Mannheim) und seither auch nicht mehr. Dein Kamerad Winkler liegt ja in Kiew im Lazarett und ich hoffe, daß [dass] ich von ihm etwas von Dir erfahren kann. Durch Zufall fand ich, seine Heimatadresse auf einer Feldpostschachtel. Seine Frau hat sich brieflich nach dir erkundigt und will mir dann Bescheid

✤✦✧ 第二封信 ✧✦✤

寄信人：　　　　　　　　收信人：

貝蒂・特勞施女士　　　　上等兵 格奧爾格・特勞施

萊茵海姆/奧登林山中　　　戰地郵編 13013 C

圍牆巷6號

384.　　　　　　　　　　　萊茵海姆，43年4月11日

我親愛的格奧爾格！

　　今天又是一個星期日。至今已經過去12週了，我親愛的，自從你上次來信算起。然而我會繼續不懈地寫下去，因為我始終懷著一線希望，相信你會收到我的信，而且到現在還沒有信被退回來。不過從三月份起我每8天才寫一封信，我親愛的，因為我不知道該寫什麼。我時刻在特別、特別地為你擔心——為我的全部幸福擔心。你可以想像，我的內心如何，我的精神狀況如何。我親愛的，而你又生活得怎麼樣呢？身體境況又如何呢？我有時簡直要放聲大喊，為什麼沒有人把你們的地址告訴我們？12週的時間是那樣地漫長。我還必須等待多久？貝克勒（達姆施塔特）在2月1日至2月15日之間寫了信（從曼海姆），之後也沒消息了。你的戰友溫克勒正躺在基輔的野戰醫院裡。我希望能從他那裡得到你的消息。我偶然在一個戰地郵件紙盒上發現了他的地址。他的妻子已經寫信向她丈夫打聽你的情況，之後會給我答覆。不過這樣往返也已經過去3週了。如果其他來自曼海姆的戰友有信來，她也會通

schreiben. Darüber sind aber auch schon wieder 3 Wochen vergangen, bis das halt hin und her geht. Auch will sie mir Bescheid schreiben wenn die anderen Mannheimer Kameraden schreiben, aber das scheint bis jetzt auch noch nicht der Fall gewesen zu sein. Wo man aber auch hinhört warten Leute auf Nachricht aus diesem Frontabschnitt, und hier in Reinheim sind wir zu dritt. Man könnte seinen Verstand verlieren. Meine letzte Zuflucht sind deine Briefe, die habe ich schon oft wieder gelesen. Und dann fasse ich Mut und denke, daß [dass] ich tapfer bleiben muß [muss], so, wie mein lieber Mann es will. Mutter ist, glaube ich, die Tapferste, denn sie hat immer wieder ein Trostwort. Wilhelm ist vorgestern wieder abgefahren ohne eine gute Nachricht von dir mitnehmen zu können. Es ist ihm arg nahe gegangen. Wollte Gott, daß [dass] wir doch bald Post von dir[,] mein Liebes[,] bekommen. Ich schrieb dir doch im letzten Brief, daß [dass] ich krank bin. Nun, in dieser Woche nun nehme ich meine Arbeit wieder auf. Ich glaube, daß [dass] ich seelisch kränker war und noch bin, als körperlich.

Mein lieber, guter Mann, ich habe so wahnsinnige Sehnsucht nach dir, wenn ich nur einmal wieder ein paar Zeilen von deiner Hand geschrieben, bekäme. Solltest du in Gefangenschaft geraten, dann denke an mich, daß [dass] ich immer auf dich warte und wenn es Jahre dauert bis wir uns wieder sehen [wiedersehen] können. Einmal muß [muss] auch dieser furchtbare Krieg zu Ende gehen. Unser Herrgott aber möge das Schlimmste verhüten und uns recht bald eine gute Nachricht von dir zu kommen [zukommen] lassen.

In der festen Hoffnung, daß [dass] du diesen Brief noch erhältst[,] wünsche ich und Mutter und Vater, dir alles, alles Gute.

Tausend innige Grüße und Küsse von

Deiner treuen Betty.

知我。可到現在還沒有消息。到處都聽說有人在等待來自這個戰區的消息，在萊茵海姆就有我們三家。簡直要把人急瘋了，我唯一的慰藉就是你以前的信，我反反覆覆地讀。然後我就會重新鼓起勇氣，對自己說一定要勇敢——就像我丈夫期望的那樣！我想，媽媽是最堅強的人，總能有話安慰我。威廉前天又走了。沒能等到關於你的好消息，這令他非常難過。我親愛的，願上帝保佑我們很快收到你的來信。我在上一封信中告訴過你，我生了病。現在過了一週，我又開始工作了。我想，我的心靈和身體相比病得更重，而且現在依舊未癒。

我親愛的、體貼的丈夫，我是那樣瘋狂地想念著你。要是我能再收到你親手寫來的信該有多好！萬一你被俘了，那麼你要想到，我會永遠等著你——即使長年累月，一直等到我們團聚的那一天。這場可怕的戰爭終有結束的那一天。願我們的上帝保佑我們免受極大的痛苦，讓我們儘快得到你平安的消息。

堅信你一定會收到這封信。我和媽媽，還有爸爸，祝你一切、一切都好！

千萬次深情祝福你、親吻你！

你忠誠的貝蒂

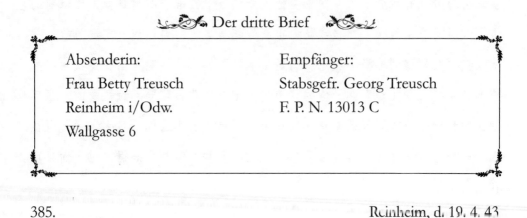

⊰⊱ Der dritte Brief ⊰⊱

Absenderin:	Empfänger:
Frau Betty Treusch	Stabsgefr. Georg Treusch
Reinheim i/Odw.	F. P. N. 13013 C
Wallgasse 6	

385.   Reinheim, d. 19. 4. 43

Mein lieber Georg!

Wieder ist eine Woche vergangen und immer noch keine Nachricht von dir erhalten. Nun ist es ein ganzes 1/4 Jahr her, seit du deinen letzten Brief schriebst (vom 17. Januar).

Mein Liebes, ich bin ganz verzweifelt. Der arme Arthur Beckele ist schon gefallen. Ich wandte mich schon ans O. K. W. [OKW] und bekam vor 14 Tagen den Bescheid, daß [dass] von dir weder eine Truppen- noch Lazarettmeldung vorliegt. Ich schrieb am 17. März an deine Einheit. Bis jetzt habe ich da noch keine Antwort erhalten. Von Frau Winkler aus Mannheim erwarte ich jetzt jeden Tag Post, ob Sie [sie] vielleicht etwas von Ihrem [ihrem] Mann erfahren konnte. Der liegt doch in Kiew im Lazarett. Ach, wenn ich nur einmal ein Lebenszeichen von dir bekäme, diese Ungewißheit [Ungewissheit] macht mich noch wahnsinnig.

Seit einigen Tagen ist so herrliches Wetter und alles steht in voller Blüte. Wie war es doch voriges Jahr so schön, als ich auf deine Genesung und damit auf unser Wiedersehen warten durfte. Und was habe ich mir trotzdem auch für Sorgen gemacht, weil du so krank warst. Und dieses Jahr, ach das ist ja

🙦 第三封信 🙤

寄信人：	收信人：
貝蒂·特勞施 女士	上等兵 格奧爾格·特勞施
萊茵海姆/奧登林山中	戰地郵編 13013 C
圍牆巷6號	

385.　　　　　　　　　　　　　　　　　　萊茵海姆，43年4月19日

我親愛的格奧爾格！

　　又是一週過去了，還是沒有你的信送來。從你上次來信（1月17日）已經過去整整3個月了。

　　我親愛的，我不知所措。那個可憐的阿圖爾·貝克勒已經陣亡了。我詢問了德軍最高統帥部，14天前他們告訴我說，無論部隊還是野戰醫院都沒有你的登記。我在3月17日給你所在的連隊寫了信，可到目前還沒有得到答覆。我現在每天都在等曼海姆的溫克勒女士來信，或許她能從她丈夫那裡得到些消息。他還躺在基輔的野戰醫院裡。唉，要是我能收到你的信該有多好！一無所知讓我要發瘋！

　　這幾天的天氣特別好，春暖花開。去年此時多麼美好，我還能期待你身體康復，等待與你團聚，雖然當時我也在擔心，因為你病得那麼重。可是今年，唉！境況可以說是糟上千倍。我不知道我還要面對怎樣的哀愁與痛苦。

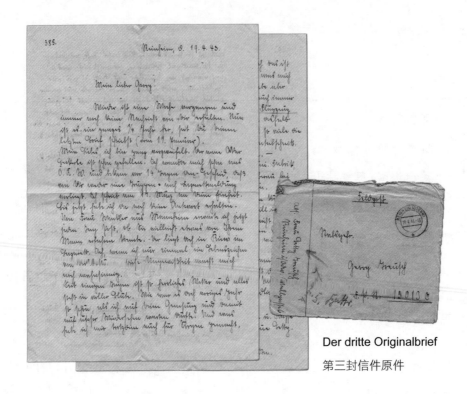

Der dritte Originalbrief

第三封信件原件

tausendmal schlimmer. Ich weiß nicht, was mich noch erwartet an Kummer und Leid. Ich gebe aber die Hoffnung nicht auf und schreibe deshalb auch immer weiter. Vielleicht bekommst du doch mittels Flugzeug die Briefe. Und nur wir zu Hause können deshalb nichts von euch bekommen, es sind ja noch so viele[,] die noch auf Nachricht warten aus diesem Frontabschnitt. Du wirst nun wissen, was wir vermuten.

Ich arbeite nun nicht mehr in der Muni. Fabrik [Munitionsfabrik], sondern ab nächster Woche in Groß-Bieberau[5] bei Merz u. Krell[6]. Wo das ist, weißt du ja.

---

5. Das Städtchen *Groß-Bieberau* befindet sich südlich von Reinheim, die Luftlinie beträgt 3 km.

6. Eine deutsche Schreibgerätefirma, die im Jahre 1920 gegründet wurde.

但我不放棄希望，所以才會堅持給你寫信。或許這些信能透過飛機寄送給你。只是我們後方接不到你們的信。如今有那麼戶人家在等著這個戰區的消息。你肯定知道我們在懼怕什麼。

我現在不在兵工廠上班了，而從下週起調到大比貝奧[7]的梅茨&克萊爾公司[8]上班。這地方你是知道的。

要是我能再和你說上一次話，我會詳細地給你講一講。可現在我只想說這麼幾句，因為我不知道這信會被「送到」誰手裡。家裡還是老樣子。但願威廉已平安回到了他的指定地點。

我親愛的、善良的格奧爾格，我親愛的丈夫！我永遠等著你，因為你是我在這世上最親愛的人！日復一日，我都在祈盼著你的來信。可到底什麼時候才會來呢？

千萬次深情地祝福你、親吻你！

你忠誠的貝蒂

媽媽、爸爸還有所有親人都衷心問候你！

---

7. 地名自譯。大比貝奧（Groß-Bieberau）鎮位於萊茵海姆以南，飛行距離為3公里。
8. 一家創立於1920年的德國文具公司。

Wenn ich nur einmal wieder mit dir sprechen könnte und könnte dir alles erzählen. So aber will ich nur kurze Andeutungen machen, weil ich ja nicht weiß wo die Post „landet". So ist noch alles beim Alten zu Hause. Hoffentlich ist Wilhelm auch wieder gut an seinem Bestimmungsort angekommen.

Mein lieber, guter Georg, mein lieber Mann, ich warte immer auf dich, denn du bist doch das Liebste[,[was ich auf der Welt habe. Von Tag zu Tag hoffe ich auf Post, wann wird sie endlich kommen?

Ich sende dir tausend innige Grüße u. Küsse[!]

Deine treue Betty.

Die herzlichsten Grüße von Mutter u. Vater u. allen Verwandten.

Grüße zum Muttertag

母親節祝福

<hr />

Der Muttertag entstand in den USA und wurde am zweiten Sonntag im Mai 1907, nämlich am 12. Mai, zum ersten Mal gefeiert. Die Zeit verging bis Anfang der 20er Jahre. Die Blumenladenbesitzer in Deutschland sahen Gewinnchancen im Muttertag der Amerikaner. Damals befand sich Deutschland gerade in der Hyperinflationsphase in der Zeit der Weimarer Republik. Das Blumengeschäft war denkbar depressiv. Auf Anregung vom Verband Deutscher Blumengeschäftsinhaber hatten Blumenläden in verschiedenen Orten Deutschlands vor allem zum gewerblichen Zweck am 14. Mai 1922 zum Muttertag das Plakat „Ehret die Mutter" in den Schaufenstern aufgestellt. Nach einem

Werner Gewecke
維爾納‧格韋克

母親節起源於美國，於1907年5月的第二個星期日，即5月12日首次慶祝。時至二十年代初，德國的花店老闆們在美國人的母親節中看到了商機。當時德國正在經歷威瑪共和國時代的惡性通貨膨脹期，花卉生意之慘淡可想而知。在德國花店主協會的倡導之下，德國各地的花店於1922年5月14日母親節主要出於商業目的在櫥窗中掛起了「向母親致敬」的廣告牌。而在一年之後，母親節於1923年5月13日首次在德國慶祝。

維爾納‧格韋克是一名駐守在羅馬尼亞的二等兵。格韋克家有兄弟二人，維爾

Der erste Originalbrief

第一封信件原件

Jahr wurde der Muttertag am 13. Mai 1923 zum allerersten Mal in Deutschland gefeiert.

Werner Gewecke war ein Gefreiter in Rumänien. Die Familie Gewecke hatte zwei Söhne. Werner war der älteste Sohn, und der jüngere Sohn Günter blieb noch zu Hause und half den Eltern beim Betreiben eines Geschäfts. Im Jahre 1943 war der Muttertag am 9. Mai. Der erste Brief wurde eine Woche vor dem Muttertag geschrieben, und der Zweite vor dem Geburtstag seiner Mutter. In den beiden Briefen waren Werners herzliche Grüße an seine Mutter tief bewegend.

納是長子，次子京特仍在家中，幫助父母經營一家店鋪。1943年的母親節是在5月9日。維爾納的第一封信寫於母親節之前一週，第二封則寫於他母親生日前夕。在兩封信中，維爾納對母親的深情祝福皆感人至深。

我曾在歷史書中讀到，母親節在第三帝國時代曾被

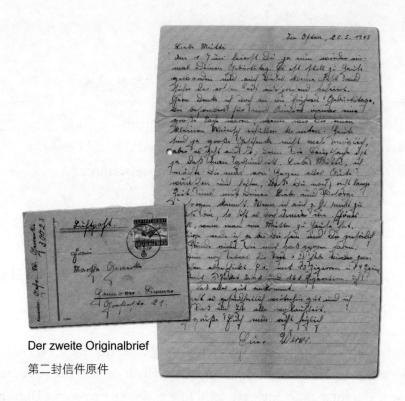

Der zweite Originalbrief

第二封信件原件

Ich habe in den Geschichtsbüchern gelesen, dass in der Zeit des Dritten Reiches der Muttertag zu viel mit politischer Ideologie vermischt wurde, woran ich keinen Zweifel habe. Aber die Briefe von Werner ließen mich erkennen, die Liebe zur Mutter ist ein gemeinsames Gefühl von Menschen in allen Zeitperioden. Der Muttertag war für Werner ausschließlich ein Tag, an dem man Liebe, Ehre und Dankbarkeit der Mutter erweist, er hatte nichts mit irgendeinem politischen Gedanken zu tun.

融入了太多的政治理念。對此我並不懷疑，然而維爾納的家信卻讓我看到，對母親的愛是人類在任何時代共有的情感。母親節對維爾納而言就是一個向母親表達敬愛與感激的日子，與任何政治思想無關。

✠ Deutscher Originaltext

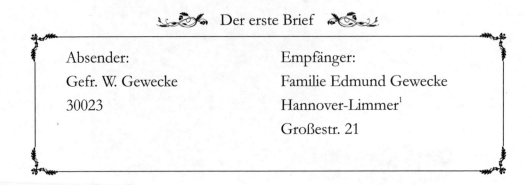

Der erste Brief

Absender:	Empfänger:
Gefr. W. Gewecke	Familie Edmund Gewecke
30023	Hannover-Limmer[1]
	Großestr. 21

Im Osten, 2. Mai 1943

Liebe Mutti!

Der heutige Brief soll besonders Dir gelten, denn der Tag ist ja nicht mehr fern, der nach der deutschen Mutter seinen Namen erhielt: „der Muttertag".[2] Zu diesem Ehrentage möchte auch ich Dir aus weiter Ferne von Herzen alles Gute wünschen. Möge das kommende Jahr Dir weiterhin Gesundheit und neue Kraft geben in diesen schweren Zeiten zu bestehen, und Dich nicht unterkriegen zu lassen.

Ich glaube, ich schreibe auch in Günters Namen, wenn ich Dir heute für all Deine Liebe und Mühe, mit der Du uns aufgezogen hast, danke. Gewiß [Gewiss], wir haben Dir auch manche Sorgen und Kummer bereitet, aber ich glaube auch, daß [dass] Du viele schöne Stunden mit uns verbracht hast, an die Du vielleicht heute noch gern denkst! Viele Jahre sind seid [seit] unserer Geburt vergangen, aber jetzt können wir erst Deine Fürsorge und Aufopferung richtig beurteilen. Wenn ich auch zu dieser Zeit nicht bei Dir

---

1. Limmer ist ein nördlicher Stadtteil von Hannover.

2. Der Muttertag 1943 war am 9. Mai.

✠ 中文譯文

꧁ ❈ 第一封信 ❈ ꧂

寄信人：	收信人：
二等兵 維爾納·格韋克	埃德蒙·格韋克 家
30023	漢諾威 林默區[3]
	格羅塞街21號

東方戰區，1943年5月2日

親愛的媽媽！

今天這封信要特別獻給您，因為不久就是為德國母親而命名的日子——母親節。[4]值此紀念日之際，我想在遠方向您致以衷心的祝福！願您在未來一年中身體依舊康健，並以嶄新的力量不屈不撓地熬過這艱難歲月。

我相信京特也懷有與我同樣的心情。我們衷心感謝您為養育我們而付出的愛與辛勞。當然，我們有時也會給您帶來煩惱與憂愁，但我想，我們也共同度過了許多美好的時光，令您至今回味欣慰！我們雖然已來到世上多年，卻直到現在才能公正評價您的關懷與奉獻。儘管我此時不能在您身邊，但京特和我與您重逢的日子終將到來。一切都會得到補償，讓您二老的晚年盡可能美滿。

最後我還要告訴您一個好消息——我將提前回家休假！我不是在七月，而是在六月就會回家看你們。等我知道了具體時間會發航空郵件通知你們。

---

3. 區名自譯。林默（Limmer）區是漢諾威（Hannover）北部的一個城區。

4. 1943年的母親節是5月9日。

weilen kann, so wird doch die Stunde kommen wo es Günter und mir eine Freude machen wird, alles abzugelten und Euch das Leben so bequem, wie möglich zu machen.

Zum Schluß [Schluss] möchte ich Dir noch eine kleine Freude machen hinsichtlich meines Urlaubs. Ich fahre nicht im Juli, sondern werde schon im Juni zu Euch kommen. Genaue Zeit erfahre ich noch und gebe per Luftpost Nachricht.

Und nun zu Dir[,] lieber Papa! Leider ist ja für die Väter kein besonderer Tag angesetzt, aber was ich Mutti schrieb, gilt ja auch für Dich und ich möchte darum auch Dir am heutigen Tage für all das Gute danken, daß [dass] Du an mir getan hast. Ich wünsche auch Dir fernerhin alles gesundheit [gesundheitlich] Gute und hoffe, daß [dass] Du geschäftlich nicht zu überansprucht [überbeansprucht] bist.

Dir, lieber Günter, habe ich eigentlich wenig zu berichten. Ich wünsche, daß [dass] auch Du gesund und munter bist und Deinen Körper stählst, damit Du stark und kräftig wirst.

Wie geht es denn im Geschäft? Hast Du Dich schon in die ganze Sache reingefunden? Ja! Na, ist ja schön. Ich bin inzwischen auch etwas über die Fernsprechsachen und die Funkgeräte unterrichtet und im Urlaub können wir uns mal eingehend über die laufenden Probleme unterhalten!

Bis dahin grüße ich Dich[,] Papa und Mutti recht herzlich[,]

Euer Werner.

Anbei füge ich zwei Luftpostmarken!

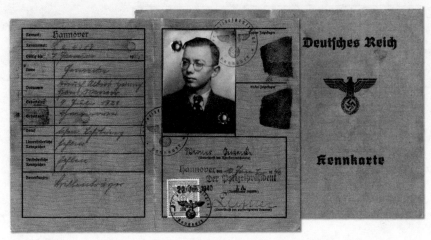

Der Personalausweis von Edmund Gewecke, aus dem man entnehmen kann,
dass Gewecke am 9. Juli 1921 in Hannover geboren wurde.

維爾納‧格韋克的身分證，據此可知格韋克於1921年7月9日生於漢諾威。

　　現在輪到您，親愛的爸爸！可惜沒有給父親選定特殊的節日，但是我給媽媽寫的話也同樣是寫給您的。在今天這個日子我也想對您為我們所做的一切表示感謝。我同樣祝願您身體依舊健朗，並希望您不要因為生意上的事太累。

　　親愛的京特，我對你實際上沒有什麼要特別交待的。我也祝你身康體健，好好鍛鍊身體，長得又強壯又結實。

　　店裡生意還好嗎？你已經能料理一切了嗎？一定能！這就太好了！我如今也學了一些關於電話設備和無線電機的知識。等我休假的時候我們就可以聊聊當前的困難！

　　衷心祝福你、爸爸還有媽媽！

　　你們的維爾納

　　我在此附上兩張航空郵票！

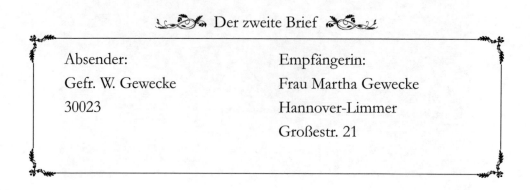

✿ Der zweite Brief ✿

Absender:	Empfängerin:
Gefr. W. Gewecke	Frau Martha Gewecke
30023	Hannover-Limmer
	Großestr. 21

Im Osten, 20. 5. 1943

Liebe Mutti[!]

Am 1. Juni feierst Du ja nun wieder einmal Deinen Geburtstag. Es ist still zu Hause geworden und auch dieses kleine Fest wird sicher der ersten Zeit entsprechend gefeiert. Gern denke ich noch an die früheren Geburtstage, die besonders für uns Kinder immer eine große Sache waren, wenn wir Dir einen kleinen Wunsch erfüllen konnten. Heute sind ja große Geschenke nicht mehr möglich, aber es geht auch so, denn die Hauptsache ist ja, daß [dass] man gesund ist. Liebe Mutti, ich möchte Dir nun von Herzen alles Gute wünschen und hoffen, daß [dass] Du noch recht lange Zeit uns mit Deiner Liebe und Fürsorge umsorgen kannst. Wenn ich auch z. Zt. [zzt.] nicht zu Hause bin, so ist es doch immer ein schönes Gefühl, wenn man eine Mutter zu Hause hat. In Kürze werde ich ja bei Dir sein und Dir persönlich die Hände reichen, die mich groß gezogen haben.

Und nun noch etwas für Papa. Ich habe wieder zwei Päckchen abgeschickt. P. [Päckchen] 1 mit 13 Zigarren u. 84 Zigaretten, P. [Päckchen] 2 mit 1 Paket Tabak und 168 Zigaretten. Ich hoffe, daß [dass] alles gut ankommt.

꧁ 第二封信 ꧂

寄信人：	收信人：
二等兵 維爾納‧格韋克	瑪塔‧格韋克 女士
30023	漢諾威 林默區
	格羅塞街21號

東方戰區，1943年5月20日

親愛的媽媽！

　　6月1日您又會慶祝您的生日。雖然家裡變得冷清了，但這個小小的節日肯定也會在第一時間慶祝。您以前過生日時曾留給我多麼美好的回憶，總令我們小孩子特別高興的就是能滿足您的一個小小願望。今天雖不可能送給您很大的禮物，但就這樣也很好，因為您的健康是才最重要的！親愛的媽媽，我發自內心地祝福您，但願我們還能長久地享受您的愛與關懷！儘管我現在出門在外，但有媽媽在家等我的感覺卻總能溫暖我心。不久我就能回家，再握將我撫養成人的那雙手。

　　爸爸，我也有話對您說。我又寄出了兩個包裹。一號包裹裡有13支雪茄和84根香菸，二號包裹裡有1包菸葉和168根香菸。希望都能順利送到。

　　我的身體仍然很好，希望你們也都健健康康！

　　衷心祝福你們！

　　你們的維爾納

Mir geht es gesundheitlich weiterhin gut und ich hoffe, daß [dass] auch Ihr alle wohlauf seit [seid].

Ich grüße Euch nun recht herzlich[,]

Euer Werner.

Das Schicksal der Menschheit

人類的命運

Das Zeitalter der deutschen Monarchie ging mit der deutschen Niederlage im Ersten Weltkrieg zu Ende. Die danach geborene Weimarer Republik erlebte ausgerechnet eine in der Geschichte beispiellose Hyperinflation und gab der deutschen Bevölkerung keinen Grund, an die Überlegenheit der Demokratie zu glauben. Von den 20er bis Anfang der 30er Jahre des 20. Jahrhunderts boomten der Faschismus und der Kommunismus gleichzeitig in hohem Maße in Deutschland und hatten jeweils mehrere Millionen Unterstützer. Beide Seiten bezeichneten sich als die einzige Hoffnung für die Rettung Deutschlands. Letztendlich gewann die Nationalsozialistische Deutsche Arbeiterpartei die Reichstagswahl vom 5. März 1933 und dämpfte dann in der ersten Phase ihrer Regierungszeit erfolgreich und rasant die Wirtschaftskrise ab. Aufgrund dessen wurde der Faschismus von vielen Deutschen als die beste Verwaltungsform der menschlichen Gesellschaft betrachtet, während die Demokratie und der Kommunismus als Bedrohungen für die Menschheit angesehen wurden.

德國的君主制時代隨1918年德國在第一次世界大戰中的失敗而終結。其後誕生的威瑪共和國偏偏經歷了史無前例的惡性通貨膨脹，使德國民眾無從相信民主制度的優越。從二十世紀二十年代到三十年代初，法西斯主義與共產主義曾同時在德國興盛異常，支持者皆達數百萬之眾。雙方都宣稱自己是拯救德國的唯一希望。最終納粹黨於1933年3月5日在國會競選中取勝，繼而在主政初期成功而迅速地緩解了經濟危機。故此，法西斯主義曾被眾多德國人視為人類社會的最佳組織形式，民主制度與共產主義皆為對人類之威脅。

Dieser Brief ist der Einzige unter den 81 Briefen in diesem Buch, der den Krieg aus der Perspektive der gesamten Menschheit in Augenschein nimmt. Der Briefschreiber Herbert Röttger war ein Mann voller Pflichtbewusstsein. Er schärfte im Brief zuerst seinem Bruder Hans ernsthaft ein, die Pflicht als Sohn und als Ehemann zu erfüllen. Vielleicht gerade sein starkes Pflichtbewusstsein ermöglichte es ihm, nicht eingeschränkt durch Individualität, Familie, Nation oder Volk, sich vernünftige Gedanken über das Schicksal der gesamten Menschheit zu machen. Obwohl er bloß im Rang eines Obergefreiten stand, konnte er trotzdem zutreffend einschätzen, dass ein Ende dieses Weltkrieges „noch nicht abzusehen" war. Er hatte die Befürchtung, dass die vernichtenden Waffen schließlich die ganze Menschheit zum Untergang führen würden, weil „die Vernichtung ungeahnte Formen annehmen" würde. Bedauerlicherweise erkannte Herbert nur allein die Verbrechen des Krieges an, aber nicht das Übel des Faschismus als solches. Er sah einen Sinn im Kampf gegen Demokratie und Kommunismus und war davon überzeugt, dass Deutschland einen gerechten Krieg führte, um „unsere europäische Mission" zu erfüllen.

這封信是本書81封信中唯一一封從全人類的視角來審視戰爭的信件。寫信人赫伯特・勒特格是一個極富責任感的男人，在信中首先鄭重叮囑其兄漢斯要恪盡為人子、為人夫之責。或許正是強烈的責任感使赫伯特得以擺脫個人、家庭、國家或民族之桎梏，理性思考全人類的命運。儘管他的軍銜僅為一等兵，卻能準確判斷這場世界大戰「還不知道要到何時方能結束」。他擔心毀滅性武器終將導致全人類的滅亡，因為「殺人方法將無法預料」。遺憾之處在於，赫伯特僅能認清戰爭本身之罪惡，卻未意識到法西斯主義之邪惡。他肯定對民主制與共產主義作戰的價值，堅信德國所進行的是一場正義的戰爭──是為完成「我們對歐洲擔負的使命」。

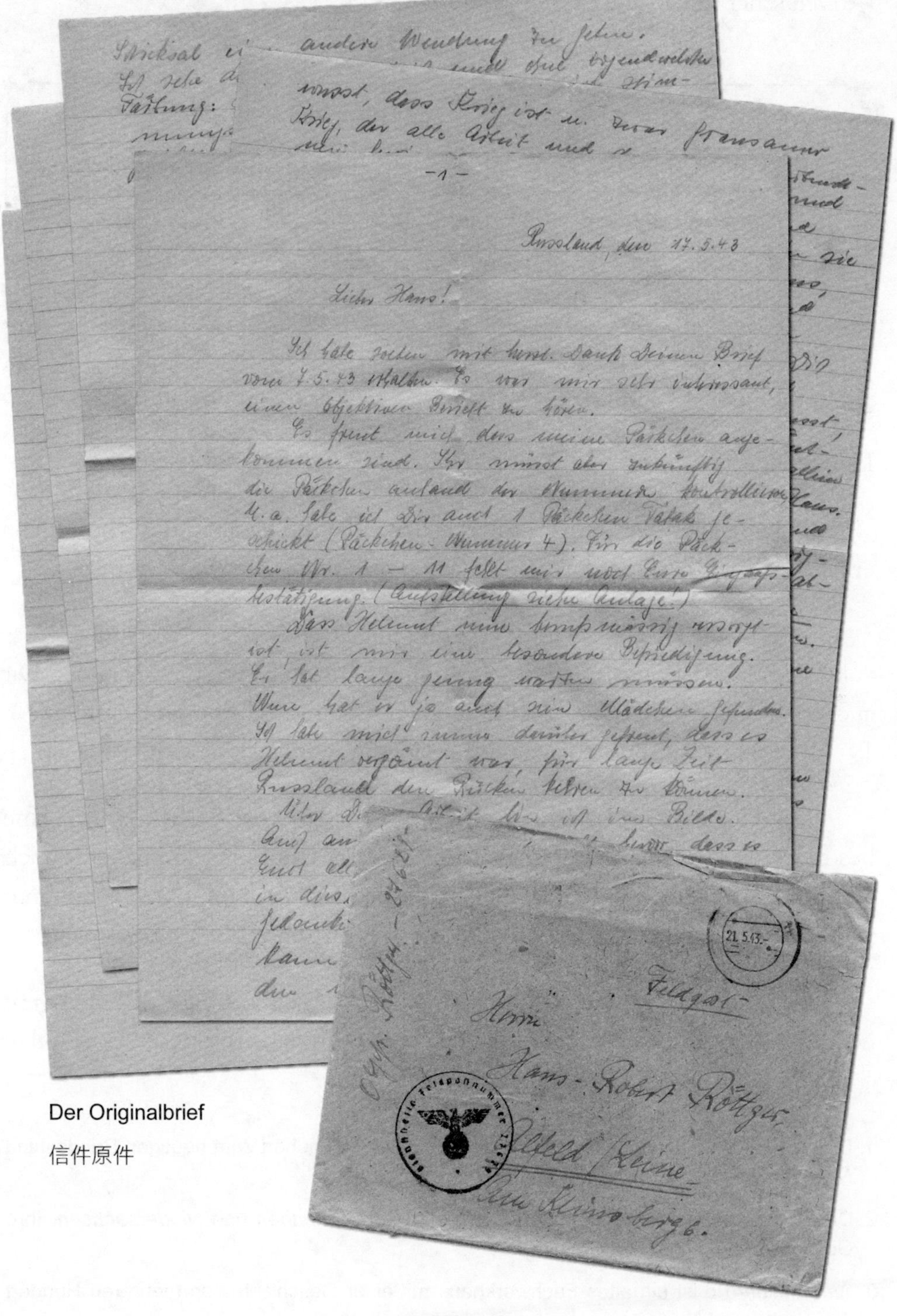

Russland, den 17.5.43

Lieber Hans!

Der Originalbrief

信件原件

Absender: Empfänger:

Ogfr. Röttger   Herrn Hans-Robert Röttger

- 27629 -   Alfeld[1]/Leine[2]

                                   Am Klinsberg 6[3]

Russland, den 17.5.43

Lieber Hans!

Ich habe soeben mit herzl. [herzlichem] Dank Deinen Brief vom 7.5.43 erhalten. Es war mir sehr interessant, einen objektiven Bericht zu hören.

Es freut mich, dass meine Päckchen angekommen sind. Ihr müsst aber zukünftig die Päckchen anhand der Nummer kontrollieren. U. a. habe ich Dir auch 1 Päckchen Tabak geschickt (Päckchen Nummer 4). Für die Päckchen Nr. 1 – 11 fehlt mir noch Eure Eingangsbestätigung. (Aufstellung siehe Anlage!)

Dass Helmut nun berufsmässig [berufsmäßig] versorgt ist, ist mir eine besondere Befriedigung. Er hat lange genug warten müssen. Nun hat er ja auch sein Mädchen gefunden. Ich habe mich immer darüber gefreut, dass es Helmut vergönnt war, für lange Zeit Russland den Rücken kehren zu können.

Über Deine Arbeit bin ich im Bilde [Bilder]. Auch aus Vaters Briefen geht hervor, dass es Euch allen zuviel [zu viel] wird. Ich habe mir in diesem Punkte

---

1. Die Stadt *Alfeld* befindet sich im Norden Deutschlands, gehört zum heutigen Bundesland *Niedersachsen*.

2. Die Leine verläuft in den heutigen Bundesländern *Thüringen* und *Niedersachsen*. Ihre Gesamtlänge beträgt 281 km.

3. *Am Klinsberg 6* ist ein altes Fachwerkhaus mit einer Geschichte von mehreren Hundert Jahren, besteht heute immer noch.

✠ 中文譯文

寄信人：	收信人：
一等兵 勒特格	漢斯-羅伯特·勒特格 先生
- 27629 -	阿爾費爾德[4]/萊訥[5]河畔
	克林斯山旁6號[6]

俄國，43年5月17日

親愛的漢斯！

我剛剛收到你在43年5月7日寫的信，衷心感謝！你的客觀描述讓我很感興趣。

很高興得知我寄的包裹都送到了。以後你們得根據包裹的編號來查收。最重要的是我給你寄了一包菸葉（4號包裹）。而我的1至11號包裹還未得到你們的查收回復。（見附帶清單！）

特別讓我欣慰的是赫爾穆特現在有了穩定工作。他等的時間可真是夠長的！另外他現在也找到了女朋友。我真高興赫爾穆特能有幸長期離開俄國！

我很清楚你所做的工作。從爸爸的來信中也可以看出，你們要做的活都太多了。我時常思考這件事情。過於繁重的勞作可能會有朝一日引發嚴重傷害。你要時刻牢記這是戰爭，而殘酷的戰爭會使一切辛勞連同其成果付之東

---

4. 阿爾費爾德（Alfeld）市位於德國北部，如今隸屬德國下薩克森（Niedersachsen）州。

5. 萊訥（Leine）河流淌於今日德國圖林根（Thüringen）州與下薩克森州，全長281公里。

6. 街名自譯。克林斯山旁（Am Klinsberg）6號是一座有數百年歷史的木架古屋，至今尚存。

schon oft meine Gedanken gemacht. Ein Zuviel an Arbeit kann mal eines Tages schweren Schaden bringen. Sei Dir immer dessen bewusst, dass Krieg ist u. zwar grausamer Krieg, der alle Arbeit und den damit verbundenen Gewinn in Frage stellt. Für Vater und Mutter ist erste Pflicht: Schonung und Ruhe. Sie sind alt. Und wir möchten sie gesund wiedersehen. Und Du, lieber Hans, hast auch die Pflicht, als Wächter und Beschützer unserer Eltern mit Deinen Kräften hauszuhalten. Vor allem wird Dich das Hin [hin] und Her [her] zwischen Alfeld und Gr. Ilde [Groß Ilde[7]] kaputtmachen. Du musst, so schwer das ist, sehr schnell eine Entscheidung fällen! Vater und Mutter allein lassen, passt mir nicht, lieber Hans. Andererseits ist Erika[,] Deine Braut[,] und Du hast da Verpflichtungen. Die Schwierigkeiten sehe ich wohl. Das Kriegsende abwarten würde bedeuten, noch Jahre in diesem Schwebezustand zu verharren. Und das geht an die Nerven. Ich meine nun, dass unsere beiden Alten nicht so leicht aus dem Hause zu kriegen sind. Sie rutschen wohl mal gern hin und her, aber für immer die alte Burg verlassen? Ich glaube, das ist schwierig.

Was die Einziehungen anbelangt, so sind wir uns hier an der Front sicher, dass die Heimat nunmehr die letzten Reserven aufbietet, um dem Schicksal eine andere Wendung zu geben. Ich sehe die Dinge sachlich und ohne irgendwelche Färbung: Die Niederlage in Afrika wird stimmungsmäßig in der Heimat genug angerichtet haben, und die pausenlosen Luftangriffe tun das übrige [Übrige]. Ich kann mir durchaus vorstellen, dass viele, die nun noch eingezogen werden, schweren Herzens an die Front gehen. Es ist nach meiner Ansicht so, dass nun die Krisis kommt für Deutschland. Sie muss überstanden werden. Die Waffen allein können die Entscheidung nicht erzwingen. Dazu ist der Gegner noch (oder besser gesagt schon) viel zu stark. Du warst Soldat und weisst [weißt], was es heisst [heißt], wenn Dir ein Gegner gegenüberliegt, der Dir gewachsen ist. Unser Afrika-Korps hat unmenschliches geleistet an Tapferkeit und Ausdauer; aber viele Hunde sind des Hasen Tod. In Stalingrad war es ähnlich. Wir wollen nun hoffen, dass diese Prüfungen des Schicksals sich nicht wiederholen mögen, dass insbesondere unsere europäische Mission auch

---

7. Das Dorf *Groß Ilde* befindet sich nordöstlich von Alfeld, die Luftlinie beträgt 14,5 km.

流。而對爸爸媽媽來說最重要的是：頤養天年與清靜安泰。他們是老人了。而我們希望的是與他們健健康康地團聚。而你，親愛的漢斯，也有責任竭盡全力來守護和保護我們的雙親。在阿爾費爾德和大伊爾德[8]之間的往復輾轉將令你疲憊不堪。所以不管困難多大，你都要儘快想出辦法！親愛的漢斯，我不能允許讓爸爸媽媽孤苦無依。另一方面，你還要對你的新娘埃麗卡盡到責任。我瞭解你的難處。可等待戰爭結束就意味著要長年處於懸而未決的狀態。而這會讓人發瘋。我是說，我們的二老不是那麼輕易就肯離開故土的。他們是喜歡旅遊，但會願意永遠離鄉背井嗎？我想會很難。

　　至於徵召新兵之事，我們這些身在前線的人很清楚，後方已經投入了最後的儲備力量，以圖扭轉局勢。我是以客觀的眼光來看待時局，不帶任何傾向：在非洲的失敗對後方情緒的影響甚大，而連綿的轟炸更是雪上添霜。我完全可以想像，很多新近應徵入伍的人都是心情沉重地踏上戰場。我的看法是，德國的危機來臨了。必須戰勝這危機！光靠武器是不能改變命運的。因為對手依然（或者應該說已經變得）太過強大。你當過兵，應該知道面對一個比你強大的對手意味著什麼。我們的非洲軍團顯示了超人的英勇與剛毅，但好漢架不住人多。在史達林格勒也是如此。我們此刻唯願這命運的考驗不會捲土重來。我們特別希望那些將我們認作兇犯的人們認清我們對歐洲擔負的使命。而只要每一枚投在我們佔領區的英國炸彈仍被記在我們的帳上，我們的使命就不會得到承認。在東方戰場這邊的形勢是，俄國人因他們冬季攻勢的成就而再次鬥志昂揚。全世界都曾認為我們是無敵的，可如今卻遭到質疑。戰爭拖延得越長，我們所面對的質疑就越強，因為這正是敵方宣傳的意圖之所在。

---

8. 大伊爾德（Groß Ilde）村位於阿爾費爾德東北方向，飛行距離為14.5公里。

denjenigen klar werde, die immer wieder in uns die Übeltäter sehen. Solange es so ist, dass jede engl. Fliegerbombe auf unscr Schuldenkonto geschrieben wird in den von uns besetzten Gebieten, solange ist es Essig mit unserer Mission. Hier im Osten ist es nun so, dass der Russe durch seine Erfolge im Winter die Nase wieder hochträgt. Es besteht die Gefahr, dass unsere Unbesiegbarkeit, die der Welt schon zu einem Begriff geworden war, ins Schwanken gerät. Je länger der Krieg dauert, desto schwerwiegender muss sich das gegen uns auswirken, denn die feindliche Propaganda haut gewaltig in diese Kerbe.

Wir haben nun bald die Weltkriegsdauer erreicht[,] und ein Ende ist noch nicht abzusehen. Wie es mal endet, kann z. Zeit niemand sagen. Wenn ich ehrlich bin, muss ich sagen, dass ich förmlich fühle, dass die Techniken dieses Krieges sich noch sehr ändern werden. Der Gaskrieg z. B. wird meiner Ansicht nach kommen [nachkommen]. Die Vernichtung wird ungeahnte Formen annehmen. Das Leben auf dieser Welt wird nur noch ein kurzes Schattendasein bedeuten. Wie sollte sonst auf normalem Wege der Krieg sein Ende finden? Vor der Schwere dieser Zeit zittert die Menschheit, und niemand ist da, der die nun einmal laufende Kriegsmaschinerie zum Halten bringen könnte. Alles, was einem im Frieden lieb und teuer war, schwindet dahin. Man kann nur noch davon träumen. Die Gewöhnung an jeden Zustand ist eine gute menschliche Fähigkeit. Ohne sie würde man eingehen wie eine Primel.-

Gestern abend [Abend] war ich den Nachtigallen auf der Spur. Also so etwas Herrliches. Die Tierchen gibt es hier viel. Bis auf 2, 3 m kann man herangehen.

An der Front fiel kein Schuss. Der Mond schien gross [groß] und hell, und in dem kleinen Flusstal lag weisser [weißer] Nebel. Mir kam das Gedicht in den Sinn:

Der Mund ist aufgegangen,
die goldenen Sternlein prangen,
am Himmel hell und klar.
Der Wald steht schwarz u. schweiget,

我們打的這場戰爭不久就將達到上一場世界大戰那般長的時間，卻還是不知道要到何時方能結束。而至於如何結束，現在還沒人能說得清楚。若是直言不諱，我要說，我真的感覺這場戰爭所動用的科技還將有很大的變化。比如毒氣戰，我相信還會發生。殺人方法將無法預料。這世上的生活將僅僅意味著一絲短暫的過眼雲煙。戰爭還能有什麼其他合理結局呢？面對當今之暴虐，人類瑟縮發抖，卻沒有人能夠讓運轉的戰爭機器停下來。和平年代的一切美好與珍貴皆煙消雲散，僅存在於夢幻之中。人有能力適應任何狀況。失去這種能力，人就會銷聲匿跡。

昨天晚上我聽到夜鶯的鳴叫。真是美妙動聽！這地方有很多小動物，可以靠近到距離它們2、3公尺的位置。

前線槍炮無語，一輪皓月碩大皎潔，小河谷中白霧繚繞。我想起了一首詩：

明月升空，
群星閃爍，
蒼穹清晏，
森林漆黑而靜寂，
白霧飄舞於碧草之上。[9]

我再次魂牽夢縈於阿爾費爾德……為什麼非要如此這般呢？這何其痛苦。

伊馮娜又從法國給我寫信來了。我沒再給她回信。她重複給我寫的話再次證明了這場戰爭是一場莫大的胡鬧，是人類幸福的毀滅者。

---

9. 此詩名曰「晚歌」，為德國詩人馬蒂亞斯·克勞迪烏斯（1740—1815）所創。

und aus den Wiesen steiget der weisse [weiße] Nebel wunderbar.[10]

Ich habe meine Gedanken nach Alfeld schweifen lassen und geträumt… Warum muss das so sein? Es ist sehr schwer.

Die Yvonne aus Frankreich schreibt mir wieder. Ich hatte ihr nicht mehr geantwortet. Die Zeilen, die mich jetzt wieder erreichten, haben mir erneut bewiesen, dass der Krieg ein grosser [großer] Unsinn ist, ein Zerstörer des menschl. [menschlichen] Glücks.

Erika sitzt auf dem Geschäftszimmer in Ahrbergen[11]. Z. Zt. Hat sie sich die rechte Hand verstaucht, so dass sie einen Brief an mich nicht unterschreiben könnte (sie hatte mit Maschine geschrieben). Sie scheint dort nicht zufrieden zu sein.

Sei für heute herzl. [herzlich] gegrüsst [gegrüßt]!

Dein Br. [Bruder] Herbert.

....

埃麗卡現在在阿倫貝根[12]坐辦公室。最近她的右手扭傷了，所以沒法在給我寫的信上簽字（她的信是用打字機寫的）。她好像對那裡不太滿意。

衷心祝福你！

兄 赫伯特

---

10. Dieses Gedicht heißt „Abendlied" und stammt von dem deutschen Dichter Matthias Claudius (1740 – 1815).

11. Das Dorf *Ahrbergen* befindet sich nördlich von der Stadt *Alfeld*, die Luftlinie beträgt 26 km.

12. 地名自譯。阿爾貝根（**Ahrbergen**）村位於阿爾費爾德（Alfeld）市以北，飛行距離為26公里。

„Gefallen für Großdeutschland"

「已為大德意志陣亡」

Am 5. Juli 1943 starteten die deutschen Heeresgruppen Mitte und Süd gemeinsam das „Unternehmen Zitadelle", um durch eine Zangenoperation die sowjetischen Verbände im Kursker Frontbogen[1] einzuschließen. Nach sieben Tagen heftigen Kampfes starteten die sowjetischen Truppen am 12. Juli eine Gegenoffensive nördlich von Orel[2]. Bis zu diesem Zeitpunkt erlitten beide Kriegsseiten bereits schwere Verluste, die deutschen Verluste konnten kaum ersetzt werden, während die sowjetischen Reserven endlos zu sein schienen. Nachdem Hitler am 13. Juli den Abbruch des „Unternehmens Zitadelle" befohlen hatte, waren die Sowjets immer noch in der Lage, die Deutschen unentwegt zu

1943年7月5日，德國中央集團軍與南方集團軍聯合展開「堡壘行動」，以圖通過鉗形攻勢包圍庫爾斯克地區戰線凸出部[3]的蘇聯軍團。7天激戰之後，蘇軍於7月12日開始在奧廖爾[4]以北地區實施反攻。至此戰爭雙方均已遭受慘重損失，德方損失難以彌補，而蘇方儲備卻似乎無窮無盡。在希特勒於7月13日命令終止「堡壘行動」之後，蘇軍仍有力量對德軍窮追不捨。截至8

---

1. Die Stadt *Kursk* liegt südlich von Moskau, die Luftlinie beträgt 456,8 km. Die Fläche vom Kursker Frontbogen im Juli 1943 betrug rund 200 × 150 km.

2. Die Stadt *Orel* liegt nördlich von der Stadt Kursk, die Luftlinie beträgt 136,8 km.

3. 庫爾斯克（Kursk）市地處莫斯科以南，飛行距離為456.8公里。1943年7月的庫爾斯克戰線凸出部面積約為200乘150公里。

4. 奧廖爾（Orel）市地處庫爾斯克市以北，飛行距離為136.8公里。

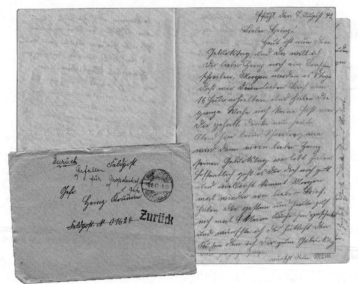

Der erste Originalbrief

第一封信件原件

verfolgen. Bis zur sowjetischen Rückeroberung von Charkow am 23. August hatten die deutschen Verbände schon 200.000 Mann und mindestens mehrere Hundert Panzer verloren. Die Schlacht von Kursk war die größte Panzerschlacht in der menschlichen Geschichte, sie war ein Kampf auf Leben und Tod von ca. 2.800 deutschen Panzern und beinahe 5.000 sowjetischen Panzern, und auch die letzte Großoffensive, die im Deutsch-Sowjetischen Krieg von der deutschen Seite präventiv eingeleitet wurde. Nach dieser Schlacht verlor die deutsche Armee an der Ostfront für immer die strategische Initiative und zog sich Schritt für Schritt westlich zurück bis zur finalen Kriegsniederlage.

月23日蘇軍收復哈爾科夫，德軍已損失20萬人與至少數百輛坦克。庫爾斯克會戰是人類歷史上最大規模的坦克戰，是德方約2800輛坦克與蘇方近5000輛坦克的殊死較量，也是德軍在蘇德戰爭中發動的最後一次大規模主動進攻。此戰之後，東線德軍永遠失去了戰場主動權，節節向西潰退直至最終戰敗。

在這三封信的信封上都寫著同一句話：「已為大德意志陣亡。」寫信人是一位

Auf den Umschlägen von diesen drei Briefen steht derselbe Satz: „Gefallen für Großdeutschland." Die Schreiberin dieser Briefe ist eine durchschnittliche deutsche Mutter, Frau Krumm, und der Briefempfänger ist ihr 19-jähriger Sohn, der Gefreite Heinz Krumm. Die 383. Infanterie-Division, zu der Heinz gehörte, nahm von Anfang bis Ende an der Schlacht von Kursk teil. Als Frau Krumm diese Briefe verfasste, hatte sie die Nachricht noch nicht erhalten, dass Heinz bereits am 23. Juli 1943 südlich Orel gefallen war. Sie stellte sich immer noch vor, wie Heinz seinen Geburtstag verbringen würde und hoffte, dass der Geburtstagskuchen rechtzeitig angekommen war. Sie wusste überhaupt nicht, dass ihr Sohn nie mehr einen von Mama für ihn gebackenen Geburtstagskuchen probieren konnte.

Nicht nur die drei Briefe wurden zurückgeschickt. Insgesamt wurden 18 Briefe, die zwischen dem 11. Juli und dem 15. August 1943 geschrieben wurden, auf diese Weise an die Familie Krumm zurückgegeben. Jeder Brief ist voller Besorgnis und Erwartung dieser Mutter, aber schließlich empfing sie nur die Todesmitteilung von ihrem Sohn und 18 zurückgesandte Briefe mit „Gefallen für Großdeutschland", wahrscheinlich auch den Geburtstagskuchen.

普通的德國母親──克魯姆女士，而收信人則是她19歲的兒子──二等兵海因茨‧克魯姆。海因茨所屬的第383步兵師自始至終參加了庫爾斯克會戰。當克魯姆女士在寫這些信的時候，尚未得到海因茨已於1943年7月23日在奧廖爾以南陣亡的消息。她依然在設想海因茨會如何度過生日，並希望生日蛋糕能及時送到，根本不知兒子已經永遠不可能嘗媽媽為他烘焙的生日蛋糕了。

被退回的還不只這三封信，總共有十八封寫於1943年7月11日至8月15日之間的信件被以如此方式退還克魯姆家。每一封信中都充滿了這位母親的焦急與祈盼，可她最終等來的卻只有兒子的陣亡通知書和十八封寫有「已為大德意志陣亡」的退信，很可能還有那個生日蛋糕。

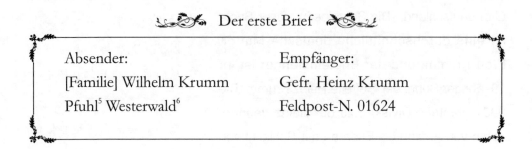

✠ Deutscher Originaltext

❧ Der erste Brief ☙

Absender:	Empfänger:
[Familie] Wilhelm Krumm	Gefr. Heinz Krumm
Pfuhl[5] Westerwald[6]	Feldpost-N. 01624

Pfuhl[,] den 7. August 43.

Lieber Heinz!

Heute ist nun dein Geburtstag[,] und da will ich dir[,] lieber Heinz[,] noch ein Briefchen schreiben. Morgen werden es 8 Tage[,] daß [dass] wir deinen lieben Brief vom 16[.] Juli erhielten, und haben die ganze Woche noch keine Post von dir gehabt. Denke nun heute Abend hier beim Schreiben, wie wird denn mein lieber Heinz seinen Geburtstag verlebt haben. Hoffentlich geht es dir doch noch gut, und vielleicht kommt morgen mal wieder ein lieber Brief. Haben dir gestern und heute zus. [zusammen] noch mal 7. [7] kleine Küchelchen geschickt[,] und wünschte ich[,] du hättest den Kuchen[,] den ich dir zum Geburtstag geschickt auch heute erhalten. Lina hatte schon ein Brief von Werner vom 28. Juli. Werner hatte den Brief sicher einem Urlauber mit gegeben, denn er war in Deutschland gestempelt. Die Post läuft wieder lange von Rußland [Russland], und weil nun immer Kämpfe sind, wartet man um so [umso] mehr auf Post. Wir haben den Wein abgezapft und sind noch neun Flaschen voll da. Dies Jahr haben wir eine 28. Liter [28 liter] Flasche zurecht gemacht [zurechtgemacht]. Denke[,] daß [dass] dieser im Geschmack besser wird, weil reife Heidelbeeren und etwas Himbeeren darunter sind.

---

5. Das Dorf *Pfuhl* befindet sich in einem Gebirgsgebiet des Westerwaldes, gehört zum heutigen Bundesland *Rheinland-Pfalz*.

6. Der Westerwald liegt im Südwesten Deutschlands, seine Gebiete gehören jeweils zu den heutigen Bundesländern *Rheinland-Pfalz*, *Hessen* und *Nordrhein-Westfalen*.

✠ **中文譯文**

～🙟 第一封信 🙝～

<table>
<tr><td>寄信人：
威廉・克魯姆（家）
普福爾村[7] 韋斯特林山[8]</td><td>收信人：
二等兵 海因茨・克魯姆
戰地郵編 01624</td></tr>
</table>

普福爾，43年8月7日

親愛的海因茨！

　　今天是你的生日，所以我要再給你寫封信。親愛的海因茨，到明天為止，離我們收到你在7月16日寫的信就有8天了。你已經整整一個星期沒有音訊了。我在今晚給你寫這封信的同時就想，我親愛的海因茨是怎樣度過他的生日的呢？但願你一切都還好。也許明天就會有一封你的信送來吧！我們在昨天和今天總共給你寄去了7塊小甜餅。另外我希望你今天能收到我寄給你的生日蛋糕。莉娜收到了維爾納在7月28日寫的信。維爾納肯定是託一個返鄉度假的人寄的信，因為信上蓋的是德國境內的郵戳。從俄國送來的信又要拖上很長時間，因為目前戰事不斷，等待的時間也就越發地長。我們開了一瓶葡萄酒，現在還剩下滿滿9瓶。我們今年釀出了28升的瓶裝酒。我想，味道會越來越好，因為越桔果已經熟透了，而且還配了一些覆盆子。

---

7. 村名自譯。普福爾（Pfuhl）村位於韋斯特林（Westerwald）山區之中，如今隸屬德國萊茵蘭-普法爾茨（Rheinland-Pfalz）州。

8. 韋斯特林山座落於德國西南部，其地域分別歸屬今日德國萊茵蘭-普法爾茨州、黑森（Hessen）州以及北萊茵-威斯特法倫（Nordrhein-Westfalen）州。

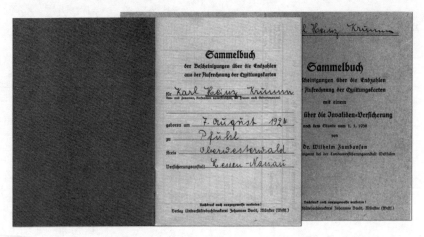

Das Sammelbuch für die Krankenkasse von Heinz Krumm, aus dem man entnehmen kann, dass er am 7. August 1924 in Pfuhl geboren wurde.

海因茨・克魯姆的醫療保險帳簿，據此可知他於1924年8月7日生於普福爾。

Gestern hat Familie Groß [in] Lautzenbrücken[9] Nachricht bekommen, daß [dass] ihr Sohn Paul am 15[.] Juli bei Orel gefallen ist, also Hedwig Rußler sein Bruder. Es sind doch für die Angehörigen schmerzliche Nachrichten. Hier im Ort ist nichts Neues, geht so viel man weiß noch allen gut. Erwin Müller kommt heute mit seiner jungen Frau nach seiner Mutter. Will seinen Urlaub hier verbringen. Die Frau ist sonst noch im Geschäft, und hat auch ihren Urlaub genommen. Erwin ist jetzt Leutnant. Erna und Herbert haben heut [heute] noch mal ein Eimerchen voll Himbeeren geholt, wollen Himbeersaft davon machen.

Wir sind noch alle gesund, was wir auch von dir[,] lieber Heinz[,] hoffen.

Viele herzliche Grüße und alles Gute wünscht

deine Mutter.

Herzliche Grüße von Walter[,] Erna u. Herbert.

---

9. Das Dorf *Lautzenbrücken* befindet sich nordwestlich des Dorfes *Pfuhl*, die Luftlinie beträgt ca. 2 km.

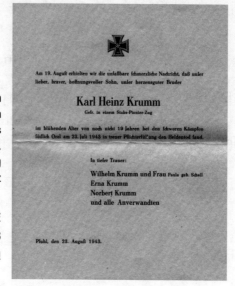

Die Todesanzeige von Heinz Krumm, aus der man entnehmen kann, dass Familie Krumm am 19. August 1943 die Mitteilung über den Tod von Heinz erhielt.

海因茨‧克魯姆的訃告，據此可知克魯姆家於1943年8月19日接到海因茨的陣亡通知書。

昨天在勞茨布呂肯[10]的格羅斯家收到了他們的兒子保爾於7月15日在奧廖爾附近陣亡的消息，黑德維希‧魯塞勒也接到了他兄弟的陣亡通知書。這消息對於親人來說是何等悲痛。咱們村裡沒什麼事，據我所知大家都很好。今天埃爾溫‧米勒帶著他那年輕的妻子來看他媽媽，打算在這裡度過他的假期。那姑娘平時要上班，也是請了假才來的。埃爾溫現在當上少尉了。埃爾娜和赫伯特今天還買來了一小桶覆盆子，用來榨覆盆子汁。

我們大家身體都很健康。但願你也是如此，親愛的海因茨。

衷心祝福你，願你一切都好！

你的媽媽！

瓦爾特、埃爾娜還有赫伯特讓我向你問好！

---

10. 地名自譯。勞茨布呂肯（Lautzenbrücken）村位於普福爾村西北方向，飛行距離約為2公里。

Der zweite Brief

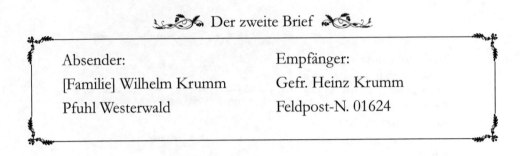

Absender:	Empfänger:
[Familie] Wilhelm Krumm	Gefr. Heinz Krumm
Pfuhl Westerwald	Feldpost-N. 01624

Pfuhl[,] d. 11. August 43.

Lieber Heinz!

Erhielten heute deinen lieben Brief vom 18[.] Juli. Es war ein Luftpostbrief mit einer Zulassungsmarke. Wir hatten seit 11 Tagen keine Post mehr erhalten, und waren wir alle froh als heute noch mal ein Brief kam. Jetzt wo man immer von den Kämpfen liest[,] ist man gleich in Sorge, und kommt es auch dadurch, daß [dass] die Post nicht so schnell befördert werden kann. Gefreitenwinkel konnten wir nur noch den einen bekommen, und haben ihn noch denselben Tag im Brief fortgeschickt. Am 24[.] Juli haben wir dir ein 2 Pf. Päckchen mit Kuchen zum Geburtstag geschickt und ein Tag später ein 100gr. [100 gr.] Päckchen mit Marschriemen. Hoffentlich kommen die Sachen gut an. Habe heute noch Haferflockenblätzchen [Haferflockenplätzchen] und noch etwas Keks gebacken[,] und schicken [schicke] dir dann morgen ein 2 Pfund Päckchen mit einer Büchse Leberwurst und den Blätzchen [Plätzchen]. Mache dann noch 2 kleine mit Blätzchen [Plätzchen] und eins mit Schinken, ist N. [Nummer] 17. die Blätzchen [Plätzchen][,] N. [Nummer] 18. + 19. f. [für] August.

Wir sind noch alle gesund und hoffen doch, daß [dass] es auch dir noch gut geht. Lieber Heinz, schreibe mir doch mal, welche Kameraden du von hier noch bei dir hast. Sind Theo Hahn und Paul Spanauer noch bei dir, und was

✠ **中文譯文**

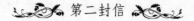
第二封信

寄信人：	收信人：
威廉·克魯姆（家）	二等兵 海因茨·克魯姆
普福爾村 韋斯特林山	戰地郵編 01624

普福爾，43年8月11日

親愛的海因茨！

　　我們今天收到了你在7月18日寫的信。這是一封貼著郵票的航空郵件。我們一連11天沒有收到你的信，所以今天都為你的來信而高興！現在一讀到打仗的消息，人馬上就揪起心來，也是怪信件不能很快送到。我們只弄到了一個列兵袖標，在同一天就趕快給你寄去了。7月24日我們給你寄了一個兩磅重的裝有生日蛋糕的包裹，一天後又寄了一個100克的裝有鞋帶的包裹。希望所有東西都能順利送到。今天我又烘烤了一些麥片甜餅和一些餅乾，明天我再給你寄一個兩磅包裹，裡面裝上一罐肝腸和這些甜餅。之後我還會再給你寄兩包甜餅和一包火腿，那就將是八月份的第17、18和19號包裹。

　　我們大家都還很健康，希望你也過得不錯。親愛的海因茨，寫信告訴我一下同鄉中都有哪些戰友和你在一起。特奧·哈恩和保爾·施潘瑙爾還跟你在一塊嗎？另外你們整天都在幹什麼？你們是總待在一個地方還是經常換地方？我對此一無所知。我總在想，戰事何時才能結束，和平何時才能到來。

müßt [müsst] Ihr denn schon machen. Bleibt Ihr immer so ziemlich in einer Gegend oder wechselt Ihr öfter. Ich kann mir gar keine Vorstellung machen. Ich denke immer, wenn doch die Kämpfe mal auf hörten [aufhörten] und es würde mal von Frieden gesprochen. Immer hoffe ich so im Stillen[,] du kämst im Herbst in Urlaub. Gestern hat es immer geregnet, und haben noch kein Korn ab.

Wünsche dir alles gute [Gute] und daß [dass] wir uns alle gesund wiedersehen.

Viele liebe Grüße von uns Allen [allen]

d. [deine] Mutter.

....

我總在默默祈盼你能在秋天回家度假。昨天下了一整天雨，我們還沒收穫穀子呢。

祝你一切都好！但願我們不久就能平安團聚！

我們大家都祝福你！

你的媽媽

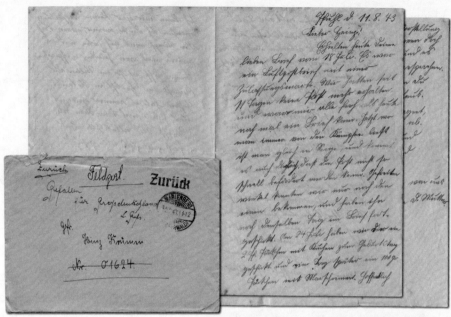

Der zweite Originalbrief

第二封信件原件

Der dritte Originalbrief

第三封信件原件

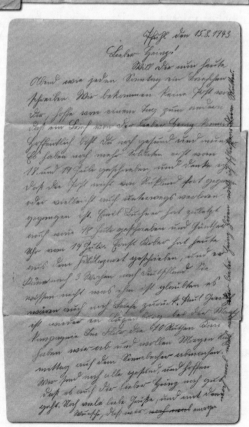

Der dritte Brief

Absender:	Empfänger:
[Familie] Wilhelm Krumm	Gefr. Heinz Krumm
Pfuhl Westerwald	Feldpost-N. 01624

Pfuhl[,] den 15.8.1943

Lieber Heinz!

Will dir nun heute Abend wie jeden Sonntag ein Briefchen schreiben. Wir bekommen keine Post von dir, hoffe von einem Tag zum anderen[,] daß [dass] ein Brief von dir[,] lieber Heinz[,] kommt. Hoffentlich bist du noch gesund und munter. Es haben noch mehr Soldaten erst vom 18. und 19. Juli geschrieben, und denke ich[,] daß [dass] die Post nicht von Rußland [Russland] fort gegangen [fortgegangen] oder vielleicht auch unterwegs verloren gegangen ist. Emil Buchner hat zuletzt auch am 18[.] Juli geschrieben und Günther Uhr vom 19[.] Juli. Ernst Kobner hat heute aus dem Feldlazarett geschrieben, und er käme noch 3 Wochen nach Deutschland. Sie wissen nicht[,] was [mit] ihm ist[,] glaubten[,] es wären auch noch Briefe zurück. Paul Gralich ist wieder in Luxemburg bei der Marsch Kompanie.

Im Flur die 70 Ruthen [Ruten] Korn haben wir ab und wollen Morgen [morgen] Nachmittag auf dem Samenbecher abmachen. Wir sind noch alle gesund, und hoffen[,] daß [dass] es auch dir[,] lieber Heinz[,] noch gut geht. Noch viele liebe Grüße, und mit dem Wunsche, daß [dass] wir morgen noch mal was von dir[,] lieber Heinz[,] hören[,] will ich schließen[,]

deine Mutter.

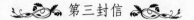 第三封信

寄信人：	收信人：
威廉·克魯姆（家）	二等兵 海因茨·克魯姆
普福爾村 韋斯特林山	戰地郵編 01624

普福爾，1943年8月15日

親愛的海因茨！

像每個週日一樣，今晚我也要給你寫一封信。我們收不到你的信。日復一日，我每天都盼著你的信寄來，親愛的海因茨。但願你一切都好。很多戰士到7月18、19日才寫信來，所以我估計，信沒法從俄國送出去，或者可能是路上弄丟了。埃米爾·布赫納的最後一封信也是7月18日寫的，京特·烏爾是在7月19日。恩斯特·科布納今天從野戰醫院裡寫信來，說他將在3週後回到德國。他家裡人還不清楚他到底出什麼事了，但相信還會有信來。保爾·格拉裡希又回到了盧森堡的行軍縱隊。

我們從田地裡收穫了70束穀穗，打算明天下午脫粒。我們大家身體都還很好，希望你也過得不錯，親愛的海因茨。祝你一切都好！但願我們明天能接到你的信，親愛的海因茨。我就寫到這裡。

你的媽媽

Der Rückzug
撤退

〰〰〰〰〰〰〰〰〰〰〰〰〰〰〰〰〰〰〰〰〰〰〰〰〰〰〰〰

Die Niederlage in der Schlacht von Stalingrad hatte in der Tat keine katastrophalen Wirkungen auf die gesamte Lage der deutschen Ostfront. Aber schließlich nach der Panzerschlacht um Kursk im Juli 1943 begann die deutsche Ostfront gänzlich zu schwanken. Im September 1943 erlaubte Hitler widerwillig den deutschen Heeresgruppen Süd und Mitte einen Rückzug zum Einzugsgebiet des Dnjeprs, um eine neue Verteidigungslinie aufzubauen. Im Oktober desselben Jahres wurde die sowjetische Herbstoffensive 1943 gestartet, deren Hauptziel im mittleren und südlichen Frontabschnitt die Zerstörung der deutschen Dnjepr-Verteidigungslinie war. Zu dieser Zeit war die deutsche Armee schon längst nicht mehr so unschlagbar wie vor zwei Jahren und musste sich erneut zurückziehen.

Walter Peil war ein Gefreiter des Grenadier-Regiments 37 und gehörte damals zur 6. Infanterie-Division der Heeresgruppe Mitte. Der 24. Oktober 1943 war ein Sonntag,

史達林格勒會戰的失敗實際上並未給德軍東線全域帶來災難性影響。然而在1943年7月5日至13日之間的庫爾斯克坦克戰之後，德軍東線終於開始整體動搖。1943年9月，希特勒極不情願地允許德國南方集團軍以及中央集團軍撤退至第聶伯河流域以重新構築防線。同年10月，蘇軍1943年秋季攻勢開始，在戰線中南段的主要目標就是摧毀德軍第聶伯河防線。此時的德軍早已不再像兩年前一樣不可戰勝，只得再度後撤。

瓦爾特・派爾是37步兵團的一名二等兵，當時隸屬於中央集團軍第6步兵師。1943年10月24日是一個星期

und an diesem Tag zog er sich mit seiner Truppe westlich des Dnjepr zurück. Der lange Marsch bei Tag und Nacht ließ ihn unwillkürlich an die schönen Tage in der Vergangenheit denken. Obwohl er todmüde war, schrieb er in der wertvollen Pausenzeit einen Brief an seine Frau zu Hause.

Einschließlich dieses Briefes haben alle von Peil im Oktober und November 1943 geschriebenen Briefe eine Gemeinsamkeit: nur einen Briefumschlag und ohne Briefblatt darin. Peil riss den Umschlag entlang den Aufklebelinien auf, schrieb den Inhalt auf der Innenseite des Umschlags und klebte den Umschlag wieder zu. Deshalb ist der Briefumschlag auch das Briefblatt. Während des hastigen Rückzugs hatte Peil wahrscheinlich gar kein Briefblatt irgendwo her bekommen.

日，他在這一天隨部隊撤至第聶伯河以西。夜以繼日的長途跋涉使他不禁懷念過去的美好時光。儘管疲憊至極，派爾卻還是利用寶貴的休息時間給妻子寫了一封簡短的家信。

包括這封信在內，派爾寫於1943年10月與11月間的全部信件都有一個共同點：只有信封而沒有信紙。派爾將信封沿粘貼線謹慎撕開，在信封內側寫好內容，之後再將信封重新粘好，所以信封也就是信紙。在倉皇撤退途中，派爾很可能連信紙都無處尋覓。

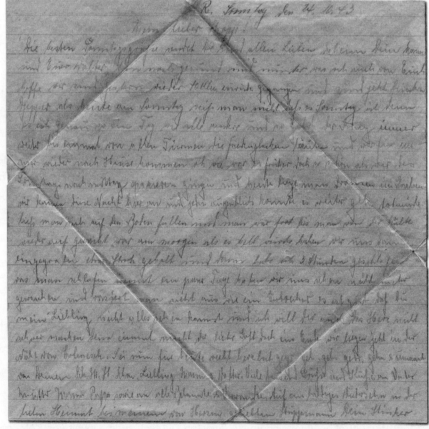

Der Originalbrief

信件原件

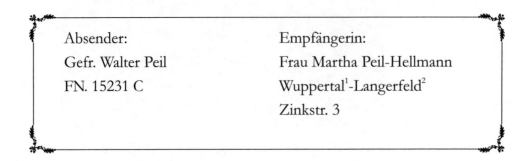

Absender:
Gefr. Walter Peil
FN. 15231 C

Empfängerin:
Frau Martha Peil-Hellmann
Wuppertal[1]-Langerfeld[2]
Zinkstr. 3

R. [Russland], Sonntag[,] den 24.10.43

Mein lieber Stropp!

Die besten Sonntagsgrüße sendet Dir und allen lieben Daheim Dein Mann und Euer Walter, bin noch gesund und munter[,] was ich auch von Euch hoffe[,] wir sind gestern wieder 40 Km [km] zurück gegangen und sind jetzt hinterm Djepper [Dnjepr][,] aber heute am Sonntag weiß man nicht[,] daß [dass] es Sonntag ist[,] denn es ist genau so ein Tag wie alle andere [anderen][,] und so geht der Krieg immer weiter bis einmal von allen Türmen die Friedenglocken läuten und wir für immer wieder nach Hause kommen[,] oh wie war es früher doch so schön als wir des Sonntagsnachmittag spazieren gingen und heute liegt man draußen im Graben[,] wir kamen diese Nacht hier an und jeden Augenblick konnte es weiter gehen[,] totmüde [todmüde] ließ man sich auf den Boden fallen und man war fort bis man von der Kälte wieder auf gewacht [aufgewacht] war. am [Am] morgen [Morgen][,] als es hell wurde[,] haben wir uns dann eingegraben[,] etwas Stroh geholt und dann habe ich 3 Stunden geschlafen[,] was man schlafen nennt[,] ein paar Tage haben wir uns schon nicht mehr gewaschen und rasiert[,] man sieht aus wie ein Verbrecher[,] es ist gut[,] daß [dass] Du mein Liebling nicht alles sehen kannst und ich will Dir

---

1. Die Stadt *Wuppertal* befindet sich im Nordwesten Deutschlands, unweit von Köln, gehört zum heutigen Bundesland *Nordrhein-Westfalen*.

2. Langerfeld ist ein östlicher Stadtteil von Wuppertal.

寄信人：

二等兵 瓦爾特・派爾

戰地郵編 15231 C

收信人：

瑪塔・派爾-黑爾曼 女士

烏珀塔爾³ 朗格費爾德區⁴

鋅街3號

俄國，星期日，43年10月24日

我親愛的妻子！

　　妳的丈夫瓦爾特在此向妳和家裡所有人傳遞最誠摯的週日祝福！我一切都好！但願妳們也是如此。我們昨天又後撤了40公里，現在身處第聶伯河之後。雖然今天是週日，卻沒有週日的感覺，因為這一天與其他日子毫無區別。戰爭就是這樣曠日持久地打下去，直到有朝一日和平的鐘聲敲響於每一座鐘樓，我們也得以重返故鄉。唉，從前的日子多麼美好！我們曾在週日下午漫步而行，而今我卻躺在荒野戰壕之中。我們在夜間抵達這個地方，隨時都可能繼續開拔。我曾疲憊不堪地倒在地上，被凍醒之後繼續前行。在凌晨天明時分，我們挖好戰壕，取來些茅草，然後我睡了3個小時的覺——如果這也叫睡覺的話。我們已經一連幾天沒有洗澡刮臉，看起來好似逃犯一般。幸好親愛的妳看不見這一切，我也不想讓妳難過。總有一天親愛的上帝會讓這種日子結束。我們現在身處列奇察⁶附近。

---

3. 烏珀塔爾（Wuppertal）市位於德國西北部，臨近科隆（Köln），如今隸屬德國北萊茵-威斯特法倫（Nordrhein-Westfalen）州。

4. 區名自譯。朗格費爾德（Langerfeld）區是烏珀塔爾東部的一個城區。

auch das Herz nicht schwer machen[.] Denn einmal macht der liebe Gott doch ein Ende[,] wir liegen jetzt in der Nähe von Cohnesch [Reschnitza⁵]. Sei nun für heute recht herzlich gegr. [gegrüsst], gek. [geküsst], gel. [geliebt], gedr. [gedrückt], geh. [geherzt] & umarmt von

Deinem Sch. [Schatz][,] Str. [Strupp][,] St. [Stinker][,] Schw. [Schwarm][,] Liebling[,] Mann[,] u. Walter.

Viele tausend Grüße und Küße [Küsse] an Vater[,] Mutter[,] Mama[,] Papa sowie an alle Bekannte und Verwandte. Auf ein baldiges Wiedersehen in der lieben Heimat bei meinem von Herzen geliebten Stuppmann[!]

Dein Stinker

....

今天就寫到這裡。妳的寶貝、乖乖、臭小子、萬人迷、親愛的、老公、瓦爾特衷心祝福妳、親吻妳、愛撫妳、依偎妳、擁吻妳、懷抱妳！

千萬次祝福並親吻妳的雙親和我的父母，以及所有親朋好友！但願早日與我深愛的妳在家鄉團聚！

妳的臭小子

5. Der Ort *Cohnesch* ist auf der Landkarte nicht zu finden. Nach der Aufzeichnung der Kriegseinsätze vom Grenadier-Regiment 37 kann man vermuten, dass der Briefschreiber wahrscheinlich Retschniza oder einen Ort unweit von Retschniza meinte. Retschniza ist eine weißrussische Stadt, die am Dnjepr liegt.

6. 德文原文中提到的是一個在地圖上找不到的地名。根據37步兵團的戰鬥記錄推測，寫信人指的很可能是指列奇察（Retschniza）或者列奇察附近的某個地方。列奇察是一座地處第聶伯（Dnjepr）河畔的白俄羅斯城市。

Am selben Tag
同一天

◇◇

Wie die jungen Leute in der Friedenszeit, hatten die im Krieg gefallenen Soldaten ebenfalls einst Träume von einem schönen Leben. Der Krieg beraubte sie jedoch ihres jungen Lebens und der Möglichkeit, ihre Träume zu verwirklichen. Der berühmte deutsche Autor der Nachkriegsliteratur, Heinz Günther Konsalik (1921 – 1999), zeigte in seinem Roman „Das Herz der 6. Armee" (1960) durch die Kriegserlebnisse von zwei Militärärzten den nachkommenden Generationen, dass es unzählige junge Deutsche gab, deren Herzen mit noch nicht erfüllten Träumen aufgehört hatten, zu schlagen.

Das Ehepaar Höhmann war schon seit sechs Jahren verheiratet, doch ihre Liebe war immer noch so leidenschaftlich wie die eines neu verliebten Paares. Sobald Kurt Höhmann eine Minute Zeit hatte, sah er sich das Foto seiner Frau Charlotte an. Am 31. Oktober 1943 schrieb sich dieses Paar zufällig unvereinbart gegenseitig am selben Tag. Kurt an der Front

與和平年代的年輕人一樣，每一名在戰爭中陣亡的士兵也都曾夢想美好的生活，然而戰爭卻將他們年輕的生命連同實現夢想的可能一併剝奪。德國著名戰後文學作家海因茨‧康薩利克（1921—1999）就曾在《第6軍的心》（1960）這部小說中透過兩位軍醫的戰爭經歷告諭後人，曾有無數德國年輕人的心懷著尚未實現的夢想停止了跳動。

赫曼夫婦結婚已六年，感情之篤卻依舊有如初戀的情侶。只要有一分鐘的時間，庫爾特‧赫曼就會端詳妻子夏洛特的照片。在1943年10月31日這一天，夫妻二人不約而同地給對方寫信。身在前線的庫爾特告訴妻

sagte seiner Frau: „Oft, wenn ich auf Posten stehe, male ich mir die Zukunft so schön aus." Und Charlotte in der Heimat erzählte ihrem Mann: „Wie glücklich werde ich sein, wenn ich Dich nochmal bei mir habe und so recht, recht gut zu Dir sein darf."

Nach weniger als einem Monat platzte der schöne Traum des Ehepaares bis in alle Ewigkeit. Durch einen Brief von der Kompanie und noch einen von einem Divisionspfarrer, die von der Familie Höhmann aufgehoben wurden, lässt sich erahnen, dass Kurt in einem Kampf Ende November 1943 durch Lungenschuss fiel. Ein Divisionspfarrer namens Bülow setzte Kurt am 27. November 1943 auf dem Heldenfriedhof Andrussowka[1], Reihengrab Nr. 187 bei. Seitdem verlor Charlotte für immer und ewig „ihr Alles und ihr ganzes Glück".

子：「多少次，我站在崗哨之上，憧憬著美好的未來。」而留守在家的夏洛特則向丈夫訴說：「如果你能再次回到我身旁該多好！那樣我就有機會對你特別、特別地好！」

在不到一個月之後，赫曼夫婦的美好夢想就永久地破滅了。透過赫曼家保存的一封連隊來信以及一封牧師來信可知，庫爾特於1943年11月末的一次戰鬥中因肺部中彈而陣亡。一位名叫畢駱的隨軍牧師於1943年11月27日將庫爾特埋葬在了安德魯紹夫卡[2]英雄墓地的第187號墓位。夏洛特從此永遠地失去了「她的一切、她的全部幸福」。

---

1. Andrussowka ist eine ukrainische Stadt südwestlich von Kiew, die Luftlinie beträgt 115,3 km.

2. 安德魯紹夫卡（Andrussowka）是一座地處基輔（Kiew）西南方向的烏克蘭城市，飛行距離為115.3公里。

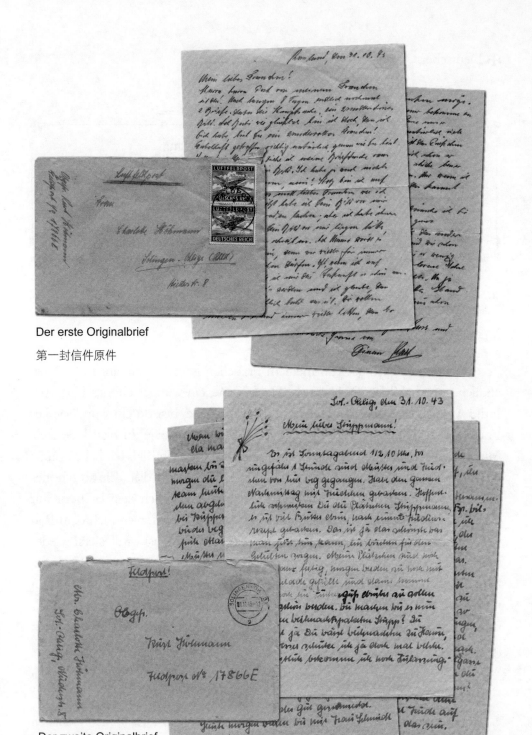

Der erste Originalbrief

第一封信件原件

Der zweite Originalbrief

第二封信件原件

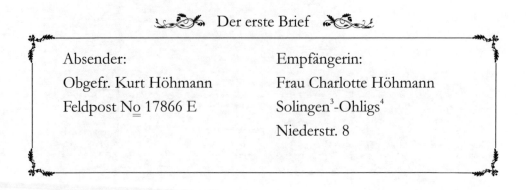

❧ Der erste Brief ❧

Absender:	Empfängerin:
Obgefr. Kurt Höhmann	Frau Charlotte Höhmann
Feldpost No 17866 E	Solingen[3]-Ohligs[4]
	Niederstr. 8

Russland, den 31. 10. 43

Mein liebstes Frauchen!

Hurra[,] hurra[!] Post von meinem Frauchen ist da! Nach langen 8 Tagen endlich nochmal 2 Briefe. Habe die Hauptsache, ein wunderschönes Bild. Ach Juti[,] wie glücklich bin ich doch, dass ich dich habe, bist du ein wundervolles Frauchen! Fabelhaft getroffen, richtig natürlich genau wie du bist! Jede freie Minute ziehe ich meine Brieftasche raus und hole mir dein Bild. Ich habe ja auch nichts anders [anderes] Steppmann, mein! Stolz bin ich auf dich. Ein so schönes und liebes Frauchen wie ich hat keiner. Auch jetzt habe ich dein Bild vor mir liegen. Die Kameraden lachen, aber ich habe ihnen gesagt, wenn ich dein Bild vor mir liegen hätte, könnte ich besser schreiben. Ach Mausi wird es erst wieder schön sein, wenn wir wieder für immer zusammen bleiben dürfen. Oft, wenn ich auf Posten stehe, male ich mir die Zukunft so schön aus. Wunderschön wird's werden und ich glaube, dass der Krieg tatsächlich bald aus ist. Wir wollen unseren Heiland immer wieder bitten, dass Er uns den Frieden doch bald schenken möge. Lottchen mir geht es immer noch gut, nur bekomme zu wenig Post. Wie ich jetzt hörte, hat der Russe unser Feldpostamt bombardiert,

---

3. Die Stadt *Solingen* befindet sich im Westen Deutschlands, gehört zum heutigen Bundesland *Nordrhein-Westfalen*.

4. Ohligs ist ein westlicher Stadtteil von Solingen.

✠ 中文譯文

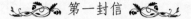 第一封信

<table>
<tr><td>寄信人：</td><td>收信人：</td></tr>
<tr><td>一等兵 庫爾特・赫曼</td><td>夏洛特・赫曼 女士</td></tr>
<tr><td>戰地郵編 17866 E</td><td>索林根[5] 奧利格斯區[6]</td></tr>
<tr><td></td><td>尼德街8號</td></tr>
</table>

俄國，43年10月31日

我最親愛的妻子！

　　哈，哈！我妻子的信到了！在漫長的8天過後終於又來了兩封信。最重要的是寄來了一張美麗絕倫的照片。哦！洛蒂[7]，我是多麼高興擁有妳！妳真是一位完美的妻子！照片惟妙惟肖、神態自若——準確再現妳的風姿！只要有一分鐘的空閒，我就掏出錢包，端詳妳的照片。妳是我唯一的愛人，我的！我為妳而自豪。沒有人像我一樣擁有一位如此美貌的妻子。此時此刻，我也把妳的照片放在面前。戰友們覺得我好笑，可我對他們說，這照片放在眼前，我會把信寫得更好。啊！寶貝，只有當我們再度長相廝守，生活才能重歸美好。多少次，我站在崗哨之上，憧憬著美好的未來。生活將完美無缺，我相信，戰爭真的很快就會結束。我們要不斷向我們的天父祈禱，請求他儘

---

5. 索林根（Solingen）市位於德國西部，如今隸屬德國北萊茵-威斯特法倫（Nordrhein-Westfalen）州。

6. 區名自譯。奧利格斯（Ohligs）是索林根（Solingen）西部的一個城區。

7. 「洛蒂」是庫爾特對妻子的暱稱。

da sind natürlich viele Briefe verloren gegangen. Hoffentlich ist das Päckchen von dir nicht dabei, denn ich hatte mich schon so darauf gefreut. Überhaupt Steppmann schicke besser nichts, denn das meiste [Meiste] geht verloren. Nur wenn ich schonmal [schon mal] um etwas Besonderes bitte, das kannst du mir dann schicken.

Nun mein geliebtes Frauchen[,] wünsche ich dir zum Schluss alles gute [Gute]. Für dein Bild ganz besonderen Dank. Natürlich werde ich das andere auch behalten. Ja Steppmann[,] jetzt sind wir schon im 6. Jahr verheiratet, schade[,] dass wir so wenig zusammen waren, es sind doch verlorene Jahre denn nachholen kann man nichts. Naja wir wollen auch weiter alles in Gottes Hand legen, er wird unser Lebensschifflein schon richtig leiten.

Nun Mausi[,] einen süßen Kuss und viele herzliche Grüsse [Grüße] von

Deinem Kurt[.]

✧✦❧ Der zweite Brief ❧✦✧

Absenderin:	Empfänger:
Charlotte Höhmann	Obgefr. Kurt Höhmann
Sol.-Ohligs	Feldpost N<u>o</u> 17866 E
Niederstr. 8	

Sol.-Ohligs, den 31. 10. 43

Mein lieber Stuppmann!

Es ist Sonntagabend ½ 10 Uhr, vor ungefähr 1 Stunde sind Mutter und Friedchen von hier wegegegangen. Habe den ganzen Nachmittag mit Friedchen gebacken. Hoffentlich schmecken Dir die Plätzchen[,] Stuppmann, es ist viel Butter drin, nach einem Friediesrezept gebacken. Das ist ja das

快賜予我們和平。小洛特，我的日子過得不錯，只是收到的信太少。我聽說俄國人轟炸了我們的戰地郵局，有許多信件當然就損失掉了。但願妳寄的包裹沒在其中，我期待已久了。寶貝，最好還是別再給我寄東西了，因為大多數都會弄丟。除非我請妳寄些特別的東西來，妳再寄。

好了，我親愛的妻子，最後我祝妳一切都好。特別感謝妳寄來的照片！當然其他東西我也都收到了。對了，寶貝！我們到現在已經結婚6年了。可惜我們在一起的時間那麼短，那麼多歲月都失去了，永不再來。唉！不過我們要繼續聽從上帝的安排，他會正確引導我們的人生之路。

好了，寶貝，深情親吻妳！衷心祝福妳！

妳的庫爾特

第二封信

寄信人：	收信人：
夏洛特·赫曼	一等兵 庫爾特·赫曼
索林根 奧利格斯區	戰地郵編 17866 E
尼德街8號	

索林根 奧利格斯區，43年10月31日

我親愛的丈夫！

現在是星期日晚上9點半。大約1小時前，媽媽和小弗裡德出去了。整整一個下午，我都在和小弗裡德烤甜餅。但願這些甜餅能讓你覺得可口，寶

schönste was man jetzt tun kann, ein bischen [bisschen] für den Geliebten sorgen. Meine Plätzchen sind noch nicht ganz fertig, morgen werden sie noch mit Marmelade gefüllt und dann kommt auch noch ein Zuckerguß [Zuckerguss] drüber sie sollen extra schön werden. Wie machen wir es nun mit den Weihnachtspaketen Stupp? Du meinst ja Du wärst Weihnachten zu Hause, aber besser schicke ich ja doch mal welche. Hoffentlich bekomme ich noch Zulassungsmarken bis zum 30[.] November, denn ich verschicke morgen die letzte [Letzte]. Mutter aus Wiefeldick[8] kam heute abend [Abend] um 7 Uhr und hat Friedchen abgeholt, sie war heute nachmittag [Nachmittag] bei Küppers. Willy muß [muss] übermorgen auch wieder weg. Heute abend [Abend] hatten wir schon früh Alarm[,] es war erst kurz nach 7 Uhr. Mutter und Friedchen wollten gerade gehen, sind aber dann hier geblieben. Es war sozusagen nichts los, aber 1 ½ Stunden hat der Alarm doch gedauert.

Morgen früh muß [muss] Werner auch wieder weg, wollte sich heute abend [Abend] von mir verabschieden[,] ist aber nicht gekommen.

Heute war wieder ein wunderbarer Tag draußen. Wenn Friedchen nicht gekommen wäre, wäre ich mit Mutter spazieren gegangen. Frau Schmidt ist wieder mit uns essen gegangen zum Löwen, es hat wieder gut geschmeckt. Heute morgen [Morgen] waren wir mit Frau Schmidt mal eben auf dem Kath. [katholischen] Friedhof[,] ihr Mann liegt ja da.

Weißt Du[,] wer heute morgen [Morgen] in der Versammlung war das rätst Du nicht, der Br. [Bruder] Wilhelmi aus Kronenberg[9]. Jahre habe ich den nicht mehr gesehen. Br. [Bruder] Weskott, der jetzt in Kronenberg wohnt, hatte ihn geschickt, da er selbst verhindert war. Wenn man so einen alten Bekannten sieht[,] dann taucht die frühere Zeit wider vor einem auf, wie schön war sie doch gegen die heutige. Ich dachte so an die Evangelisationsversammlungen, früher hat man sie oft gescheut und heute sehnt man sich direkt danach. Denkst Du noch daran[,] wie Br. [Bruder] Windgasse ein Segnum gepredigt

---

8. Wiefeldick ist ein Wohngebiet in Ohligs.

9. Kronenberg ist ein Wohngebiet in Ohligs.

貝！裡面放了很多黃油，按照弗裡德喜歡的方法烤的。為心愛的人做的事情是世間最美好的事。我的甜餅還沒有完全做好，明天還要填進果醬，然後再在上面塗些糖霜，讓甜餅更加好看！我們該在聖誕包裹裡給你放些什麼呢，寶貝？你說你會在聖誕節的時候回家，可我覺得還是最好先給你寄些過去。但願我能在11月30日前再得到一些郵票，因為明天我就要用掉最後一張。媽媽今晚7點從維弗迪克[10]來家裡，把小弗裡德接走了。她今天下午一直在屈佩爾家。維利後天也得走了。今晚我們很早就聽到了警報，7點剛過就響了。媽媽和小弗裡德當時正要走，可又得多留了一會兒。應該說沒出什麼事，不過警報持續響了1個半小時。

明天維爾納也又要走了。他本來要在今晚來向我告別，但卻被沒有來。

今天的天氣又很晴朗。要是小弗裡德不在的話，我就和媽媽出去散步了。今天施密特女士又和我們一起去了「獅子莊」餐館吃飯，味道總是那麼好。今天早晨我們還和施密特女士一起去了趟天主教墓地——他丈夫安息之地。

你知道我在今天上午的禮拜儀式上看見誰了？你一定猜不出來！克洛恩貝格[11]的威廉教兄！我已經多年沒見過他了。魏斯科特教兄現在也住在克洛恩貝格，但有事不能來，於是就把他介紹過來了。一看到故人，就不禁想起往日時光。當年比今天要美好多少！我又想起以前的基督教禮拜儀式，曾經時常不願去，而今卻令人懷念。你是否還記得溫德加塞教兄是怎樣宣講福音的？可還記得在索林根的帳篷裡舉行的禮拜？唉，要是那些時光能重來一次

---

10. 地名自譯。維弗迪克（Wiefeldick）是奧利格斯區中的一個住宅區。

11. 地名自譯。克洛恩貝格（Kronenberg）是奧利格斯區中的一個住宅區。

hat oder an die Versammlungen im Zelt in Solingen? Ach käme doch noch einmal diese Zeit wieder, noch einmal Friede auf Erden[,] wie schön würde das sein. Man wüßte [wüsste][,] jetzt alles viel besser zu schätzen[,] da man diese Trübsalszeit durchmachen muß [muss]. Nun unser Heiland kann ja alles wieder anders machen und wir wollen Ihn ständig bitten das [dass] Er doch recht bald uns den so lang ersehnten Frieden schenkt.

Du mußt [musst] schon entschuldigen Strupp, wenn ich schon mal schmiere, aber mein Füllfederhalter[,] der klappt gar nicht mehr, vielleicht kannst Du ihn mal wieder in Ordnung bringen.

Gestern abend [Abend] hatten mich Hanni u. Werner zu sich nach Hause eingeladen. Ehrlich gesagt, ich gehe abends nicht mehr gern aus dem Haus. Ich scheue die Dunkelheit wie die Pest. Mutter sagte zu mir, um Dich brauche ich mir keine Sorge machen, denn ich weiß[,] das [dass] Du im Dunkeln immer zu Hause bist. Da fühle ich mich auch am Allerwohlsten. Herr Wergde hat uns jetzt eine Stange in den Keller gemacht, da können wir alle Kleider dran aufhängen. Wie Frau Wergde mir sagte[,] wollte es Herr Hammerstein erst nicht haben, aber dann hat er noch mitgeholfen. Das Verhältnis zwischen Wergdes und ihnen geht noch so einiger Maßen [einigermaßen] aber Vogels dürfen sich nicht mucken.

Nun mein geliebter Stuppmann wie geht es Dir? Vergangene Woche hatte ich nur einen Brief und das werden morgen schon wieder 7 Tage. Allmählich könnte wieder etwas kommen, man macht sich doch gleich wieder Sorgen. Ach Stuppmann[,] wie glücklich werde ich sein[,] wenn ich Dich nochmal bei mir habe und so recht[,] recht gut zu Dir sein darf. Wir wollen unseren Heiland ständig bitten[,] das [dass] Er uns ein baldiges Wiedersehen schenkt.

Nun mein geliebter Stupp für heute will ich schließen und sei Du recht herzlich gegrüßt und geküßt [geküsst] von Deiner Dich unsagbar liebenden und sich sehr nach Dir sehnenden Lotte. Leb' wohl[,] mein gutes Bubilein[,] bis wir uns recht bald wiedesehen.

該有多好！要是和平能重新降臨人世該有多好！到現在才知道珍惜過去的一切，因為要面對如今這慘淡歲月！然而我們的主耶穌基督將會改變這一切，所以我們要經常向祂祈禱。祂會賜予我們期待已久的和平。

如果我的字跡難認，請你原諒，寶貝！我的鋼筆寫不出字了，也許你能修好它。

昨晚漢妮和維爾納請我去他們家。老實說，我晚上不太願意出去。我怕黑怕得要命。媽媽就曾對我說：「我用不著為你擔心，因為我知道天一黑你就在家待著。」我就是喜歡在家。韋克德先生給我們的地窖安了一根晾衣杆，足夠我們把所有衣服都掛上去。韋克德夫人對我說，哈默施泰因先生原本不想出力。不過最後他還是一起過來幫忙了。韋克德家和哈默施泰因家的關係還算過得去，但要是和福格爾家就難說了。

好了，我親愛的寶貝！你還好嗎？過去的一週中我只收到了一封你的來信，到明天就又隔了7天了。要馬上再來信，不然人家就又要擔心了！唉，寶貝！要是你能再次回到我身旁該有多好！那樣我就有機會對你特別、特別地好！我們要經常向我們的主耶穌基督祈禱，請祂保佑我們早日團聚。

好了，我親愛的寶貝！我今天就想寫到這裡。對你無限摯愛而且深切思念的洛特衷心祝福你，親吻你！多保重，我的好小夥子！期待我們早日團聚！

我在心中親吻你的雙唇！請儘快給我寫信！多保重！注意健康！

媽媽和小弗裡德衷心問候你！現在我要滿懷著對你的思戀上床睡覺了，這樣就好像你在我身邊一樣！我是多麼地愛你，多麼難以言喻地愛著你！我的小夥子！我的一切！我的全部幸福！

und [Und] nun küß' [küss'] ich in Gedanken Deinen lieben, lieben Mund bitte schreib' mir und bald wieder[,] leb' wohl und bleib gesund.

Herzliche Grüße von Mutter und Friedchen. Jetzt gehe ich in Gedanken mit Dir in's Bettchen und dann bin ich Dir ganz, ganz nahe. Wie lieb, wie unsagbar lieb habe ich Dich doch Du mein Bubilein, Du mein Alles, Du mein ganzes Glück.

Das Spielzeugauto
玩具車

<hr />

Die Spielzeugproduktion in Deutschland stand während des Zweiten Weltkrieges beinahe komplett still. Aus vielen Betrieben, die ursprünglich Spielzeuge produzierten, wurden Waffenfabriken, und die Produktionsmaterialien für Spielzeuge waren wegen des enormen Materialverbrauchs der Produktion von militärischen Versorgungsgütern schwer zu bekommen. Viele deutsche Kinder spielten während der Kriegszeit mit selbstgemachten Spielzeugen aus Abfällen. Ein kleiner Junge stand möglicherweise mit einem Spielzeug-flugzeug aus einer alten Holzkiste in der Hand vor den Trümmern seines Zuhauses, ein kleines Mädchen rannte vielleicht mit einer Puppe aus alter Kleidung im Arm in den Luftschutzbunker.

Am 12. Februar 1944 erhielt der Unteroffizier Heinz Bohle plötzlich einen Brief von einer unbekannten Person. Voller Überraschung öffnete er diesen Brief. Das war also ein Dankesbrief von einem Mädchen

德國的玩具生產在二戰期間幾乎完全停頓。大量原本生產玩具的工廠改為兵工廠，玩具生產材料也因軍需生產的巨大物資消耗而難以獲取。很多德國兒童在戰爭中玩的都是用廢品拼湊成的自製玩具。一個小男孩可能手拿著一架用舊木箱改造的玩具飛機站在家園的廢墟旁，一個小女孩或許懷抱著一個用破衣服縫製的玩具娃娃跑進防空洞。

1944年2月12日，二級下士海因茨・博勒突然收到了一個陌生人的來信。他驚訝地將信拆開──原來是一位漢堡女孩寫來的感謝信。博勒在一年多以前製作的

in Hamburg. Ein Spielzeugauto, das Bohle vor über einem Jahr gebastelt hatte, wurde als Weihnachtsgeschenk dem kleinen Bruder dieses Mädchens geschenkt. Dafür bedankte sich dieses junge Mädchen eigens in diesem Brief. In der Nacht am selben Tag, in einem kleinen Haus auf dem ausgedehnten Territorium von Russland teilte Bohle seiner Frau diese Sache im matten Lampenschein in einem Brief mit und fügte den Brief von dem Mädchen aus Hamburg bei.

一輛玩具車被作為聖誕禮物送給了這位女孩的小弟弟。為此這位小姑娘特地來信致謝。當天深夜，在俄國廣袤國土上的某個小屋中，博勒在微弱的燈光下寫信將此事告訴他的妻子，還將這位漢堡小姑娘的來信夾在其中。

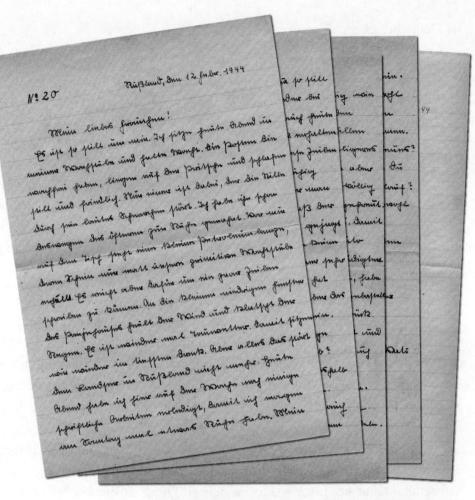

Der Originalbrief

信件原件

Absender:	Empfängerin:
Uffz. H. Bohle	Frau Gertrud Bohle
L 42669	㉓ Bremen-Schönebeck[1]
L.G.P.A. Breslau	Bremerstr. 172

No 20   Rußland [Russland], den 12. Febr. 1944

Mein liebes Frauchen!

Es ist so still um mir [mich]. Ich sitze heute Abend in meiner Wachstube und halte Wacht. Die Posten[,] die wachfrei haben[,] liegen auf der Pritsche und schlafen still und friedlich. Nur einer ist dabei, der die Stille durch sein lautes Schnarchen stört. Ich habe ihn schon deswegen des öfteren zur Ruhe gemahnt. Vor uns auf dem Tisch steht eine kleine Petroleumlampe, deren Schein nur matt unsere primitive Wachstube erhellt. Es reicht aber dafür, um ein paar Zeilen schreiben zu können. An die kleinen niedrigen Fenster des Panjehauses heult der Wind und klatscht der Regen. Es ist wieder mal Tauwetter. Damit sitzen wir wieder im tiefsten Dreck. Aber alles das stört den Landser in Rußland [Russland] nicht mehr.

Heute Abend habe ich hier auf der Wache noch einige schriftliche Arbeiten erledigt, damit ich Morgen am Sonntag mal etwas Ruhe habe. Mein Liebling, und nun, wo es rings um mir [mich] so still geworden ist, sind meine Gedanken wieder bei Dir und in der Heimat. Leider habe ich auch heute keinen lieben Brief von meinem Glück erhalten. Liebling, jetzt um diese Zeit, wo ich Dir diese Zeilen schreibe, hoffe ich, daß [dass] Du ganz selig und ruhig in

---

1. Schönebeck ist ein nördlicher Stadtteil von Bremen.

寄信人：

二級下士 海因茨·博勒

L 42669

波茲南空管區郵局

收信人：

格特魯德·博勒 女士

㉓ 不來梅 舍內貝克區[2]

不來梅街172號

第20號　　　　　　　　　　　　　　　　　俄國，1944年2月12日

我親愛的妻子！

　　我四周萬籟俱寂。今晚我坐在崗樓裡值勤。非值勤人員都已在木板床上安然入睡。只有一個傢伙的如雷鼾聲攪擾這祥和寧靜。為此我已經好幾次提醒他安靜一點。我面前的桌子上放著一盞小檯燈，它微弱的燈光只能為我們這個簡陋的崗樓略帶來少許光明，卻足夠讓我寫信的了。在這座俄式房子低矮的小窗之外，陰風呼嘯怒號，雨聲清晰可聞。融雪季節又來臨了。這讓我們再一次深陷泥潭。然而這對一名身在俄國的士兵來說已經不算什麼了。

　　今晚我利用這值勤時間寫了幾封信，這樣我明天就能好好享受一下週日的輕鬆。我親愛的，正因現在我四周如此寂靜，我的思緒又一次縈繞於妳與家鄉。可惜今天我又沒能收到愛妻妳的來信。親愛的，此時此刻，我在給妳寫信的同時真希望妳正沉浸在美妙安詳的睡夢之中。然而我又不敢肯定，或許英國佬又逼得你們躲進了地窖裡。我親愛的妻子，請不要擔心，妳的海因

_____

2. 舍內貝克（Schönebeck）是不來梅（Bremen）北部的一個城區。

deinem Bettchen liegst und schläfst. Aber man weiß es nicht. Es könnte ja auch sein, daß [dass] der Tommy Euch wieder mal in den Keller gejagt hat. Mein liebes Frauchen, mach [mache] Dir doch bitte keine Sorgen, denn Deinem Heinz geht es noch immer sehr gut. Nur ist er oftmals etwas traurig und hat so große Sehnsucht nach seinem Liebling. Aber das kann nur ein Zeichen der wahren Liebe sein. Herze, ich muß [muss] Dir doch auch mal die Fragen stellen, hast Du mich noch immer sooooo lieb? Hast Du volles Vertrauen zu mir? Aber deshalb brauche ich mir wohl keine Sorgen machen. Heute bekam ich aber doch noch Post. Wenn auch nicht von meinem Frauchen, so aber von einem Mädel aus Hamburg. Ich war ganz stutzig wie [als] ich den Brief in den Händen hielt. Auch den Absender kannte ich mit dem besten Willen nicht. Ich hatte deshalb aber auch nichts eiligeres [Eiligeres] zu tun wie diesen Brief zu öffnen. Dann aber war mir dieser geheimnisvolle Brief völlig klar und ich habe mich wirklich dazu gefreut. Diesen Brief lege ich Dir mal mit bei, damit Du ihn auch mal lesen kannst. Dieses Auto, was der kleine Junge einer bombengeschädigten Familie zu Weihnachten 43 bekommen hat, habe ich damals seinerzeit in Dänemark mal gebastelt. Das liegt nun ja schon über ein Jahr zurück. Da hat sich meine Mühe damals ja gelohnt und ihren Zweck voll und ganz erfüllt wozu [worüber] ich mich sehr freue.

Liebling, Dein Päckchen ist auch noch nicht angekommen. Ich warte schon jeden Tag darauf. Morgen zum Sonntag müßte es hier eintrudeln. Das wär [wäre] dann die richtige Sonntagsfreude. Ob von meinen Päckchen wohl schon welche eingetroffen sind? Diese werden aber auch wohl überkommen [ankommen], denn die anderen damals von Berditschew[3] sind ja auch alle noch gekommen. Liebling was gibt es bei Euch wohl Neues? Arbeitest Du schon? Ist Vati jetzt auch wieder wohlauf? In den nächsten Briefen wirst Du mir wohl mal darüber berichten.

---

3. Berditschew ist eine Stadt im Norden der Ukraine.

茨依舊安然無恙。他只是時常有些焦慮，深深想念著他的愛妻。然而這也正是真愛的證明！寶貝，我要再一次問妳，妳依舊那——麼深愛著我嗎？妳完全信賴我嗎？對此我毫無疑慮。今天我還真收到了一封信，然而不是愛妻妳寫來的，而是出自一個生活在漢堡的小姑娘之手。我在接到這封信時驚訝不已。寄信人與我素未相識。因此我迫不及待地將此信拆開。之後這封神祕的信便使我了然於心，讓我欣喜不已。我將這封信寄給妳，好讓妳也能讀到。那個家園被毀的小男孩在43年聖誕節得到了一輛玩具車，那是我在丹麥的時候做的，距今已經一年多了。我當年的心血沒有白費，很有意義，我倍感欣慰。

親愛的，妳的包裹也還沒有寄到。我每天都在等待。明天週日就應該寄到了，那樣這個週日就太讓我高興了。我給妳寄的那些包裹已經有寄到的了嗎？應該都會到的吧！因為以前從別爾季切夫[4]寄出的包裹也都送到了。親愛的，你們那邊有什麼新聞嗎？妳上班了嗎？爸爸的身體現在好些了嗎？在下一封信裡給我講一講吧！

好了，親愛的，我這封信就止筆於此。衷心祝福妳，深情親吻妳！

深愛妳的海因茨

代我衷心問候媽媽和爸爸

---

4. 別爾季切夫（Berditschew）是一座地處烏克蘭北部的城市。

Nun mein Liebling will ich auch Diesen [diesen] Brief beenden mit den herzlichsten Grüßen und innigsten Küssen.

Dein Dich so innigst liebender Heinz.

Viele herzl. [herzliche] Grüße auch an Mutti u. Vati

Hamburg[,] d. 7.1.44

Werter Herr Bohle!

Heute möchte ich Ihnen anstelle meines kleinen Bruders für daß [das] schöne Auto danken. Da mein Bruder noch nicht schreiben kann, will ich es heute für ihn tun. Sie glauben garnicht [gar nicht] wie mein Bruder sich freute als er unter dem Weihnachtsbaum ein Auto fand, da wir Bombenbeschädigt [bombengeschädigt] sind hätten wir ihm gar kein Spielzeug schenken können, sollten sie [Sie] selbst kleine Kinder haben können sie [Sie] ja verstehen was das für ein Kinderherz bedeutet.

Recht herzliche Grüße

Gertrud Dessaules

漢堡，44年1月7日

尊敬的博勒先生！

　　今天我想替我的小弟弟為那輛精緻的玩具車向您表示感謝。由於我弟弟還不會寫字，我想為他代寫今天這封信。您根本想像不出，當他在聖誕樹下發現那輛玩具車時有多高興！因為我們家被炸毀了，我們根本沒有玩具可送給他。如果您自己也有小孩子，您肯定會知道這對一個孩子的心靈有何等深義。

　　最衷心的祝福

　　格特魯德・德紹勒斯

Eier

雞蛋

<><><><><><><><><><><><><><><><><><><><><><><><><><><><><><><><><><><><><><><><>

Diese sechs Briefe waren mehrere Jahrzehnte in der Ecke eines Dachbodens vergessen, bis sie 2009 von den neuen Bewohnern entdeckt wurden. Alle Briefe stammen von einem Gefreiten der Luftwaffe, Albert Schneider. Albert wurde nach Russland zum Kampf geschickt, seine Frau Elfriede und seine einzige Tochter Ellen lebten in Lüdenscheid in Westfallen im Westen Deutschlands.

Die Familie Schneider war ein wohlhabender Haushalt. Vor der Einziehung zur Armee machte Albert mit seiner Frau und Tochter in seinem Privatauto einen Ausflug am Wochenende. Aber in Deutschland in der Kriegszeit konnte man auch mit den Geldscheinen nicht genug Lebensmittel kaufen. Um seiner Familie beim Lösen der Lebensmittelknappheit zu helfen, hielt Albert ein Huhn in seiner dienstfreien Zeit und benannte es „Paul". Die meisten von Paul gelegten Eier hat Albert nach Hause an seine Frau und Tochter zum Essen geschickt.

這六封信曾被遺忘在某個屋頂閣樓的角落中數十年，直到2009年才被後來的居住者發現。全部信件皆出自一位名叫阿爾貝特‧施奈德的空軍二等兵之手。阿爾貝特被派往俄國作戰，他的妻子埃爾弗麗德與獨生女愛倫則生活在德國西部威斯特法倫地區的呂登沙伊德。

施奈德家家境殷實。在從軍前，阿爾貝特會在週末開著私家車帶妻子和女兒出遊。然而在戰時德國是無法用鈔票購買到充足食物的。為了幫助家人解決食物匱乏問題，阿爾貝特在行軍作戰之餘養了一隻母雞，並且給它起名叫「保爾」。保爾所下的雞蛋大部分都被阿爾貝特寄回家給妻子與女兒食用。

Der Führerschein von Albert Schneider, aus dem man entnehmen kann, dass er am 6. August 1900 oder 1903 in Lüdenscheid geboren wurde. Nach so langer Zeit kann man nicht mehr erkennen, ob das Geburtsjahr 1903 oder 1900 war.

阿爾貝特·施奈德的駕駛執照，據此可知他於1903或1900年8月6日生於呂登沙伊德。因年代久遠，無法確定出生年是1903還是1900。

Albert Schneider

阿爾貝特‧施奈德

Durch die anderen Briefe in meinen Händen stellte ich fest, dass Albert später in Polen oder im Osten Deutschlands von der Roten Armee gefangengenommen wurde. Er hat 1946 noch Postkarten aus dem sowjetischen Kriegsgefangenenlager an seine Familie geschickt. Ich habe versucht, mich bei dem Standesamt in Lüdenscheid nach dem finalen Schicksal von Albert zu erkundigen. Leider bin ich weder Verwandter von Albert noch autorisierter Geschichtsforscher, und das Standesamt hat kein Recht, mir das Schicksal von Albert mitzuteilen.

透過我手中的其他信件推斷，阿爾貝特後來在波蘭或者德國東部被蘇軍俘虜。他在1946年還曾經從蘇軍戰俘營中給家人寄過明信片。我曾嘗試向呂登沙伊德戶籍部門詢問阿爾貝特的最終命運。可惜我既非此人親屬又非授權歷史研究人員，戶籍部門無權將阿爾貝特的下落告知我。

✠ Deutscher Originaltext

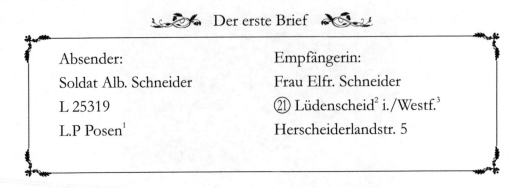

✿ Der erste Brief ✿

Absender:	Empfängerin:
Soldat Alb. Schneider	Frau Elfr. Schneider
L 25319	㉑ Lüdenscheid[2] i./Westf.[3]
L.P Posen[1]	Herscheiderlandstr. 5

Im Osten, den 1. 3. 44.

Liebe Elfriede.

Habe Deinen lieben Brief und auch die Zeitschriften erhalten. Danke Dir für alles. Mir geht es noch soweit ganz gut[,] hoffe auch von Dir dasselbe. Ja liebe Elfriede[,] das böse Rußland [Russland][!] wär [Wer] hätte das gedacht das gedacht [hätte das gedacht][,] das [dass] man mich auch da mal hinn [hin] verfrachten würde! Mit Urlaub sieht es von hier sehr schlecht aus. Müssen eben warten[,] wie es das Schicksal bestimmt. Du schreibst mir von Zigaretten schicken[,] nein liebe Elf. [Elfriede][,] Du brauchst mir nichts zu schicken, tausch die Sachen für Dich um[,] damit Du nicht zu hungern brauchst[,] kannst doch sicher etwas dafür bekommen.

Wenn jemand meine Adr. haben will[,] dann gib Sie [sie] nur so wie ich Sie [sie] Dir schreibe, hier in Rußland [Russland] gibt es kein Rangunterschied hier gibt es nur Kameraden weil eben jeder auf den anderen angewiesen ist.

Nun leb wohl und Sei [sei] vielmals gegrüßt und geküßt [geküsst] von

---

1. Posen ist eine Stadt im Westen Polens.

2. Die Stadt *Lüdenscheid* befindet sich im südwestlichen Teil von der Region *Westfalen*.

3. Die Region *Westfalen* befindet sich im Nordwesten Deutschlands, an Holland angrenzend. Mehr als die Hälfte der Fläche von dem heutigen Bundesland *Nordrhein-Westfalen* gehört zu Westfalen.

✠ **中文譯文**

◈◈◈ 第一封信 ◈◈◈

寄信人：	收信人：
士兵 阿爾貝特·施奈德	埃爾弗麗德·施奈德 女士
L 25319	㉑ 呂登沙伊德[5]/威斯特法倫地區[6]
波茲南[4]航空區郵局	赫沙伊德蘭特街5號

東方戰區，44年3月1日

親愛的埃爾弗麗德：

　　我收到了妳寄來的信件和雜誌。謝謝妳！我到現在還很好，希望妳也是如此。唉，親愛的埃爾弗麗德，這該死的俄國！誰會想到他們會把我拖到這地方來呢！休假的希望很渺茫。我們只有等著，聽天由命。妳寫道，妳要給我寄香菸。不！親愛的埃爾弗麗德，妳還是用這些東西換些食物，免得挨餓。妳一定能換到些東西的。

　　如果有人向妳要我的地址，妳盡可以把我告訴妳的軍郵地址照原樣給他。在俄國這地方沒有軍銜之別，只有袍澤之情。因為每個人都要倚靠旁人才能活下去。

---

4. 波茲南（Posen）是一座地處波蘭西部的城市。

5. 呂登沙伊德（Lüdenscheid）市位於威斯特法倫（Westfalen）地區西南部。

6. 威斯特法倫地區位於德國西北部，與荷蘭毗鄰。今日德國北萊茵-威斯特法倫（Nordrhein-Westfalen）州之一半以上區域都歸屬威斯特法倫地區。

Der Personalausweis von Elfriede Schneider in der britischen Besatzungszone nach dem Krieg, aus dem man entnehmen kann, dass sie am 31. Januar 1904 in Lüdenscheid geboren wurde.

埃爾弗麗德・施奈德在戰後的英國佔領區身分證，據此可知她於1904年1月31日生於呂登沙伊德。

Deinem Albert.

Auf Wiedersehen.

Nachstes [Nächstes] mal [Mal] mehr.

Gruß an zu Hause.

好了，多保重！衷心祝福妳、親吻妳！

妳的阿爾貝特

再見！

下次我多寫點！

遙祝家鄉人好！

Der erste Originalbrief

第一封信件原件

Der zweite Originalbrief

第二封信件原件

❧ Der zweite Brief ❧

Absender:	Empfängerin:
Soldat Alb. Schneider	Frau Elfriede Schneider
L 25319	㉑ Lüdenscheid i/Westf.
LGPA Posen ⑥	Herscheiderlandstraße No.5

Im Osten, den 16. 3. 43.[7]

Liebe Elfriede.

Will Dir noch schnell ein paar Zeilen schreiben. Es ist Donnerstag-Abend [Donnerstagabend], ich bin gerade von [vom] Posten abgelöst worden und noch durchgefroren. Augenblicklich ist es wieder sehr kalt hier. Wie Du mir schreibst, ist das Wetter dort ja auch noch sehr ungemütlich. Wollen hoffen, das [dass] der Sommer bald kommt und mit ihm der Frieden. Heute Nachmittag erhielt ich auch Deine beiden Paketchen wohl und gut erhalten. Das [dass] ich die Briefe mit dem Geld erhalten habe, habe ich Dir doch bereits schon mitgeteilt. Ja liebe Elfriede, der Kuchen war ja wieder Friedensware und im Geschmack ganz groß. Ich weiß ja l. [liebe] Elfriede, das [dass] Du mir damit gerne eine Freude bereitest, aber ich möchte nichts mehr geschickt haben. Du bist nur eine einzelne Person und das bischen [bisschen] was Du bekommst, solst [sollst] Du für Dich behalten. Ich habe hier zu essen und trinken genug. Außerdem habe ich mir für das Geld, was Du mir geschickt [hast], ein Huhn gekauft. Aber nicht zum schlachten [Schlachten], sondern zum Eier legen [Eierlegen]. Ich habe es jetzt 6 Tage und heute habe ich schon das 3te Ei bekommen. Augenblicklich schläft es noch bei mir im Zelt, am Tage ist es draußen im Pirk[9]. Ich will sehen, dass ich

---

7. Es handelt sich hier um einen Schreibfehler vom Briefschreiber. Das korrekte Datum soll der 16. März 1944 sein.

✦✦✦ 第二封信 ✦✦✦

寄信人：	收信人：
士兵 阿爾貝特·施奈德	埃爾弗麗德·施奈德 女士
L 25319	㉑ 呂登沙伊德/威斯特法倫地區
波茲南航空區郵局 ⑥	赫沙伊德蘭特街5號

東方戰區，43年3月16日[8]

親愛的埃爾弗麗德：

　　掌握這點時間給妳寫封信。現在是週四晚上，我剛剛從崗哨上下來，全身凍冰。目前這裡還是非常冷。妳在寫給我的信中說，家鄉那邊的天氣也不怎麼樣。但願夏天不久就會伴隨和平一同到來。今天下午我順利收到了妳寄來的兩個小包裹。上次我也已經告訴過妳，夾著錢的信我收到了。妳說得對，親愛的埃爾弗麗德，糕點是和平年代才有的東西，味道也就自然非比尋常。我知道，親愛的埃爾弗麗德，妳是想讓我開心一下，但我求妳以後不要再給我寄這種東西了。妳就一個人，應該把配給品留給自己。我這裡吃的喝的足夠了。另外，我用妳寄給我的錢買了一隻雞，但不是用來宰了吃的，而是用來下蛋的。我才養了牠6天就已經收穫了3個雞蛋。此刻牠正在我的營帳裡睡覺，白天就養在屋外的籠子裡。我要想辦法再弄2隻來，之後我就能放牠們在外面撒歡了，一隻雞是不能獨自出去亂跑的。以後我會把雞蛋存起來，

---

8. 寫信人筆誤。正確日期應為1944年3月16日。

noch 2 dabei [dazu] bekomme, dann kann ich die Tiere draußen laufen lassen, ein Huhn alleine hält sich nicht. Und dann werde ich die Eier aufsparen und wenn ich in Urlaub komme, bringe ich Dir die Eier und auch die Hühner mit, dann können wir die Tage wenigstens mal gut leben. Du siehst ja nun wieder, Vater sorgt immer noch für seine Lieben.

Nun noch eins, l. [liebe] Elfriede, kannst Du mir wohl ein paar Streichhölzer schicken? Wir müssen unseren Ofen oft anzünden und das nasse Holz brennt sehr schlecht an. Du weißt ja selbst wie das ist, so ein Döschen ist im Moment alle. Wenn Dir das möglich ist, dann nim [nimm] eine kleine Blechschachtel und verpacke die Hölzer darinn [darin], damit Sie sich nicht entzünden können, hörst Du! Die anderen Kameraden haben auch immer Streichhölzer geschickt bekommen, also ist es nicht gefährlich.

Sonst gibt es hier nichts neues [Neues] und an das gefährliche [Gefährliche] gewöhnt man sich auch. Du schreibst mir da von unsere [unserer] Ellen, ja liebe Elfriede, was Du damit vor hast mußt [musst] Du selber wissen, da [das] überlasse ich ganz Dir wie Du es meinst ist es richtig. Einmal wird der böse Krieg doch zu Ende gehn [gehen] und dann soll sich das weitere wohl finden. Hoffentlich wird Lüdenscheid von einem Terrorangriff verschont. Hast Du auch unsere Wertsachen schön verstaut? Du weißt ja: „Vorsicht ist besser als Nachsicht."

So liebe Elfriede, jetzt soll es mal wieder genügend sein. Bis jetzt geht es mir noch gut und von Dir hoffe ich dasselbe. Es grüßt Dich vielmals aus weiter Ferne[,] Dein Albert. Habe von meiner Mutter auch wieder die Illustrierten bekommen, sag Ihr, dass ich mich sehr darüber freute. Sie soll nur die Rätsel nicht so ganz ausradieren, die Göttinnen und die Dichter kannte ich ja nicht, die sollen in Zukunft stehen bleiben!

So nun mach es gut. Auf ein frohes und gesundes Wiedersehen nochmals.

Dein Alb [Albert].

Gruß an alle Bekannte.

---

9. Der Absender verwendet hier ein Wort aus seinem Dialekt. „Pirk" bedeutet Käfig.

等到我回家度假的時候，我帶上這些雞蛋還有我養的雞，這樣我們就能過上幾天好日子了。妳看，孩子的爸總有辦法照顧他的家人。

另外還有一件事，親愛的埃爾弗麗德，妳能給我寄些火柴來嗎？我們經常得生爐子，可要把濕木頭點著卻非常不容易。妳知道，那麼一小罐火柴很快就用完了。如果方便的話，就把火柴裝進一個小鉛盒裡寄來，免得著火，妳明白嗎？其他戰友們都是這樣收到火柴的，沒什麼危險。

此外這裡沒出什麼事，我對危險也已習以為常。至於妳寫的關於咱家愛倫的事，我完全交由妳來決定，妳認為該怎麼辦就怎麼辦吧！等這場可惡的戰爭結束就會有辦法的。但願呂登沙伊德免遭空襲之苦。妳把我們的股票也存好了嗎？俗話說得好：「小心為妙」。

好了，親愛的埃爾弗麗德，今天寫得夠多的了。到目前為止我過得還算不錯，但願妳的日子也很好。妳的阿爾貝特在異國他鄉遙祝妳一切順遂！我又收到了妳媽媽寄來的畫報，妳替我謝謝她。只是讓她不要再把謎語答案都給完全擦掉了，那些女神和詩人我都沒聽說過，以後還是留著謎底吧！

多保重！願我們早日平安團聚！

妳的阿爾貝特

問候所有親朋好友！

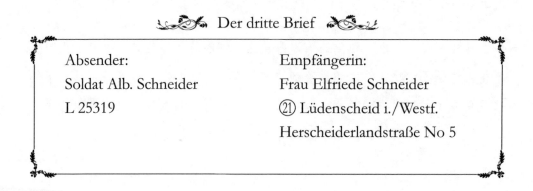

❧❦ Der dritte Brief ❧❦

Absender:	Empfängerin:
Soldat Alb. Schneider	Frau Elfriede Schneider
L 25319	㉑ Lüdenscheid i./Westf.
	Herscheiderlandstraße No 5

Im Osten, den 2. 4. 44.

Liebe Elfriede + Ellen.

Es ist Sonntag-Nachmittag [Sonntagnachmittag] und ich will Dir noch eben ein Lebenszeichen von mir senden. Bis jetzt geht es mir soweit noch gut bis auf einen schweren Schnupfen, aber der soll auch wohl wieder vorüber gehen. Das sind hier im Osten alltägliche Erscheinungen, die kommen und gehen am laufenden Band. Unser Finnenzelt haben wir jetzt aufgegeben, da war es zu kalt drinn [drin], wir konnten Nachts [nachts] vor Kälte nicht einschlafen. Hier will und will es kein Frühling werden. Augenblicklich ist es wieder grausig kalt, der verdamte [verdammte] kalte Ostwind macht uns schwer zu schaffen. Jetzt wohnen wir in einem alten verlassenen Bauernhaus. In der Mitte des Hauses steht ein großer gemauerter Ofen, der wird Tag und Nacht geheizt, da fühlen wir uns jetzt ganz wohl drinn [drin]. Wenn uns der Russe da nicht raus schmeißt, wollen wir es wohl aushalten. So liebe Elfriede, über mein Huhn hast Du auch wohl gelacht, ja l. [liebe] Elfr. [Elfriede], meine Kameraden haben auch erst gelacht, aber jetzt wo ich mir ein über den anderen Tag ein Ei in die Pfanne haue, möchten Sie [sie] auch alle gerne so ein Tückelchen haben. Heute-Morgen [Heute morgen] habe ich mir das 12te Ei aus dem Nest geholt, ist das nicht in Ordnung. Ein Ei kostet hier 2 Mark, das Huhn kostete mir [mich] 25 RM, jetzt kannst Du ja mal ausrechnen, was mir [mich] das Hühnchen jetzt noch kostet. Du weißt doch, liebe Elfriede, was Dein Albert macht war und ist immer richtig.

๛๛ 第三封信 ๛๛

寄信人：

士兵 阿爾貝特・施奈德

L 25319

收信人：

埃爾弗麗德・施奈德 女士

㉑ 呂登沙伊德/威斯特法倫地區

赫沙伊德蘭特街5號

東方戰區，44年4月2日

親愛的埃爾弗麗德＋愛倫：

現在是週日下午，我想再給妳寄上一份生命訊息。到目前為止，我除了患上了重感冒之外一切都不錯，而且這病也快好了。在東方戰區的每一天都是老樣子，周而復始。我們現在不再住在芬蘭帳篷裡，太冷了！夜裡凍得我們睡不著覺。這裡的春天老也等不來。此時此刻又是奇寒徹骨，該死的寒風從東邊呼嘯而來，讓我們苦不堪言。現在我們住在一所廢棄的舊農舍裡。在屋子正中有一個磚砌的大火爐，晝夜不停地燒著火，這樣我們會好受些。只要俄國人不把我們趕出去，我們就在這裡一直待下去了。對了，親愛的埃爾弗麗德，妳覺得我養雞的事很好笑。是啊，親愛的埃爾弗麗德，我的戰友們起初也是覺得很好笑，但現在他們看我天天有雞蛋下鍋，也都想養上這樣一隻雞。今天早上我從雞窩裡取出了第12個雞蛋，不錯吧！一個雞蛋在這裡值2馬克，而我買這只雞是花了25馬克。現在妳可以算算這雞到底合不合算。妳知道，親愛的埃爾弗麗德，妳的阿爾貝特做事從來沒錯！

Der dritte Originalbrief

第三封信件原件

Deinen Brief vom 26/3 [26.3.] und von Ellen einen Brief habe ich heute-Morgen [heute Morgen] erhalten. Ja Kinder hier vor, habe ich das nie so empfunden, wie ich noch in Holland war oder in Dortmund, was ein Brief von Seiner [seinen] Lieben für einen Wert hat. Aber jetzt erst habe ich es kennen gelernt. Du glaubst ja gar nicht, wie ich mich freue von Euch zu hören, besonders jetzt wo immer die Luftangriffe stattfinden und jedesmal atme ich auf, wenn ich höre das Lüdenscheid nochmal wieder verschont worden ist. Liebe Elfriede, jetzt ist bald das schöne Osterfest, denktst [denkst Du] noch an früher wenn Ostern war! Wenn wir einen Tisch voll Eier färbten und Ostermorgen den Wagen ausspannten und nach Heidelberg fuhren? Ob das wohl noch mal wieder kommt? Was meinst Du??

Deine Zeitungen habe ich auch alle erhalten, besten Dank dafür. So nun will ich schließen. Euch beiden weiterhinn [weiterhin] alles gute [Gute] wünschend und recht frohe und gesunde Ostertage.

Euer Vater.

Auf Wiedersehen! Gruß an zu Hause Und schreibt bald wieder!

306

Der vierte Originalbrief

第四封信件原件

　　我今天早晨收到了妳3月26日寫的信和一封愛倫給我寄的信。這孩子，我在荷蘭或多特蒙德的時候都沒感覺這孩子對家人的感情這麼深。直到現在我才真正認識這孩子。妳無法想像我接到妳們來信時有多高興！特別是在這空襲頻仍的時期，每當我聽說呂登沙伊德又躲過了一場空襲，我是多麼如釋重負！親愛的埃爾弗麗德，不久就到復活節了，妳是否想起我們以前是怎樣度過復活節的？可還記得當時我們把滿滿一桌的雞蛋染得五顏六色，然後在復活節的早晨開車去海德堡？這一切還會重來嗎？妳相信嗎？？

　　妳寄的報紙我也收到了，非常感謝！我就寫到這裡。祝福妳們兩個人，祝妳們度過一個愉快安康的復活節！

　　孩子的爸

　　再見！遙祝家鄉人好，儘快給我回信！

❧❀❧ Der vierte Brief ❀❧❀

Absender:	Empfängerin:
Soldat Alb. Schneider	Frau Elfriede Schneider
L 25319	㉑ Lüdenscheid i./Westf.
L.G.P.Amt Posen	Herscheiderlandstraße No 5

Im Osten, den 29/1. 44.

Liebe Elfriede + Ellen.

Habe heute Deinen lieben Brief erhalten. Will Dir auch gleich antworten. Vor allem freue ich mich, dass es Euch beiden noch gut geht. Von mir kann ich Euch dasselbe berichten. Trotzdem war Dein lieber Brief für mich heute ein guter Trost, hatte heute einen besonders schweren Tag. Aber das der Tommi [Tommy] jetzt auch nach Lüdenscheid kommt, macht mir doch Bedenken. Es kann/wird nicht mehr lange dauern, dann fallen auch bei Euch dort Bomben. Seit vorsichtig und geht brav in den Keller. Ich denke immer an Euch Beide [beide], und wenn Gott will, sehen wir uns doch noch wieder. Habe Euch diese Woche noch 3 Paketchen mit Eier [Eiern] abgeschickt. Hoffentlich kommen die auch gut an. Dass unsere Ellen bei Dir bleiben kann, ist ja schön, dann weiß ich wenigstens den Kürtel in Sicherheit.[10] Jetzt lebt wohl, auf Wiedersehen.

Euer Vater.

Was machen die Illustrierten Zeitungen?

---

10. Dieser Satz weist wahrscheinlich einen Schreibfehler vom Absender auf, „Kürtel" soll „Kürzel" heißen. Anhand des Kontextes soll sich dieses Wort auf Ellen beziehen.

〜☙ 第四封信 ❧〜

寄信人：	收信人：
士兵 阿爾貝特・施奈德	埃爾弗麗德・施奈德 女士
L 25319	㉑呂登沙伊德/威斯特法倫地區
波茲南航空區郵局	赫沙伊德蘭特街5號

東方戰區，44年4月29日

親愛的埃爾弗麗德＋愛倫：

　　今天我剛剛收到妳的來信，現在馬上就給妳回一封。最讓我高興的就是妳們兩人都平平安安。我自己過得也不錯。妳包含深情的來信對我來說是一種很好的慰藉，因為今天我活得特別累。英國佬飛到呂登沙伊德的消息很令我不安。大概/肯定過不了多久，妳們也要挨炸彈了。妳們務必要小心，乖乖躲到地下室裡去。我總是掛念著妳們倆，但願上帝保佑我們再相見。這週我給妳們寄出了第3個裝有雞蛋的包裹，希望能順利收到。我們的愛倫能留在妳身邊真是太好了！這樣我就知道這孩子安全了！多保重，再見！

　　孩子的爸

　　能寄些畫報來嗎？

❦❧ Der fünfte Brief ❦❧

Absender:	Empfängerin:
Soldat Alb. Schneider	Fräulein Ellen Schneider
L25319	㉑ Lüdenscheid i./Westf.
	Herscheiderlandstraße No 5

Rußland [Russland], den 19. 5. 44.

Meine liebe Ellen.

Es ist Samstag-Abend [Samstagabend] und die Zeit erlaubt es mir auch Dir mal auf Deine lieben Briefe zu antworten. Du wirst oft gedacht haben, warum schreibt mir mein Pappa [Papa] nicht. Ja liebes Kind, hier ist es anders als in Holland und bei Euch zu Hause. Hier heißt es Tag und Nacht auf dem Posten sein, 20 Stunden täglich auf den Füßen ist gar nichts. Nachts wenn es mal 2 – 3 Stunden Ruhe gibt, schlafen wir armen Preußen mit dem Karabiner und Handgranaten im Arm ein. Oft träume ich dann von meinen lieben [Lieben] zu Hause und von unseren schönen Autofahrten, die wir gemacht haben. Dann plötzlich schrillt die Alarmglocke und unsanft werden wir dann in die grausame Gegenwart zurück gerufen. Dann heißt es schnell das nötigste [Nötigste] noch fassen und hinaus geht es in unsere Deckungslöcher. Wir haben hier nicht nur mit dem Russischen [russischen] Soldaten zu kämpfen, sondern der schlimmste Feind sind die Patisanen [Partisanen], die uns auf Schritt u. Tritt belauern und uns zu vernichten suchen. Bis jetzt war mir das Soldatenglück noch hold und hoffentlich bleibt es so. Im Juli ist mein Stichtag und wenn alles gut geht, komme ich dann für 3 Wochen in Urlaub. Ach Ellen, was muß [muss] das schön, sein, wieder mal die alten Klamotten vom Leibe und in unsere [unseren] schönen Betten ungestört zu schlafen. Vor allem freue ich mich, dass es Dir

---

10. Dieser Satz weist wahrscheinlich einen Schreibfehler vom Absender auf, „Kürtel" soll „Kürzel" heißen. Anhand des Kontextes soll sich dieses Wort auf Ellen beziehen.

◦✿◦ 第五封信 ◦✿◦

寄信人：	收信人：
士兵 阿爾貝特 · 施奈德	愛倫 · 施奈德 小姐
L 25319	㉑ 呂登沙伊德／威斯特法倫地區
波茲南航空區郵局	赫沙伊德蘭特街5號

俄國，44年5月19日

我親愛的愛倫：

　　現在是週六晚上，我總算有時間來回覆妳的來信。妳可能經常會想，爸爸怎麼不給我寫信呀？唉！親愛的孩子，這裡可不像在荷蘭或者在家裡。這裡是日夜連軸轉。一天做上20個小時根本不算什麼。就算夜裡有2、3個小時的清靜，我們這些可憐的普魯士人也得抱著步槍和手榴彈入睡。我時常夢見我親愛的家人，還有我們一起開車出遊的美好時光。這時警報突然響起，毫不留情地將我們召回殘酷的現實之中。我們立即就得抓起必要的東西鑽入掩體。我們在這裡不僅要與俄國軍人作戰，而且還要面對最可惡的敵人——遊擊隊。他們逐步蠶食並試圖最終消滅我們。我至今在戰場上的運氣還算不錯，但願能一直如此。七月輪到我休假。如果不出什麼變故，我就能回家度3週的假。唉，愛倫，重新換上以前的衣服，在咱們自家床上安心睡覺該是件多美的事啊！最令我欣慰的是妳和媽媽一切都好。妳對妳的新工作習慣了嗎？我想肯定習慣了，對吧！妳是一個乖女孩，肯定能和妳的同事們相處好。

　　等了這麼長時間，今天我終於又收到了妳們的來信。一共5封信，其中4封信裡裝著報紙，還有一封是媽媽寫來的信。媽媽問我還養不養雞。現在我

noch gut geht und Du und Mamma [Mama] noch wohl auf [wohlauf] bist [seid]. Wie hast Du Dich denn auf Deinem neuen Posten eingelebt? Ich hoffe doch gut „nicht war [wahr] ". Du bist doch ein braves Mädel und passt dich Deinen Mittarbeiterinnen bestimmt gut an.

Heute habe ich nach langer Zeit wieder Post von Euch bekommen und zwar 5 Briefe. 4 Briefe mit Zeitungen und einen lieben Brief von Mamma [Mama]. Mamma [Mama] fragt an, ob ich mein Huhn noch hätte. Nun will ich Dir noch etwas von meinem Huhn berichten. Mein Tückelchen hatte 6 Tage mit Eier legen ausgesetzt, das war mir doch etwas zu bunt. Da habe ich dann am Sonntagmorgen die Bratpfanne genommen, bin im [in den] Stall gegangen, habe dem Tückelchen die Pfanne gezeigt und ihm gesagt: „mein lieber Paul, wenn Du morgen früh kein Ei gelegt hast, dann liegst du Morgen-Mittag [Morgen Mittag] in der Pfanne, jetzt ist es noch Zeit, besinn dich also." Na am nächsten Morgen, was muß [muss] ich sehen, liegt wieder ein Ei im Nest. Seitdem Tage legt es mir wieder jeden Tag ein Ei. Jetzt sind wir wieder gute Freunde. Bis jetzt hat es mir 27 Eier gelegt. Wir sind hier mit 12 Mann und alle sind daran am füttern, ich glaube, bis zu meinem Urlaub ist es eine Ganz [Gans] geworden, so dick und fett ist mein Paul. Wenn wir unseren Graben ausbessern müßen [müssen], nimt [nimmt] jeder Landser eine Dose mit, und alle Würmer und Schnecken bekommt mein Paul. Das sind oft so viel, das sich mein Paul dafür [davor] ekelt. Oft ist mein Paul auch ungezogen, wenn wir essen, hüpft es auf den Tisch und wenn einer dann nicht aufpaßt [aufgepasst], ist es mit dem Kopf im Kochgeschirr.

So[,] liebe Ellen, jetzt will ich mal schließen, mir selbst geht es auch noch gut, nun sei lieb und brav und hilf Deiner Mamma [Mama] fleißig, wenn sie etwas für Dich zu tun hat.

Es grüßt Dich vielmals,

Dein Pappa [Papa].

Auf Wiedersehn [Wiedersehen] und schreibe bald wieder.

Gruß an Omma [Oma] und an die andern alle. Sage Mamma [Mama], ich dankte auch für die Zeitschriften.

就要給妳講講這隻雞。我的這隻雞曾一連6天不下蛋。這我可不能答應！我在星期日早晨拿著一個煎鍋來到籠子前，舉著這個煎鍋對牠說：「我親愛的保爾，如果妳明天早上再不下蛋的話，那麼明天中午妳就得下鍋了。現在還有時間，好好考慮一下吧！」等到第二天早晨我一看，已經有一個蛋在雞窩裡了。從那天起，牠又每天都給我下一個蛋了。現在我們又成好朋友了。到現在為止，牠已經給我下了27個蛋。我們這兒有12個人，大家輪流餵牠。我估計，等到我度假的時候，我的保爾一定會像隻鵝一樣肥肥胖胖。我們修補戰壕的時候，每個兵都帶上一個罐子，所有蟲子和蝸牛都歸我的保爾。經常把我的保爾撐得一見這些東西就要吐。有時候我的保爾也真不懂禮貌，在我們吃飯的時候飛到桌子上，要是沒人管的話，牠就會把頭伸進鍋裡去。

好了，親愛的愛倫，我就寫到這裡。我自己一切都很好，妳要好好聽話，在媽媽需要的時候多多幫助她。

多多祝福妳！

妳的爸爸

再見，儘快給我來信！

問候外婆以及所有家鄉人！代我謝謝媽媽寄給我的雜誌！

✠ Deutscher Originaltext

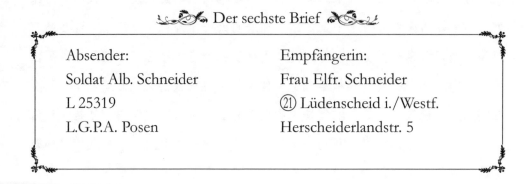

Der sechste Brief

Absender:	Empfängerin:
Soldat Alb. Schneider	Frau Elfr. Schneider
L 25319	㉑ Lüdenscheid i./Westf.
L.G.P.A. Posen	Herscheiderlandstr. 5

Polen, den 2. 6. 44.

Liebe Elfriede + Ellen.

Habe Deine Kärtchen vom 25./5 [25.5.] erhalten, und will auch gleich antworten. Wie Du mir mitteilst[,] hast Du nun auch das 4te Paketchen mit Eiern erhalten, es ist nur schade[,] das [dass] immer so viele entzwei sind. Sind die kaputten Eier denn nur angeknickt oder kannst Du sie überhaupt nicht mehr gebrauchen? schreibe [Schreibe] mir mal darüber. Sonst geht es mir noch gut, dasselbe hoffe ich auch von Euch beiden noch. Im Industriegebiet muß [muss] doch allerhand los gewesen sein, auch Dortmund soll wieder schwer gelitten haben. Hoffentlich bleiben wir verschont. Was hat es mit unserem Wagen gegeben? Liebe Elfr. [Elfriede][,] wenn Du mir jetzt wieder schreibst[,] dann lege in jedem Brief etwas Geld bei, wenn wir hier liegen bleiben[,] bin ich in ungefähr 7 Wochen mit Urlaub dran[,] dann möchte ich gerne noch etwas einkaufen, denn in der Heimat gibt es nichts mehr. Nun will ich schließen[,] lebt wohl[.]

Auf Wiedersehen

Euer Vater

Der fünfte Originalbrief

第五封信件原件

Der sechste Originalbrief

第六封信件原件

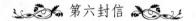

第六封信

寄信人：	收信人：
士兵 阿爾貝特·施奈德	埃爾弗麗德·施奈德 女士
L 25319	㉑ 呂登沙伊德/威斯特法倫地區
波茲南航空區郵局	赫沙伊德蘭特街5號

波蘭，44年6月2日

親愛的埃爾弗麗德＋愛倫：

我收到了妳在5月25日寄來的明信片，馬上就想答覆妳。妳告訴我第4個雞蛋包裹也收到了。只可惜老是有那麼多雞蛋摔碎。那些碎掉的雞蛋到底只是裂紋了，還是根本沒法吃了？寫信告訴我一下。

我的日子過得還不錯。希望妳們兩人也很好。工業區肯定被炸翻天了，多特蒙德據說又被炸得很慘。希望咱們能平安無事。咱家的汽車怎麼樣了？親愛的埃爾弗麗德，以後妳再給我寫信的時候，在每封信中都放些錢。如果我們在這裡待下去的話，7週後就能輪到我休假。那樣的話，我就想買些東西帶回去，因為在家鄉已經什麼都買不到了。我就寫到這裡，多保重！

再見！

孩子的爸

In der Erinnerung leben

生活在回憶中

Die alliierten Luftangriffe während des Zweiten Weltkrieges verursachten erhebliche Schäden an den deutschen Kulturdenkmälern. Vom Potsdamer Stadtschloss bis zu Goethes Geburtshaus in Frankfurt, und bis zur Herz-Jesu-Kirche in München, wurden endlose wertvolle Kulturgüter in ganz Deutschland zu Schutt und Asche. In der Berliner Innenstadt blieb kein einziger Großbau verschont, der Berliner Dom, das Hauptgebäude der Berliner Universität, das Berliner Stadtschloss, das Reichstagsgebäude und weitere prächtige Bauwerke waren alle kaum mehr wiederzuerkennen. Anders als der Erste Weltkrieg verursachte der Zweite Weltkrieg nicht nur beachtliche Verluste an Menschen in Deutschland, sondern hinterließ dem deutschen Volk auch nie zu heilende Kulturwunden.

Elfriede Kutscha war ein lebensfrohes Berliner Mädchen, wurde aber unglück-licherweise in einem verheerenden Zeitalter geboren. Jeder Luftangriff löschte einen Teil der schönen Stadt Berlin in ihrem Gedächtnis

第二次世界大戰期間的盟軍空襲對德國文化古跡損毀甚重。從波茨坦的城宮到法蘭克福的歌德誕生屋，再到慕尼黑的耶穌之心教堂，全德境內有無數珍貴文化遺產在空襲中化為灰燼。柏林內城的大型建築無一倖免，柏林大教堂、柏林大學主樓、柏林城宮、帝國大廈等恢弘之作皆面目全非。與一戰不同，二戰不僅給德國造成了大量人員傷亡，而且也給德意志民族留下了永遠無法癒合的文化創傷。

愛爾菲蒂·庫察是一個性格開朗的柏林女孩，卻不幸生在了一個悲淒的年代。每一場空襲都將她記憶中的美麗柏林摧毀些許，她的居家、學校皆遭毀壞。愛爾菲

Elfriede Kutscha
愛爾菲蒂‧庫察

aus, sowohl ihr Zuhause als auch ihre Schule wurden zerstört. Schon über ein Jahr vor dem Kriegsende prophezeite Elfriede für sich selbst, „nur noch von Erinnerungen leben" zu können. Zudem war jeder Luftangriff für Elfriede auch immer ein Besuch vom Todesengel, sie dachte öfter: „Mein letztes Stündlein hat geschlagen." Doch obwohl die Realität so brutal war, versuchte Elfriede trotzdem möglichst viel von den schönen Seiten des Lebens zu genießen. Sobald sie Zeit hatte, ging sie ins Kino, und allein ein fröhliches Musikstück im Radio ließ sie schon vor Freude springen. Niemals hatte sie die Hoffnung auf ein schönes Leben nach dem Krieg verloren.

蒂在戰爭結束前一年多就預言自己將「只能生活在回憶中」。此外，每一場空襲對愛爾菲蒂而言也都是一次死神的造訪，她時常想：「我生命的最後一刻到了。」然而儘管現實如此殘酷，愛爾菲蒂依然盡可能享受生活中的美好。她一有時間就去電影院，收音機中一段歡快的音樂即可令她手舞足蹈。她從未失去對戰後美好生活的憧憬。

Edi Mandel, aufgenommen am 27. Oktober 1942 in Berlin.

埃迪・曼德爾，1942年10月27日攝於柏林。

Die sogenannten Altbauwerke, die wir heute in Berlin sehen, sind in der Tat Bauwerke, die nach dem Krieg auf der Grundlage der Ruinen saniert oder sogar wiederaufgebaut wurden. Die äußere Erscheinung sieht antik aus, aber es sind doch keine Originale. Die einzige Ausnahme bleibt die Kaiser-Wilhelm-Gedächtniskirche im Stadtzentrum Berlins, die oft von den Chinesen als die „dachlose Kirche" bezeichnet wird. Mit Absicht haben die Berliner den angeschlagenen Hauptturm dieser Kirche nicht renoviert, um den nachfolgenden Generationen mit einer warnenden Stimme zu sagen: Keineswegs den Zweiten Weltkrieg wiederholen!

我們今天在柏林看到的所謂古建築實際上皆為戰後在廢墟基礎上修繕甚至重建之作。外觀依舊，卻非原物。唯一例外的是位於柏林市中心的威廉皇帝紀念教堂，中國人常稱之為「無頂教堂」。柏林人有意未重修此教堂殘破的主塔，以向後世發出警示之音——切勿重蹈二戰之覆轍！

✠ Deutscher Originaltext

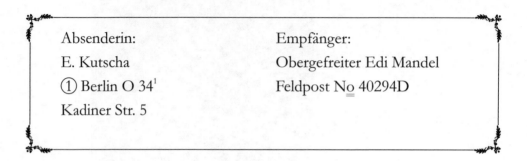

Absenderin:

E. Kutscha

① Berlin O 34[1]

Kadiner Str. 5

Empfänger:

Obergefreiter Edi Mandel

Feldpost N͞o 40294D

Berlin, den 25. III. 1944

Mein liebes Edilein,

jetzt bin ich mit Dir wieder zufrieden, denn in dieser Woche bekam ich 3mal [3-mal] Post von Dir. Darüber habe ich mich sehr gefreut und ich danke Dir dafür vielmals. Nun weiß ich doch wenigstens[,] wie es Dir geht.

Vorige Nacht haben wir einen sehr schweren Angriff mitmachen müssen. Bei uns haben sie ganz wüst gehaust. Die kleine Hannelore aus der Memelerstr. ist wohl auch ausgebombt. Mitten in der Memeler ist eine Bombe gefallen und eine auf ein Nebenhaus vonder [von der] Hannelore. Diese ganze Häuserfront von der Posener bis Comenius Platz ist sehr stark beschädigt. Ebenfalls fiel in der Gubener Ecke Graudenzer eine Sprengbombe. Jedesmal [Jedes Mal] hörten wir die Bomben surren. Ich dachte, mein letztes Stündlein hat geschlagen. Ich bin vor Schreck ganz weiß geworden. Meine Kniee [Knie] haben ordentlich gezittert. Dieser schwere Angriff war ausgerechnet an Muttis Geburtstag, dazu ist Mutti auch noch stark erkältet. Sie sieht schlecht aus u. fühlt sich nicht wohl. Heute war schon wieder Luftwarnung. In Potsdam sind sogar auch Bomben gefallen. In unserer Schule sind 116 Scheiben entzwei. Weißt Du[,] als wir damals durch den neuen Garten gingen, dort unten am Wasser, wo das Marmorpalais steht, sind Brandbomben gefallen. Das Marmorpalais

---

1. Ein Postamt im Osten Berlins.

寄信人：

愛爾菲蒂·庫察

① 柏林 O 34^2

卡丁納街5號

收信人：

一等兵 埃迪·曼德爾

戰地郵編 40294D

柏林，1944年3月25日

我親愛的小埃迪：

現在我又能對你說滿意了，因為這週我收到了3封你的來信。我高興極了，非常感謝！現在我總算知道你怎麼樣了。

昨晚我們又遭受了一次很大規模的空襲。他們把我們家那一片炸得稀爛。小漢娜洛蕾在梅默爾勒大街的家也被炸爛了。一枚炸彈正好落在梅默爾勒大街中央，還有一枚擊中了緊靠漢娜洛蕾家的樓房。從波茲南大街到科門尤斯廣場的樓房正面都被毀壞得很嚴重。在古本納街與格勞登茨街的拐角處也落下了一枚炸彈。每當聽到炸彈呼嘯，我都會想，我生命的最後一刻到了。我的臉被嚇得煞白，我的膝蓋劇烈抖動。這次大空襲偏偏發生在媽媽生日那天，而媽媽還得了嚴重的感冒。她的樣子看起來很糟，感覺很差。今天又響起了空襲警報。甚至連波茨坦也遭到了轟炸。我們學校的玻璃碎了116塊。你可還記得我們曾一起在那個新建成的花園中漫步？園中湖邊的大理石宮殿也挨了燃燒彈。大理石宮殿被部分燒毀了。唉！親愛的小埃迪，過不了不久我們就只能生活在回憶中了。這場戰爭到底還要持續多久啊？

---

2. 一個位於柏林東部的郵局。

ist teilweise abgebrannt. Ja, lb. [liebes] Edilein, bald leben wir nur noch von Erinnerungen. Wielange [Wie lange] wird der Krieg wohl noch dauern?

Du mußtest [musstest] ja jetzt auch soviel [so viel] durchmachen, lb. [liebes] Edilein. Heimat und Front haben fast das gleiche auszustehen. Vielleicht werden die Schulen in Potsdam auch noch geschlossen, dann fahre ich wahrscheinlich nach Oberschlesien. Wenn ich nur mein Abitur schon hätte!!

Jetzt um 23 ½ Uhr will ich Dir diesen Brief zu Ende schreiben. Inzwischen hatten wir wieder Luftwarnung. 5 Störflugzeuge waren über Brl. [Berlin]. Wir haben im Keller Drahtfunk und können dadurch alles verfolgen. Der Drahtfunk ist prima, der sagt immer an[,] wieviele [wie viele] u. wo die Flugzeuge sind.

Heute fühle ich mich sehr einsam. Wie froh wäre ich, wenn Du mich so ganz unverhofft besuchen kämst. Du müßtest [müsstest] immer in Brl.[Berlin] sein u. morgen, Sonntag nachmittag [Sonntagnachmittag] mich abholen kommen. Dann müßten [müssten] wir ausgehen. Ins Theater oder Kaffee usw. Das wären Zeiten, lieber Teddibär [Teddybär]. Wenn Du nun wirklich auf Urlaub kommst, wäre es besser, wenn Du über Brl. [Berlin] kommst. Das Weitere findet sich dann schon. Augenblicklich kann man wenig Pläne schmieden, denn die Lage in Brl. [Berlin]?? Hoffen wir das Beste und auf ein baldiges Wiedersehen. Drücke beide Daumen, dann klappt bestimmt Alles [alles].

In der Schule munkelt man, daß [dass] die 8. Klasse aufgehoben werden soll. Das wäre ganz nett, dann hätte ich doch mein Ziel erreicht.

Nun, lb. [liebes] Edilein, entschuldige bitte, daß [dass] ich Deinen Namenstag vergessen habe. Ich wünsch [wünsche] Dir noch nachträglich alles Gute. Eben spielen sie im Radio einen primen [prima] Rumba. Das Blut zuckt in den Beinen. Edilein, Du mußt [musst] unbedingt tanzen lernen, aber zuerst aus Rußl. [Russland] zurückkehren, das ist die Hauptsache. So nun will ich aber schließen und in mein Bettchen gehen. Ich bin gespannt[,] wielange [wie lange] ich morgen schlafen werde. Wenn kein Alarm vormittags ist, gehe ich ins Kino. Ich war schon 14 Tage nicht.

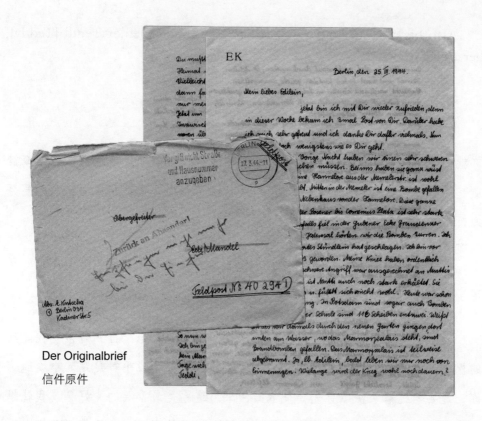

Der Originalbrief

信件原件

你現在也得忍受許多煎熬，親愛的小埃迪。後方和前線幾乎要遭受同樣的苦難。波茨坦的學校估計也要關閉了，那我就很可能會遷到上西里西亞去。我要是已經通過了畢業考試該多好啊！！

現在都23點半了，我這封信就寫到這裡。剛才正寫著信，我又聽到了空襲警報。5架襲擊機飛到柏林上空。我們在地窖裡裝了有線廣播，所以能隨時獲知情況。有線廣播真是個好東西！隨時通報有多少飛機飛到哪裡。

今天我感覺特別孤獨。要是你能突然出現在我面前該有多好啊！我夢想你能留在柏林，明天星期日下午來接我。我們一起出去玩，去劇院或者咖啡館之類的地方。那該有多好！親愛的小泰迪熊。如果你真的有機會休假，

Also bis auf ein baldiges Wiederhören, mein kleiner Teddi [Teddy], herzliche Grüße von

Deinem Elfilein.

你就最好取道柏林，那樣的話什麼事就都好辦了。不過目前沒法制定什麼計劃。柏林的情況會怎麼樣呢？？我們只能自求多福，祈望相見不遠。只要努力祈禱，一切都會好起來。

大家在學校裡謠傳第8年級會被取消。真這樣可就太好了！我的目標就實現了！

對了，親愛的小埃迪，請原諒我忘記了你的聖名紀念日。請接受我遲到的祝福。此刻收音機裡正在播放一隻美妙的倫巴，讓我手舞足蹈。小埃迪，你一定要學跳舞。當然首先要從俄國回來，這才是最重要的。好了，我就想寫到這裡，該上床睡覺了。我不知道能睡到明天什麼時候。要是明天沒有警報的話，我就去電影院。我已經有14天沒去了。

但願早日重逢！我親愛的小泰迪熊，衷心祝福你！

你的小愛菲

Brückenwächter am Bug

布格河畔守橋人

Der Bug entspringt in der Ukraine, fließt der westlichen Grenze von Weißrussland entlang nach Polen hinein, wobei seine Gesamtlänge 772 Kilometer beträgt. Heute ist dieser Fluss ein Grenzfluss zwischen der Ukraine, Weißrussland und Polen. Nach dem Polenfeldzug im Jahre 1939 war er eine der natürlichen Festsetzungsgrundlagen für die deutsch-sowjetische Demarkationslinie. Die deutsche Armee überquerte im Juni 1941 vom Westufer den Bug nach Osten in die Sowjetunion. Und nach drei Jahren überschritt die Rote Armee im Juli 1944 vom Ostufer den Bug nach Westen in Polen.

Der Gefreite August Meier war am Bug in der Nähe von Chelm[1] stationiert. Seine Aufgabe war die Brücken über den Bug zu bewachen. Bis zum April 1944 hatte Meier schon zwei Jahre am Bug verbracht. Die früheren Tage waren ruhig und friedlich, doch mit der

布格河發源於烏克蘭，沿白俄羅斯西部邊境流入波蘭，全長772公里。此河是今天烏克蘭、白俄羅斯以及波蘭三國之間的界河，在1939年波蘭戰事結束後曾是德蘇分界線的天然劃定依據之一。德軍於1941年6月由西岸跨過布格河向東伸入蘇聯。時隔三年，蘇聯紅軍於1944年7月由東岸越過布格河向西進入波蘭。

二等兵奧古斯特・邁爾駐紮在海烏姆[2]附近的布格河畔。他的任務就是守衛橫跨布格河的橋樑。到1944年4月為止，他已在布格河

---

1. Chelm ist eine Stadt im Osten Polens, nahe ukrainischer Grenze.

2. 海烏姆（Chelm）是一座地處波蘭東部的城市，鄰近烏克蘭邊境。

fortschreitenden Niederlage und dem Rückzug der deutschen Verbände an der Ostfront roch Meier auch am Bug allmählich deutlicher den Hauch des Schlachtfeldes. In diesen fünf Briefen von ihm aus dem ersten Halbjahr 1944 waren die Verfallstendenzen der deutschen Armee eindeutig zu erkennen: Der Feind wurde immer stärker, die ehemals kaum zu sehende sowjetische Luftwaffe stellte nun neben den Partisanen eine andere große Gefährdung für die Sicherheit der Brücke dar. Die Versorgung wurde Tag für Tag knapper, das Essen verschlechterte sich und wiederholte sich immer wieder. Die Kriegslage wurde zunehmend angespannter, auch für den Kurzurlaub erhielt man schwer eine Genehmigung. Alles deutete darauf hin, dass sich die Waage des Krieges neigte, und zwar zu der gegnerischen Seite.

Ziemlich rätselhaft für mich war, warum Meier in den ersten beiden Briefen schrieb, dass der Krieg in mehreren Monaten oder sogar mehreren Wochen zu Ende gehen könnte, gleichzeitig erwähnte er gar nicht, welche Seite den Krieg gewinnen würde. Hatte dieser normale Gefreite doch wohl schon ein Jahr vor Kriegsende die deutsche Niederlage vorausgesehen?

畔度過了兩個春秋。從前的日子寧靜太平，然而隨著東線德軍的節節敗退，邁爾在布格河畔也逐漸清晰地聞到了戰場的氣息。在他這五封寫於1944年上半年的信中，德軍的頹敗之勢顯而易見：敵人日趨強悍，曾經僅見的蘇聯空軍如今已成為除遊擊隊之外對橋樑安全的另一大威脅；給養日漸匱乏，伙食質量下降且千篇一律；戰局日益緊張，即便是短期休假也難得批准。一切都表明戰爭的天平正在向對手一方傾斜。

令我倍感疑惑的是，為什麼邁爾在前兩封信中都寫道，戰爭在數月甚至數週後就可能結束，同時卻隻字不提哪一方將贏得戰爭。莫非這名普通的二等兵早在戰爭結束前一年就已預料到德國戰敗？

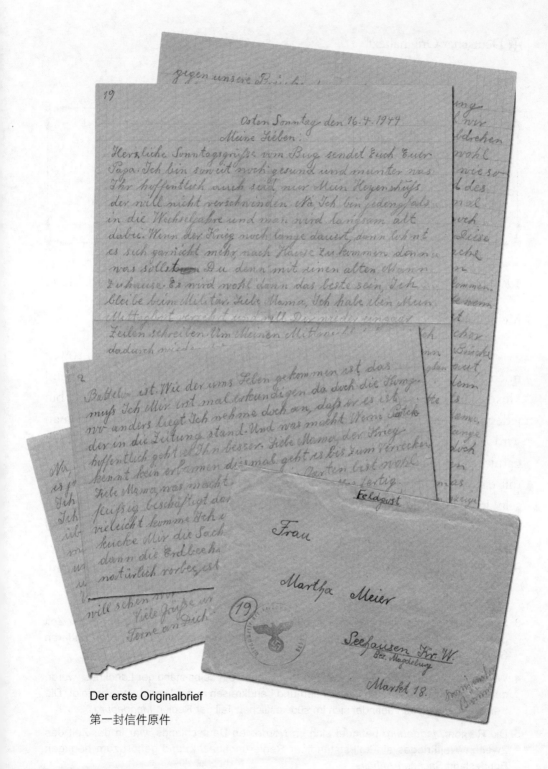

Der erste Originalbrief

第一封信件原件

⚜ Der erste Brief ⚜

Absender:	Empfängerin:
Gefr. August Meier	Frau Martha Meier
F.P.N. 47972B	Seehausen[3]. Kr. W.[4]
	Bez. Magdeburg[5]
	Markt 18

19   Osten, Sonntag[,] den 16.4.1944

Meine Lieben:

    Herzliche Sonntagsgrüße vom Bug sendet Euch Euer Papa. Ich bin soweit noch gesund und munter[,] was Ihr hoffentlich auch seid, nur Mein [mein] Hexenschuß [Hexenschuss][,] der will nicht verschwinden. Na, Ich [ich] bin jedenpfals [jedenfalls] in die [den] Wechseljahre [Wechseljahren] und man wird langsam alt dabei. Wenn der Krieg noch lange dauert, dann lohnt es sich garnicht [gar nicht] mehr, nach Hause zu kommen[,] denn was sollst Du denn mit einen [einem] alten Mann zuhause. Es wird wohl dann das beste [Beste] sein, Ich [ich] bleibe beim Militär. Liebe Mama, Ich [ich] habe eben Mein [mein] Mittagbrot verzehrt und will Dir wieder einpaar [ein paar] Zeilen schreiben. Um Meinen [meinen] Mittagschlaf [Mittagsschlaf] komme Ich [ich] dadurch wieder drumrum[,] aber das schadet nichts, denn das Schreiben geht vor alles [allem].

---

3. Seehausen befindet sich im westlichen Teil des Landkreises *Wanzleben*, war in der Zeit des Zweiten Weltkrieges eine selbstständige Stadt, wurde dann 2010 mit den anderen Städten und Gemeinden in der Umgebung vereinigt.

4. Wanzleben war in der Zeit des Zweiten Weltkrieges ein selbstständiger Landkreis, wurde dann 1994 mit den anderen Gemeinden und Landkreisen in der Umgebung vereinigt. Die Kernstadt *Wanzleben* befindet sich im südwestlichen Teil der Region *Magdeburg*.

5. Die Region *Magdeburg* befindet sich im Nordosten Deutschlands, war in der Zeit des Zweiten Weltkrieges ein selbstständiger Regierungsbezirk, und gehört zum heutigen Bundesland *Sachsen-Anhalt*.

❧ 第一封信 ❧

寄信人：	收信人：
二等兵 奧古斯特·邁爾	瑪塔·邁爾 女士
戰地郵編 47972B	塞豪森[6] 萬茨雷本縣[7]
	馬格德堡行政區[8]
	集市廣場18號

19 　　　　　　　　　　　　東方戰區，星期日，1944年4月16日

我親愛的：

　　孩子的爸在這個週日從布格河畔衷心問候你們！我到現在為止身康體健，但願你們也是如此。只是我的腰痛病依舊沒好。唉！反正我是到更年期了，漸漸變老了。要是戰爭再長久打下去，那我乾脆就不回家了，要不然妳在家裡守著一個老頭子多沒勁啊！那樣的話，我還是繼續當兵得好！親愛的孩子的媽，我剛吃完午飯，馬上這就給妳寫封信。這樣我就又沒空睡午覺了，不過沒關係，寫信是最重要的！天氣終於逐漸有了一些春意。也到時候了，因為很快就是五月份了。這都是我在這個偏僻的地方度過的第三個五月份了，簡直不敢想，要不心裡就會難受。還是不發這些感慨，戰爭還沒結束

---

6. 塞豪森（Seehausen）位於萬茨萊本（Wanzleben）縣西部，在二戰時期是一個獨立城市，後於2010年與周邊城鄉合併。

7. 萬茨萊本在二戰時期是一個獨立縣，後於1994年與周邊鄉縣合併。其核心城市萬茨萊本位於馬格德堡（Magdeburg）地區西南部，

8. 馬格德堡地區位於德國東北部，在二戰時期是一個獨立行政區，如今隸屬德國薩克森-安哈爾特（Sachsen-Anhalt）州。

Das Wetter geht endlich langsam den [dem] Frühling entgegen. Es wird auch langsam Zeit, denn wir sind bald im Mai. Nun ist es schon der dritte Mai, den Ich [ich] in die[der] verdreckte [verdreckten] Gegend verbringen muß [muss][.] man [Man] darf garnicht [gar nicht] dran denken[,] sonst wird es einen übel vor Augen. Nun Schluß [Schluss] mit die [den] Gedanken[.] wir [Wir] sind noch im Kriege. Das [Dass] wir noch im Kriege sind, das merken wir erst jetz [jetzt] hier, denn unser Dornrösschen-Schlaf [Dornöschenschlaf] hier am Bug ist vorbei. Sonst haben wir nie einen Russischen [russischen] Flieger hier gesehen, aber jetz [jetzt] ist die Sache anders. Gestern machten die Russen einen Tiefangriff gegen unsere Brücke[,] da mussten wir in Deckung gehen, aber sie kamen nicht ganz herran [heran][,] weil wir jetzt Flack [Flak] hier haben und sie musten [mussten] vorher abdrehen[,] dabei wurden zwei abgeschossen. Die werden uns wohl jetz [jetzt] keine Ruhe lassen. Ruhe haben wir ja so wie so [sowieso] nicht viel, denn am Tage bauen wir Bunker, und des Nachts auf Brückenwacht. Wenn nur dies Leben mal ein Ende hat, aber trotzdem kann Ich [ich] Mir [mich] hier noch nicht beklagen, denn es gibt noch was schlechteres [Schlechteres]. Diese Woche sollten andere Truppen unsere Brückenwache übernehmen[,] denn wir sollten gegen die Partisanen verwendet werden, aber es ist noch mal anders gekommen. Hier haben wir wenigsten [wenigstens] ein Dach über dem Kopfe[,] wenn uns auch die Wanzen nicht schlafen lassen. Es ist aber immer noch bsser [besser], als des Nachts in die [den] Erdlöscher [Erdlöchern] zuhausen [zu hausen]. Liebe Mama, jetz [jetzt] haben wir noch eine Brücke zubekommen. Unsere Pioniere haben noch eine gebaut, wo die Panter [Panther] und Tiger rüberfahren können[,] denn unsere Eisenbahnbrücke war zu schmal. Jednpfals [Jedenfalls] haben wir jetz [jetzt] hier ganz guten Verkehr hier.

Liebe Mama, wie ist denn bei Euch die Stimmung, und wie lange dauert der Krieg noch. Ihr in der Keimat [Heimat] wist [wisst] es doch eher als wir hier. Gestern habe Ich [ich] Deine Zeitungen bekommen, und da habe Ich [ich] wieder was gelesen, das Ich [ich] noch nicht wuste [wusste]. Und zwar ist

---

9. Das Dorf *Remkersleben* befindet sich südöstlich von der Stadt *Seehausen*, die Luftlinie beträgt 5 km.

呢！戰爭還沒結束，我們到現在才感覺到，因為我們在布格河邊的美夢算是到頭了。以前我們從來看不見一架俄國飛機，現在可是不一樣了。昨天俄國人來低空轟炸我們的橋，把我們逼進了掩體。不過他們沒法靠得很近，因為我們現在有高射炮了，他們還沒飛到橋邊就得返回，而且還被我們打下來兩架。如今他們讓我們不得安生。安生的日子反正是過去了，我們白天修築掩體，晚上守衛橋樑。這種日子何時才能熬到頭啊！但我也沒什麼可抱怨的，因為更苦的日子有的是。這週本來安排另一支部隊接收橋樑防務，轉而派我們去對付游擊隊，不過又來又變卦了。在這裡我們至少居有定所——儘管臭蟲攪得我們睡臥不安。但總比在散兵坑裡過夜要強！親愛的孩子的媽，我們現在還得守衛另一座橋。我們的工兵又修了一座，好讓豹式和虎式坦克能過河，之前我們那座鐵路橋太窄了。總之現在我們這裡的交通很不錯。

親愛的孩子的媽，你們那裡的狀況怎麼樣啊？戰爭還要持續多久啊？你們這些留守在家的人應該比我們消息更靈通。昨天我收到了妳寄來的報紙，又讀到了一些我沒聽說的消息，那就是奧托·戴克的訃告，他來自雷姆克斯萊本[10]，和我在一個營。我得找人問問他是怎麼死的，他的連隊駐紮在別處，我估計報紙上說的就是他。韋爾尼·皮伏泰克怎麼樣了？但願他身體好些了。親愛的孩子的媽，這場戰爭毫無人性，這回是要往死裡打。親愛的孩子的媽，妳的花園怎麼樣了，妳老是在裡面忙來忙去。把該做的都做了吧！或許我夏天能回來看看，希望到那時草莓就都熟了。之前要是戰爭結束，我當然就能提早回來。等著看情況怎麼變化，總得有完的時候吧！親愛的孩子的媽，我已經有8天沒收到妳的信了。這回我不說什麼了，不然妳又要怪我了，

---

10. 地名自譯。雷姆克斯萊本（Remkersleben）村位於塞豪森市東南方向，飛機距離為5公里。

es die Todesanzeige von Otto Deike aus Remkersleben[9][,] der doch in mein [meinem] Battelon [Bataillon] ist. Wie der ums Leben gekommen ist, das [da] muß [muss] Ich [ich] Mir [mich] erst mal erkundigen[,] da doch die Komp. wo anders [woanders] liegt. Ich nehme doch an, daß [dass] er es ist, der in die [der] Zeitung stand. Und was macht Werni Pievtek[?] hoffentlich [Hoffentlich] geht es Ihn [ihm] besser. Liebe Mama, der Krieg kennt kein erbarmen [Erbarmen][.] diesmal [Diesmal] geht es bis zum Verrecken. Liebe Mama, was macht denn Dein Garten[?] bist [Bist] wohl fleißig beschäftigt darin. Mach man alles fertig. Vielleicht komme Ich [ich] in [im] Sommer mal rüber und kucke [gucke] Mir [mir] die Sache mal an[.] hoffentlich [Hoffentlich] sind dann die Erdbeehren [Erdbeeren] schon reif. Wenn der Krieg natürlich vorbei ist, komme Ich [ich] schon eher. Na, mal schen sehen [mal sehen], wie der Haase [Hase] läuft mal muß [muss] es ja doch ein Ende haben. Von Dir[,] liebe Mama[,] habe Ich [ich] schon über Acht [acht] Tage keine Post. Diesmal will Ich [ich] nicht schimpfen, sonst nimst [nimmst] Du Mir [mir] das wieder übel und Ich [ich] kann nicht ruhig schlafen. Und was macht Mein [mein] Räuber noch zuhause[?] er [Er] ist wohl mehr unterwegs als zuhause. Nochmals viele Grüße an alle und bleibt alle Gesund [gesund] und munter bis auf ein Wiedersehen. Nun Meine [meine] Liebste[,] leb wohl, so Gott will[,] sehen wir uns wieder. Viele Grüße und Küsse von

Deinen [Deinem] in der Ferne an Dich denkender [denkenden] Gatte

Grüß Mutter von Mir [mir].

那我就又睡不好覺了。我的小強盜還好嗎？他在外面跑的時間估計比在家的時間都多。再次祝福你們，祝你們身體健康——直到團聚的時候。好了，我最親愛的！多保重！願上帝讓我們團聚！衷心祝福妳、親吻妳！

在遠方思念妳的丈夫

代我問媽媽好！

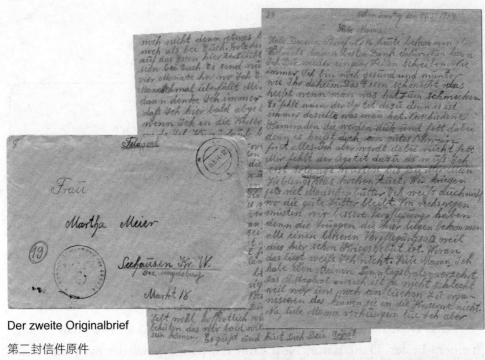

Der zweite Originalbrief

第二封信件原件

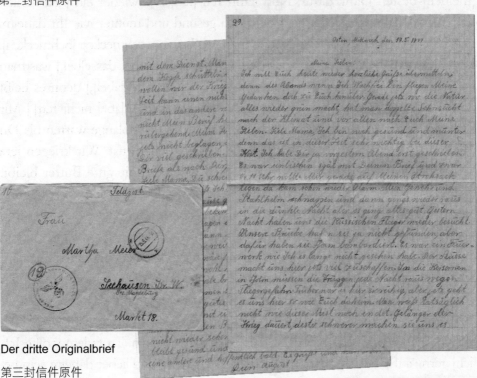

Der dritte Originalbrief

第三封信件原件

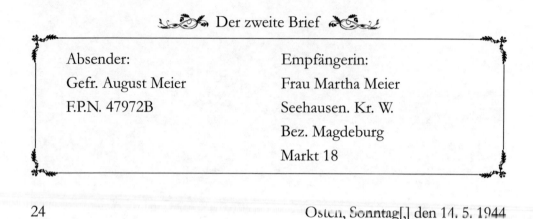

✤ Der zweite Brief ✤

Absender:	Empfängerin:
Gefr. August Meier	Frau Martha Meier
F.P.N. 47972B	Seehausen. Kr. W.
	Bez. Magdeburg
	Markt 18

24   Osten, Sonntag[,] den 14. 5. 1944

Liebe Mama:

Habe Deinen Brief No [No.] 16 heute bekommen[,] also vielmals Meinen [meinen] besten Dank dafür. Nun kann Ich [ich] Dir wieder ein paar Zeilen schreiben. Wie immer[,] Ich [ich] bin noch gesund und munter wie Ihr daheim. Das Essen schmeckt, das heißt[,] wenn man was hat zum schmecken [Schmecken]. Es fehlt einen [einem] der Appetit dazu[,] denn es ist immer dasselbe[,] was man hat. Verschiedene Kameraden[,] die werden dick und fett dabei[,] denn es heißt doch, ein gutes Schwein frist [frisst] alles. Ich aber werde dabei nicht fett[.] Mir fehlt der Apetit [Appetit] dazu[,] da muß [muss] ich erst solange warten bis Du Mir [mir][,] Mein [mein] Liebling[,] wieder was kochen tust. Wir kriegen jetz [jetzt] viel Marischenbutter[.] Ich weiß auch nicht, wo die gute Butter bleibt. Von rechswegen [Rechts wegen] müsten [müssten] wir bessere Verpflegung haben[,] denn die Truppen[,] die hier liegen bekommen alle einen besseren Verpflegungsatz [Verpflegungssatz][,] weil dies hier schon Kriegsgebiet ist. Woran das liegt[,] weiß Ich [ich] nicht. Liebe Mama, Ich [ich] habe eben Meinen [meinen] Sonntagsbraten verzehrt. Das Mittagbrot an sich ist ja nicht schlecht[,] weil wir uns noch ein bischen [ein bisschen] zu [dazu] organisieren[,] das können sie in die [der] Kaserne nicht. Na, liebe Mama[,] verhungern tue Ich [ich] aber noch nicht[,] denn etwas besser ist es immer noch als bei Euch. Trotzdem wollte Ich [ich] gerne auf das Essen hier zerzischten [verzichten] und lieber daheim sein bei Euch. Es sind nun schon wieder vier Monate her[,] wo Ich [ich] Euch verlassen

❧ 第二封信 ❧

寄信人：	收信人：
二等兵 奧古斯特 · 邁爾	瑪塔 · 邁爾 女士
戰地郵編 47972B	塞豪森 萬茨雷本縣
	馬格德堡行政區
	集市廣場18號

24　　　　　　　　　　　東方戰區，星期日，1944年5月14日

親愛的孩子的媽：

　　我今天收到了妳的第16號信，非常感謝！現在我總算能給妳回封信了。像以往一樣，我身體健康，不比身在家鄉的你們差。這裡的飯食味道不錯，換句話說，還有些可讓人品出味道的東西。老是吃一樣的伙食，人都沒胃口了。很多戰友都因此變得肥肥胖胖的，用我們的話說，一頭好豬就是要給什麼吃什麼。不過我可沒變胖，我就是沒胃口，要等到妳，我親愛的，再給我做飯的時候才吃得下。目前我們分配到大量劣質黃油[11]。我真不知道好黃油都到哪裡去了。按理說，我們應該得到更好的配給。駐紮在這裡的其他部隊都分到了更好的配給品，因為這裡已經屬於作戰地區。我也不知道是為什麼。親愛的孩子的媽，我剛吃完了我的週日大餐。這午飯實際上還算不錯，因為我們能自己弄來點東西吃，要是在軍營裡就沒辦法了。好了，親愛的孩子的媽，我還餓不死呢！我們這裡的日子畢竟比你們那裡要好過些！即便這樣，

---

11. 德文原文中提到的是一種名為「Marischenbutter」的黃油，迄今尚無權威中文翻譯，故在此譯為「劣質黃油」。

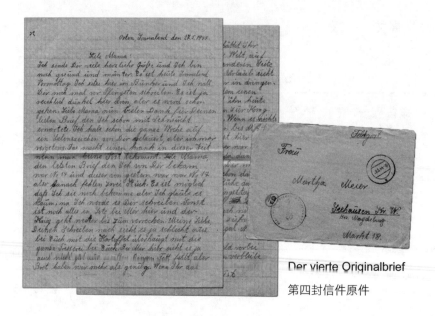

Der vierte Originalbrief

第四封信件原件

habe. Manschmal [Manchmal] überfällt Mir [mich] die Sehnsucht[,] dann denke Ich [ich] immer an Euch. Ich denke, daß [dass] Ich [ich] hier bald abgelöst werde und wenn Ich [ich] in die Kaserne komme, dann werde Ich [ich] Kurzurlaub beantragen[,] und wenn es auch nur zwei Tage sind[,] aber Ich [ich] war dann wenigisten [wenigstens] mal wieder zuhause. Liebe Mama[,] um die zwei Tage Urlaub hat man viel Laufereien und noch die Gefahr dabei, unterwegs einen kalten Arsch zukriegen [zu kriegen][,] wie es den [dem] Kamerad aus Magdeburg gegangen ist. Noch ist es nicht so weit[,] einige Wochen werden noch vergehen[,] wenn nichts dazwischen kommt[,] denn bis dahin kann der Krieg schon aus sein. Liebe Mama, das bisschen Sonntag ist nun auch bald wieder hin[,] denn viel habe ich nicht gehabt davon. Ich muß [muss] Mir [mich] langsam fertig machen, denn von heute Abend bis Morgen [morgen] Abend muß [muss] Ich [ich] auf Wache. Das eiznige [Einzige] ist, es ist nicht mehr so kalt dabei.

Nochmals Meine [meine] Liebe: Viele herzliche Grüße an Dir [Dich] und Mein [meinen] Bub. Lebt wohl, hoffentlich wird Euch das Schicksal behüten[,] das [dass] wir bald wieder daheim zusammen sein können. Es grüßt und küst [küsst] Dich

Dein August[.]

Der fünfte Originalbrief

第五封信件原件

我還是願意放棄這裡的伙食，回家和你們在一起。離我上次回家又過了四個月了。有時候我突然特別想家，總是想念你們。我想，等我不久換崗離開這裡回到軍營，我要立即申請短期休假，就算只有兩天我也要趕回家看看。親愛的孩子的媽，為了得到兩天的休假我得來回跑很多地方，而且還有在半路上被殺掉的危險——就像那個來自馬格德堡的戰友一樣。到現在仍然沒得到批准，就是不出什麼意外也還是要等上幾週，而到那時戰爭可能就已經結束了。親愛的孩子的媽，短暫的星期日又要過去了，我還沒怎麼過呢！我就只能寫到這裡了，因為從今晚到明晚我都得站崗。如今唯一舒服的就是天不那麼冷了。

我親愛的，再次衷心問候妳還有我的小傢伙！多保重，但願命運安排我們儘快團聚！祝福妳、親吻妳！

妳的奧古斯特

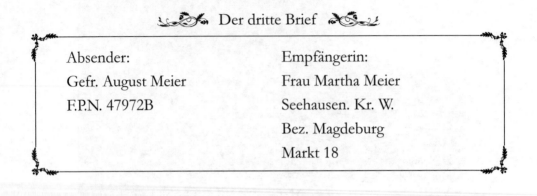

Der dritte Brief

Absender:	Empfängerin:
Gefr. August Meier	Frau Martha Meier
F.P.N. 47972B	Seehausen. Kr. W.
	Bez. Magdeburg
	Markt 18

29   Osten, Mittwoch[,] den 17. 5. 1944

Meine Lieben:

    Ich will Euch heute wieder herzliche Grüße übermitteln, denn des Abends wenn Ich [ich] Wachfrei [wachfrei] bin[,] fliegen Meine [meine] Gedanken doch zu Euch hinüber. Gerade jetz [jetzt] wo die Natur alles wieder grün macht, hat man doppelte Sehnsucht nach der Heimat und vor allen [allem] nach Euch[,] Meine [meine] Lieben. Liebe Mama, Ich [ich] bin noch gesund und munter[,] denn das ist in dieser Zeit sehr wichtig bei dieser Kost. Ich habe Dir ja vorgestern Abend erst geschrieben. Es war einbischen [ein bisschen] spät mit Deinen [Deinem] Brief und zwar ¼ 11 Uhr, wollte Mir [mich] gerade auf Meinen [meinen] Strohsack legen[,] da kam schon wieder Alarm. Mein Gewehr und Stahlhelm schnappen und dann gings [ging's] wieder raus in die dunkle Nacht[,] aber es ging alles gut. Gestern Nacht haben uns die Russischen [russischen] Flieger wieder besucht. Unsere Brücke haben sie ja nicht gefunden, aber dafür haben sie Cholm [Chelm] bombardiert. Es war ein Feuerwerk wie Ich [ich] es lange nicht gesehen habe. Der Russe macht uns hier jetz [jetzt] viel zuschaffen [zu schaffen]. In die [den] Kasernen in Cholm [Chelm] müssen die Truppen jede Nacht raus wegen

~~**第三封信**~~

寄信人：	收信人：
二等兵 奧古斯特·邁爾	瑪塔·邁爾 女士
戰地郵編 47972B	塞豪森 萬茨雷本縣
	馬格德堡行政區
	集市廣場18號

29　　　　　　　　　　　　東方戰區，星期三，1944年5月17日

我親愛的：

　　今天我想再次衷心問候你們。今晚我不用站崗，我的思緒再次飛去了你們那裡。現在正是萬物復蘇的季節，我加倍地思念家鄉，尤其是思念你們——我親愛的家人！親愛的孩子的媽，我依然身康體健，在這年頭靠這伙食可是大不易！我前天晚上剛給妳寫了一封信，就是鐘點晚了一些。那是在十點一刻，我正想躺到我的麻袋上的時候，警報又響了。我抓起槍和鋼盔就衝了出去，夜裡漆黑一片，幸好沒出什麼事。俄國飛機昨天夜裡又來拜訪了一次，他們沒找到我們的橋，所以就去轟炸海烏姆。那樣的沖天火光我很久都沒看到過了。如今俄國人可是讓我們這裡有事做了。海烏姆軍營裡的部隊每天夜裡都要開拔出來，以防遭空襲不測。以前這裡曾是那麼寧靜，可現在我們的日子和留守在家的你們一樣了。真不知道這種狗屎生活什麼時候才會結束。戰爭持續得越久，我們接到的任務就越艱鉅。有時只能搖搖頭，自言

Fliegergefahr. Früher war es hier so ruhig, aber jetzt [jetzt] geht es uns hier so wie Euch daheim. Man weiß tatsächlich nicht[,] wie dieser Mist noch endet. Jelänger [Je länger] der Krieg dauert, desto schwerer machen sie uns es mit dem Dienst. Manschmal [Manchmal] kann man nur mit dem Kopfe schütteln und sich sagen: mit solche [solchen] Sachen wollen wir der [den] Krieg gewinnen. Liebe Mama, mit der Zeit kann einen nichts mehr erschütteln [erschüttern][,] in einen [ein] Ohr rin [rein], und in das andere raus. Ich sage Mir [mir] immer, es ist ja nicht Mein [mein] Beruf hier, sondern es ist alles nur vorrübergehend.

Meine Liebe, über Post kannst Du Dich jetz [jetzt] nicht beglagen [beklagen], denn die letzte Zeit habe Ich [ich] Dir viel geschrieben. Ich schreibe ja weiter keine Briefe als nach [zu] Dir, die anderen habe Ich [ich] alle abgesagt. Liebe Mama, Du schreibst, das wir jetz [jetzt] vier Wochen Urlaub kriegen[,] da weiß Ich [ich] aber nichts von. Ich habe Dir ja doch schon zuhause gesagt, daß [dass] wir hier nur alle Jahr [Jahre] einmal Urlaub bekommen. Ich kann nur mal Kurzurlaub beantragen[,] das ist alles. Na[,] Meine [meine] Liebe, noch vier Monate dann sind ja die Zuckerrüben schon bald wieder so weit[,] vieleicht [vielleicht] klappt dann die Sache wieder.

So, das wäre für heute das wichtigste [Wichtigste]. Noch eins, Du hast doch wohl noch den Schreibblock[,] den Ich [ich] Dir mitgebracht habe[,] brauchst nicht immer die alten Lappen zusammen suchen. Na[,] das nur neben bei. Bei uns ist jetz [jetzt] ganz gutes Wetter. Wie wäres [wäre] es denn heute Abend Mein [mein] Spätzle mit einen [einem] Spaziergang ins Grüne. Oder wir gondeln den Bug entlang und lassen uns beide nicht wieder sehen.

Nun macht es beide gut und bleibt gesund und munter[,] nach dieser Zeit folgt eine andere und hoffentlich bald. Es grüßt und küst [küsst] Dich

Dein August[.]

自語道：「這樣我們就能贏得戰爭嗎？」親愛的孩子的媽，時間一長就沒有什麼事能讓人難受了，聽說什麼都無所謂了。我總是暗自想，我不會一輩子做這個，只是暫時的。

我親愛的，現在妳不會抱怨來信太少了吧！最近我給妳寫了那麼多封信。以後我就集中給妳一個人寫信，給其他人的信我都不寫了。親愛的孩子的媽，妳在信中寫道，我們將得到四週的休假。可我根本沒聽說啊！我在家的時候就告訴過妳，我們每年只能休假一次。我只有可能額外申請短期休假，僅此而已。唉！我親愛的，還有四個月甜菜就又要熟了，或許到那時候我就能獲准休假了。

好了，今天該說的事都說了。就還有一件事，我上次給妳的記事簿妳還留著吧！妳不用每次都用廢紙來訂本子。當然這都是小事。現在我們這裡的天氣不錯。今晚我要是能漫步到森林裡享用麵條晚餐該有多好！假如妳我二人能一起沿布格河泛舟，從此遠走高飛該有多好！

祝你們倆身體健康，但願這段日子早點過去。祝福妳、親吻妳！

妳的奧古斯特

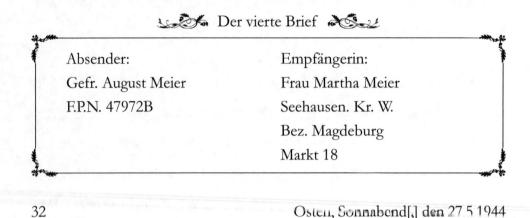

❧❧ Der vierte Brief ❧❧

Absender:	Empfängerin:
Gefr. August Meier	Frau Martha Meier
F.P.N. 47972B	Seehausen. Kr. W.
	Bez. Magdeburg
	Markt 18

32   Osten, Sonnabend[,] den 27 5 1944

Liebe Mama:

Ich sende Dir viele herzliche Grüße und Ich [ich] bin noch gesund und munter. Es ist heute Sonnabend Vormittag [Sonnabendvormittag][.] Ich sitze hier im Bunker und Ich [ich] will Dir noch mal vor Pfingsten[12] schreiben. Es ist ja reichlich dunkel hier drin, aber es wird schon gehen. Liebe Mama, nun vielen Dank für Deinen lieben Brief, den Ich [ich] schon mit Sehnsucht erwartete. Ich habe schon die ganze Woche auf ein Lebenszeichen von Dir gelauert, aber immer vergebens. Das macht einen krank in dieser Zeit[,] wenn man keine Post bekommt. Liebe Mama, den letzten Brief[,] den Ich [ich] von Dir bekam, war No [No.] 14 und dieser von gestern war war [war] No [No.] 17[,] also danach fehlen zwei Stück. Es ist möglich[,] daß [dass] Ich [ich] sie noch bekomme[,] aber Ich [ich] glaube es kaum, na[,] Ich [ich] werde es Dir schreiben. Sonst ist noch alles in [im] Lote bei Mir [mir] hier und der Krieg geht weiter bis zum verrecken [Verrecken]. Meine Liebe, Deinen [Deinem] Schreiben nach sieht es ja schlecht aus bei Euch[,] mit die [den] Kartoffel [Kartoffeln] überhaupt mit die [der] ganze [ganzen] Fresserei bei Euch. Bei Mir [mir] hier sieht es ja auch nicht gut aus[,] vorallen [vor allen] Dingen Fett fehlt, aber Brot haben wir mehr als genug. Wenn Ihr das Brot hättet[,] was Ich [ich] nicht esse, dann hättet Ihr genug. Es ist nun einmal so in der Welt, auf der einen Seite fehlt

---

12. Pfingsten 1944 war am 28. Mai.

第四封信

寄信人：	收信人：
二等兵 奧古斯特・邁爾	瑪塔・邁爾 女士
戰地郵編 47972B	塞豪森 萬茨雷本縣
	馬格德堡行政區
	集市廣場18號

32　　　　　　　　　　東方戰區，星期六，1944年5月27日

親愛的孩子的媽：

　　我衷心問候妳！我依然身康體健。現在是週六上午。我坐在掩體裡，想在聖靈降臨節[13]之前再給妳寫封信。這掩體裡可真夠暗的，但還勉強看得見。親愛的孩子的媽，非常感謝妳寫來的信，我早就等得不耐煩了！我等妳的音訊等了整整一週，可就是等不來。這年頭要是接不到信，人是會出毛病的。親愛的孩子的媽，我接到的上一封信編號14，而昨天來的那封信編號17，所以差了兩封信。也許是還沒寄到，但我不太相信還會送來，要是來了我會告訴妳的。另外我這裡一切正常，戰爭繼續往死裡打。我親愛的，從妳的來信可以看出，你們那裡缺少馬鈴薯，所有食物都很匱乏。我這裡吃得也不怎麼樣，主要是沒有葷腥，不過麵包倒是足夠。要是能把我這裡吃不了的麵包給你們吃的話，那你們就能吃飽了。這世界就是這樣，一邊沒得吃，另一邊讓吃的爛掉。我親愛的，休假的事很難辦。只有家裡出了急事才能休假。儘管這樣我還是提出了短期休假申請，今天早晨讓一個戰友交到連部裡。等著

---

13. 1944年的聖靈降臨節是5月28日。

es, und auf der anderen Seite kommt es um. Meine Liebe: mit dem Urlaub sieht es schlecht aus[,] der wird bei uns nur in dringenden Fälle [Fällen] gewärt [gewährt]. Ich habe aber trotzdem einen Antrag auf Kurzurlaub gestellt und ihn heute Morgen einen [einem] Kameraden mitgegeben zur Komp. Na, mal sehen[,] was daraus kommt. Wenn es nichts wird, dann muß [muss] Ich [ich] so lange warten bis Meine [meine] Zeit ran ist. Meine Liebe, das Wetter ist hier Saumäßig [saumäßig]. Ich dachte schon, daß [dass] es Sommer war und [man] Baden [baden] konnte, aber bei diesen [diesem] Wetter[,] da danke Ich [ich] davor. Wie sieht es denn aus bei Dir mit der Arbeit? Sind sie Dir dieses Jahr schon damit gekommen, oder lassen sie Dir [Dich] in Ruhe damit.[?] Liebe Mama, nun verlebt man die Pfingsttage gut und bleibt alle munter[,] wie Ich [ich] es noch bin. Ich weiß heute Morgen noch nicht viel, aber Ich [ich] glaube[,] Du bist damit zufrieden[,] denn jeden Tag ist der Mensch nicht egal. Nun will Ich [ich] schließen.

In der Hoffnung, daß [dass] der Krieg bald vorbei ist[,] und wir uns bald wiedersehen[,] verbleibe Ich [ich] mit besten Grüße [Grüßen] und Küsse [Küssen].

Dein August

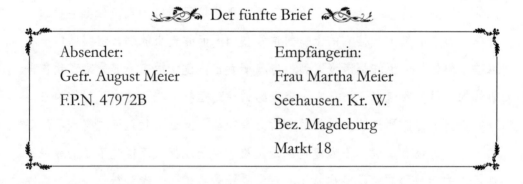

✤ Der fünfte Brief ✤

Absender:	Empfängerin:
Gefr. August Meier	Frau Martha Meier
F.P.N. 47972B	Seehausen. Kr. W.
	Bez. Magdeburg
	Markt 18

36   Osten, Freitag[,] den 9.6.1944

Meine Lieben:

Herzliche Grüße an Euch alle[,] und Ich [ich] bin noch gesund und munter wie Ihr es seid. Liebe Mama, Ich [ich] will Dir, ehe Ich [ich] heute Abend auf

看結果吧！要是得不到批准，我就只能等到輪休的時候。我親愛的，這裡的天氣糟透了！我本來以為已經到夏天了，能洗澡了。可就這天氣，我看還是算了。妳的工作怎麼樣了？他們今年又對妳另做了安排，還是讓妳就這樣做下去？親愛的孩子的媽，祝你們平安快樂地度過聖靈降臨節，大家都身體健康，就像我一樣。我今天這個早上還沒法寫太多，但我相信寫這麼多會讓妳滿意的，因為不是每天都有那麼多可寫的。我就寫到這裡。

但願戰爭早日結束，我們早日團聚！誠摯祝福妳、親吻妳！

妳的奧古斯特

第五封信

寄信人：	收信人：
二等兵 奧古斯特·邁爾	瑪塔·邁爾 女士
戰地郵編 47972B	塞豪森 萬茨雷本縣
	馬格德堡行政區
	集市廣場18號

36　　　　　　　　　　　　　　　東方戰區，星期五，1944年6月9日

我親愛的：

衷心問候你們大家！和你們一樣，我身體也很好！親愛的孩子的媽，我想在今晚去巡邏前再給妳寫封信。在經過14天的漫長等待之後，我終於在昨

Streife gehe noch ein paar Zeilen schreiben. Ich habe gestern, endlich nach 14 Tage [Tagen] mal wieder Post von Dir bekommen[,] wonach [worauf] Ich [ich] schon lange gewartet habe. Ich habe zwei Briefe bekommen, die Du 29. und 30. geschrieben hast[,] worüber Ich [ich] Mir [mich] sehr gefreut habe. Meine Liebe, Du weißt doch[,] wie sehr Ich [ich] an Dir hänge[,] also kannst Dich [Du Dir] denken[,] daß [dass] es Mir [mir] wieder leichter ums Herze war. Außerdem habe Ich [ich] auch Deine drei Zeitungen bekommen[,] und mal eine Zeitung von der N.S.D.A.P [NSDAP] in Seehausen worüber Ich [ich] Mir [mich] besonders gefreut habe[,] denn es ist die Heimatszeitung [Heimatzeitung] aus der Börde. Darin habe Ich [ich] verschiedene Namen gelesen, die einen [einem] bekannt sind. Auch von Seehausen stand etwas drin und zwar ein schönes Gedicht[,] was O. Möhring gedichtet hat. An alle Kameraden, die an der Front im Pulverdampf ergraut sind. Meine Liebe, Dein [Deinem] Schreiben nach habt Ihr allerhand außzustehen [auszustehen] mit die [der] Fliegerei. Ihr habt wohl im Garten volle Deckung genommen[.] da [Da] kann Ich [ich] Mir [mir] denken[,] daß [dass] es kein [keinen] Spaß macht genau wie Mir [mir]. Hoffentlich läst [lässt] es damit bald nach, damit Ihr bald Ruhe habt vor die [den] Viescher [Viechern] Liebe Mama, Ich [ich] wünsche Dir viel Glück damit[,] Deine Kaninschen [Kaninchen] am Leben bleiben[,] sonst ist doch alle Mühe vergebends [vergebens]. Wie stehen denn Deine Kartoffeln im Garten, doch hoffentlich gut. Bei uns regnet es jetz [jetzt] fast jeden Tag. Gerade ebend [eben] ging ein Gewitter hier hernieder[,] und der Blitz schlug in die Brücke aber er konnte keinen Schaden machen. Sonst ist noch alles in Ordnung. Wenn es immer so Ruhig [ruhig] blieb, könnten wir zufrieden sein[,] aber es bleibt nicht so. Heute Abend gehe Ich [ich] auf Streife mit vier Mann[,] und zwar bis Morgen früh um vier Uhr. Ich denke, daß [dass] nichts passiert, denn die letzte Zeit ging es so einigermaßen mit das [dem] Banditenzeug. Liebe Mama, Ich [ich] bin nur gespannt, wie es in Frankreich noch wird und auch bei uns hier in [im] Osten. Hoffen wier [wir] das Beste[,] denn es hängt einen [einem] schon zum Halse herraus [heraus]. Meine Lieben, wie gerne möchte Ich [ich] Euch mal besuchen, aber es ist vorläufig noch keine Hoffnung[.] man [Man] könnte manschmal [manchmal] verrückt werden, aber das ändert ja doch nichts daran.

天又收到了妳的來信。一下就收到兩封，分別是妳在29日和30日寫的。我高
興極了！我親愛的，妳知道我有多想妳！所以妳也可以想像，我又長出了一
口氣！另外我還收到了妳寄來的三份報紙。塞豪森的國社黨報是我最愛看
的，因為這是來自家鄉的地方報。在這報上我讀到了很多我熟悉的名字，而
且還有塞豪森本地的內容，比如默林所做的一首很優美的詩——「致所有在
戰火硝煙中奉獻青春的戰友」。我親愛的，妳在信中說你們飽受空襲之苦。
妳說你們在花園裡藏身。我可以想像，這對於你們來說可不好玩，我也得受
這份罪。但願情況很快就能好轉，那幫畜牲不久就會放過你們。親愛的孩子
的媽，我祝妳的兔子們個個都活得好好的，要不然妳就白費勁了。妳在花園
裡種的馬鈴薯怎麼樣了？希望長得不錯！現在我們這裡幾乎每天都下雨。剛
才就下了一場暴雨，閃電擊中了橋身，但沒造成損害。此外一切還算正常。
要是永遠都這麼平靜就好了，可是這平靜是長不了的。今晚我和四個人一起
去巡邏，直到明天早晨四點。我想不會出什麼事的，因為最近那幫土匪老實
點了。親愛的孩子的媽，我真不知道法國還有我們東方戰區的局勢都將怎
樣。但願不會出亂子，這仗已經打得要煩死人了！我親愛的，我多想回家看
看你們！可目前根本沒有希望。我有時都要想瘋了，可是根本沒用。

好了，我親愛的，多保重！再次衷心問候你們！

孩子的爸

妳的小♡祝福妳、親吻妳！

現在正下著大雨，希望能很快變小點，因為我馬上就得出去。今天夜裡
我會想妳！

Nun Meine [meine] Lieben, lebt wohl und seid noch mals [nochmals] herzlich gegrüßt von

Euren [Eurem] Papa.

Es grüßt und küst [küsst] Dich Dein ♡lein [Herzlein][.]

Es regnet jetz [jetzt] in Strömen[.] hoffentlich [Hoffentlich] läst [lässt] es bald nach[,] denn Ich [ich] muß [muss] bald los ins Gelände. Heute Nacht will Ich [ich] an D. [Dich] denken.

Ihr Freund ist vermisst

您的男友下落不明

Der Gefreite Gerhard Hain kämpfte an der Ostfront. Sein guter Freund Paul Gallas wurde nach einem heftigen Kampf vermisst. Deswegen schrieb er diesen Brief an die Freundin von Gallas, Fräulein Helen Döring, um ihr diese Angelegenheit mitzuteilen. Als ein Soldat auf dem Schlachtfeld hatte Hain ein tiefes Verständnis für den wirklichen Sinn des Wortes „Vermisst". Zwischen den Zeilen lässt sich feststellen, dass er sich schon keine Hoffnung mehr auf das Überleben von Gallas machte.

Das Wort „Vermisst" hat im Krieg äußerst umfassende Bedeutungen, weil es als die einfachste Erklärung für jedes Schicksal verwendet werden kann. Der deutsche Literaturnobelpreisträger Heinrich Böll (1917 – 1985) hatte dazu eine Erzählung über den vermissten Soldaten geschrieben: „Das Vermächtnis" (1982). In diesem Buch wartete ein junger Mann fünf Jahre lang

二等兵格哈德‧海因在東線作戰。他的好友保爾‧加拉斯在一次激烈戰鬥之後下落不明。故此,海因給加拉斯的女友海倫‧德林小姐寫下此信,以告知此事。作為戰場上的軍人,海因深深理解「失蹤」這個詞的真正含義。從字裡行間可以斷定,他對加拉斯的生還已不再抱有希望。

「失蹤」這個詞在戰爭中有極其廣泛的含義,因為它可以作為任何命運最簡單的解釋。德國諾貝爾文學獎獲得者海因裡希‧伯爾(1917—1985)就曾寫過一本關於失蹤軍人的短篇小說——《遺願》(1982)。書中的一名年輕人徒勞等待

vergeblich auf seinen „in einer russischen Offensive vermissten" älteren Bruder, bis ihm ein ehemaliger Kamerad nach der Heimkehr erzählte, dass sein Bruder in der Tat nie vermisst war, sondern von einem höheren Offizier der eigenen Seite aus Hass getötet worden war.

他「在一次蘇軍進攻中失蹤」的哥哥五年之久，直到哥哥的一名前戰友在返鄉後告訴他，其兄實際上從未失蹤，而是死於己方一名長官的仇殺。

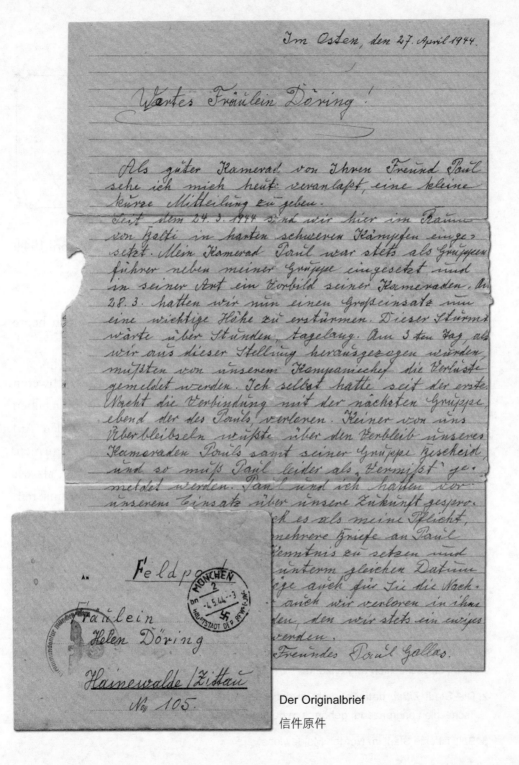

Im Osten, den 27. April 1944.

Wertes Fräulein Döring!

Als guter Kamerad von Ihren Freund Paul
sehe ich mich heute veranlaßt, eine kleine
kurze Mitteilung zu geben.
Seit dem 24. 3. 1944 sind wir hier im Raum
von Balti in harten schweren Kämpfen einge=
setzt. Mein Kamerad Paul war stets als Gruppen
führer neben meiner Gruppe eingesetzt und
in seiner Art ein Vorbild seiner Kameraden. Am
28. 3. hatten wir nun einen Großeinsatz um
eine wichtige Höhe zu erstürmen. Dieser Sturm
währte über Stunden, tagelang. Am 3 ten Tag, als
wir aus dieser Stellung herausgezogen wurden
mußten von unserem Kampaniechef die Verluste
gemeldet werden. Ich selbst hatte seit der erste
Nacht die Verbindung mit der nächsten Gruppe,
eben der des Pauls verloren. Keiner von uns
Überbleibseln wußte über den Verbleib unserer
Kameraden Pauls samt seiner Gruppe Bescheid
und so muß Paul leider als "Vermißt" ge=
meldet werden. Paul und ich hatten vor
unserem Einsatz über unsere Zukunft gespro=
... ch es als meine Pflicht,
... mehrere Briefe an Paul
... enntnis zu setzen und
... unterm gleichen Datum
... ige auch für Sie die Nach=
... auch wir verloren in ihm
... den, den wir stets ein ewiges
... werden.
... Freundes Paul Gallas.

Feldpost

An
Fräulein
Helen Döring
Hainewalde/Zittau
No 105.

MÜNCHEN 2
6. 5. 44
HAUPTSTADT D. P. BEW.

Der Originalbrief
信件原件

✠ Deutscher Originaltext

Absender: Empfängerin:
Gefr. Gerhard Hain   Fräulein Helen Döring
F. P. No 02754 D   Hainewalde[1]/Zittau[2]
                                    No 105

Im Osten, den 27. April 1944.

Wertes Fräulein Döring!

Als guter Kamerad von Ihren [Ihrem] Freund Paul sehe ich mich heute veranlaßt [veranlasst], eine kleine kurze Mitteilung zu geben.

Seit dem 24.3.1944 sind wir hier im Raum von Balti[3] in harten schweren Kämpfen eingesetzt. Mein Kamerad Paul war stets als Gruppenführer neben meiner Gruppe eingesetzt und in seiner Art ein Vorbild seiner Kameraden. Am 28.3. hatten wir nun einen Großeinsatz um eine wichtige Höhe zu erstürmen. Dieser Sturm wärte [währte] über Stunden, tagelang. Am 3ten Tag, als wir aus dieser Stellung herausgezogen wurden, mußten [mussten] von unserem Kompaniechef die Verluste gemeldet werden. Ich selbst hatte seit der ersten Nacht die Verbindung mit der nächsten Gruppe, ebend [eben] der des Pauls, verloren. Keiner von uns Überbleibseln wußte [wusste] über den Verbleib unseres Kameraden Pauls samt seiner Gruppe Bescheid, und so muß [muss]

---

1. Die Gemeinde *Hainewalde* befindet sich westlich von der Stadt Zittau, die Luftlinie beträgt 8 km, an Tschechien angrenzend.

2. Die Stadt *Zittau* befindet sich im östlichen Grenzgebiet Deutschlands, an Polen und Tschechien angrenzend, gehört zum heutigen Bundesland *Sachsen*.

3. Balti ist eine Stadt im Norden Moldawiens.

✠ 中文譯文

寄信人：

二等兵 格哈德・海因

戰地郵編 02754 D

收信人：

海倫・德林 小姐

海納瓦爾德鄉[4] / 齊陶[5]

105號

東方戰區，1944年4月27日

尊敬的德林小姐！

　　作為您男友保爾的親密戰友，我今天自認為有義務給您寄上一封簡短的信函。

　　我們於1944年3月24日被派到激戰正酣的伯爾茲[6]地區。擔任戰鬥組長的保爾始終在我的戰鬥組側翼作戰，他身先士卒為弟兄們樹立了榜樣。3月28日我們發動大規模進攻以奪取一個重要高地。衝鋒持續了數小時，繼而數日之久。當我們在第三天奉命撤離陣地的時候，我們的連長要我們上報傷亡情況。我本人在第一天夜裡就與相鄰戰鬥組，即保爾指揮的戰鬥組失去了聯繫。而我們這些倖存者中又無人知曉保爾及其戰鬥組的下落，所以只得將保爾上報為「失蹤」。保爾曾與我在戰鬥打響前談論過我們的將來，所以我自

4. 鄉名自譯。海納瓦爾德（Hainewalde）鄉位於齊陶（Zittau）市以西，飛行距離為8公里，與捷克毗鄰。

5. 齊陶市位於德國東部邊陲，毗鄰波蘭與捷克，如今隸屬德國薩克森（Sachsen）州。

6. 伯爾茲（Balti）是一座地處莫爾達瓦北部的城市。

Paul leider als „Vermißt [Vermisst]" gemeldet werden. Paul und ich hatten vor unserem Einsatz über unsere Zukunft gesprochen und so halte ich es als [für] meine Pflicht, Sie, die Sie doch mehrere Briefe an Paul schrieben, davon in Kenntnis zu setzen und Ihre abgesandte Post unterm [unter dem] gleichen Datum zurückzusenden. Möge auch für Sie die Nachricht hart sein, aber auch wir verloren in ihm einen guten Kameraden, den [dem] wir stets ein ewiges Gedenken bewahren werden.

Ein Kamerad Ihres Freundes Paul Gallas

認為有責任向您告知此事。您曾給保爾寫過數封信，在此我將您寄出的全部信件一併寄還給您。這一噩耗對您而言必定十分沉痛。我們同樣為失去了一位出色的戰友而難過。我們將永遠懷念他。

您男友保爾・加拉斯的一名戰友

Unsere Zukunft

我們的未來

◇◇◇

Der Obergefreite Franz Mayr hatte sich im April 1944 im Kampf eine Verletzung zugezogen und wurde deswegen zu einer Krankensammelstelle in Lettland zur Behandlung gebracht. Obwohl diese Verletzung nicht lebensgefährdend war, verursachte sie bei Mayr große Sorgen um die Zukunft. In den langen Nächten wälzte sich Mayr ohne Schlaf im Krankenbett hin und her. Er wusste genau, dass ein noch größeres Unglück jederzeit unerwartet kommen könnte, vielleicht der Tod, vielleicht die Verkrüppelung, wie bei dem Bruder seiner Frau, der „obschon solch viele Länder durchreiste", schließlich doch noch bei einem Kampf ein Bein verlor. Dennoch, als ein einfacher Soldat war Mayr überhaupt nicht in der Lage, sein eigenes Schicksal in die Hand zu nehmen, sondern musste sich „dem Schicksal überlassen".

Zwischen den Zeilen kann man ebenfalls erkennen, dass die langfristige Trennung im

一等兵弗朗茨・邁爾於1944年4月在戰鬥中負傷，因此被送往拉脫維亞的一個傷患收容站接受治療。雖然此傷並未危急性命，卻引發了邁爾對未來的巨大焦慮。長夜漫漫，邁爾在病床之上輾轉無眠。他深知更大的災禍隨時可能不期而至——也許是死亡，也許是殘廢，就像他妻子的兄弟，「曾毫髮無損地征戰了那麼多國家」，可最終卻還是在某次戰鬥中失去了一條腿。然而，作為一名普通士兵，邁爾對自己的未來根本無力把握，「只得聽憑命運的安排」。

從此信的字裡行間同樣可以看出，戰爭中的長

Krieg für die Treue der Ehepaare tatsächlich eine harte Prüfung darstellte. Der österreichische Autor Fritz Wöss (1920 – 2004), der die Schlacht von Stalingrad persönlich erlebt hatte, schrieb aus seinen Kriegserinnerungen den Roman „Hunde, wollte ihr ewig leben" (1957). Im Buch ist folgender Kommentar über manchen Soldaten in weiter Ferne zu lesen: „Die einzigen Fesseln, von denen sie sich wirklich freimachen können, sind die der ehelichen Treue."

期別離的確是對夫妻之間忠貞的嚴峻考驗。親歷史達林格勒戰役的奧地利作家弗裡契・沃斯（1920—2004）在戰後將他的戰爭回憶寫成小說《狗，你們想永生嗎》（1957）。他在書中曾如此評價某些遠赴異域的軍人：「他們唯一能真正擺脫的束縛就是婚姻忠誠的束縛。」

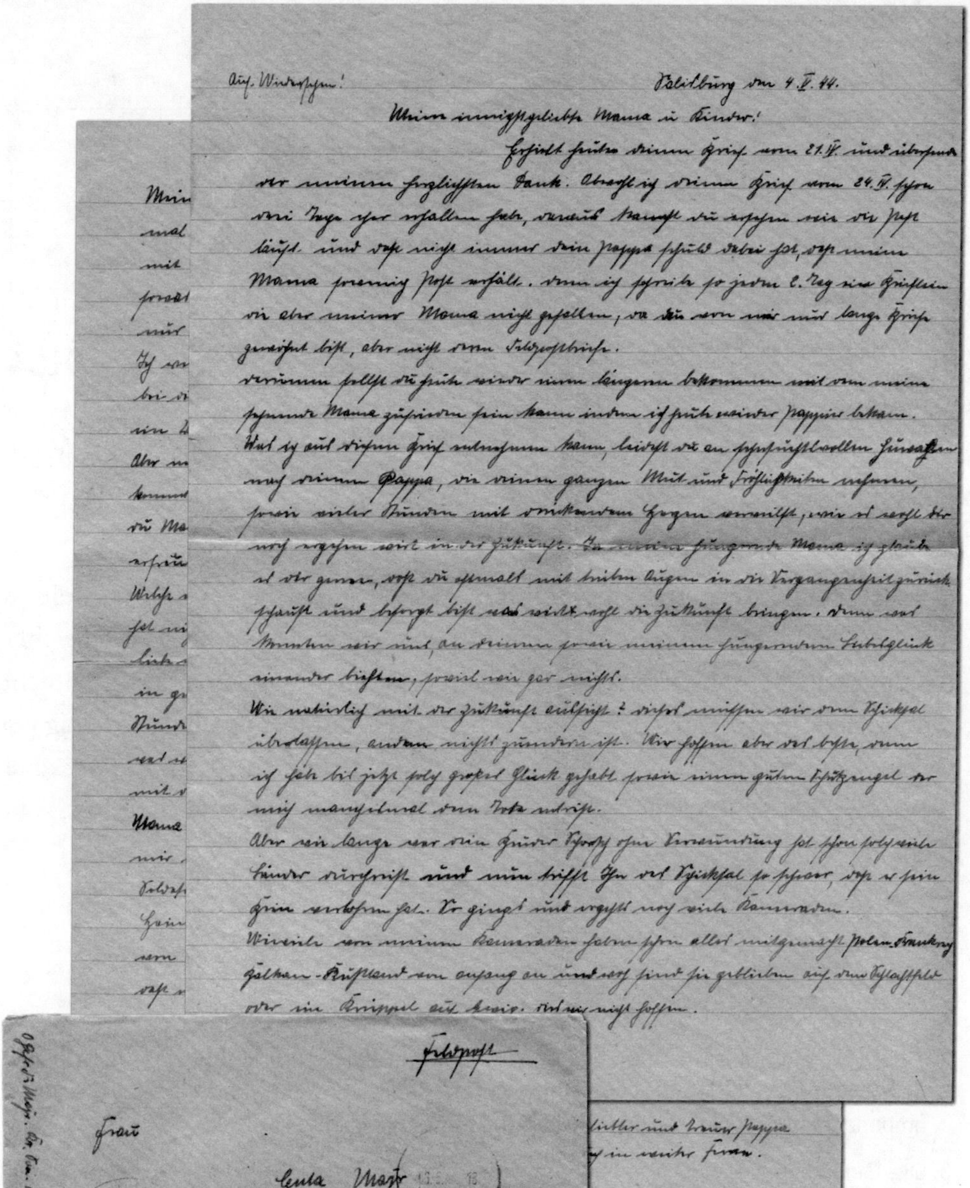

Der Originalbrief

信件原件

Absender:

Ogefr. Franz Mayr

Kr.Sam.St. Salisburg[1]

Lettland Leitstelle Tilsit[2] II

Empfängerin:

Frau Centa Mayr

⑬ Lechbruck[3] 205

Kr. Füssen[4]/Allgäu[5]

Salisburg, den 4. V. 44.

Meine innigstgeliebte Mama u. Kinder!

Erhielt heute deinen Brief vom 21. IV. und übersende dir meinen herzlichsten Dank. Obwohl ich deinen Brief vom 24. IV. schon drei Tage eher erhalten habe, daraus kannst du ersehen[,] wie die Post läuft, und daß nicht immer dein Pappa [Papa] Schuld dabei hat, daß [dass] meine Mama sowenig [so wenig] Post erhält. Denn ich schreibe so jeden 2. Tag ein Brieflein[,] die aber meiner Mama nicht gefallen, da du von mir nur lange Briefe gewöhnt bist, aber nicht dann Feldpostbriefe.

---

1. Salisburg ist ein Städtchen im Norden Lettlands.

2. Tilsit war einmal eine Stadt im Norden Ostpreußens und wurde nach dem Ende des Zweiten Weltkrieges der Sowjetunion angegliedert. Sie wurde dann in Sowetsk umbenannt, und liegt im heutigen Russland.

3. Die Gemeinde *Lechbruck* befindet sich nördlich der Stadt *Füssen*, die Luftlinie beträgt 16,3 km.

4. Füssen war in der Zeit des Zweiten Weltkrieges ein selbstständiger Landkreis, wurde dann 1972 mit den anderen Gemeinden und Landkreisen in der Umgebung vereinigt. Die Kernstadt *Füssen* befindet sich im südöstlichen Teil der Region *Allgäu*.

5. Die Region *Allgäu* ist eine bewaldete und gebirgige Region, in der Deutschland und Österreich aneinander grenzen. Seine Teile in Deutschland gehören jeweils zu den heutigen Bundesländern *Baden-Württemberg* und *Bayern*.

✠ 中文譯文

寄信人： 收信人：

一等兵 弗朗茨・邁爾　　　姍妲・邁爾 女士

馬茲薩拉察[6]傷患收容站　　⑬ⓑ 萊希布呂克鄉[8] 205號

拉脫維亞 蒂爾西特[7]第二指揮所　　菲森縣[9]/阿爾高地區[10]

馬茲薩拉察，44年5月4日

我深愛的孩子的媽和孩子們！

　　我今天收到了妳在4月21日寫的信，由衷感謝！可是妳在4月24日寫的信我早在3天前就收到了。由此妳可以看出郵件遞送的狀況。我的孩子的媽收到的信那麼少，可不能總怪罪孩子的爸。儘管我每隔一天就寫一封信，可我的孩子的媽卻還是不滿意。因為妳只習慣讀我寫的長信，而不是戰地家書。

---

6. 馬茲薩拉察（Salisburg）是一個地處拉脫維亞北部的小鎮。

7. 蒂爾西特（Tilsit）曾是東普魯士北部的一座城市，在二戰結束後後劃歸蘇聯，改稱「蘇維埃茨克（Sowetsk）」，如今位於俄羅斯境內。

8. 地名自譯。萊希布呂克（Lechbruck）鄉位於菲森（Füssen）市以北，飛行距離為16.3公里。

9. 菲森在二戰時期是一個獨立縣，後於1972年與周邊鄉縣合併。其核心城市菲森位於阿爾高（Allgäu）地區東南部。

10. 阿爾高（Allgäu）地區是位於德國與奧地利交界處的一片山林地帶。其在德國境內的部分如今分屬巴登-符滕堡（Baden-Württemberg）州以及巴伐利亞（Bayern）州。

Darumm [Darum] sollst du heute wieder einen längeren [Längeren] bekommen[,] mit dem meine sehnende Mama zufrieden sein kann[,] indem ich heute wieder Pappier [Papier] bekam. Was ich aus diesem Brief entnehmen kann, leidest du an sehnsuchtsvollem Hunger nach deinem Pappa [Papa], die deinen ganzen Mut und Fröhlichkeiten nehmen, sowie vieler Stunden mit drückendem Herzen verweilst, wie es wohl dir noch ergehen wird in der Zukunft. In meine hungernde Mama ich glaube es dir gerne, daß [dass] du oftmals mit trüben Augen in die Vergangenheit zurückschaust und besorgt bist[,] was wird wohl die Zukunft bringen. Denn was konnten wir uns, an deinem sowie meinem hungernden Liebesglück einander bieten, soviel wie gar nichts.

Wie [es] natürlich mit der Zukunft aussieht? Dieses müssen wir dem Schicksal überlassen, andem [an dem] nichts zuändern [zu ändern] ist. Wir hoffen aber das beste [Beste], denn ich habe bis jetzt solch großes Glück gehabt, sowie einen guten Schutzengel der mich manchmal dem Tote [Tode] entreist [entreißt].

Aber wie lange war dein Bruder Schorsch ohne Verwundung hat schon solch viele Länder durchreist[,] und nun trifft ihn das Schicksal so schwer, daß [dass] er sein Bein verlohren [verloren] hat. So gings [ging's] und ergehts [ergeht's] noch vielen Kameraden.

Wieviele [Wie viele] von meinen Kameraden haben schon alles mitgemacht. Polen, Frankreich, Balkan, Rußland [Russland] von anfang [Anfang] an[,] und woh [wo] sind sie geblieben[?] auf [Auf] dem Schlachtfeld[,] oder ein Krüppel auf Ewig [ewig], dies wir nicht hoffen.

Meine liebste Mama[,] was würdest wohl du zudem [zu dem] sagen, wenn von mir mal die Nachricht kähme [käme], ich liege da oder dort im Lazarett, als ewiger Krüppel mit einem Bein - Hand oder sonst was. Denn in unserer Situation muß [muss] sowas [so was] immer in Kauf genommen werden. Aber du[,] Mama[,] sagt [sagst] wenn ich nur wieder komme ist egal wie?

所以今天給妳寄上一封比較長的信，好讓思念我的孩子的媽心滿意足——就用我今天剛得到的信紙。我從妳的來信中可以看出，妳非常想念孩子的爸。這思念令妳心灰意冷，在很多時候心情沉重地思考未來。我可以想像我的孩子的媽時常以懷念的目光回首過去，同時又為將來的日子擔憂。我們能為妳我二人的思念之情做些什麼呢？根本無能為力。

將來會怎樣呢？我們只得聽憑命運的安排，無法改變。然而我們依然要滿懷希望。妳看我至今是如此地幸運，似乎有一位好心的守護天使多次讓我倖免於難。

不過妳的兄弟朔爾施也曾毫髮無損地征戰了那麼多國家，可如今他卻遭受了如此慘痛的命運——失去了一條腿。很多戰友都已遭受或即將遭受這樣的命運。

我有多少戰友曾身經百戰，波蘭、法國、巴爾幹、對俄開戰。他們都到哪裡去了呢？是躺在了某個戰場上，還是永遠成為了殘廢？但願我們不會如此。

我最親愛的孩子的媽。假如有朝一日我告訴妳，我躺在某個野戰醫院裡，永遠失去了一條腿、一隻手或者別的什麼，妳將如何面對呢？我們時刻有必要設想這種情況。而妳，孩子的媽，妳說過，只要我能回來就好——無論成了什麼樣。

我知道，妳對我的愛是那麼熾烈。只有我重新回到妳身邊，妳的身體才會好起來。因為只有透過重逢，我們那淒涼泣血的心靈才能終得治癒——這重逢是人人都渴望的。

Ich weiß[,] daß [dass] deine Liebe groß ist zu mir[,] und gesund bist, wenn ich wieder bei dir bin, denn unsere dürstende [dürstenden] und Blutende [blutenden] Herzen können nur durch ein Wiedersehen auf ewig geheilt werden, derer sich jeder sehnt.

Aber meine liebe Mama[,] es heist [heißt] immer wieder ausharren und stark sein, denn einmal kommt doch unser langersehntes Wiedersehen[,] und wünsches [wünsch es]. Du Mama[,] hast aber immer noch was von mir bei dir und kannst dich dieser erfreuen sowie Stolz darauf sein, deine beiden lieben u. netten Jungs. Welche dir manchen Kummer und Sorgen zur Ablenkung bringen, aber dein Pappa [Papa] hat nichts als einige Bilder. Diese mir genügen und mussen da[,] ich weiß[,] daß [dass] ich eine liebe u. Treue [treue] Mama zuhause habe, auf diese, ich mich verlassen kann und die Kinder in guter Hut sind. Natürlich drückt mich auch oftmals das Herzeleid und bin Stundenlang [stundenlang] ohne Schlaf im Bett oder im einsamen [Einsamen] hier für mich mit den Gedanken[,] was wirt [wird] meine Mama jetzt machen[,] ob sie wohl auch so unruhig sich im Bette wälzt mit den schweren Gedanken bei Ihrem [ihrem] liebsten [Liebsten].

Mama[,] ich glaube immer, daß [dass] du auf schlechten Gedanken bist weil du sowenig [so wenig] Post von mir erhalts [erhältst] und dich schon Revanchieren [revanchieren] willst, mit Post sowie anderst [anderem], denndem Soldaten darf man ja niemals trauen und sind alle gleich, ob ledig verh. [verheiratet] in der Heimat oder hier. Man siehts [sieht's] ja nicht, was sie machen? So könnten wir ja genau von euch Frauen in der Heimat denken, denn was sehen wir. Aber ich glaube[,] daß [dass] meine Mama jetzt eine starke und große Liebe hat zu Ihrem [ihrem] liebsten [Liebsten] und auch dem gedenkt, wenn mal eine Verführung sich nähern will.

Habe heute auch wieder ein kleines Päckchen zurecht gemacht [zurechtgemacht] für unsere Jungs[,] und geht mit dem Brief ab. Hoffentlich kommts [kommt's] gut an.

然而，我親愛的孩子的媽，妳要保持堅忍剛毅，因為我們長久祈盼的團聚終將到來，要滿懷憧憬！孩子的媽，妳身邊還依然有我留給妳的寶貝，會給妳帶來歡樂，並令妳驕傲——那就是我們那兩個可愛的兒子。他們會讓妳忘卻些許煩惱與憂愁。可憐孩子的爸身邊卻只有幾張照片，我就只有依靠這些照片。我知道家裡有一個慈愛忠貞的孩子的媽。我能信賴她，讓她為我照顧好孩子。當然我也時常心情沉重，一連幾個小時在床上難以成眠，或者一個人孤獨地想，我的孩子的媽此刻在做什麼，她是否同樣在床上輾轉難眠，為她心愛的人焦慮。

孩子的媽，我總在想，妳對我不滿的原因是妳從我手裡收到的信太少了，所以也要以不寫信或者別的什麼事來回敬我。因為當兵的是不能信任的，他們都一樣——無論是單身的、已婚的、在家鄉的，還是在這邊的。誰知道他們在幹什麼？而我們也同樣可以對你們這些留守在家的女人這樣想，因為我們又能看到什麼呢？然而我相信，我的孩子的媽心中也一定充滿對她丈夫堅貞熾熱的愛，即便面對誘惑，也會立即想起她的丈夫。

我今天又給我們的男孩子們準備了一個小包裹，和這封信一併寄出。但願都能順利送到。

衷心祝福妳，親吻妳！

在遠方掛念著你們的、忠誠的孩子的爸

孩子的媽，可惜休假的事又沒希望了。

寄一些郵票過來。

再見！

Mit herzlichen Grüßen und Küssen verbleibe ich[,]

Euer geliebter und treuer Pappa [Papa] auch in weiter Ferne[.]

Mama[,] mit dem Urlaub wirds [wird es] leider nichts.

Schicke deine Briefmarken.

Auf Wiedersehen!

Schwarzer Pilot

黑人飛行員

Die deutsche Luftwaffe im Zweiten Weltkrieg hatte die weltweit besten Piloten zur damaligen Zeit. Piloten, die den Abschuss von hundert feindlichen Flugzeugen erzielt hatten, waren nicht selten bei der deutschen Luftwaffe. Zum Beispiel der deutsche Elitepilot Erich Hartmann (1922 – 1993) schoss innerhalb von dreieinhalb Jahren 352 feindliche Flugzeuge ab und wurde damit eine nicht zu wiederholende Legende der Luftwaffe in der Weltgeschichte. Der glorreiche Sieg im Kampf der deutschen Luftwaffe bedeutete jedoch für die Luftwaffe der Alliierten natürlich hohe Verluste. Um so einen starken Gegner mit allen Kräften zu besiegen, schickte die US-Luftwaffe im April 1943 afroamerikanische Piloten in das europäische Schlachtfeld, die im Tuskegee Institut mit Unterstützung des Präsidenten Roosevelt ausgebildet wurden. In den späteren Luftkämpfen wurden mehr als hundert Flugzeuge der deutschen Luftwaffe von schwarzen Piloten abgeschossen.

二戰中的德國空軍曾擁有當年世上最出色的飛行員。擊落過上百架敵機的飛行員在德國空軍中並不罕見。譬如德國王牌飛行員埃裡希・哈特曼（1922—1993）就曾在三年半的時間內擊落352架敵機，從而成為世界空軍史上無法複製的傳奇。而德國空軍的輝煌戰績對於盟國空軍而言自然就意味著巨大的傷亡。為竭盡全力戰勝如此強大的對手，1943年4月，美國空軍將塔斯克基學院在羅斯福總統支持下培養的非洲裔美國飛行員送往歐洲戰場。在此後空戰中，有百餘架德軍飛機被黑人飛行員擊落。

Wegen des Einflusses des rassistischen Gedankengutes der Nazis hatte der Obergefreite der Luftwaffe Alvis Winkler Vorurteile und Abneigung gegenüber den anderen Völkern. Er erwähnte nur kurz in verachtendem Ton die afroamerikanischen Piloten, die weit nach Europa zum Kampf gekommen waren. Er schien der Meinung zu sein, dass die Überschreitung rassischer Barrieren der Amerikaner für ihren Sieg ein Beweis für die Minderwertigkeit von „einem solchen Volk" wäre. Er schätzte die ausländischen Arbeiter ebenfalls gering, die für Deutschland arbeiteten, obwohl diese die deutschen Arbeiter meistens im täglichen Arbeitsvolumen übertrafen.

Ich glaube, wenn Winkler den Krieg überlebt haben sollte, wäre er auch zur Erkenntnis gelangt, dass einer der Gründe für die Kriegsiederlage von Deutschland war, dass das deutsche Volk nicht wie „ein solches Volk" die Talente und Fähigkeiten aller im Dritten Reich lebenden Menschen förderte und nutzte.

由於納粹種族主義思想的影響，空軍一等兵阿維斯・溫克勒對其他民族懷有偏見與厭惡。他以輕蔑的口吻將遠赴歐洲作戰的美國黑人飛行員一筆帶過，似乎認為美國人為贏得勝利而跨越種族界限是「這樣一個民族」低劣的證明。他對為德國工作的外籍勞工也是不屑一顧，儘管外籍勞工的每日勞動量大都超過德國工人。

我想，如果溫克勒能活到戰後，他也會意識到，德國戰敗的原因之一就是德意志民族沒有像「這樣一個民族」一樣去發掘並利用第三帝國國內所有人的天賦與才幹。

den 23. 7. 44

Meine Lieben!

Feldpost!

Familie
Josef Rupprecht

in Legenlohe

(13a) Post: Amberg (Obpf.)

Absender:
Ogfr. Alvis Winkler
L 53022
L.G.P.A. Nürnberg

Empfänger:
Familie Josef Rupprecht
in Legenlohe[1]
(13a) Post: Amberg[2] (Obpf.[3])

Den 23.7.44

Meine Lieben!

Heute am Sonntag will ich an Euch auch wieder einige Zeilen richten. Vor allem, wie geht es bei Euch immer zu? Ich hoffe, daß [dass] Ihr alle gesund seit [seid], was doch die Hauptsache ist. Mit der Arbeit ist es jetzt etwas ruhiger, das Heu werdet Ihr auch daheim haben, heuer ging es langsam mit dem schlechten Wetter. Mit der Getreideernte wird es heuer später. Nun, wie geht es Euren lieben Söhnen im Felde? Hoffen wir das Beste von Ihnen. Von Schorsch hab aus Lamstedt[4] Post bekommen, von Sepp ist es schon lange her, schrieb mir von Rumänien aus.

Von zu Hause erhielt ich die Nachricht, daß [dass] auch soweit alles gesund sei. Mein Bruder ist auf der Reise nach Rußland [Russland], Post ist bisher keine angekommen von ihm. Bei uns ist es überhaupt eine Plage, fast lauter fremde Leute zum arbeiten [Arbeiten], jetzt werden sie immer frecher und nichts tun

---

1. Der Autor dieses Buches konnte in keiner Landkarte „Legenlohe" im und um das Stadtgebiet von Amberg nachweisen. Vermutlich meinte der Briefschreiber in der Tat „Lengenloh", einen sehr kleinen Wohnbezirk am Stadtrand von Amberg.

2. Die Stadt *Amberg* befindet sich im mittelwestlichen Teil der Region *Oberpfalz*.

3. Die Region *Oberpfalz* befindet sich im Südosten Deutschlands, nahe der tschechischer Grenze, gehört zum heutigen Bundesland *Bayern*.

4. Die Gemeinde *Lamstedt* befindet sich im Nordwesten Deutschlands, nahe Nordsee, gehört zum heutigen Bundesland *Niedersachsen*.

```
┌─────────────────────────────────────────────────────┐
│  寄信人：              收信人：                        │
│                                                       │
│  一等兵 阿維斯·溫克勒    約瑟夫·魯珀萊希特 家           │
│  L 53022               雷根洛區⁵                      │
│  紐倫堡空管區郵局        (13a) 郵局：安貝格⁶（上普法爾茨地區⁷） │
└─────────────────────────────────────────────────────┘
```

44年7月23日

親愛的叔叔嬸嬸！

　　今天是星期日，我想再給你們寫封信。首先想知道，你們都好嗎？我希望你們大家都身體健康，這是最重要的。現在要做的活應該少些了，家裡也應該還有草料，今年的天氣也變得不好了。今年的天氣不好，活也就做得比較慢。另外，你們家上了前線的兒子們都還好嗎？讓我們為他們祈福。我收到了朔爾施從拉姆施泰特⁸寄來了信，塞普在很長時間以前從羅馬尼亞給我寫過信。

　　我們家人告訴我他們身體都很好。我的兄弟正在開赴俄國的路上，到現在還沒收到他寄來的信。在我們這裡幹活的幾乎只有外國人，真是一群禍

---

5. 區名自譯。德文原文中為「Legenlohe」。本書作者無法在任何地圖上核實此區名，估計寫信人實際所指為「Lengenloh」，一個位於安貝格（Amberg）市區邊緣的很小的住宅區。

6. 安貝格市位於上普法爾茨（Oberpfalz）地區中西部。

7. 上普法爾茨（Oberpfalz）地區位於德國東南部，鄰近捷克邊境，如今隸屬德國巴伐利亞（Bayern）州。

8. 地名自譯。拉姆施泰特（Lamstedt）鄉位於德國西北部，瀕臨北海（Nordsee），如今隸屬德國下薩克森（Niedersachsen）州。

dabei. Ich war seit Sept. nicht daheim in Urlaub jetzt ist Sperre. Ob ich zur Ernte Urlaub bekomm [bekomme], ist noch unbestimmt, es ist möglich, wenn ein Gesuch vorliegt. Wie Euch bekannt sein wird, hatten wir kürzlich wieder zweimal hintereinander Besuch. Wie es in der Stadt aussieht, könnt Ihr Euch vorstellen. Von den abgeschoßenen [abgeschossenen] Maschinen waren Neger als Piloten dabei, da sieht mans [man es], ein solches Volk hetzt man auf Deutschland los. Ich bin auch diesmal[,] Gott sei Dank[,] wieder gut davon gekommen und befinde mich in bester Gesundheit. Auch sind schon mehrere Kameraden von mir umgekommen, es ist nicht ausgeschlossen, daß [dass] es eines Tages wieder zum wenden [Wenden] kommt. Die Kriegslage ist zur Zeit ernst, hoffen wir, daß [dass] bald Frieden wird und der liebe Herrgott möge uns von [vor] einem größerem Unglück bewahren.

Mit den herzlichsten Grüßen verbleibe ich für heute[,]

Euer Vetter u. Pate Alvis.

Auf Wiedersehen!

....

害，如今他們變得越來越蠻橫無禮且遊手好閒。我從去年九月就沒回過家，都怪現在的休假禁令。我還不能確定能否在收穫的時候獲准休假。憑一份書面申請是有希望的。正像你們知道的，我們最近又一連兩次接到拜訪。你們可以想像城裡已經變成了什麼樣子。在擊落的敵機中有黑鬼飛行員，可以看到是一個什麼樣的民族在進攻德國。感謝上帝，我這次又安然無恙，身體狀況極佳。我又有幾位戰友喪生了。然而有朝一日局勢還是可能會改觀的。儘管目前的戰局很嚴峻，但我們依然期待和平早日到來，親愛的上帝將保佑我們免遭更大劫難。

此致最衷心的祝福！

你們的堂兄和教子阿爾維斯

再見！

Attentat auf den Führer

刺殺元首

Am 20. Juli 1944 mittags um 12 Uhr 42 kam plötzlich eine gewaltige Detonation aus dem Führerhauptquartier „Wolfsschanze" in Ostpreußen. Dort explodierte ein Aktenkoffer, der sich nur weniger Meter von Hitler entfernt befand. Vier Personen waren auf der Stelle tot, doch wie durch ein Wunder stand Hitler aus den Trümmern auf. Nach nur einem Tag wurde der wichtigste Urheber und Ausführer dieses Attentates, Oberst Claus Schenk Graf von Stauffenberg (1907 – 1944), ohne Prozess erschossen. Nach ihm wurden noch etwa 200 Menschen im Laufe der Zeit hingerichtet. Der bedeutsamste Attentatsfall in der Geschichte des Dritten Reiches endete endgültig mit einem Fehlschlag. Obwohl Hitler nicht an Gott glaubte, behauptete er, dass dieser Fall ein Beweis dafür sei, dass er nach Gottes Willen Deutschland zum Endsieg führen sollte.

Für einen Teil der deutschen Bevölkerung, der von der nationalsozialistischen Propaganda vergiftet worden war, war der Status von Hitler nicht niedriger als Gott. Ein Attentat auf den

1944年7月20日中午12時42分，位於東普魯士的「狼堡」元首總指揮所中突然傳出一聲巨響。一個距希特勒僅數公尺遠的公文包爆炸了。四人當場殞命，而希特勒卻奇跡般從一片瓦礫中站了起來。僅僅一天之後，此次暗殺最關鍵的策劃與實施者克勞斯‧馮‧施陶芬貝格伯爵（1907—1944）未經審判便被槍決，其後被陸續處決的還有大約200人。第三帝國歷史上最重大的刺殺事件終告失敗。儘管希特勒不信仰上帝，卻宣稱此事件是上帝讓他完成引領德國走向最終勝利的證明。

對一部分受納粹思想蠱惑的德國民眾來說，希特勒的地位不亞於上帝，刺殺元首是不可想像的罪行。一等

Führer wäre ein unvorstellbares Verbrechen. Der Obergefreite Karl Schmahl war eben einer der Anhänger des „Führermythos". Nach fast fünf Jahren Kriegsunheil hatte sich sein blindes Vertrauen auf den Führer immer noch nicht geändert. Er war beglückt darüber, dass Hitler durch Zufall überlebt hatte, und der Fehlschlag dieses Attentats verstärkte sogar seine Zuversicht am Sieg Deutschlands.

Ich denke, dass die Geschichte einer Nation manchmal auch durch Zufall bestimmt war. Nach dieser Attentatsaktion lebte Hitler 284 Tage weiter. Und diese 284 Tage waren die Tage, an denen das deutsche Volk am meisten gelitten hatte, und waren auch die 284 Tage, die über das Schicksal von Deutschland nach dem Krieg entschieden haben. Wenn diese Attentatsaktion geglückt wäre, dann hätten Millionen deutsche Zivilisten und Soldaten das Kriegsende noch überlebt, und die schönen alten deutschen Städte wie Braunschweig, Pforzheim und Hildesheim wären bis heute erhalten worden,[1] andererseits wäre die Grenze zwischen West- und Ostdeutschland vielleicht auch nicht an der Elbe, sondern am Rhein festgelegt worden.[2]

兵卡爾‧施馬爾就是「元首神話」的信奉者之一。在經歷近五年戰禍之後，這名年輕的德國士兵依然沒有改變對元首的愚忠。他為希特勒的僥倖逃生而慶幸，這場刺殺的失敗甚至加強了他對德國勝利的信心。

我想一個國家的歷史有時也是由偶然決定的。在此次刺殺行動失敗之後，希特勒多活了284天，直至1945年4月30日自殺於柏林。這284天是德意志民族苦難最為深重的284天，也是決定德國戰後命運的284天。假如此次刺殺成功，那麼數百萬德國平民與士兵就能活到戰爭結束，布倫瑞克、普福爾茨海姆、希爾德斯海姆等美麗的德國古城就會保留至今；[3]而另一方面，東西兩德或許也就不會以易北河為界，而是以萊茵河。[4]

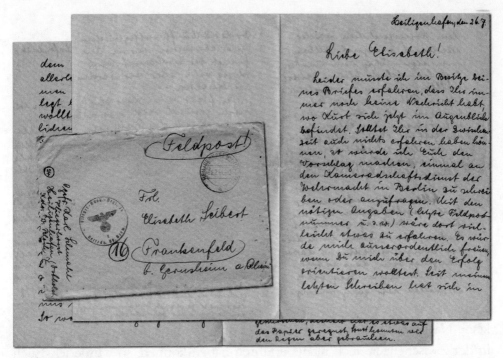

Der Originalbrief

信件原件

---

1. Diese drei deutschen Städte wurden alle in den Luftangriffen nach dieser Attentatsaktion zu Trümmern: Braunschweig wurde am 15. Oktober 1944 zerstört, Pforzheim am 23. Februar 1945, und Hildesheim am 22. März 1945.

2. Als diese Attentatsaktion geschah, waren sowohl die Westalliierten als auch die Rote Armee noch nicht ins deutsche Territorium eingedrungen. Am 25. April 1945 trafen sich die US-Armee und die Rote Armee erstmals an der Elbe, und legten damit die Grundlage für die Verhandlungen bei der Potsdamer Konferenz, die in drei Monaten stattfinden sollte. Wenn es nicht so gewesen wäre, wäre nach dem Willen Stalins die Rote Armee möglicherweise trotz jedem Waffenstillstandsabkommen rasant bis zum Rhein vormarschiert.

3. 這三個德國城市都是在此刺殺行動之後的空襲中化為瓦礫：布倫瑞克毀於1944年10月15日，普福爾茨海姆毀於1945年2月23日，希爾德斯海姆毀於1945年3月22日。

4. 當此刺殺行動發生時，西方盟軍與蘇聯紅軍都尚未進入德國境內。1945年4月25日，美蘇兩軍首次會師易北河，為三個月後的波茨坦會議奠定了談判基礎。假如不是如此，蘇聯紅軍可能受史達林之命無視任何停戰協定迅速推進至萊茵河。

Absender:

Ogefr. Karl Schmahl

Fliegerhorst

㉔ Heiligenhafen[5]/Ostholst.[6]

Kdo. W. [Kommando West] Block 7

Empfängerin:

Frl. Elisabeth Seibert

⑯ Frankenfeld[7]

b. Gernsheim[8] a. Rhein

Heiligenhafen, den 26.7.

Liebe Elisabeth!

Leider musste ich im Besitze Deines Briefes erfahren, dass Ihr immer noch keine Nachricht habt, wo Kurt sich jetzt im Augenblick befindet. Solltet Ihr in der Zwischenzeit auch nichts erfahren haben können, so würde ich Euch den Vorschlag machen, einmal an den Kameradschaftsdienst der Wehrmacht in Berlin zu schreiben oder anzufragen. Mit den nötigen Angaben (letzte Feldpostnummer u. s. w. [usw.]) wäre dort vielleicht etwas zu erfahren. Es würde mich ausserordentlich [außerordentlich] freuen, wenn Du mich über den Erfolg orientieren wolltest. Seit meinem letzten Schreiben hat sich in dem Kriegsgeschehen wieder allerhand ereignet. Vollkommen eigennützig und unüberlegt handelnde kleine Geister wollten unseren unvergleichlichen Führer um die Ecke bringen und so die Macht an sich reissen [reißen]. Die Folgen, die der Gott sei Dank nicht geglückte Anschlag gehabt hätte, sind nicht

---

5. Heiligenhafen ist ein Marinestützpunkt an der Ostsee, unweit von Kiel, befindet sich im Norden des Landkreises *Ostholstein*.

6. Der Landkreis *Ostholstein* befindet sich an der Nordostküste Deutschlands, gehört zum heutigen Bundesland *Schleswig-Holstein*.

7. Frankenfeld ist in dieser Gegend nicht zu finden, es gibt heute aber einen Frankenfelder Weg in Gernsheim. Die Briefempfängerin wohnte damals vielleicht dort.

8. Die Stadt *Gernsheim* befindet sich im Südwesten Deutschlands, gehört zum heutigen Bundesland *Hessen*.

✠ 中文譯文

寄信人：

一等兵 卡爾·施馬爾

軍用機場

㉔ 海利根港[9]/東荷爾斯泰因縣[10]

西指揮所 7 區

收信人：

伊麗莎白·賽貝特 小姐

⑯ 弗蘭肯菲爾德[11]

臨近 格昂斯海姆[12]/萊茵河畔

海利根港，7月26日

親愛的伊麗莎白！

　　我遺憾地在妳的上一封來信中讀到，你們仍未得到關於庫爾特現今下落的消息。假如你們至今依然一無所知，那麼我建議你們給柏林的國防軍戰友服務處寫信查詢。依據所須的資料（最後的戰地郵政編碼等等）也許能從那裡得到一些消息。如果妳告訴我你們有所收穫，我會非常高興的！自從我給妳寄了上一封信之後，戰局再次大有改觀。一夥自私自利且行事魯莽的小爬蟲企圖謀害我們無可替代的元首，從而謀權篡位。感謝上帝，刺殺行動未能得手，否則後果不堪設想。是的，我們確實要為此事的結局而感到慶幸！假如有人至今依然懷疑我們是否將取得最終勝利，那麼這件事必定會使他們確

---

9. 地名自譯。海利根港（Heiligenhafen）是一個瀕臨波羅的海的海軍基地，鄰近基爾，位於東荷爾斯泰因（Ostholstein）縣北部。

10. 東荷爾斯泰因縣位於德國東北海岸，如今隸屬德國石勒蘇益格-荷爾斯泰因（Schleswig-Holstein）州。

11. 地名自譯。弗蘭肯菲爾德（Frankenfeld）無法在此地區找到，但如今格昂斯海姆（Gernsheim）市內有一條弗蘭肯菲爾德路（Frankenfelder Weg）。收信人當年有可能居住於此。

12. 地名自譯。格昂斯海姆（Gernsheim）市位於德國西南部，如今隸屬德國黑森（Hessen）州。

auszudenken. Ja[,] wir müssen tatsächlich dankbar sein, dass alles so abgelaufen ist. Sollte es (to)[13] noch immer Leute gegeben haben[,] die an unserem Endsieg gezweifelt haben, die müssen durch dieses Ereignis bestimmt davon überzeugt sein, dass es für uns nur einen Sieg gibt. So wollen wir ganz ruhig (Do)[14] der Zukunft entgegensehen und abwarten[,] was sie uns bringt. Der Endkampf wird schwer sein, aber wir werden durchhalten.

Es freut mich, dass Ihr noch gesund seid, was auch bei mir noch der Fall ist, weiter, dass es Hans ebenfalls noch gut geht und er noch im Reich ist. Für die Grüsse [Grüße] von Deinen Eltern danke ich und erwiedere [erwidere] sie auf das herzlichste [Herzlichste]. In dem [Indem] ich hotte bald wieder etwas von Dir zu hören verbleibe ich mit den herzlichsten Grüssen [Grüßen][.]

Karl

Entschuldige das Papier. Ausserdem [Außerdem] habe ich bei offenem Fenster geschrieben, deshalb hat es etwas auf das Papier geregnet. Sonst konnten wir den Regen aber gebrauchen.

....

信，迎接我們的必將是勝利。我們大可鎮定自若地憧憬未來，靜待事態發展。最後的戰鬥將是艱難的，但我們將矢志不渝。

我很高興聽說你們安然無恙！我自己也不錯。同樣讓我高興的是，漢斯也過得很好，他還身處帝國境內。感謝妳父母對我的問候，我同樣衷心問候他們。但願不久再次收到你的來信，我衷心問候妳。

卡爾

抱歉這信紙不太好。而且我在寫信的時候沒關窗戶，所以紙上淋了些雨。其實這雨下得正是時候。

---

13. Es handelt sich hier um einen Schreibfehler, der vom Briefschreiber selbst korrigiert wurde.

14. Es handelt sich hier ebenfalls um einen Schreibfehler, der vom Briefschreiber selbst korrigiert wurde.

Äpfel

蘋果

◇◇◇

Am 27. August 1939 wurde im Rundfunk des Dritten Reiches der Bevölkerung verkündet, dass am folgenden Tag ein neues Rationierungssystem für Lebensmittel eingeführt würde. Jeder Reichsbürger durfte innerhalb vier Wochen nur mit Marken 14 kg Kartoffeln, 10 kg Brot, 5 kg Gemüse, 2,6 kg Fleisch, 2 kg Obst kaufen, ebenfalls wurden auch Marmelade, Käse, Kuchen, Zucker und weitere Nahrungsmittel rationiert. Während des gesamten Zweiten Weltkrieges wurden die Rationen verschiedener Lebensmittel immer wieder gekürzt. Das Essen war in Deutschland in der Kriegszeit sozusagen das beliebteste Geschenk.

Frau Anny Lorenz erhielt im August 1944 einen Korb Äpfel. Dieses Geschenk, das in der Friedenszeit nichts Besonders darstellte, war für Frau Lorenz doch so wertvoll und machte sie einen Moment vor überraschender Freude sprachlos. Noch mehr begeistert war ihr liebes Töchterchen Doris, und es konnte die Äpfel nicht aus den Händen lassen. Frau Lorenz

1939年8月27日，第三帝國的廣播向民眾宣佈，次日起實施一套新的食品配給制。每名帝國公民在四週內只得憑票購買14公斤馬鈴薯、10公斤麵包、5公斤蔬菜、2.6公斤肉食、2公斤水果，同樣限制供應的還有果醬、奶酪、糕點、糖等食品。在整場二戰中，各類食品配給量不斷降低。食物在戰時德國可謂最受歡迎的禮物。

安妮‧勞倫茨女士在1944年8月收到了一籃蘋果。這一在和平年代的尋常禮物在勞倫茨女士看來卻是如此貴重，竟讓她驚喜得一時失語。她可愛的小女兒多莉絲更是為此興奮異常，對

schrieb eigens diesen Brief an ihren Mann und erzählte ihm, wie Doris einen Apfel aß.

Der berühmte chinesische Sprach- und Kulturwissenschaftler Xianlin Ji (1911 – 2009) studierte von 1935 bis 1945 in Deutschland. In seinen Memoiren „Zehn Jahre in Deutschland" erwähnte er eine Speise, die für die Deutschen von heute undenkbar wäre: Schildkröten. Wegen des Mangels an Fleischwaren transportierte das Regime des Dritten Reiches jede Menge Schildkröten aus einem besetzten Land hierher zum Essen, und dabei wurde noch mit großem Aufwand propagiert, wie nahrhaft die Schildkröten wären.

這些蘋果愛不釋手。勞倫茨女士特意寫下此信，向丈夫講述多莉絲是如何吃蘋果的。

中國著名語言與文化學家季羨林（1911—2009）曾在1935至1945年之間留學德國。他在其回憶錄《留德十年》中提到過一道對今天的德國人而言不可想像的菜餚——烏龜。由於肉食不足，第三帝國政府曾從某一被佔領國家運來大量烏龜供民眾食用，並且還大力鼓吹烏龜的營養價值。

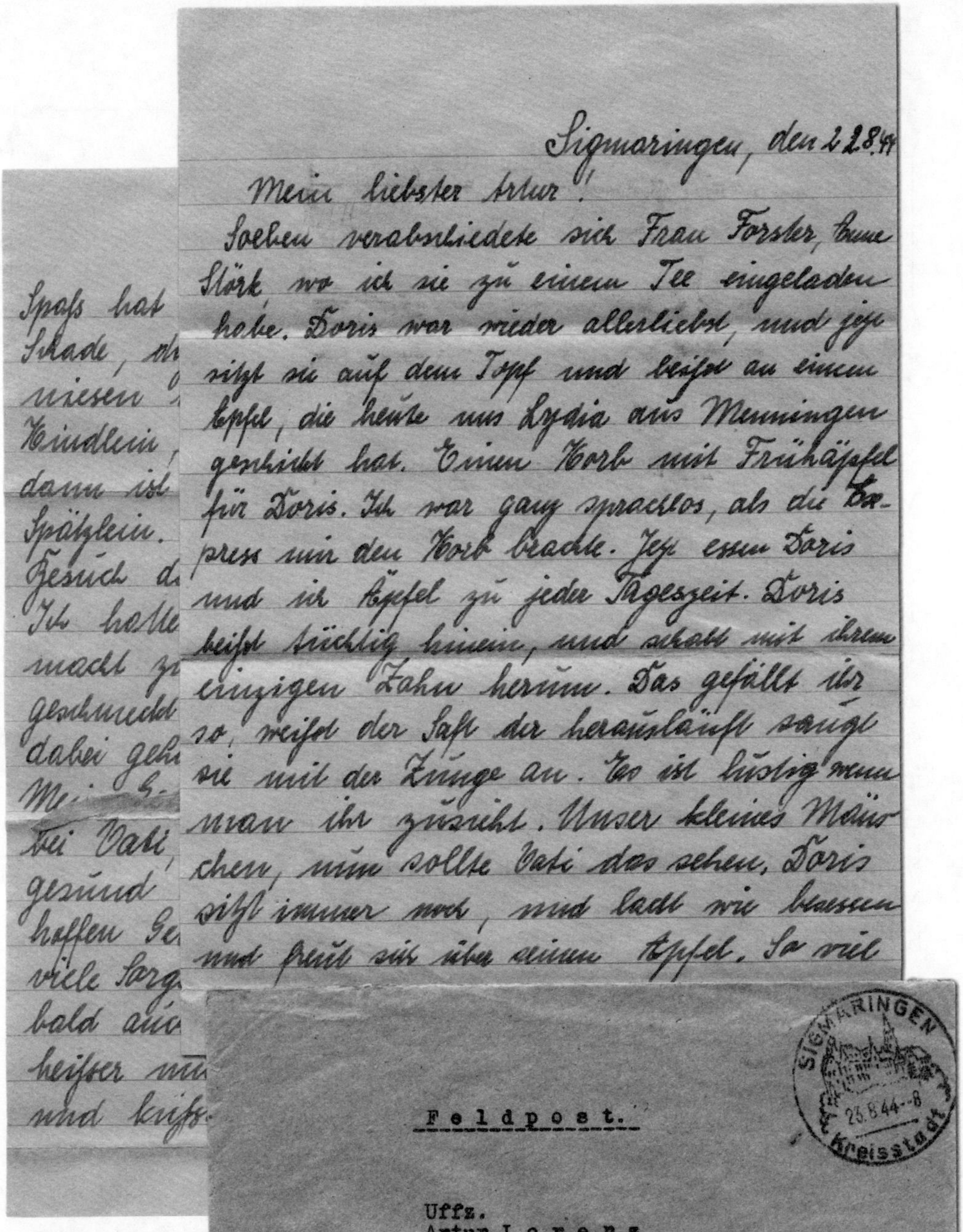

Sigmaringen, den 22.8.44

Mein liebster Artur!

Soeben verabschiedete sich Frau Forster, Anne Störk wo ich sie zu einem Tee eingeladen habe. Doris war wieder allerliebst, und jetzt sitzt sie auf dem Topf und beißt an einem Apfel, die heute uns Lydia aus Memmingen geschickt hat. Einen Korb mit Frühäpfel für Doris. Ich war ganz sprachlos, als die Express uns den Korb brachte. Jetzt essen Doris und ich Äpfel zu jeder Tageszeit. Doris beißt tüchtig hinein, und schabt mit ihrem einzigen Zahn herum. Das gefällt ihr so, weil der Saft der herausläuft saugt sie mit der Zunge an. Es ist lustig wenn man ihr zusieht. Unser kleines Männchen, nun sollte Vati das sehen. Doris sitzt immer noch, und lacht wie besessen und freut sich über einem Apfel. So viel

[left letter fragment, partially visible:]
Spaß hat
Schade, ...
unseren ...
Kindlein, ...
dann ist ...
Spätzlein.
Besuch d...
Ich habe ...
macht z...
geschmeck...
dabei geh...
Mei...
bei Vati...
gesund ...
hoffen Ge...
viele Sorg...
bald auc...
heißer ...
und krieg...

Der Originalbrief

信件原件

Feldpost.

Uffz.
Artur Lorenz
28862 Feldpostnummer 28862
Zurück warten aufsicht abwarten

A. Lorenz
⑭ Sigmaringen
Roystr. 11

[Poststempel:] SIGMARINGEN 28.8.44 Kreisstadt

Absenderin:
A. Lorenz
⑭ Sigmaringen[1]
Roystr. 11

Empfänger:
Uffz. Artur Lorenz
28862 Feldpostnummer 28862

Sigmaringen, den 22.8.44

Mein liebster Artur! ·

Soeben verabschiedete sich Frau Forster, Anne Störk, wo ich sie zu einem Tee eingeladen habe. Doris war wieder allerliebst, und jetzt sitzt sie auf dem Topf und beißt an einem Apfel, die [den] heute uns Lydia aus Menningen geschickt hat. Einen Korb mit Frühäpfel [Frühäpfeln] für Doris. Ich war ganz sprachlos, als die [der] Express mir den Korb brachte. Jetzt essen Doris und ich Äpfel zu jeder Tageszeit. Doris beißt tüchtig hinein, und schabt mit ihrem einzigen Zahn herum. Das gefällt ihr so, weißt der [den] Saft der herausläuft[,] saugt sie mit der Zunge an. Es ist lustig wenn man ihr zusieht. Unser kleines Mäuschen, nun sollte Vati das sehen, Doris sitzt immer noch, und lacht wie besessen und freut sich über seinen [ihren] Apfel. So viel Spaß hat das Kind an seinem Apfel. Schade, daß [dass] Du die Freude nicht mit geniessen [genießen] kannst. Ja, wir haben ein liebes Kindlein, wenn es uns nur bleibt, dann ist es schon recht. Weißt ein liebes Spätzlein. Ist auch immer sehr lieb, wenn Besuch da ist, die mögen Doris alle. Ich hatte noch einen Apfelkuchen gemacht zum Tee, und derselbe hat gut geschmeckt. Am liebsten hätte ich Dich auch dabei gehabt, dann wäre es schön gewesen. Meine Gedanken sind immer so viel bei

---

1. Die Kreisstadt *Sigmaringen* befindet sich im Südwesten Deutschlands, an der Donau, gehört zum heutigen Bundesland *Baden-Württemberg*.

寄信人：

安妮·勞倫茨

⑭ 錫克馬林根[2]

羅伊街11號

收信人：

二級下士 阿圖爾·勞倫茨

28862 戰地郵編 28862

齊克馬林根，44年8月22日

我最親愛的阿圖爾！

　　福斯特女士和安妮·施特克剛剛離開，我請她們來喝了杯茶。多莉絲又是那麼可愛，此刻她正坐在鍋上，啃著一個蘋果。這些蘋果是呂迪婭從梅寧恩寄來的，一籃子早熟蘋果都送給多莉絲。當快遞把籃子送來的時候，我都不知該說什麼好。現在多莉絲和我每天都吃蘋果。多莉絲靈巧地咬下去，然後用她唯一的一顆牙把四周的果皮刮掉。她喜歡這樣，你看，讓果汁流出來，她用舌頭舔果汁。看著她吃蘋果好有意思！我們可愛的小姑娘，她爸爸也應該來看看。多莉絲還正坐在那裡，像著魔一樣歡笑著，玩著她的蘋果。這孩子玩蘋果玩得那麼高興，可惜你卻不能分享這快樂。是啊！我們有一個可愛的孩子。只要她平平安安，生活就有意思。你看，這個可愛的小姑娘！每當有客人來訪的時候，她總是那麼可愛，誰都喜歡她。我還做了一塊蘋果蛋糕佐茶，味道很不錯。我真希望你也在——那該有多好！我總是掛念著孩

---

2. 錫克馬林根（Sigmaringen）縣城位於德國西南部，多瑙（Donau）河畔，如今隸屬德國巴登-符滕堡（Baden-Württemberg）州。

Vati, und hoffentlich siehst Du uns gesund wieder, wie wir es von Dir auch hoffen[,] Gell [gell] Liebling. Dein Frauchen hat viele Sorgen für [um] Dich, komme [komm] Du nur bald auch zu Doris.

In treuer Liebe, heißer und inniger Verbundenheit grüßt und küßt [küsst] Dich in Liebe[,]

Deine Gattin und kleine Doris.

....

子的爸。但願我們能平安地與你團聚，你也要平平安安的，好嗎？親愛的！你的妻子那麼為你擔心，你要是能快回來看看多莉絲該多好！

懷著對你忠誠的愛戀與熾熱深情的眷戀，祝福你、親吻你！

你的妻子和小多莉絲

Gefangen ist vielleicht besser

當戰俘或許更好

Die Rote Armee kreiste im Oktober 1944 erfolgreich die Resttruppen der deutschen Heeresgruppe Nord ein, die sich ins Gebiet von Kurland[1] zurückgezogen hatten. Da alle ländlichen Rückwege komplett abgeschnitten worden waren, hatten die eingekesselten deutschen Truppen nur noch übers Meer Verbindung mit der Außenwelt. Verzweiflung und Panik verbreiteten sich bei der Armee, die Offiziere und Soldaten bangten um ihr zukünftiges Schicksal.

Der Gefreite Hilmar Meitzler war einer der deutschen Soldaten, die in Kurland eingekesselt wurden. In diesem Moment besann er sich gerade, ob er weiter kämpfen oder sich von den Sowjets gefangen nehmen lassen sollte. Die Empfängerin dieses Briefes war dasselbe

蘇聯紅軍於1944年10月成功包圍了撤退至庫爾蘭地區[2]的德國北方集團軍殘部。由於一切陸上退路都被徹底截斷，被圍德軍與外界的交通只能經由海上。絕望與恐懼在軍中蔓延，官兵都在為自己未來的命運擔憂。

二等兵希爾默‧邁茨勒是被圍困于庫爾蘭的德軍之一。他此時正在猶豫是繼續作戰還是去當蘇軍的俘虜。此信的收信人與「刺殺元首」一章中的收信人是同一

---

1. Kurland liegt im heutigen Lettland, gehörte einmal zum Herzogtum des deutschen Herzogs Gotthard Kettler (1517 – 1587). In der Geschichte wechselte dieses Gebiet mehrmals seinen Besitzer, wurde zu verschiedenen Zeiten von Polen, Schweden und Russland beherrscht.

2. 庫爾蘭（Kurland）地區位於今日拉托維亞境內，曾是德裔公爵戈特哈德‧克特勒（1517—1587）的公國領土。此地在歷史上幾度易主，先後被波蘭、瑞典與俄國統治。

Fräulein Elisabeth Seibert wie im Kapitel „Attentat auf den Führer". Ihr Bruder Kurt war der beste Freund von Hilmar und war seit kurzem vermisst. Dieser Brief aus dem Kessel war voller verzweifelter Gefühle. Hilmar machte sich schon keine Hoffnung mehr auf einen Rückzug nach Deutschland und erwähnte sogar in beneidendem Ton die Möglichkeit, dass Kurt gefangen worden war. In dem Moment, als das Dritte Reich kurz vor dem Zerfall stand, dachte er ganz und gar nicht mehr an den Sieg und wollte nur noch überleben.

Nach historischen Tatsachen zeigten die deutschen Truppen im Kurland-Kessel unter Bedrängnis bewundernswerte Willensstärke und Kampffähigkeit. Bis zum Ende des Zweiten Weltkriegs konnten die sowjetischen Truppen nach sechs Großoffensiven diese auf sich allein gestellte Armee nicht vernichten. Erst am 8. Mai 1945 kapitulierten diese deutschen Verbände, die bereits die Bezeichnung „Heeresgruppe Kurland" bekommen hatten, endlich auf Befehl vor der Roten Armee. Wenn Hilmar zu diesem Zeitpunkt noch nicht gefallen, vermisst oder übers Meer geflüchtet war, wurde er sehr wahrscheinlich von den Sowjets gefangen genommen, was natürlich noch längst nicht bedeutete, dass er nach dem Krieg in seine Heimat zurückkehren konnte.

位伊麗莎白・賽貝特小姐。其弟庫爾特是希爾默最好的朋友，在不久前失蹤。這封寄自包圍圈中的信充滿絕望之情。希爾默對撤退回德國已不抱幻想，甚至以羨慕的口吻提出庫爾特被俘的可能。在第三帝國搖搖欲墜之際，他根本不再關心勝利，而只希望倖存。

依據史實，庫爾蘭包圍圈中的德軍在絕境之下顯示了令人欽佩的意志力與戰鬥力。直至二戰結束，蘇軍經六次大規模進攻都未能將此孤軍殲滅。直到1945年5月8日，這支已得名「庫爾蘭集團軍」的德國部隊才終於奉命向蘇聯紅軍投降。如果希爾默當時尚未陣亡、失蹤或渡海逃離，就很有可能當了蘇軍俘虜，當然這還遠遠不意味著他能在戰後重返故鄉。

Lettland, den 9.11.44.

Liebe Elisabeth!

Will Dir heute wieder einmal einen Brief schreiben und zwar treibt mich mein Inneres dazu, denn ich habe oft in letzter Zeit an Euch, aber am meisten an meinen besten Freund Kurt gedacht. Ich habe ganz schlimme Tage hinter mir, aber es waren nicht die letzten, denn was uns die Zukunft hier noch bringt, weiß nur unser Herrgott im Himmel. Die einzige Verbindung ist noch über das Wasser sonst hat uns der Russe abgeschnitten. Ich bin in der letzter Zeit von einer Einheit zur anderen gekommen und jetzt bin ich bei der Infanterie gelandet. Post habe ich schon bald zwei Monate keine bekommen, da ja keine Nummer beständig blieb. Wann ich Dir das letzte Mal geschrieben habe und ich ...

Der Originalbrief

信件原件

✠ Deutscher Originaltext

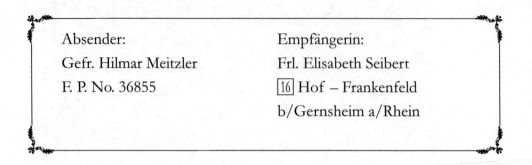

Absender: Empfängerin:
Gefr. Hilmar Meitzler   Frl. Elisabeth Seibert
F. P. No. 36855   16 Hof – Frankenfeld
                                  b/Gernsheim a/Rhein

Lettland, den 9. 11. 44.

Liebe Elisabeth!

Will Dir heute wieder einmal einen Brief schreiben und zwar treibt mich mein Inneres dazu, denn ich habe oft in letzter Zeit an Euch, aber am meisten an meinen besten Freund Kurt gedacht. Ich habe ganz schlimme Tage hinter mir, aber es waren nicht die letzten [Letzten], denn was uns die Zukunft hier noch bringt, weiß nur unser Herrgott im Himmel. Die einzige Verbindung ist noch über das Wasser[,] sonst hat uns der Russe abgeschnitten. Ich bin in der letzten Zeit von einer Einheit zur anderen gekommen und jetzt bin ich bei der Infanterie gelandet. Post habe ich schon bald zwei Monate keine bekommen, da ja keine Nummer beständig blieb. Wann ich Dir das letzt Mal geschrieben habe und ich die letzte Post von Dir bekommen habe[,] kann ich nicht mehr sagen, ist bestimmt schon eine Zeitlang [Zeit lang] her. Denke doch, daß [dass] Du es nicht böse auffassen tuest, denn man kommt manchmal acht Tage nicht dazu, sich einmal richtig zu waschen. Heute ist der erste Tag, da der Russe etwas ruhiger ist, da will ich nun im Kerzenlicht meine Briefe schreiben. Habt Ihr denn jetzt schon etwas genaueres [Genaueres] von Kurt gehört? Ich hoffe doch, daß [dass] er noch lebt und wir uns nach diesem Krieg wieder gesund treffen. Habe schon mit Kameraden gesprochen[,] die vorübergehend beim Russen waren, er braucht auch schon Leute zum Arbeiten und sie werden ganz gut behandelt. Wer weiß[,] was am besten ist, denn für mich ist der Krieg auch

寄信人：

二等兵 希爾默 · 邁茨勒

戰地郵編 36855

收信人：

伊麗莎白 · 賽貝特 小姐

16 農莊 弗蘭肯菲爾德

臨近 格昂斯海姆/萊茵河畔

拉脫維亞，44年11月9日

親愛的伊麗莎白！

我今天想再給妳寫一封信，發自內心地想寫，因為我最近時常惦記你們，尤其惦念我最好的朋友庫爾特。我熬過了極其痛苦的日子，卻還沒熬到頭。至於我們的未來如何，只有天國的上帝知道。我們與外界的唯一聯繫就是經由海上，除此之外已徹底被俄國人截斷。我在過去一段時間裡從一個連調到另一個連，現在我被編入了步兵。我已經幾乎有兩個月沒接到郵件了，因為戰地郵編更替太頻繁。我都記不起我上次給妳寫信是什麼時候，也忘了收到妳上一封信的時間，肯定是很長時間以前了。但願妳不會生我的氣，因為我有時一連8天都沒有時間好好洗一下身子。只有今天俄國人比較安生，讓我此刻得以在燭光下寫信。你們現在得到關於庫爾特的具體消息了嗎？我真希望他還活著，能在戰爭結束後再平安見到他。我和一些曾被俄國人短暫俘虜的戰友交談過，俄國人也需要人幹活，這些人受到的待遇很不錯。誰知道哪條路更好呢？對我來說戰爭尚未結束，可對庫爾特來說也許已經結束了。

noch nicht vorüber, für ihn vielleicht schon. Denn das ist ein Unterschied, ob einer im ersten Jahr oder erst jetzt in Gefangenschaft gekommen ist. Ich selbst habe so im Gefühl, daß [dass] Kurt nach dem Krieg wieder zu uns kommen wird. Gesundheitlich geht es mir bis jetzt noch gut und hoffe von Euch Lieben noch dasselbe.

Will nun für heute schließen und grüße Dich nebst Deinen lieben Eltern recht herzlich und verbleibe

Euer Hilmar.

요知道在戰爭的第一年被俘與現在被俘是有區別的。我個人感覺庫爾特是會在戰爭結束後回到我們身邊的。我的身體到目前為止還不錯，希望你們也很好。

我今天就寫到這裡，衷心祝福妳和妳慈愛的雙親！

希爾默

Zigarettenwährung

香菸貨幣

Zigaretten waren im Zweiten Weltkrieg ausgesprochen willkommene Tauschware in Deutschland. Abgesehen davon, die Nikotinsucht des Rauchers zu befriedigen, hat das Rauchen noch einen weiteren Verwendungszweck, nämlich den Hunger zu stillen. Und aufgrund von geringem Gewicht, langer Lagerdauer, guter Handlichkeit und anderen Vorteilen konnte man die Zigaretten auf dem Schwarzmarkt gegen Lebensmittel, Medikamente, Kleidung und sonstige Artikel des Alltagbedarfs tauschen. Besonders in der letzten Kriegszeit und in den ersten Jahren der Nachkriegszeit wurden Zigaretten eine gebräuchliche „Währung" auf dem deutschen Schwarzmarkt. In der deutschen Sprache entstand sogar das Wort „Zigarettenwährung", das allgemein Zigaretten, Pfeifentabak, Zigarren sowie übrige Tabakwaren zum Tausch bezeichnete.

香菸在第二次世界大戰中的德國曾是極受歡迎的交換品。除滿足癮君子的菸癮之外，香菸的另一大用途就是緩解饑餓感。而緣於重量輕、存期長、易攜帶等優勢，香菸可以在黑市上換來食品、醫藥、服裝等生活必需品。尤其在戰爭末期以及戰後數年中，香菸成為德國黑市上的一種通用貨幣。德語中甚至創生了「香菸貨幣」這個詞，泛指香菸、菸絲、雪茄等一切用來交換的菸草。

Der in Griechenland stationierte Obergefreite Josef Schmitz hatte Tabakwaren in
großer Menge gesammelt. Wenn alles tatsächlich
nach Hause geschickt werden konnte, würde
es ohne Zweifel ein beträchtlicher Reichtum
sein. Aber zum Bedauern führte die ab Oktober
1944 geltenden Gewichtsbeschränkungen
der deutschen Feldpost dazu, dass er diese
Tabakwaren nicht verschicken konnte. Und diese
Beschränkungen wurden bis Kriegsende nie
aufgehoben.

Da ich keine anderen Briefe von der Familie
Schmitz habe, weiß ich nichts über das spätere
Schicksal von Schmitz. Hoffentlich gelang es ihm
mit seinem ganzen „Vermögen" gut zu Hause
anzukommen.

駐紮在希臘的一等兵
約瑟夫・施米茨積攢了數
額龐大的菸草。倘若真的
都能寄回家,那無疑將是
一筆可觀的財富。然而遺
憾的是,德國軍郵自1944
年10月起實行的限重規定
使他無法將這些菸草寄
出。此規定一直到戰爭結
束都未解除。

由於手中沒有施米茨
家更多的信件,我對施米
茨後來的命運不得而知,
但願他能帶著他的全部
「財產」平安回到家。

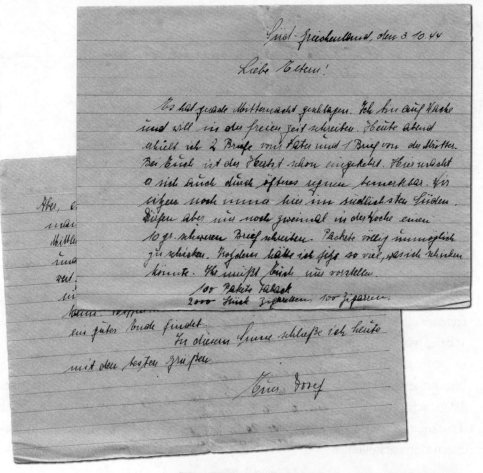

Der Originalbrief

信件原件

Absender:	Empfänger:
Obgefr. Schmitz	Familie Heinr. Schmitz
56397	22 Duisburg-Buchholz[1]
	Düsseldorfer Landstr. 115

Süd-Griechenland, den 3. 10. 44

Liebe Eltern!

Es hat gerade Mitternacht geschlagen. Ich bin auf Wache und will in der freien Zeit schreiben. Heute abend [Abend] erhielt ich 2 Briefe vom Vater und 1 Brief von der Mutter. Bei Euch ist der Herbst schon eingekehrt. Hier macht er sich auch durch öfteres regnen [Regnen] bemerkbar. Wir sitzen noch immer hier im südlichsten Süden. Dürfen aber nur noch zweimal in der Woche einen 10 gr. schweren Brief schreiben. Packete [Pakete] völlig unmöglich zu schicken. Trotzdem hätte ich jetzt so viel, was ich schicken könnte. Ihr müßt [müsst] Euch nur vorstellen.

100 Pakete Taback [Tabak]

2000 Stück Zigaretten

100 Zigarren

Aber, es ist gewöhnlich so, wenn man es hat, dann kann man es nicht gebrauchen.

---

1. Buchholz ist ein südlicher Stadtteil von Duisburg.

寄信人：

一等兵 施米茨

56397

收信人：

海因裡希·施米茨 家

22 杜伊斯堡 布赫霍爾茨區[2]

杜塞爾多夫大道115號

希臘南部，44年10月3日

親愛的雙親！

　　午夜的鐘聲剛剛響過，正在值勤的我想利用這自由時間寫封信。今晚我收到了爸爸寄來的2封信和媽媽的1封信。你們那裡已經又到秋天了。這裡的綿綿秋雨也讓人覺察到秋天的氣息。我們仍然駐紮在最靠南的南部，每週只獲准寄出兩封10克重的信，包裹根本不准寄。可我現在有那麼多的東西要寄，多得讓你們難以想像！

100包菸絲

2000根香菸

100支雪茄

不過這也司空見慣，往往有什麼偏就用不上什麼。

---

2. 區名自譯。布赫霍爾茨（Buchholz）是杜伊斯堡（Duisburg）南部的一個城區。

Mittlerweile wird wohl die Kartoffelernte gehalten sein. Die Rübenernte und dann noch das Säen. Aber dann ist die Arbeit soweit getan und der Winter steht bevor. Schon wieder ist dann ein Jahr herum. Wir wissen nicht, was es uns noch bringen kann. Hoffen wollen wir aber immer noch, daß [dass] der Krieg ein gutes Ende findet.

In diesem Sinne schließe ich heute mit den besten Grüßen[.]

Euer Josef

現在正值收穫馬鈴薯的季節，還要收穫甜菜，之後再播種。等到都忙完的時候，冬天也就快到了，然後就又是一年過去了。我們不知道今年還會發生什麼，不過我們仍然期望這場戰爭能圓滿結束。

心懷此期待，我誠摯祝福你們！

你們的約瑟夫

Nachdenken an Bord
艦上遐思

Das Schlachtschiff *Tirpitz*, benannt nach dem Großadmiral der deutschen Kaiserlichen Marine, Alfred von Tirpitz (1849 – 1930), war das größte Schlachtschiff in der Geschichte der Kriegsmarine des Dritten Reiches und das Schwesterschiff des legendären Schlachtschiffes *Bismarck*. Dieses Schlachtschiff konnte als ein Stolz der deutschen industriellen Stärke bezeichnet werden: Standardwasserverdrängung 42.958 t, Gesamtlänge 251 m, Breite 36 m, Standardtiefgang 9 m, Fahrstrecke 10.200 sm bei 16 kn. Jedoch war die *Tirpitz* im ganzen Zweiten Weltkrieg nie an einer großen Seeschlacht beteiligt, sondern parkte jahrelang an der norwegischen Küste, um die alliierte Armada abzuschrecken und die deutschen Besatzungsgebiete in Nordeuropa zu verteidigen.

Günter Heermeyer war ein Oberbootsmannsmaat auf der *Tirpitz*. Langfristiges geruhsames Leben an Bord verursachte im

「鐵畢子號」戰列艦是第三帝國海軍歷史上最大型的戰列艦，為頗具傳奇色彩的「俾斯麥號」戰列艦的姊妹艦，得名於德意志皇家海軍元帥阿爾弗雷德・馮・鐵畢子（1849—1930）。此艦堪稱德國工業實力的驕傲——標準排水量42958噸，全長251公尺，寬36公尺，標準吃水深度9公尺，續航力10200海哩/16節。然而「鐵畢子號」在整場二戰中從未參加過一場大規模海戰，而是長年停泊於挪威海岸，用於震懾盟國海軍並保衛北歐德佔區。

京特・黑邁爾是「鐵畢子號」戰列艦上的一名海軍一級下士。長期波瀾不驚的艦上生活不免令這位年輕人

Herzen dieses jungen Mannes unvermeidlich ein Gefühl der Langeweile. Angesichts des weißen Schnees von Norwegen geriet Heermeyer ins Nachdenken über das persönliche Schicksal. Nach mehr als fünf Kriegsjahren wollte er seiner Freundin vor allem sagen, dass sie die Hoffnung auf ein besseres Leben in der Zukunft nicht aufgeben sollte.

Schon am 37. Tag nach dem Verfassen dieses Briefes, nämlich am 12. November 1944, wurde die *Tirpitz* von der britischen Royal Air Force fatal angeschlagen. Von den etwa 1.700 Mann, die sich damals an Bord befanden, gab es 902 Gefallene, einschließlich des Kapitäns Robert Weber (1905 – 1944). Heute steht ein Tirpitz-Museum im Altafjord im nördlichsten Gebiet Norwegens, um den gefallenen Besatzungsangehörigen ein Andenken zu bewahren. Auf der Totenliste sah ich: Heermeyer, Günter, Obermaat, geboren am 13. Juni 1916, gefallen am 12. November 1944.

心生寂聊之意。面對挪威的皚皚白雪，黑邁爾陷入了對個人命運的遐思。在經歷五年多的戰爭歲月之後，他最想告訴女友的就是不要放棄對未來美好生活的憧憬。

就在寫此信之後的第37天，即1944年11月12日，「鐵畢子號」遭到英國皇家空軍的致命打擊。當時身處艦上的約1700名官兵中有902人陣亡——包括艦長羅伯特・韋伯（1905—1944）。如今在挪威最北部的阿爾塔峽灣建有一座「鐵畢子號」博物館，以紀念陣亡的艦上官兵。我在死難者名單上看到：京特・黑邁爾，一級下士，1916年6月13日出生，1944年11月12日陣亡。

An Bord, den 6.X.44

Mein allerliebstes Mädel!

Der Originalbrief

信件原件

Absender:	Empfängerin:
Ob. Bmat. G. Heermeyer	Fr. Irmgard Müller
M 30162 B	㉑ Kathrinhagenstr. 22
Marinepostamt Berlin	Post Haste[1] Land

An Bord, den 6. X. 44

Mein allerliebstes Mädel!

Am heutigen Tage muss ich unbedingt wieder schreiben, damit meine Irmgard keinen Grund hat, über wenig Post sich zu beklagen. Meinen letzten Briefen zufolge, müssen die letzten Brief wieder in dichterer Reihenfolge eingetroffen sein. Ich weis [weiß] ja selbst, was so ein Brief immer bedeutet, ich werde mir deshalb immer die grösste [größte] Mühe geben und viel von mir hören lassen. Warum dies manchmal nicht immer so geschehen kann, habe ich Dir ja in einem meiner letzten Brief [Briefe] geschrieben.

Bei uns hier oben beginnt nun langsam der Winter einzuziehen. Wie Du ja weisst [weißt], beginnt hier der Winter früher und endigt auch später als bei uns in der Heimat. Die Schneemassen, die hier abgeladen werden, kann man sich schlecht vorstellen, wenn man es nicht selbst miterlebt hat. Für mich beginnt ja hier nun der dritte Winter, und ich kann deshalb ein Lied davon singen. So lange wie so etwas noch neu ist, will ich es angehen lassen. Auf die Dauer aber wird man dies reichlich leid. Na, vielleicht haben wir Gelegenheit, uns später einmal so etwas gemeinsam ansehen zu können. Ich glaube aber, dass wir in der ersten Zeit froh sein werden, einmal etwas Ruhe zu haben. In diesem

---

1. Die Gemeinde *Haste* befindet sich im Nordwesten Deutschlands, gehört zum heutigen Bundesland *Niedersachsen*.

寄信人：

海軍一級下士 京特・黑邁爾

M 30162 B

柏林海軍郵局

收信人：

伊姆嘉德・米勒 女士

㉑卡廷哈根街22號

哈斯特[2] 鄉村郵局

艦上，44年10月6日

我最親愛的姑娘！

　　今天我一定得再寫封信，不能讓我的伊姆嘉德抱怨收到的信太少。從我以前寄的信來看，前幾封信肯定又會幾乎同時送達。我自己很清楚，一封這樣的來信意味著什麼。所以我總是會盡最大努力讓妳多聽到我的音訊。至於為什麼不能總那麼順利實現，我已在一封信中向妳做了解釋。

　　如今我們北方的冬天已悄然而至。妳知道，這裡的冬天比咱們家鄉來得更早，去得卻更遲。若非親眼所見，這裡蓄積的積雪之多令人難以想像。這已經是我在這裡度過的第三個冬天了，所以我對此了如指掌。剛開始的時候我還覺得很新鮮。可長時間這樣可真讓人難以忍受！不過，也許以後有一天我們有機會一起來看看這景致。然而我想，我們首先最需要享受的還是些許寧靜。走筆至此，我想問妳，親愛的，妳那顆寂寥的心靈還好嗎？我可以很清楚地想像，無窮無盡的等待對於一個女人來說是何等痛楚。我對此的感受毫無二致，我唯一的夙願就是我們的別離儘早結束。我們二人都是生於艱難

---

2. 鄉名自譯。哈斯特（Haste）鄉位於德國西北部，如今隸屬德國下薩克森（Niedersachsen）
　 州。

Zusammenhang möchte ich Dich[,] Liebling[,] fragen, was denn Dein armes Herzchen macht? Ich kann mir sehr gut vorstellen, dass es besonders für eine Frau schwer ist, zu warten und wieder zu warten. Mir geht es in dieser Hinsicht nicht anders und ich habe nur die eine Hoffnung, dass unsere Trennung nicht gar so lange dauert. Wir beide sind eben Kinder einer schweren Zeit und dazu bestimmt Opfer zu bringen und auf unser Lebensglück länger zu warten, als Menschen anderer Zeiten. Die Hauptsache ist, wir beide sind stärker, als alle Widrigkeiten des Lebens. Der Gleichklang zweier Herzen wird das Schicksal meistern. Ich bin der Überzeugung, dass wir dereinst als Wissende unseren gemeinsamen Weg beginnen in dem Bewusstsein, Herr aller Schwächen und Unzulänglichkeiten dieses Lebens zu sein. Und diese beiderseitige Einstellung zu einander wird der Born sein, aus dem wir immer neue Kraft zum bewußten [bewussten] Genießen eines harmonischen und fröhlichen Lebens schöpfen. Es ist Zeit zur Ruhe sich zu begeben und ich lege mich schlafen in dem Bewusstsein mich in Gedanken immer mit dir vereint zu wissen, mit herzlichen Grüssen [Grüßen] u. Küssen[.]

Dein Günter

Herzliche Grüsse [Grüße] an Deine Mutter!

時代的孩子，也就勢必要付出犧牲，要比其他時代的人更長久地等待人生的幸福。最重要的是，妳我二人都要堅強面對人生中的磨難。兩顆心靈的共鳴將會主宰命運。我堅信，我們二人有朝一日定能共同開拓我們自己的人生之旅——憑藉戰勝人生中一切艱難困苦的決心。我們的相攜相扶將成為我們不斷獲取力量的源泉，讓我們去享受和諧快樂的人生。此刻已是該休息的時候了。我就要上床就寢——滿懷對妳的思戀。我衷心祝福妳、親吻妳！

妳的京特

衷心問候妳的母親！

Braunschweig, 15. Oktober 1944

布倫瑞克，1944年10月15日

Braunschweig ist eine im 9. Jahrhundert gegründete Stadt in Norddeutschland, die Heimat des berühmten deutschen Mathematikers Carl Friedrich Gauß (1777 – 1855). Der 15. Oktober 1944 war der tragischste Tag in der tausendjährigen Geschichte dieser Stadt. Am frühen Morgen dieses Tages um 2 Uhr 33 startete die 5. Bombergruppe der britischen Royal Air Force einen für diese Stadt unvergleichlich gewaltigen Bombenangriff. Innerhalb von ca. 17 Minuten warfen 233 Lancaster-Bomber 847 Tonnen Bomben auf Braunschweig. 90% des Innenstadtbereiches von Braunschweig lagen in Schutt und Asche, mehr als tausend Menschen kamen ums Leben.

Ursel Eifler war damals ein junges Mädchen, das in Braunschweig lebte und persönlich diese schreckliche Nacht miterlebte. Ihr Zuhause wurde bei diesem Luftangriff komplett zerstört, das gesamte Besitztum

布倫瑞克是一座創建於公元9世紀的德國北方城市，德國著名數學家高斯（1777─1855）的故鄉。1944年10月15日是這座古城千年歷史上最為慘痛的一日。這一天凌晨2時33分，英國皇家空軍第5轟炸機組對布倫瑞克展開了一場對這個城市而言空前猛烈的轟炸。在大約17分鐘內，233架蘭開斯特轟炸機對布倫瑞克傾瀉了847噸炸彈。布倫瑞克內城90%的區域被壓在瓦礫之下，超過千人死亡。

嫵澤・埃弗勒當年是一名生活在布倫瑞克的年輕女孩，親身經歷了那一恐怖之夜。她的家在此次空襲中被徹底炸毀，全部財物盡失。

ging verloren. Die obdachlose Ursel und ihre Familie wurden bei einer unbekannten Familie untergebracht. Diese beiden Briefe hat Ursel kurz nach diesem Luftangriff an ihren Freund geschrieben.

Die Worte von Ursel in diesem Brief sind zwar schwerwiegend, aber doch nicht jämmerlich. Die Stärke von Ursel war erstaunlich und bewundernswert für mich. Nach dem schlagartigen Verlust des gesamten Eigentums wirkte dieses junge Mädchen immer noch außergewöhnlich gelassen. Wie viele erwachsene Männer von heute können das schreckliche Schicksal so besonnen wie sie?

無家可歸的嫵澤及其家人被安置在一戶陌生人家中居住。這兩封信是嫵澤在這場空襲過後不久寫給她男友的。

嫵澤信中的言語雖沉重卻不悲戚。她的堅強令我既驚訝又歎佩。在頃刻間失去一切財產之後,這個年輕女孩依然表現得如此平靜。如今有多少鬚眉男兒能像她這般坦然接受厄運?

Der erste Originalbrief

第一封信件原件

Der zweite Originalbrief

第二封信件原件

❦ Der erste Brief ❦

Absenderin:	Empfänger:
Ursel Eifler	Fhj.-Uffz.
(20) Braunschweig	Werner Hoffmeister
Zeppelinstr. 4	Schule f. Fhj. d. Art.
b. Wagner	(4) Gross-Born[1]/Neustettin[2]
	Westfalenhof, Lehrg. VII/31

Braunschweig, den 19. 10. 44.

Lieber Werner!

Viel Erfreuliches kann ich Dir heute leider nicht berichten.

Wir sind total ausgebomt [ausgebombt] und haben gerade noch das, was wir in der Schreckensnacht anhatten. Die braunschweigische Innenstadt ist wie vom Erdboden verschwunden.

Na, ich will nicht zu viel sagen. Falls Du aber im Dezember wieder nach hier kommst, wirst Du sehr erstaunt sein. Schildern kann man dieses Schreckliche nicht. Es wird Dir aber sicher reichen, wenn ich Dir schreibe, daß [dass] es 60 – 70 tausend Obdachlose und 4 – 500 Tote [gegeben hat]. Dies ist nach meiner Schätzung und was man so im allgemeinen [Allgemeinen] hört. Vielleicht ist es auch noch mehr.

Dir selbst geht es wohl danke? Was macht der Dienst? Er schmeckt sicher manchmal bitter, oder bin ich da auf dem Holzwege?

---

1. Groß-Born ist ein Städtchen im Nordwesten des heutigen Polens, und gehörte vor dem Ende des Zweiten Weltkrieges Deutschland. Dort hatte Rommel das Afrikakorps zusammengestellt.

2. Neustettin war einmal ein nordöstlicher Landkreis des Dritten Reiches, und wurde nach dem Ende des Zweiten Weltkrieges Polen angegliedert.

✠ 中文譯文

❦❧ 第一封信 ❦❧

寄信人：	收信人：
嫵澤・埃弗勒	二級下士士官生
（20）布倫瑞克	維爾納・霍夫邁斯特
策佩林街4號	炮兵士官學校
瓦格納 轉	（4）格羅斯鵬[3]/諾伊施泰丁縣[4]
	威斯特法倫莊園，VII/31訓練班

布倫瑞克，44年10月19日

親愛的維爾納！

我今天沒有什麼好消息可告訴你。

我們的家被徹底炸毀了，現在所擁有的一切就是我們在那個恐怖之夜身穿的衣服。布倫瑞克的內城可以說已經從地球上消失了。

唉！我不想說得太多。如果你在十二月回到這裡，你會大吃一驚的！這種恐怖無法言表。我只要告訴你有6、7萬人無家可歸，還有4、5百人死亡就足夠了。這是我自己的估計和聽說的情況，或許還要更多。

你自己很好，對吧？軍務忙嗎？肯定有時會很苦，還是並不像我想像的那樣？

---

3. 地名自譯。格羅斯鵬（Groß-Born）是一個地處今日波蘭西北部的小鎮，在二戰結束前歸屬德國。隆美爾在此地創組建了非洲軍團。

4. 縣名自譯。諾伊施泰丁（Neustettin）曾是第三帝國東北部的一個縣，在二戰結束後劃歸波蘭。

Was Du nun tust, wenn ich zum RAD komme[,] steht Dir ja ganz und gar frei. Für meinetwegen kannst Du 3 oder 4[,] vielleicht auch noch mehr Frauen an der Hand haben, das würde mich wenig stören. Ich würde Dich dann nur bedauern, daß [dass] Du so gesunken bist. Man kann ja Menge Freundinnen bezw. [bzw.] Freunde haben, aber nie darf es im Geschlechtsverkehr zu weit gehen. Du weißt schon[,] was ich meine?

Nun möchte ich aber nicht mehr zu weit greifen, denn allmählich werde ich müde, das Bett lockt auch schon so süß.

Für heute also allerbeste Grüße von

Deine Ursel.

Der zweite Brief

Absenderin:	Empfänger:
Ursel Eifler	Fhj.-Uffz.
(20) Braunschweig	Werner Hoffmeister
Zeppelinstr. 4	Schule f. Fhj. d. Art.
b. Wagner	(4) Gross-Born/Neustettin
	Westfalenhof, Lehrg. VII/31

Braunschweig, den 3. Nov. 1944.

Mein kleiner Werni!

Bitte sei lieb, und verzeih mir meine Vernachlässigung in der Postangelegenheit Dir gegenüber. Leider bin ich früher noch nicht dazu gekommen, da der Tommy es nicht zu ließ [zuließ]. Wir haben täglich in den Vormittags- bezw. [bzw.] Mittagsstunden Alarm. Ach, das reicht noch nicht, denn abends bekommen wir auch noch zweimal solch lieben Besuch. Sie

等我去了帝國勞役團，你就可以想做什麼就做什麼了。你就是結交3、4個甚至更多的姑娘，我都不會說什麼。我只是會為你的墮落而遺憾。結交很多女朋友和男朋友是可以的，但卻決不能在性關係上肆無忌憚。你明白我的意思嗎？

現在我不想再多說了，因為我也累了，床的誘惑就要擋不住了。

最誠摯地祝福你！

你的嫵澤

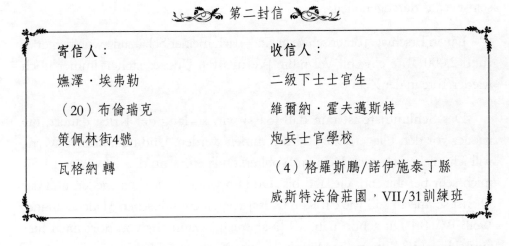

第二封信

寄信人：	收信人：
嫵澤・埃弗勒	二級下士士官生
（20）布倫瑞克	維爾納・霍夫邁斯特
策佩林街4號	炮兵士官學校
瓦格納 轉	（4）格羅斯鵬/諾伊施泰丁縣
	威斯特法倫莊園，VII/31訓練班

布倫瑞克，1944年11月3日

我的小維爾納！

請別生氣，原諒我耽擱了給你寫信。之前我沒法寫信，因為英國佬不給我機會。我們每天上午或者中午時分都會聽到警報響起。唉！這還不夠，到晚上我們還會接到兩次這樣的友好訪問。他們大都在19點至22點之間來。這

kommen meistens in der Zeit von 19 – 22 Uhr. Daß [Dass] ich dann wenig ja fast überhaupt nicht zum Schreiben komme. Denn wenn ich um 10 oder ½ 11 Uhr abends aus dem Keller komme, habe ich große Sehnsucht nach meinem Bettchen, das heißt, meins ist es ja gar nicht. Weißt Du, es ist so schrecklich, alles[,] was man anfaßt [anfasst], gehört uns nicht, alles ist fremd. Es ist ein sehr komisches Gefühl, wenn man so sehr auf fremde Leute angewiesen ist. Aber wir müssen eben alles in Kauf nehmen.

Wenn Du Braunschweig jetzt sehen würdest, ich glaub[,] Du würdest weinen. Es ist doch nur noch ein Trümmerhaufen, denk einmal, Werni, in 32 Min. 90% einer Stadt vernichtet. Man kann es nicht glauben, viel weniger sich dieses Schreckensbild vorstellen. Aber auch Du dort oben wirst wenig Ruhe haben vor den Fliegern[,] oder ist es doch anders als ich vermute? Du mußt [musst] schon entschuldigen, wenn es heute etwas durcheinander geht, ich bin selbst etwas durchgenudelt.

Du, in Brschwg. [Braunschweig] sind, nach meiner Schätzung wohlbemerkt, rund 2.000 Tote einschl. Vermißte [Vermisste]. Und es stehen immer noch wieder Tote in der Zeitung.

Das Schlimmste ist nur, daß [dass] wir, so lang der Krieg dauert, nie wieder vor den Fliegern zur Ruhe kommen werden. Und nun, kleiner Werni, will ich mich auch nach Deinem Wohl erkundigen, denn dies zu wissen ist für mich sehr beruhigend. Gesund bist Du nun wohl inzwischen wieder, und der Dienst schmeckt süß wie ein Kuß [Kuss] von einem hübschen Mädchenmund. Weiß [Weißt] Du schon näheres [Näheres][,] wann Ihr von dort nach hier zurückkommt? Bitte, willst Du mir darüber Nachricht geben?

Wenn ich in meinem letzten Brief etwas kratzbürstig [war], so entschuldige bitte, es war nicht so gemeint. Bin ich heute nicht wieder sehr lieb?

So, Herzlieb, ich muß [muss] wohl so langsam ans Zubettgehen [zu Bett gehen] denken. Aus diesem Grunde möchte ich schließen.

Mit den freundlichsten Grüßen bin ich immer

Deine Ursel.

就使我很難或者幾乎根本沒法寫信。因為當我晚上10點或者10點半從地窖裡出來，我就特別想念我的床。我是說，我睡覺的床根本就不是我的。你是否明白，當所用的全部東西都不屬於我們，這感覺有多難受！處處依賴陌生人是一種很奇怪的感覺，但我們必須忍受這一切。

現在你要是再看一眼布倫瑞克，我估計你會哭出來。這裡就還只剩下碎石瓦礫了。想像一下，維爾納，一座城市的90%在32分鐘內被毀滅了。這簡直令人難以置信！如此恐怖的畫面遠遠超乎人的想像。可你在北邊也沒法躲避轟炸，還是比我估計得要好一些？你得原諒我今天這封信寫得有些亂，因為我自己的心緒就亂糟糟的。

唉！我估計，布倫瑞克有大約2千人都死了，包括失蹤的人在內。報紙上不斷登出新的訃告。

最悲慘的是，只要戰爭繼續下去，我們就永遠不得安寧。好了，親愛的維爾納，我也想問問你的情況如何。知道你很好對於我來說是很大的安慰。你的身體總算又好起來了，你的軍中生活好像一個漂亮姑娘的吻那樣甜美。你已經得知你們從那邊回來的具體時間了嗎？請寫信告訴我，好嗎？

如果我的上一封信寫得有些生硬的話，請你不要生氣。我不是那個意思。我今天不是又很可愛嗎？

好了，親愛的，我得上床睡覺了，所以就寫到這裡。

永遠最誠摯地祝福你！

你的嫵澤

Die Kastanien aus dem Feuer holen

火中取栗

Die Redewendung „die Kastanien aus dem Feuer holen" stammt aus der Fabel „Der Affe und die Katze" von dem französischen Schriftsteller Jean de La Fontaine (1621 – 1695). Der Affe hetzte die Katze auf, die Kastanien aus der Glut heraus zu holen. Die Katze verbrannte sich dafür die Pfoten, während die Kastanien von dem Affen verspeist wurden. Die Lehre daraus ist eine Ermahnung davor, nicht von üblen Menschen verführt und ausgenutzt zu werden.

Familie Hartig hatte zwei Söhne und zwei Töchter. Alle Familienangehörigen hatten über fünf Kriegsjahre heil überlebt und waren alle „in dem guten Glauben, der Krieg steht in seiner letzten Phase". Aber ein halbes Jahr vor dem Kriegsende wurde diese durchschnittliche deutsche Familie doch noch vom Unglück betroffen. Der jüngste Sohn Rudi war seit dem 14. Oktober 1944 nördlich Warschau vermisst. Nach dem Erhalt dieser schrecklichen Nachricht am 21. November fühlte sich die

「火中取栗」這一成語源自法國作家讓・德・拉封丹（1621—1695）的寓言《猴子與貓》。猴子慫恿貓從炭火中取出栗子，為此貓把爪子燒傷了，可栗子卻被猴子吃掉了。其中寓意在於警醒世人莫要被惡人誘騙利用。

哈爾蒂希家有兩兒兩女。全家人平安度過了五年多的戰爭歲月，「原本都以為戰爭已經接近尾聲了」。然而就在戰爭結束前半年，厄運還是降臨到這個普通的德國家庭。哈爾蒂希家最小的兒子魯迪於1944年10月14日在波蘭北部失蹤。在11月21日得知此噩耗之後，長女格特魯德感覺「快急瘋了」，立即於當晚給另一個

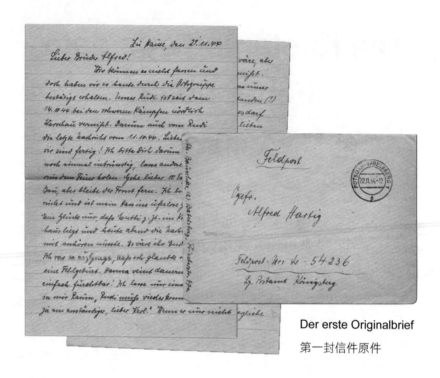

Der erste Originalbrief

第一封信件原件

ältere Schwester Gertrud „halb verrückt". Sie schrieb sofort am selben Abend einen Brief an den anderen Bruder Alfred und warnte ihn mit bettelndem Ton: „Lasse andere die Kastanien aus dem Feuer holen. Gehe lieber 10 Tage in den Bau, aber bleibe der Front fern." Offensichtlich war der Bruder in den Augen der Schwester die Katze und das NS-Regime der Affe. Die jüngere Tochter Hanna konnte an diesem Abend nur dauernd weinen und schrieb dann am 27. November auch einen langen Brief an Alfred. Sie warnte ihn im Voraus, keine Dummheit in der ersten Verzweiflung zu begehen, „behalte kühles Blut, trotz allem, was geschehen ist."

弟弟阿爾弗雷德寫信，以哀求的口吻告誡他：「讓其他人去火中取栗吧！寧可被關10天禁閉也不要上前線！」顯而易見，在姊姊眼中弟弟就是貓，而納粹政府就是猴子。次女漢娜在當晚只能不住地哭泣，之後也於11月27日給阿爾弗雷德寫了一封長信，預先警告他不要因一時衝動而做出蠢事，「千萬要保持冷靜——無論發生什麼。」

Der zweite Originalbrief

第二封信件原件

Die Briefe von Familie Hartig, die ich sammeln konnte, enden im Dezember 1944. Bis dahin blieb Rudi immer noch verschollen, sein Verbleib war weiterhin das einzige Hauptthema in allen Briefen. Die Regierung des Dritten Reiches propagierte während der ganzen Zeit, dass das Blut des deutschen Volkes unvergleichlich wertvoll sei, schätzte doch in der Wirklichkeit das Leben der deutschen Bevölkerung gering. Die gewöhnlichen deutschen Familien mussten für sich allein Wege finden, nach den verschollenen Familienangehörigen zu suchen.

我所能收藏到的哈爾蒂希家家信終結於1944年12月。直到那時，魯迪依然杳無音訊，他的下落仍是全部書信中的唯一主題。第三帝國政府自始至終宣揚德意志民族的血液無比珍貴，可事實上卻視德國民眾的生命為草芥。尋常德國家庭只有自行設法尋找下落不明的親人。

❧ Der erste Brief ☙

Absender:	Empfänger:
[Familie] Bauschke[1]	Ogefr. Alfred Hartig
(2) Babelsberg[2]	Feldpost-Nr: L – 54236
Priesterstr. 47a	Lg. Postamt Königsberg[3]

Zu Hause, den 21.11.44

Lieber Bruder Alfred!

Wir können es nicht fassen und doch haben wir es heute durch die Ortsgruppe bestätigt erhalten. Unser Rudi ist seit dem 14.10.44 bei den schweren Kämpfen nördlich Warschau vermißt [vermisst]. Darum auch vom Rudi die letzte Nachricht vom 11.10.44. Lieber Alfred, wir sind fertig! Ich bitte Dich darum heute noch einmal inbrünstig, lasse andere die Kastanien aus dem Feuer holen. Gehe lieber 10 Tage in den Bau, aber bleibe der Front fern. Ich bin halb verrückt und ist mein Hass ins uferlose [Uferlose] gestiegen. Ein Glück nur, daß [dass] Mutti z. Zt. [zzt.] im Krankenhaus liegt und heute abend [Abend] die Nachricht nicht mit anhören musste. Es wäre ihr Ende gewesen! Ich war so aufgeregt, daß [dass] ich glaubte[,] ich bekäme eine Fehlgeburt. Hanna weint dauernd, es ist einfach furchtbar! Ich lasse nur einen Gedanken in mir Raum „Rudi muß [muss] wiederkommen, er war ja ein anständiger, lieber Kerl." Wenn er nur nicht bei dieser Scheiß-Division gewesen wäre, aber diese Truppe und

---

1. „Bauschke" ist der Familienname des Ehemannes von Gertrud.

2. Babelsberg ist der mittlere Stadtteil von Potsdam.

3. Königsberg war die Hauptstadt von Ostpreußen, die Heimat des berühmten deutschen Philosophen Immanuel Kant (1724 – 1804), wurde nach dem Ende des Zweiten Weltkrieges der Sowjetunion angegliedert.

╰✦ 第一封信 ✦╮

寄信人：

鮑施克[4]（家）

（2）巴伯堡[5]

牧師街47a號

收信人：

一等兵 阿爾弗雷德·哈爾蒂希

戰地郵編 L－54236

柯尼斯堡[6]空管區郵局

家中，44年11月21日

親愛的阿爾弗雷德弟弟！

我們無法承受的事情還是在今天透過地方黨委得到了證實：我們的魯迪於44年10月14日在華沙以北的惡戰中失蹤了。所以魯迪在44年10月11日的來信也就成了最後的音訊。親愛的阿爾弗雷德，我們難受極了！為此我今天再次迫切懇求你，讓其他人去火中取栗吧！寧可被關10天禁閉也不要上前線！我已經快急瘋了，我怒不可遏！幸虧媽媽現在還躺在醫院裡，沒在今晚得知這個消息。否則她就完了！我心情激動得都有要流產的感覺。漢娜不停地哭，真讓人難受！我只懷著一個念頭：「魯迪那麼正直、善良，他一定會回來的。」假如他不是在那個狗屎師團該有多好！可卻偏偏被編在那支部隊，

---

4. 「鮑施克」是格特魯德的夫姓。

5. 地名自譯。巴伯堡（Babelsberg）是波茨坦（Potsdam）的中央城區。

6. 柯尼斯堡（Königsberg）原為東普魯士（Ostpreußen）首府，德國著名哲學家康德（1724—1804）的故鄉，二戰結束後劃歸蘇聯。

dann im Osten vermißt [vermisst]. Es ist einfach nicht auszumalen, was unser Rudi auszustehen oder sogar ausgestanden (!) hat. Nein, lieber Alfred, nochmals, es darf nicht sein! Noch mehr werde ich den lieben Gott bitten. Er kann uns doch nicht so hart strafen, sollten wir denn so schlecht gewesen sein?

Lieber Alfred, ich bitte Dich nochmals an dieser Stelle[,] sei vorsichtig. Ich habe eine Anschrift für Vermißtenstelle [Vermisstenstelle]. Artur Fromm gab sie mir mal, da sie ja von dem Bruder bis heute nichts gehört haben. Gleich morgen werde ich hinschreiben. Warum nur sind uns so die Hände gebunden. Wenn man an Ort und Stelle selbst nachfragen könnte, aber so?? Lieber Alfred, ich kann heute nichts anderes mehr schreiben, nur dieses nimmt meine Gedanken in Anspruch. Möge uns der liebe Gott helfen! Für Dich, lieber Alfred, darum Gottes Schutz und viele herzliche Grüsse [Grüße] von

Deiner Schwester Gertrud!

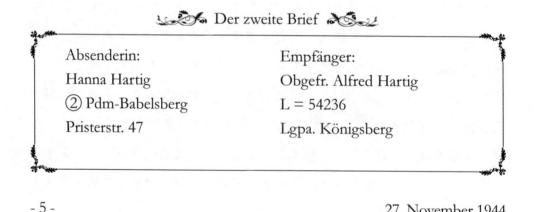

❧ Der zweite Brief ❧

Absenderin:	Empfänger:
Hanna Hartig	Obgefr. Alfred Hartig
② Pdm-Babelsberg	L = 54236
Pristerstr. 47	Lgpa. Königsberg

- 5 -   27. November 1944

Lieber Bruder Alfred!

Nun ist es doch eingetroffen, was wir seit dem Tage, da Ihr den Waffenrock anzogt, befürchteten, aber stets von uns wiesen. Von Gertrud hast Du bereits die für uns so entmutigende unfaßbare [unfassbare] Nachricht erfahren, daß [dass] Rudi seit dem 14.10. vermißt [vermisst] wird. Als der Beauftragte der Partei am 21. XI abends um 8 h zu uns kam, durchzuckte es uns wie ein Blitz

而且在東線失蹤了。我們的魯迪所必須承受和已經承受的一切（！）簡直無法形容！不，親愛的阿爾弗雷德，我還是要說，絕不可能！我要更多地向親愛的上帝祈禱。祂不能如此嚴酷地懲罰我們。我們究竟犯了什麼重罪呢？

親愛的阿爾弗雷德，在此我再一次懇求你，千萬小心！我手中有一個失蹤人員查詢處的地址，是阿圖爾·弗羅姆給我的，他們家到今天也不知道他兄弟的下落。我明天就給這個地址去信。為什麼我們的行為這樣受束縛？要是能有個地方有個部門能讓人自己去問該多好！怎麼能就這樣呢？？親愛的阿爾弗雷德，我今天寫不了別的事情，我的心緒完全陷在這件事上。唯願親愛的上帝幫助我們！親愛的阿爾弗雷德，願上帝護佑你，衷心祝福你！

姊 格特魯德

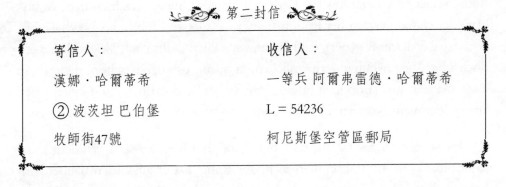

第二封信

寄信人：	收信人：
漢娜·哈爾蒂希	一等兵 阿爾弗雷德·哈爾蒂希
② 波茨坦 巴伯堡	L = 54236
牧師街47號	柯尼斯堡空管區郵局

　　　　　　　　　　　　　　　　1944年11月27日

親愛的阿爾弗雷德弟弟！

從你們穿上軍裝的那一天起，我們就一直擔心卻總是不願去想的事如今終於發生了。格特魯德已經把那個讓我們肝腸寸斷的消息告訴了你：魯迪在10月14日失蹤了。當黨代表在11月21日晚上8點來到我們家的時候，我們如同

u. wußten [wussten] wir, was das Kommen bedeutet. Er bremste sofort ab, in dem er meinte, erschrecken Sie nicht, es ist nicht das Schlimmste. – Immerhin ist es für uns schlimm genug u. wird mir ganz bange, wenn ich an den Moment denke, wo Du die Nachricht liest, denn Du stehst allein in der Ferne, wir haben wenigstens noch Trost aneinander.

Fast 14 Tage habe ich Dir nicht geschrieben, was ist da inzwischen über unsere Familie gekommen, Mutti seit dem 18. XI. im Krankenhaus (St. Joseph – Potsdam). Erschrecken brauchst Du darüber auf keinen Fall. Die jetzige nasskalte Jahreszeit hat sie nur bettlägerig gemacht[,] u. da der Arzt ihr Spritzen verordnete, die sie in heutiger Zeit vom Arzt nicht täglich bekommen kann (Zeitmangel), ging sie eben in's Krankenhaus. Es gefällt Mutti auch soweit ganz gut, die Behandlung ist anständig u. das Essen besser als wie wir es ihr bieten können. Dort muß [muss] sie wenigstens liegen, zu Haus tut sie es doch nie. Das Schlimme ist nur, daß [dass] Mutti bei jedem Besuch (wir wechseln uns täglich in der Familie ab) nach Post von Euch Jungens fragt, denn seit Deinem letzten Brief waren auch schon wieder 3 Wochen vergangen. Daß [dass] Mutti über Rudis Schicksal vorerst, bis sie wieder zu Haus ist, nichts erfahren darf, ist uns klar. Wir waren gestern bei Paul in Frankfurt (Gertrud seit Sonnabend, ich am Sonntag 2 Std. mit Rüdiger). Paul meint, wir sollten es ihr nach Möglichkeit auch noch über Weihnachten verheimlichen. Ja, wenn es angeht schon, denn diese Tage machen uns ja doppelt zu schaffen. Schreibe doch mal dann einen Brief an uns, der nichts von Rudi enthält, sodaß [sodass] wir Mutti täuschen können.

Es ist zu furchtbar. – Was wird blos [bloß] mit Rudi los sein. Wir denken zu jeder Stunde an ihn u. kommen nicht zur Ruhe. Da er ausserdem [außerdem] bei dem besonderen Haufen war, ahnen wir das schrecklichste [Schrecklichste]. Alfred, ich weiß, Du wirst jetzt, nachdem Du Bescheid weißt, bestimmt Wege ermitteln, um ein Ferngespräch mit Rudis Dienststelle zu erhalten. Hier nochmals seine Anschrift: Feldpost Nr. 16284 A (SS Panz.Div. Wiking). Das Schreiben der Komp., welches uns von der Partei überbracht wurde, war unterzeichnet von einem SS-Sturmbannführer Hans Karten. Ich hatte gleich am selben Abend an diesen Mann geschrieben, Gertrud an die Vermissten-Stelle [Vermisstenstelle]. Paul wollte von sich aus als Soldat zu Soldat an den

遭到了晴天霹靂一般，我們知道這來訪意味著什麼。他立即解釋道：「您別害怕，並不是最糟的消息。」可對我們來說已經夠糟的了。我此刻特別擔心的就是，你在得知這消息的那一刻會如何反應。你一個人離家在外，而我們畢竟還可以互相安慰。

我幾乎一連14天沒寫信告訴你咱們家最近出的事。媽媽自從11月18日就住了院（聖約瑟夫醫院——波茨坦）。你千萬不要著急！她只是因為目前天氣濕冷而臥病在床。由於醫生不能每天來給她打針（太費時間），她就住進了醫院。媽媽到現在為止也很滿意，治療得很不錯，飯菜也比咱們家裡好。在那裡她至少得靜臥，在家裡她可是閒不住。唯一糟糕的就是，媽媽在每次探望時都會問起你們這些男孩子們來信了沒有（我們每天輪流去看她）。你上回寄信來也是3週前的事了。我們明白，只要媽媽還沒出院，就不能把魯迪失蹤的事告訴她。我們昨天在法蘭克福的保爾那裡（格特魯德在週六就動身了，我帶呂迪格在周日去待了2個小時）。保爾的意思是，我們要盡可能把這事對媽媽隱瞞到過完聖誕節。是啊！如果能熬得到的話，過去這些天真讓我們招架不住。你給我們寫一封信，不要在信裡提到魯迪，這樣我們就能穩住媽媽。

這事太可怕了！魯迪到底出什麼事了？我們時時刻刻都在掛念著他，心情難以平靜。而且因為他是在特種部隊，我們擔心發生最可怕的情況。阿爾弗雷德，我知道，你肯定會在得到這消息後想辦法給魯迪的所在單位打長途電話。我再告訴你一次他的地址：戰地郵編16284 A（黨衛軍維京裝甲師）。黨轉交給我的連隊通知書是由一個<u>黨衛軍少校漢斯・卡滕</u>簽過名的。我在當天晚上就給此人去了信，同時格特魯德給失蹤人員登記處寫了信。保爾也打算以軍人身分給這個漢斯・卡滕寫信詢問真相。沒有一個認識的戰友真是難

H. K. schreiben u. um Offenheit bitten. Zu schmerzlich ist es, daß [dass] man nicht einen Kam.[Kameraden] kennt. – Du[,] lieber Gott[,] wie sollen wir noch jemals im Leben frohe Stunden haben, wenn wir Wochen u. Monate ohne Nachricht von Rudi bleiben oder gar noch ernsteres [Ernsteres] erfahren. Wir klammern uns an die Hoffnung, die uns verblieb. Im ersten Moment habe ich verzagt, doch jetzt klammern wir uns an den Gedanken, daß [dass] Rudi wiederkommen muß [muss], anderes können wir nicht fassen. Daß [dass] uns dieses Leid nicht erspart bleiben konnte. Wohl geschah tausenden Familien ein Gleiches, aber auch genug andere gibt es, die nichts von alledem erfahren. Sehen wir nicht daraus wieder, wie sehr wir doch jede Stunde ausnützen müssen, die wir zusammen sein können. Dieses Leben – ach, es ist nicht zu sagen. Was haben wir für Träume gehabt u. wie kann es sich nun gestalten. Wohl sagte ich einmal während eines Gespräches zu Gertrud über Rudi, wenn er als ein Krüppel nach Hause kommen müßte [müsste], wäre es wohl besser, es kommt nicht dahin. Nun aber habe ich meine Meinung geändert. Wir würden schon für ihn einstehen. – Ach, eine ohnmächtige Wut steckt in uns. – Was hat Rudi von seinem Leben gehabt? Die kurzen Jungenjahre u. nun soll alles vorbei sein. – Wenn ich einen jugendlichen Gefangenen sehe, muß [muss] ich immer an Rudi denken. Herrgott, welches Schicksal ward ihm zuteil. Was können wir tun, um ihn [ihm] zu helfen, ohnmächtig stehen wir da. Aus all [allen] unserem [unseren] Reden kommt ja nichts heraus. –

Lieber Alfred, ich habe Sorge um Dich, daß [dass] Du in der ersten Verzweiflung eine Dummheit begehen könntest u. bitte Dich daher inständig, behalte kühles Blut, trotz allem[,] was geschehen ist. Versuche Du, soweit es in Deiner Kraft liegt, etwas über Rudi zu erfahren u. teile es gesondert mit, vorerst vielleicht an Gertruds Adresse, bis wir Mutti Bescheid gesagt haben. – Einen Weihnachtsbaum kann es bei uns in diesem Jahr nicht geben, Gertrud wird wegen Rüdiger einen machen müssen. Daß [Dass] es unsere Familie jetzt noch betroffen hat, wo wir alle in dem guten Glauben sind, der Krieg steht in seiner letzten Phase, wirkt doppelt schwer auf uns. –

Lieber Alfred, ich kann nur bitten u. immer wieder bitten[,] der lb. [liebe] Gott möge Dir seinen Segnen geben, damit wenigstens Du uns gesund

辦。唉！親愛的上帝，如果這樣成週累月地得不到魯迪的消息或者甚至得到更為嚴重的消息，我們的生活還有什麼歡樂可言呢？我們懷抱最後的希望。最初我感覺萬念俱灰，但現在我們堅信魯迪還會回來，否則我們無法想像要承受的痛苦。儘管這事成千上萬的家庭都發生了，但也有很多其他家庭倖免於難。我們也再次領悟到，我們一定要珍惜團聚的每時每刻。這種生活——唉，簡直無法言表！我們曾有過多少夢想，而如今又能做些什麼呢？我曾經有一次在和格特魯德談起魯迪的時候說，就算他成了殘廢，能回家就好。然而事實卻連這都不如。我現在可不這樣想了，我們要為他而有所行動。天唉，我們心中怒火中燒！魯迪在這世上品嘗了什麼呢？短暫的青春年華這麼快就結束了。每當看到一個年輕的戰俘，我都不禁想到魯迪。上帝啊，你給魯迪安排了怎樣的命運啊？我們又能做些什麼來幫他呢？我們束手無策！我們說什麼都無濟於事。

親愛的阿爾弗雷德，我也在為你擔心，你可能會因一時衝動而做出蠢事。所以我請你千萬要保持冷靜——無論發生什麼。你可以盡你所能打聽魯迪的消息，然後另行通知我們，比如把信寄到格特魯德的地址，我們以後再把消息告訴媽媽。我們今年不可能找聖誕樹慶祝，只是格特魯德一定要為呂迪格妝點一棵。我們原本都以為戰爭已經接近尾聲了，可最終咱們家卻還是出了事，所以我們異乎尋常地心痛。

親愛的阿爾弗雷德，我只有一次又一次地祈禱，願親愛的上帝保佑你，至少你要平安回到我們身邊。我也不相信這事對格特魯德會沒有影響。她看起來很糟。什麼都趕到一塊去了，我們要是早知道她會這樣就好了！她現在那麼心痛，真讓我難過。剛才我提到，我們昨天去保爾那裡待了一會。她在星期六不能帶上呂迪格，因為保爾只找到了一間單人房。可他非常想看看他的兒子，所以我在星期日帶呂迪格去了一趟。保爾料定自己會被調任——如

zurückkehrst. – Daß [Dass] diese Aufregungen für Gert [Gertrud] keine Folgen haben, soll mich wundern. Sie sieht nicht gut aus. Es kommt aber auch alles zusammen. Hätten wir dies ahnen können! Es tut mir so leid, daß [dass] sie sich nun quälen muß [muss]. Gestern waren wir[,] wie schon erwähnt, kurze Zeit bei Paul. Sie konnte Rüdiger am Sonnabend nicht mitnehmen, da er nur ein 1-Bett/ Zimmer [1-Bett-Zimmer] fand. Da er aber gern seinen Jungen sehen wollte, fuhr ich Sonntag kurz mit Rüdiger rüber. Paul rechnet ja auch mit seiner Abstellung, wenn nicht noch ein Wunder geschieht. Er wurde nämlich als Ausbilder vorgeschlagen, doch kann er daran nicht recht glauben. Gebe es Gott, daß [dass] es etwas wird, somit wäre doch Gertrud etwas beruhigter. – Somit lasse mich schließen, nicht ohne nochmals für Dich alles Gute wünschend, daß [dass] Du uns gesund bleibst u.wir von Dir vielleicht etwas über Rudi erfahren. –

Mit den liebsten Grüßen

Deine Schwester Hanna

Deinen Brief vom 16. XI. erhielten wir am 25. XI. mit den Marken. Wenn es Dir auch nach Deinen Worten in Bezug auf das Essen gut geht, so bekommst Du doch ein Päckchen.

....

果不出意外的話。他被提名為教官，這著實讓他難以置信。願上帝保佑一切順利，這樣格特魯德就能平靜些了。我就寫到這裡。再次問候你！願你平平安安，或許你能給我們打聽到一些關於魯迪的消息。

此致最誠摯的祝福

姊 漢娜

至於你在11月16日寫的信，我們在11月25日連同食品票一起收到了。雖然你說你那裡吃得不錯，但我們還是給你寄一個包裹過去。

Die letzten beiden Briefe
最後兩封信

◇◇◇◇◇◇◇◇◇◇◇◇◇◇◇◇◇◇◇◇◇◇◇◇◇◇◇◇◇◇◇◇◇◇◇◇◇

Am 6. Juni 1944 landeten die Alliierten erfolgreich in der Normandie in Frankreich. Wie im Ersten Weltkrieg geriet Deutschland noch einmal in die Bedrängnis eines Zweifrontenkrieges durch die Westfront und Ostfront. Seitdem gehörte das ehemals geruhsame Leben der in Westeuropa stationierten deutschen Truppen für immer der Vergangenheit an. In den 98 Tagen bis zum 12. September 1944 befreiten die alliierten Truppen an der Westfront schrittweise die westeuropäischen Länder und drangen anschließend in Deutschland ein.

Walter Samuleit war ein Gefreiter, der gerade mal 19 Jahre alt war.[1] Seine Deckung wurde am 18. November 1944 von einer Granate voll getroffen. Der Kamerad neben

1944年6月6日，盟軍在法國諾曼第成功登陸，德國再次像一戰時一樣陷入了遭到東西兩線夾擊的困境。駐西歐德軍先前的安逸生活從此一去不復返。在截至1944年9月12日的98天中，西線盟軍逐步解放西歐各國，繼而攻入德國境內。

瓦爾特・薩姆萊特是一名年僅19歲的二等兵。[2] 他的掩體在1944年11月18日被一發榴彈準確命中。瓦爾特身邊的戰友當場陣亡，而身受重傷的瓦爾特則在12月7日凌晨死在野戰醫院裡。

---

1. Nach der Grabrede wurde Walter am 31. Mai 1925 in Meschede in der Region *Westfalen* geboren.

2. 依據葬禮悼詞，瓦爾特於1925年5月31日生於威斯特法倫（Westfalen）地區的梅舍德（Meschede）。

Reserve-Lazarett Rinteln   (21) Rinteln, d. 8. 12. 44
  - Der Chefarzt -   Fernruf 483

Sehr geehrter Herr Samuleit!

Zu dem Tode Ihres Sohnes des Gefr. Walter Samuleit spreche ich
Ihnen und Ihrer ganzen Familie zugleich im Namen des ganzen Laza-
retts das herzlichste Beileid aus. Ihr Sohn wurde hier in einem
schweren septischen Zustand eingeliefert. Es wurde noch versucht
durch Amputation eines Beines und Resektion des anderen Kniege-
lenks den Grund der Blutvergiftung fortzunehmen, ihm durch Blut-
transfusion neue Lebenskräfte zuzuführen. Trotz aller ärztlichen
Kunst und sorgfältigster Pflege gelang es nicht das fliehende Leben zurückzuhalten. Er starb gestern gegen morgen. Der Tod war
sanft und kampflos.

In aufrichtiger Anteilnahme drückt Ihnen die Hand mit

Heil Hitler!

Oberfeldarzt

dieser Verbrecher

Die Todesmittlung, die mit „Heil Hitler!" endet, und das Hitler-Porträt mit „dieser Verbrecher".
以「希特勒萬歲！」結尾的陣亡通知書以及寫有「這個罪犯」的希特勒肖像。

Walter war auf der Stelle tot, und der schwer verletzte Walter starb am frühen Morgen des 7. Dezember 1944 im Lazarett. Die beiden Briefe wurden nicht von Walter persönlich geschrieben, sondern dem Pflegepersonal von ihm diktiert. Walters letzter Wunsch auf dem Totenbett war ein Besuch von seinen Eltern im Lazarett.

Durch die anderen Briefe habe ich erfahren, dass das Ehepaar Samuleit wegen zu langsamer Briefzustellung ihren Sohn schließlich nicht zum letzten Mal sehen konnte. Als Walter diese Welt verließ, war kein einziger Familienangehöriger an seiner Seite. Unter Walters Briefen entdeckte ich noch die von dem Chefarzt angefertigte Todesmitteilung an Walters Vater, sowie eine Postkarte mit einem Porträt von Hitler. Die Todesmitteilung endet mit „Heil Hitler!", während unterhalb Hitlers Porträts „dieser Verbrecher" steht.

這兩封信並非瓦爾特親手所寫，而是他在醫院中口述而由護理人員代筆寫成的。瓦爾特臨終前最後的願望是他的父母能來醫院探望他一次。

透過其他信件，我得知薩姆萊特夫婦由於信件投遞過遲而最終未能見上兒子最後一面。瓦爾特在離開人世時身邊沒有一個親人。在瓦爾特的信件中，我還發現了主治醫師寄給瓦爾特父親的陣亡通知書以及一張帶有希特勒肖像的明信片。陣亡通知書以「希特勒萬歲！」結尾，而希特勒肖像下方則寫著：「這個罪犯」。

✠ Deutscher Originaltext

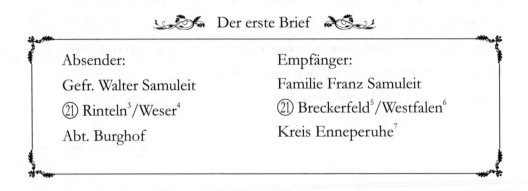

Der erste Brief

Absender:

Gefr. Walter Samuleit

㉑ Rinteln[3]/Weser[4]

Abt. Burghof

Empfänger:

Familie Franz Samuleit

㉑ Breckerfeld[5]/Westfalen[6]

Kreis Enneperuhe[7]

Rinteln[,] 23.XI.44

Liebe Eltern!

Ihr dürft jetzt nicht erschrecken, wenn ihr auf einem Male eine fremde Schrift seht. Aber ich bin jetzt schwerverwundet [schwer verwundet] und kann im Augenblick nicht selbst schreiben. Ich will euch nichts verheimlichen und euch gleich alles mitteilen. Ich habe Granatsplitterverletzungen an beiden Beinen und an der rechten Hand. Augenblicklich geht es mir nicht besonders gut[,] und ich habe große Schmerzen. Wenn es euch irgendwie möglich ist,

---

3. Die Stadt *Rinteln* befindet sich im Nordwesten Deutschlands, gehört zum heutigen Bundesland *Niedersachsen*, eine Stadt mit einer Geschichte von über tausend Jahren. Gegen Ende des Zweiten Weltkrieges wurden mehrere Tausend verwundete Soldaten dort behandelt.

4. Die Weser verläuft in den heutigen Bundesländern *Hessen*, *Niedersachsen*, *Nordrhein-Westfalen* und der *Freien Hansestadt Bremen*, und mündet in die Nordsee. Ihre Gesamtlänge beträgt über 450 km.

5. Die Stadt *Breckerfeld* befindet sich im Nordwesten Deutschlands, gehört zum heutigen Bundesland *Nordrhein-Westfalen*. Die Luftlinie zwischen Breckerfeld und Rinteln beträgt 152 km.

6. Die Region *Westfalen* befindet sich im Nordwesten Deutschlands, an Holland angrenzend. Mehr als die Hälfte der Fläche des heutigen Bundeslandes *Nordrhein-Westfalen* gehört zu Westfalen.

7. Der Ennepe-Ruhr-Kreis befindet sich im mittleren Gebiet des heutigen Bundeslandes *Nordrhein-Westfalen*.

❦ 第一封信 ❦

寄信人：	收信人：
二等兵 瓦爾特·薩姆萊特	弗朗茨·薩姆萊特 家
㉑ 林特爾[8]/威悉河畔[9]	㉑ 布萊克費爾德[10]/威斯特法倫地區[11]
布格霍夫連隊	恩內佩-魯爾縣[12]

林特爾，44年11月23日

親愛的雙親！

　　先請你們不要為突然看到一個陌生人的筆跡而驚訝。我受了重傷，現在不能自己寫信。我不想對你們隱瞞什麼，只想立即告訴你們所發生的一切。我的雙腿和右手都被榴彈彈片炸傷。我目前的狀況不太好，我疼痛難忍。如果可能的話，請寄一些香菸來，因為香菸可以止痛。

---

8. 地名自譯。林特爾（Rinteln）市位於德國西北部，如今隸屬德國下薩克森（Niedersachsen）州，是一座有千年歷史的古城。在二戰末期曾有數千名德軍傷員在林特爾接受治療。

9. 威悉（Weser）河流淌於今日德國黑森（Hessen）州、下薩克森州、北萊茵-威斯特法倫（Nordrhein-Westfalen）州以及不來梅漢薩自由市（Freie Hansestadt Bremen），注入北海（Nordsee），全長超過450公里。

10. 地名自譯。布萊克費爾德（Breckerfeld）市位於德國西北部，如今隸屬德國北萊茵-威斯特法倫州。布萊克費爾德與林特爾（Rinteln）之間飛行距離為152公里。

11. 威斯特法倫地區位於德國西北部，與荷蘭毗鄰。今日德國北萊茵-威斯特法倫州之一半以上區域都歸屬威斯特法倫地區。

12. 地名自譯。恩內佩-魯爾縣（Ennepe-Ruhr-Kreis）位於今日德國北萊茵-威斯特法倫州的中央地帶。

Der erste Originalbrief

第一封信件原件

dann schickt mir bitte etwas an [zu] rauchen. Denn eine Zigarette hilft die Schmerzen etwas [zu] lindern.

Augenblicklich liege ich in Rinteln an der Weser. Meine genaue Adresse schreibe ich euch am Schluß [Schluss] des Briefes. Macht auch keine unnötigen Sorgen, ich werde noch einmal operiert. Ich schreibe euch dann noch Näheres. Schreibt mir bald einmal.

Es grüßt euch recht herzlich

Walter[.]

Gefr. Walter Samuleit

㉑ Rinteln/Weser

Abt. Burghof

Wenn ihr mich besuchen wollt, ihr könnt hier immer herkommen.

Der zweite Originalbrief
第二封信件原件

　　現在我在威悉河畔的林特爾。我把我的具體地址寫在這封信的末尾。你們毋須不必要地擔心，我還要再接受一次手術。我還會寫信告訴你們更具體的情況。請你們給我來封信。

衷心祝福你們！

瓦爾特

二等兵 瓦爾特‧薩姆萊特

㉑ 林特爾/威悉河畔

布格霍夫連隊

如果你們想探望我，隨時都可以來。

Der zweite Brief

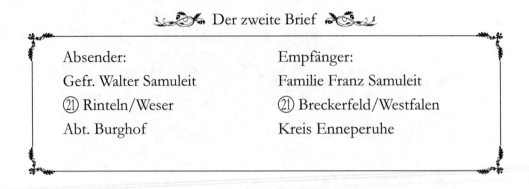

Absender:	Empfänger:
Gefr. Walter Samuleit	Familie Franz Samuleit
㉑ Rinteln/Weser	㉑ Breckerfeld/Westfalen
Abt. Burghof	Kreis Enneperuhe

Rinteln an der Weser[,] den 26. 11. 44

Meine lieben Eltern!

Am 18. 11. wurde ich auf der alten Stelle verwundet. Bekam bei Tage Granatvolltreffer ins Loch. Heinz Rösinger war sofort tot. Ich wurde bei Tage unter Achtung des D.R.K. [DRK] Genfer Roten Kreuzes zurück transportiert [zurücktransportiert]. Ich sehe jetzt folgendermaßen aus. Für mich ist der Krieg aus. Mein linkes Bein ist bis in Höhe des Unterbeines amputiert. Am rechten Knie ist mir die linke Kniescheibe[13] entfernt. Das Knie bleibt fast steif. Außerdem habe ich auch Verletzungen am Hintern. Am rechten Auge sehe ich fast noch nicht. Ein leichter Bauchgranatsplitter hat mir den Bauch aufgeritzt.

Entschuldige bitte die Schrift. Bin schlecht zurecht. Wenn Ihr bitte kommt, bringt mir alles bitte mit. Bin gut aufgehoben. Klosettpapier, Zig.Papier [Zigarettenpapier][,] Zigaretten, Tabak. Ich bin Euch für jedes Opiantum [Opiat] dankbar.

Bitte kommt mal[!]

Euer Walter

---

13. So ist der Originaltext im Brief. Offensichtlich gibt es hier einen Schreibfehler. Wahrscheinlich meinte der Briefschrieber die Kniescheibe des rechten Beines.

第二封信

寄信人：	收信人：
二等兵 瓦爾特・薩姆萊特	弗朗茨・薩姆萊特 家
㉑ 林特爾/威悉河畔	㉑ 布萊克菲爾德/威斯特法倫地區
布格霍夫連隊	恩內佩魯爾縣

林特爾/威悉河畔，44年11月26日

我親愛的雙親！

11月18日我在老地方負了傷，榴彈在白天準確射入我們的掩體。海因茨・勒辛格當場死亡。我當天在日內瓦紅十字會的護送下被轉運了回來。我現在的情況是這樣：對於我來說戰爭已經結束了。我的左腿至小腿以下被截肢。我右腿膝蓋的左膝蓋骨[14]被移除，膝蓋幾乎無法彎曲。另外我的臀部也受了傷。我的左眼還幾乎什麼都看不見。一小塊榴彈彈片把我的肚子劃開了。

請原諒這筆跡。我精神很差。如果你們來看我，請把東西都給我帶來。我受到很好的照料。衛生紙、捲菸紙、香菸、菸葉。我會感謝你們帶來的所有止痛品。

請來看看我！

你們的瓦爾特

---

14. 信件原文如此。此處明顯存在筆誤。寫信人很可能是指右腿膝蓋骨。

Gegen Kriegsende

終戰前

In den letzten Monaten des Krieges wussten auch schon viele Durchschnittsbürger gut Bescheid über die kommende Niederlage des Krieges. Ganz gleich wie viel gewaltiges Getöse die Propagandamaschinerie des Dritten Reiches erzeugte, konnte die aussichtslose Realität nicht mehr verdeckt werden. Nach dem bitteren Kriegselend von über fünf Jahren hoffte das deutsche Volk von Herzen auf ein baldiges Kriegsende, auch wenn Deutschland den Krieg verlieren würde.

Karl Seger war ein in Wilhelmshaven[1] stationierter Marine-Feldwebel. In der 2. Marine-Flak-Abteilung war er zuständig für die Luftverteidigung des Marinehafens. Dieser damals 49-jährige deutsche Mann glaubte fest an die Niederlage von Deutschland. In diesen fünf Briefen wurden seine Worte immer deutlicher: Von der Andeutung, dass es bei

在戰爭的最後幾個月，很多普通德國人對即將到來的戰敗也已心知肚明。任憑第三帝國的宣傳機器如何鼓噪喧囂，都再難掩蓋窮途末路的現實。在飽受五年多戰禍之苦後，德意志民族發自內心地祈望戰爭早日結束——即便德國戰敗。

卡爾・塞格是一名駐紮於威廉港[2]的海軍中士，在第2海軍高炮連負責軍港空中防衛。這名時年49歲的德國男人對德國戰敗確信不疑。在這五封信中，他的言辭不斷變得愈發直白：從以空襲境況「會有所改觀」

---

1. Wilhelmshaven ist ein Marinestützpunkt an der Nordsee, unweit von Bremen.

2. 威廉港（Wilhelmshaven）是一個瀕臨北海（Nordsee）的海軍基地，鄰近不來梅（Bremen）。

den Luftangriffen zu „eine Änderung kommen" würde, bis zur indirekten Aussage, dass die Siegerringung „mir immer noch ein Rätsel bleibt", und bis zur offenen Verspottung über die Ermahnungsreden von Hitler und Goebbels. Schließlich fing er an zu planen, was er Zuhause machen würde. Überraschenderweise zeigte er nicht im Geringsten Trauer oder Bedauern über die kommende deutsche Niederlage. Sein einziger Wunsch war, dass seine gesamte Familie glücklich zusammenkommen würde. Sein ältester, körperlich schwacher Sohn Günter an der Ostfront war seine größte Sorge, und wegen seiner Blutsverwandten zu Hause wurde das Hören der Nachrichten über Luftangriffe sein tägliches Muss. Karl wollte nicht, dass ein einziger Familienangehöriger von ihm im letzten Moment Kriegsopfer würde.

Leider konnte ich über das spätere Schicksal der Familie Seger nichts erfahren. Aber gemäß den Aufzeichnungen der Luftverteidigung von Wilhelmshaven war dieser Marinehafen schon nach dem Luftangriff vom 15. Oktober 1944 beinahe völlig gelähmt und wurde deswegen nie mehr heftig aus der Luft angegriffen. Am 6. Mai 1945 kapitulierte Wilhelmshaven vor den Alliierten. Wenn nichts Unerwartetes eingetroffen war, sollte Karl heil nach Hause gekommen sein.

為暗示，到婉言取得勝利「對我而言仍是一個謎團」，再到直接嘲諷戈培爾與希特勒的鼓動演說，最後到開始計劃回家後要做的事。卡爾對德國即將戰敗竟未表露出絲毫傷感或遺憾，他唯一的祈盼就是全家人平安團聚。他那身在東線的體弱多病的長子京特是他最大的擔憂，留守在家鄉的親人更使收聽空襲報導成為他的每日必須。卡爾不希望他的任何一個家庭成員在最後關頭成為戰爭犧牲品。

可惜我對塞格家後來的命運無從知曉。然而根據威廉港的空襲防務記錄，此軍港在1944年10月15日的空襲之後就已幾近癱瘓，故而再未遭到沉重空中打擊。1945年5月6日，威廉港向盟軍投降。如未出意外，卡爾應該有機會平安回到家。

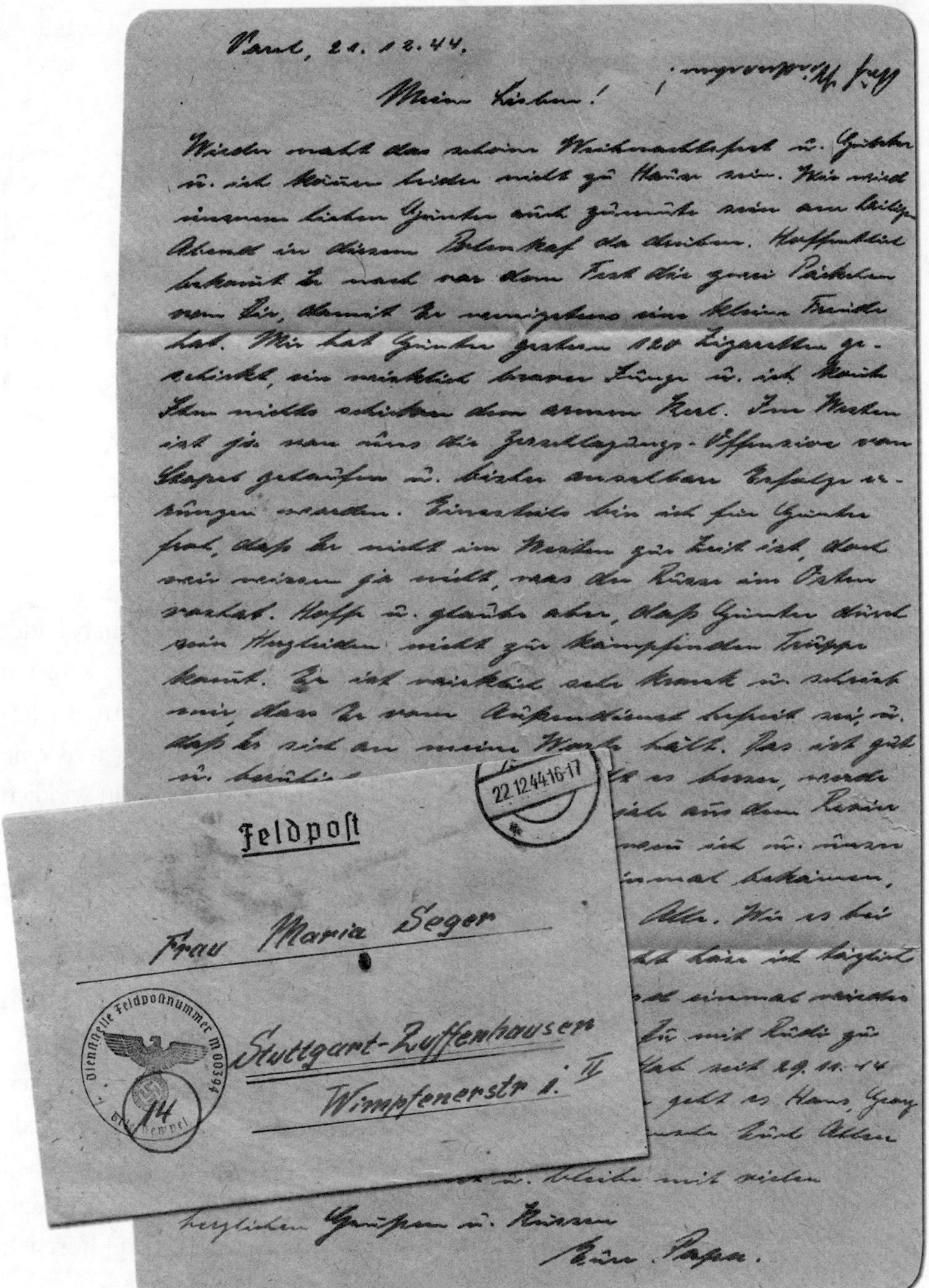

Der erste Originalbrief

第一封信件原件

❧ Der erste Brief ❧

Absender:	Empfängerin:
Feldw. Karl Seger	Frau Maria Seger
M - 00394A -	⑭ Stuttgart-Zuffenhausen[3]
M. Pa. Hamburg	Wimpfenerstr. 1

Varel[4], 21. 12. 44.

Meine Lieben!

Wieder naht das schöne Weihnachtsfest u. Günter u. ich können leider nicht zu Hause sein. Wie wird unserem lieben Günter auch zumute sein am Heiligen Abend in diesem Polenkaf da drüben. Hoffentlich bekommt Er [er] noch vor dem Fest die zwei Päckchen von Dir, damit Er [er] wenigstens eine kleine Freude hat. Mir hat Günter gestern 120 Zigaretten geschickt, ein wirklich braver Junge[,] u. ich konnte Ihm [ihm] nichts schicken[,] dem armen Kerl. Im Westen ist ja von uns die Zerschlagungs-Offensive vom Stapel gelaufen u. bisher ansehbare Erfolge errungen worden. Einerseits bin ich für Günter froh, daß [dass] Er [er] nicht im Westen zur Zeit ist, doch wir wissen ja nicht, was der Russe im Osten vorhat. Hoffe u. glaube aber, daß [dass] Günter durch sein Herzleiden nicht zur kämpfenden Truppe kommt. Er ist wirklich sehr krank u. schrieb mir, dass Er [er] vom Außendienst befreit sei, u. daß [dass] Er [er] sich an meine Worte hält. Das ist gut u. beruhigt mich. Mir geht es besser, werde zwischen Weihnachten u. Neujahr aus dem Revier entlassen. Schön wäre es[,] wenn ich u. unser Günter zusammen Urlaub einmal bekämen, das wäre ein Fest für uns Alle [alle]. Wie es bei Euch betreffs den Flieger hergeht[,] höre ich

---

3. Zuffenhausen ist ein nördlicher Stadtteil von Stuttgart.

4. Die Stadt *Varel* befindet sich südlich von Wilhelmshaven, die Luftlinie beträgt 13,3 km.

✠ **中文譯文**

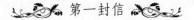 第一封信

寄信人：	收信人：
中士 卡爾‧塞格	瑪麗婭‧塞格 女士
M - 00394A -	⑭ 斯圖加特 蘇芬豪森區[5]
漢堡海軍郵局	溫普芬納街1號

瓦雷爾[6]，44年12月21日

我親愛的家人！

　　聖誕節又快到了，而京特和我卻不能回家。我們的京特將怎樣在那個遠在波蘭的地方度過平安夜呢？但願他能在聖誕節前就能收到妳寄的那兩個包裹，好讓他至少有一個小小的快樂。京特昨天給我寄來了120根香菸，他可真是一個孝順的孩子，而我卻沒有東西可以寄給他，這個可憐的孩子！我軍在西線發動了毀滅性攻勢，截至目前取得了可見成效。我一方面慶幸京特此時不在西線，可另一方面我們也不知道俄國人將在東線採取什麼行動。我希望而且也相信，京特會由於心臟病而不被編入作戰部隊。他病得的確很重，他寫信告訴我他已被免除戶外軍務，而且也按我的話去做。這個好消息很給我安慰。我的日子好過些了，我將在聖誕節和新年之間獲准離開營區。要是我和我們的京特能一起回家休假該多好啊！那將是我們全家的節日！我每天都從收音機裡收聽關於你們那裡遭受空襲的消息，這種局面也會有所改觀。妳

---

5. 區名自譯。蘇芬豪森（**Zuffenhausen**）是斯圖加特（**Stuttgart**）北部的一個城區。

6. 瓦雷爾（**Varel**）市位於威廉港以南，飛行距離為13.3公里。

täglich im Radio, doch auch hier wird einmal wieder eine Änderung kommen. Bist Du mit Rudi zu Hause oder in Westerstetten[7][?] Hab seit 29. 11. 44 keine Nachricht von Euch. Wie geht es Hans, Georg, Fany u. den Kindern? Ich wünsche Euch Allen [allen] ein recht frohes Fest u. bleibe mit vielen herzlichen Grüßen u. Küssen[.]

Euer Papa

Auf Wiedersehen!

✥ Der zweite Brief ✥

Absender:	Empfängerin:
Feldw. Karl Seger	Frau Maria Seger
M - 00394A -	⑭ Stuttgart-Zuffenhausen
M. Pa. Hamburg	Wimpfenerstr. 1

Schweiburg[8], 28. 12. 44.

Meine Lieben!

Eure Karte aus Ulm vom 8. 12. erst heute erhalten. Zwanzig Tage dauert es bis mich die Post von Euch erreicht. Inzwischen bist Du nun ja wieder in Z.hausen [Zuffenhausen] u. Ihr habt wieder einen Angriff hinter Euch. Von unserem lieben Günter erhielt ich zwei Briefe vom 16. u. 19. Dezember.

---

7. Die Gemeinde *Westerstetten* befindet sich im Süden Deutschlands, gehört zum heutigen Bundesland *Baden-Württemberg*.

8. Das Dorf *Schweiburg* befindet sich südöstlich von Wilhelmshaven, die Luftlinie beträgt 17,9 km.

和魯迪到底是在家裡還是在威斯特施塔滕[9]？從44年11月29日起我就再沒接到你們的消息。漢斯、格奧爾格、法妮還有其他孩子們都還好嗎？我祝你們大家度過一個快樂的聖誕節，衷心祝福你們、親吻你們！

　　孩子的爸

　　再見！

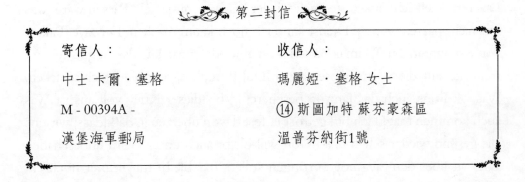

第二封信

寄信人：	收信人：
中士 卡爾·塞格	瑪麗婭·塞格 女士
M - 00394A -	⑭ 斯圖加特 蘇芬豪森區
漢堡海軍郵局	溫普芬納街1號

施韋堡[10]，44年12月28日

我親愛的家人！

　　你們12月8日從烏爾姆寄出的明信片今天才收到。你們的郵件寄到我這裡竟然需要20天！那麼現在你們又回到了蘇芬豪森，而且又經歷了一場空襲。我們親愛的京特在12月16日和19日給我寫了兩封信。他和我在同一時間得了

---

9. 威斯特施塔滕（Westerstetten）鄉位於德國南部，如今隸屬德國巴登-符滕堡（Baden-Württemberg）州。

10. 施韋堡（Schweiburg）村位於威廉港東南方向，飛行距離為17.9公里。

Er war zu gleicher Zeit wie ich im Revier wegen Mandelentzündung. Sonst schrieb Er [er] mir, daß [dass] Er [er] die 2 Päckchen von Dir auch erhalten hat u. sich rießig [riesig] freute. Die Photografie[,] die Du mir von Ihm [ihm] sandest [sandtest] ist sehr schön ausgefallen, ja[,] unser Günter ist wie zum Sprechen darauf getroffen. Wenn nur der Krieg einmal ein Ende hätte[,] meinte Günter, dann wäre alles wieder anders. In jedem Brief schreibt Er [er] von Dir u. Rudischatz. Wie gerne würde ich es sehen, wenn Günter nun auch einmal Urlaub hätte, das wäre eine Freude. Günter meint wie ich, dass der Krieg bis Ostern[11] aus ist, hoffen wir[,] daß [dass] wir recht behalten. Mir geht es wieder besser, das heißt[,] ich werde nächste Woche durchleuchtet im Lazarett. Vielleicht lassen sie mich wieder los, was mir ja kein Passen wäre [was mir nicht passen würde]. Dienst kann ich noch kaum machen. Die zwei Pakete von Königgrätz[12] u. Weimar kamen ja auch wieder zurück u. das ist gut. Günter freut sich auf die Salami, diese kannst [Du] Ihm [ihm] so gelegentlich schicken. Was wird uns auch das Jahr 45 bescheren[,] bis dieser Krieg voll aus ist Was auch kommen mag[,] ich bin getrost u. fest davon überzeugt, daß [dass] wir uns alle gesund wieder sehen u. so Gott will bleibt auch unser Heim unbeschadet. Wie wir aber den Sieg noch erringen sollen, das bleibt mir immer noch ein Rätsel, denn die Übermacht unserer Feinde ist zu groß. Wir können aber nichts ändern, es kommt alles wie Gott es will. Nun schließe ich mein heutiges Schreiben in der Hoffnung auf ein baldiges Wiedersehen grüßt u. küsst Euch herzlich in treuer Liebe[.]

Viele Grüße an meine Mutter u. Geschwister.

Euer Papa

Auf Wiedersehen!

Wünsche Dir u. Rudile ein gutes neues Jahr.

---

11. Hier wird das Ostern am 1. April 1945 gemeint.

12. Königgrätz ist eine Stadt im Norden Tschechiens.

扁桃腺發炎，因此只有留在傷病區。另外他還告訴我，妳給他寄去的2個包裹都收到了，為此他高興極了！妳轉寄給我的他的相片真是不錯，把我們的京特照得活靈活現！可京特說，等戰爭結束，一切都會好起來！他在每封信中都提起妳和魯迪寶寶。我多麼希望京特終於能回家休假，那該有多好啊！京特和我都認為戰爭到復活節[13]就會結束。但願我們不會估計錯。我的身體好些了，所以下週會在野戰醫院中做一次透視。也許他們會讓我出院，這可不是我希望的。我還不能勝任軍務。我寄到柯尼希格雷茨[14]和魏瑪的那兩個包裹又都退回來了，這樣也好。京特喜歡吃莎樂美香腸，妳可以時常給他寄一些。在戰爭徹底結束之前，我們還要在1945年面對什麼呢？無論發生什麼，我都會平靜對待，而且滿懷信心地堅信，我們大家都將平安重聚，上帝定會保佑我們的家園免遭毀滅。至於我們如何取得勝利，對我而言仍是一個謎團，因為我們的敵人太過強勢。而我們卻無能為力，只得聽天由命。我今天這封信就寫到這裡，但願我們早日重逢，衷心祝福你們！

代我向我媽媽和兄妹們問好！

孩子的爸

再見！

祝妳和小魯迪新年快樂！

---

13. 此處所指復活節是1945年4月1日。

14. 柯尼希格雷茨（Königgrätz）是一座地處捷克北部的城市。

✤ Der dritte Brief ✤

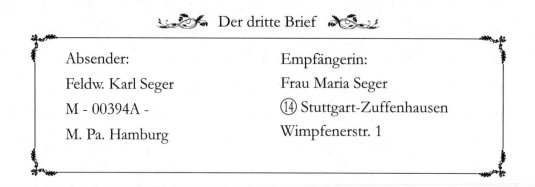

Absender:	Empfängerin:
Feldw. Karl Seger	Frau Maria Seger
M - 00394A -	⑭ Stuttgart-Zuffenhausen
M. Pa. Hamburg	Wimpfenerstr. 1

Schweiburg, 1. Januar 1945.

Meine Lieben!

Am ersten Tag im neuen Jahr weilen meine Gedanken bei Euch. Mit sorgendem Herzen frage ich mich[,] wie wird es Euch auch weiter gehen, denn im Grunde genommen mußt [müsst] Ihr weit mehr ausstehen und erleben wie ich u. Günter. Wohl haben wir viel Alarm, doch ganz selten einen Angriff auszustehen. Günter ist wieder bei seiner Komp. in Erhardsdorf [15], doch meint er[,] sie würden doch noch zur Inf. abgestellt werden, nun wir hoffen das Beste für Ihn [ihn]. Der Krieg geht in diesem Jahr bestimmt seinem Ende entgegen, das meint auch unser Günter. Er rechnet sagen[,] bis Ostern sei alles vorbei. Der Friede kann ja nicht schnell genug kommen, das ist das Sehnen aller Deutschen. Göbbels [Goebbels] u. Hitler haben ja auch wieder gesprochen u. uns zum Durchhalten bis zum Sieg ermahnt. Wir wollen abwarten[,] was uns die nächsten Wochen bescheren. Ich halte mich nur noch an Tatsachen, das wird das Beste sein, im übrigen [Übrigen] stelle ich mich auf den Standpunkt Götzens von Berlichingen [16]. An Urlaub brauchen wir nicht mehr zu denken, das ist für uns ein

---

15. Erhardsdorf ist ein Dorf im Westen des heutigen Polens, und gehörte vor dem Ende des Zweiten Weltkrieges Deutschland.

16. „Götz von Berlichingen" ist ein Theaterstück von Johann Wolfgang von Goethe (1749 – 1832). Der hier gebrauchte Ausdruck ist ein Euphemismus für den derben Ausspruch „Leck mich am Arsch", den dieser Mann im Theaterstück äußerte.

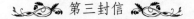

第三封信

寄信人：	收信人：
中士 卡爾・塞格	瑪麗婭・塞格 女士
M - 00394A -	⑭ 斯圖加特 蘇芬豪森區
漢堡海軍郵局	溫普芬納街1號

施韋堡，1945年1月1日

我親愛的家人！

　　在新年的這第一天，我的思緒再次圍繞著你們。我滿懷焦慮地問自己，你們的未來將會怎樣？實際上你們要遠比我和京特承受得多得多。雖然我們的警報很多，但卻很少真的有一場空襲。京特已經回到他在埃哈茨多夫[17]的連隊。他說他們還是會被編入步兵。我們只好期望他一切順利。戰爭肯定會在這一年結束，京特也這麼認為。他預言到復活節一切都將過去。可惜和平的腳步依舊不夠快捷，但這是所有德國人的期待。戈培爾和希特勒又發表了演說，慫恿我們堅持到勝利。讓我們拭目以待未來幾週的局勢發展。我只相信事實，這是最明智不過的，其他一切純屬扯淡。我們根本不再指望休假，這對我們來說已經形同虛設。12月28日我給你們寄了一個裝有3條鰻魚的包裹。好好品嘗一下吧！等過幾天，我也寫能將我分得的聖誕配給寄一部分給你們。上次在11月28日寄出的包裹還沒送到嗎？另外試試能不能寄些東西給我們的京特，用他的私人地址。今天我收到了一封京特在12月21日寫來的信。

---

17. 地名自譯。埃哈茨多夫（Erhardsdorf）是一個地處今日波蘭西部的村莊，在二戰結束前歸
　　屬德國。

leerer Begriff geworden. Am 28. 12. sandte ich Euch ein Päckchen mit Inhalt 3 St. [Stück] Aale[,] lasst's Euch gut schmecken. Will sehen[,] daß [dass] ich in den nächsten Tagen vielleicht mal ein paar Sachen von meiner Weihnachtszuteilung Euch schicke. Hast Du das letzte Pkt. [Paket] vom 28. Nov. noch nicht erhalten. Versuche doch mal, ob Du unserem Günter nicht was schicken kannst auf seine Privat-Adresse. Heute bekam ich einen Brief vom 21. 12. von Günter. Er ist so dünn[,] daß [dass] Er [er] schon wieder wegkommen soll. Mir geht es gut, werde nächster Tage geröntgt im Lazarett. Will schon wissen was dabei herauskommt. Ich komme zum Schluß [Schluss] u. bin immer mit Euch eng verbunden. So seid nunmehr im neuen Jahr recht herzl. [herzlich] gegrüßt u. geküsst von

Eurem Papa.

Gott sei mit Euch u. unserem lieben Günter.

Viele Grüße an Mutter u. meine Geschwister

Der dritte Originalbrief

第三封信件原件

他已經瘦弱得又要離隊了。我的身體恢復得不錯，過幾天野戰醫院會給我照透視。真希望結果不錯！我就寫到這裡，我的心永遠牽掛著你們。在新的一年裡祝福衷心祝福你們，親吻你們！

孩子的爸

上帝與你們還有我們親愛的京特同在！

代我問候媽媽和我的兄妹們！

❧❧ Der vierte Brief ❧❧

Absender:	Empfängerin:
Feldw. Karl Seger	Frau Maria Seger
M - 00394A -	⑭ Stuttgart-Zuffenhausen
M. Pa. Hamburg	Wimpfenerstr. 1

Mittwoch, 14. II 45.

Meine Lieben!

Gestern erfuhr ich durch den Wehrmachtsbericht, dass Stuttgart erneut wieder angegriffen wurde. Ihr könnt Euch denken[,] wie mir zu Mute ist bei solch einer Nachricht. Was wollen sie bloß noch von der toten Stadt Stuttgart, ist's noch nicht genug was Ihr leiden u. erdulden mußtet [musstet] bisher. Wie immer so habe ich das feste Vertrauen u. den Glauben, dass Euch[,] meine Lieben[,] nichts dabei passiert ist, denn das ist Gottes Wille u. er verlässt uns nicht auch in der schwersten Not u. Gefahr. Deshalb[,] liebe Maria[,] bitte ich Dich innigst nie an dem Schutz von Gott zu zweifeln, dann wird am Ende alles gut. Ich hoffe, daß [dass] Ihr während des Angriffs wieder im Stollen gewesen seid, denn dort habt Ihr den natürlichsten besten Schutz. Von unserem lieben Günter hab ich seit 16. I. 45. keine weitere Nachricht, doch auch für Ihn [ihn] ist es mir nicht bange. Ich hab so eine Ahnung als wenn Günter in irgend einem [irgendeinem] Lazarett liegen würde u. glaube das auch, denn noch nie täuschten mich meine Vorahnungen. Die Post vom Osten ist fast vollständig ausgefallen. Es ist die gleiche Tragödie wie im Vorjahr im Westen. Ich schreibe Günter jedoch jeden 2ten Tag auf seine letzte Adresse, u. bitte Dich gleiches [Gleiches] zu tun damit Er [er] wenigstens Post bekommt. Mit Päckchen schicken ist es jetzt ganz aus, es sind nur noch 20 gr. zugelassen. Dies zeigt an wie weit wir vom Ende des Krieges entfernt sind. Was mit mir da oben wird

❧ 第四封信 ❧

寄信人：	收信人：
中士 卡爾·塞格	瑪麗婭·塞格 女士
M - 00394A -	⑭ 斯圖加特 蘇芬豪森區
漢堡海軍郵局	溫普芬納街1號

星期三，45年2月14日

我親愛的家人！

　　昨天我透過國防軍戰報得知，斯圖加特又遭到了一次空襲。你們可以想像，我在得到這樣的消息時是何等擔心！他們還想把斯圖加特這座死城怎麼樣啊？難道你們至今遭受的災禍與痛苦還不夠嗎？與過去一樣，我堅信你們——我親愛的家人，不會出事。因為這是上帝的意志，即便在最危難之際，祂也不會拋棄我們！故此，親愛的瑪麗婭，我由衷期盼妳永遠不要對上帝的護佑心生懷疑，良好的結局日後終會到來。但願你們在空襲來臨之時都及時躲進洞穴，因為在那裡你們有最為天然的保護。自從45年1月16日起，我就再沒接到過我們親愛的京特發來的音訊。但我並不擔心。我預感京特正躺在某個野戰醫院裡，而且對此頗為肯定，因為我的預感還從未錯過。來自東方戰區的郵件已經幾乎徹底被截斷。這與去年在西方戰區的慘境毫無二致。我每隔一天就給京特最後留下的地址寄一封信。請妳也這樣做，好讓京特能有信收到。寄包裹如今是根本不可能了，只有20克的郵件還准許寄出。這也表明我們離這場戰爭的結束還有多遠。上級對我的指派我還不清楚，但你們不要為我擔心，要祈禱一切順遂。可又有誰知道，在這封信送到你們的手中之

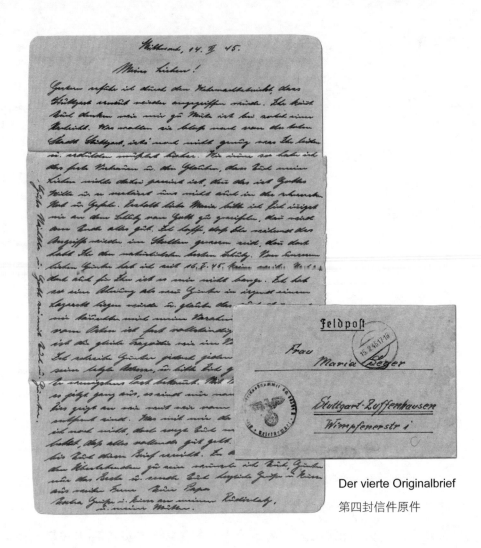

Der vierte Originalbrief

第四封信件原件

weiß ich noch nicht, doch sorgt Euch nicht ab sondern betet, daß [dass] alles vollends gut geht. Wer weiß[,] was ist[,] bis Euch dieser Brief erreicht. In der Hoffnung bei den Überlebenden zu sein wünsche ich Euch, Günter[,] nur das Beste u. sende Euch herzliche Grüße u. Küsse aus weiter Ferne[.]

Euer Papa

Extra Grüße u. Küsse an meinen Rudischatz, u. meine Mutter.

Guts Nächtle u. Gott sei mit Euch u. Günter.

Der fünfte Originalbrief

第五封信件原件

前，還會出什麼事呢？但願你們安然無恙，我在遠方遙祝你們還有京特一切都好！衷心祝福你們，親吻你們！

孩子的爸

代我特別問候並親吻魯迪寶寶和我媽媽！

晚安！上帝與你們還有京特同在！

✠ Deutscher Originaltext

❧ Der fünfte Brief ❧

Absender:	Empfängerin:
Feldw. Karl Seger	Frau Maria Seger
M - 00394A -	⑭ Stuttgart-Zuffenhausen
M. Pa. Hamburg	Wimpfenerstr. 1

Schweiburg, 18.II 45.

Meine Lieben!

Am heutigen Sonntag kurz ein paar Zeilen an Euch. Zum Ausgehen bin ich dienstlich verhindert, hätte sonst aber auch nicht die geringste Lust dazu, denn die Gegend ist mir zu fade u. ich glaube, daß [dass] ich mich hier nie wohlsein fühlen könnte, selbst wenn es mir ganz gut ginge. Das ist doch unser Schwabenland ein Stückchen Heimaterde von dem ich mich nie trennen werde, mag kommen was immer auch wolle. Von unserem lieben Günter erhielt ich seit seinem Brief aus Danzig keine weitere Post, nehme aber an, daß [dass] Er [er] von dort weiter zurück kam irgend in ein Lazarett. Ich halte mich an seine Worte: Vater[,] das Wiedersehen ist nicht mehr fern, u. glaube, daß [dass] entweder Ihr oder ich eines Tages mal eine freudige Überraschung erleben. Die Härte der Kämpfe im Osten werden Günter schon mitgenommen haben. Ich gönne Ihm [ihm] die wohlverdiente Ruhe im Lazarett u. hoffe, daß [dass] bis zu seiner Wiedergenesung der Krieg sein Ende hat. Dies ist wahrscheinlicher denn je. Diese Woche[18] ist mein 49. Geburtstag, ach wie schön wäre es zu Hause im Frieden. Den nächsten meinen, oder ich möchte sagen, Rudis, Deinen u. Günters Geburtstag feiern wir bestimmt zu Hause alle miteinander,

---

18. Bis Ende 1975 galt der Sonntag als der erste Tag der Woche in Deutschland. Hier ist die Woche vom 18. bis 24. Februar 1945 gemeint.

450

━━✦ 第五封信 ✦━━

寄信人：	收信人：
中士卡爾‧塞格	瑪麗婭‧塞格 女士
M‧00394A‧	⑭ 斯圖加特 蘇芬豪森區
漢堡海軍郵局	溫普芬納街1號

施韋堡，45年2月18日

我親愛的家人！

　　我想在今天這個星期日再給你們寫封信。因為軍務我無法出行，但即使沒有軍務我也毫無興趣，因為這個地方對我來說太無聊了。我相信我在這裡永遠不會覺得舒服，即便我自己身體很好。我們的施瓦本才是我永遠難以割捨的家鄉——無論發生什麼！我們親愛的京特上次從但澤給我寄來一封信，此後就再沒消息了。我估計他是又回到某個野戰醫院去了。我牢記他的話：「爸爸，團聚為期不遠了！」我相信，說不定哪天他就會給你們或我一個驚喜！東線戰事的慘烈肯定已經使京特心力交瘁。我慶幸他能在野戰醫院裡享受他應有的安寧。但願到他痊癒的時候戰爭已經結束。這希望比以前任何時候都大。這週[19]我就要49歲了，要是能在家盡享太平該多好啊！正像親朋好友說的那樣，我也相信我們大家肯定能一起在家慶祝魯迪的生日、妳的生日還有京特的生日，我幾乎敢打包票！親愛的瑪麗婭，再過14天我將分到2公斤鰻魚，我會把它連同豬油（1滿罐）一起寄給妳。妳得到新的食品票了嗎？我多麼想也給京特寄些東西，而這卻是不可能的，我們只有等待。

---

19. 直至1975年末，德國人將週日視為一週的第一天。此處是指1945年2月18日至24日的一週。

das möchte ich beinahe behaupten. Liebe Maria[,] in 14 Tagen bekomme ich 2 kg Aale, die ich Dir mit dem Fett (1 Dose voll) dann per Post schicke. Hast du [Du] Marken inzwischen erhalten.[?] Wie gern würde ich Günter was schicken, doch das ist noch nicht möglich, da müssen wir abwarten.

Was macht mein Rudischatz? Da Günter wieder alles verlassen hat, soll Rudi nun den [das] Rasierzeug mit Pinsel und Seife für Ihn [ihn] gut verwahren u. immer mit in Stollen nehmen bis sein Günter heimkommt. Und dann sage Ihm [ihm], daß [dass] ich auch bald komme, dann lese ich Ihm [ihm] wieder den Struwelpeter u. erzähle Ihm [ihm] viele Märchen u. vom Kriege. Seid Ihr diesmal gut über den Angriff hinweggekommen? Wie geht es meiner lieben Mutter.[?] Von Günter erwarte ich täglich Post u. hoffe solche bald zu erhalten. So bin u. bleibe ich immer mit Günter u. Euch in Gedanken verbunden[,] u. grüße u. küsse Euch herzlich[.]

Euer Papa

Guts Nächtle[.] Grüße an Alle [alle][.] Auf baldiges Wiedersehen u. Gott mit Euch[.]

....

魯迪寶寶怎麼樣了？京特把什麼東西都留在家裡了，所以讓魯迪為他好好保管刮鬍刀還有毛刷和肥皂，他每次都要把這些東西帶進防空洞，直到京特回來。告訴他，我馬上也要回家了，到時候我會再給他讀《蓬頭彼得》[20]，還給他講很多童話和戰爭故事。你們這回平安躲過空襲了嗎？我親愛的媽媽怎麼樣啊？我每天都在等京特的來信，但願不久就能收到。我的思緒現在也會永遠縈繞著京特和你們，衷心祝福你們，親吻你們！

孩子的爸

晚安！代我問候大家！期待不久團聚，上帝與你們同在！

---

20. 一本在德國家喻戶曉的童話書。

Heiliger Abend in Nordeuropa 1944

北歐平安夜1944

Abgesehen von dem neutralen Schweden wurden drei von den vier nordischen Ländern in den Zweiten Weltkrieg verwickelt: Dänemark und Norwegen wurden von der deutschen Wehrmacht besetzt, und Finnland kämpfte auf der deutschen Seite gegen die Sowjetunion. Ein glücklicher Umstand war, dass sich während des gesamten Zweiten Weltkrieges im skandinavischen Raum nie ein erbitterter Kampf ereignete. In Nordeuropa stationiert zu werden war für die deutschen Soldaten ein Glück. Der Heilige Abend 1944 war der letzte Heilige Abend im Krieg. Zu diesem Zeitpunkt hatten die deutschen Verbände kurz vorher an der Westfront die Ardennenoffensive gestartet, der andauernde Rückzug der deutschen Truppen an der Ostfront ging weiter, und die südlichen Länder standen schon fast alle unter Kontrolle der alliierten Mächte. Nur Nordeuropa war immer noch so ruhig wie eh und je.

除中立國瑞典之外，北歐四國中有三國被捲入二戰：丹麥與挪威被德軍佔領，芬蘭在德國一方對蘇聯作戰。所幸的是，在整場二戰中，斯堪的納維亞地區從未發生過慘烈戰鬥。駐守北歐對德國軍人而言是一種幸運。1944年的平安夜是最後一個戰爭中的平安夜。此時此刻，德軍剛於不久前在西線發動了阿登攻勢，東線德軍繼續節節潰敗，而南歐各國已幾乎全部為同盟國所控制。唯有北歐還是一如既往地平靜。

Der Obergefreite Heinrich Merx war im Norden Norwegens stationiert. Am Heiligen Abend 1944 erhielt er mit großer Freude ein Weihnachtspäckchen von seiner Freundin Edith. Da er nichts zurück schenken konnte, schrieb er sofort diesen Brief, um seine Dankbarkeit und Glückwünsche auszudrücken. An diesem schönen Fest hatte dieser junge Soldat doppelte Sehnsucht nach seiner Heimat und stellte sich beständig vor, wie seine Freundin diesen besonderen Abend verbringen würde. Er hoffte, dass Edith neben der harten Arbeit auch die Möglichkeit hatte, ein wenig zu feiern. Aufgrund der großen Entfernung vom eigentlichen Kampffeld konnte Merx nur durch die Propaganda der Wehrmacht die aktuelle Kriegslage erfahren und konnte den Ernst der wirklichen Situation unmöglich wissen. Obwohl die Tage des Dritten Reiches schon gezählt waren, träumte Merx immer noch naiv vom Sieg und glaubte weiterhin fest daran, eines Tages „können wir stolz auf unser Deutschland sein".

一等兵海因裡希・默克斯駐守在挪威北部。他在1944年平安夜歡天喜地地收到了女友愛蒂特寄來的聖誕包裹。因為無力回贈，他就立即寫下此信以表達感激與祝福。在此佳節之際，這名年輕的士兵愈加思念故鄉，了任想停女友會如何度過這個特殊的夜晚，期望愛蒂特能在繁重工作之餘也有機會稍事慶祝。此外，由於遠離真正的戰場，默克斯只能透過德軍宣傳來瞭解當前戰局，對真實事態之嚴重無從知曉。雖然第三帝國已餘日無多，默克斯卻依舊在天真地幻想勝利，仍然堅信有朝一日「能為我們的德國而感到自豪」。

Nord-Norwegen den, 24.12.44.

Meine liebe Edith!

Der Originalbrief

信件原件

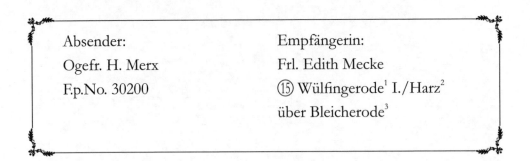

Absender:
Ogefr. H. Merx
F.p.No. 30200

Empfängerin:
Frl. Edith Mecke
⑮ Wülfingerode[1] I./Harz[2]
über Bleicherode[3]

Nord-Norwegen[,] den 24. 12. 44.

Meine liebe Edith!

Heute zum Heiligenabend [Heiligen Abend] habe ich eine große Freude gehabt, und dieße [diese] war, als ich um 21 Uhr ein kl. [kleines] aber kostbares Päckchen erhalten hab, es war die erste und einzigste Post, die ich bis jetzt zu Weihnachten bekommen hab. Ja lb. [liebe] Edith[,] wir hatten heute auch eine kleine Weihnachtsfeier die bekann [begann] um 7 Uhr, und um 8 Uhr muste [musste] ich aber aufbrechen, da wir auf Wache ziehen musten [mussten]. Wir haben erst ein kleines Essen gehabt, und beschert sind wir auch geworden wir haben 2 Flaschen Wein, 36 Zigaretten, und ein Weihnachtsweck bekommen. Wir haben uns sehr gefreut, daß [dass] wir immer noch in der Deutschen Wehrmacht solche Geschenke machen kann [können][,] denn wir müssen ja schlieslich [schließlich] auch bedenken[,] daß [dass] wir schon 6 Jahre Krieg führen, und so auch alles mal etwas weniger wird. Und nun noch mal auf dein liebes Päckchen

---

1. Wülfingerode ist ein Dorf im Gebirgsgebiet des Harzes, gehört zum heutigen Bundesland *Thüringen*.

2. Der Harz ist das höchste Gebirge im Norden Deutschlands. Seine Gebiete gehören jeweils zu den heutigen Bundesländern *Thüringen*, *Niedersachsen* und *Sachsen-Anhalt*.

3. Bleicherode ist ein Städtchen im Gebirgsgebiet des Harzes, gehört zum heutigen Bundesland *Thüringen*. Dieses Städtchen befindet sich nordöstlich von Wülfingerode, die Luftlinie beträgt 3,6 km.

✠ 中文譯文

寄信人：

一等兵 海因裡希·默克斯

戰地郵編 30200

收信人：

愛蒂特·梅克 小姐

⑮ 維爾芬墾地⁴/哈茨山⁵ 中

經 布萊希墾地⁶

挪威北部，44年12月24日

我親愛的愛蒂特！

今天這個平安夜讓我倍感溫馨，因為在21點的時候我收到了妳那小巧精緻的包裹。這是我到現在為止收到的第一個也是唯一一個聖誕包裹。是的，親愛的愛蒂特，我們在今晚7點也小事慶祝了一番。不過我在8點就不得不離席去站崗。我們舉行了一次小型晚宴，還得到了2瓶葡萄酒、36支香菸和一塊聖誕糕點作為聖誕禮物。身在德國國防軍中的我們都為依舊能得到禮物而慶幸，因為畢竟要想到，戰爭已經持續了6年，一切物資都變得匱乏。妳給我寄來了這個可愛的小包裹，我發自內心地感謝妳！我多麼想給妳也寄些東西，可惜我們已經很久不能寄任何東西了，再小的東西也不行。

---

4. 地名自譯。維爾芬墾地（Wülfingerode）是一個座落於哈茨（Harz）山區中的村莊，如今隸屬德國圖林根（Thüringen）州。

5. 哈茨山是德國北部最高的山脈，其地域分別歸屬今日德國圖林根州、下薩克森（Niedersachsen）州以及薩克森-安哈爾特（Sachsen-Anhalt）州。

6. 地名自譯。布萊希墾地（Bleicherode）是一個座落於哈茨山區中的小鎮，如今隸屬德國圖林根州。此鎮位於維爾芬墾地東北方向，飛行距離為3.6公里。

zurück zukommen, hab recht vielen und herzlichen dank [Dank] dafür, hätte dir gern auch etwas geschickt aber leider können wir ja schon seit längerer Zeit überhaupt nichts mehr schicken, also auch nicht die kleinste Kleinigkeit.

Also lb. [liebe] Edith, ich sage dir hiermit noch mal meinen allerbesten und herzlichsten dank [Dank] aus. Ich habe an dich fast den ganzen Tag gedacht und hab mir [mich] so oft im Stillen nach hause [Hause] gesehnt wie ihr jetzt gerade am heiligen abend [Heiligen Abend] auch an alle eure lieben [Lieben] gedacht habt.

Liebe Edith[,] auch an die Arbeit hab ich auch gedacht, du wirst bestimmt die ganze Woche wieder tüchtig gearbeitet haben. auch [Auch] heute zum heiligen abend [Heiligen Abend] werdet ihr auch noch mal etwas Marken zu kleben haben, und dann anschließend wirst du den kleinen Weihnachtsbaum angeputzt haben.

„Ja wie schön." Ist es, und wär [wäre] es! Wenn ich dir mal hätte zusehen können. Leider der böse Krieg wieder dazwischen, der macht aber auch so vieles zunichte, hoffentlich nimt [nimmt] er nun doch endlich mal ein gutes Ende.

Ich glaube[,] es ist für uns allen [alle] ein [eine] große Freude gewesen, als es hies [hieß], im Westen hat die neue gegen Offensive [Gegenoffensive] bekommen [begonnen], und als wir dann auch die darauf folgenden Tage hörten, daß [dass] wir auch ganz gut fahren! Sind wir doppelt so sehr zum dank [Dank] verpflichtet, daß [dass] wir ruhig mal ein weilchen [Weilchen] als Soldat mitmachen und alles dazu geben müssen, daß [dass] wir doch zum schluß [Schluss] siegen müssen. Und wenn wir dann mal wieder gesund in die Heimat zurück kehren [zurückkehren], dann können wir stolz auf unser Deutschland sein.

Nun mit diesem Gedanken will ich nun auch schließen, daß [dass] es bald zu einem guten Ende führt.

Mit recht herzlichen Grüßen u. viele lb. [liebe] Küschen [Küsschen] verbleibt dir

dein M. Heinrich[.]

親愛的愛蒂特，在此我再次向妳表達我最誠摯、最由衷的謝意！我幾乎一整天都在想念妳，多少次我在心中默默地思念家鄉，想妳們是如何度過這個平安夜。

親愛的愛蒂特，與此同時我也想到了妳的工作。妳肯定又辛勤工作了整整一週。即便在今天這個平安夜妳們也得去做一些貼標籤之類的工作，然後才能豎起一棵小聖誕樹。

「哦！多美啊！」要是我能親眼見到妳妝點聖誕樹該有多好啊！然而這場可惡的戰爭卻令我們天涯相隔。這場戰爭已帶來了太多苦難，但願它早日結束。

我相信，在西線新發動的反攻讓我們每個人都歡欣鼓舞。當我們在隨後的幾天中聽說進展順利的時候，我們都倍懷感激之情，自感身為軍人務必忍此須臾並奉獻一切──為了最終的勝利。來日我們榮歸故里，終將能為我們的德國而感到自豪。

懷著必勝的信念，我止筆於此。

衷心祝福妳，深情親吻妳！

妳的墨克斯・海因裡希

Wo seid Ihr?

你們在哪裡？

Um die Kriegslage an der Westfront zu wenden, starteten die deutschen Truppen am 16. Dezember 1944 in der von der amerikanischen Armee schwach verteidigten Ardennenregion[1] die letzte große Gegenoffensive, die in der deutschen Militärgeschichte als „Ardennenoffensive" und in der amerikanischen sowie britischen Militärgeschichte als „Battle of the Bulge" bezeichnet wird. In der ersten Zeit von etwa zehn Tagen mussten sich die 80.000 amerikanischen Soldaten vor der blitzartigen und überraschenden Offensive von 200.000 deutschen Soldaten fluchtartig zurückziehen. Jedoch konnten durch die Unterstützung der schnell heran gezogenen alliierten Verstärkungstruppen schon um Weihnachten

Heinrich Jäger
海因裡希・耶格爾

1944年12月16日，德軍為扭轉西線戰局在美軍防守薄弱的阿登地區[2]發動了最後一次大規模反攻，德國戰史稱之為「阿登攻勢」，英美戰史則稱其為「凸出部戰

---

1. Die Ardennenregion ist eine bewaldete und gebirgige Region, wo Belgien, Luxemburg und Frankreich aneinander grenzen. Die Offensive der deutschen Truppen entfaltete sich überwiegend in Belgien und Luxemburg.

2. 阿登（Ardennen）地區是位於比利時、盧森堡、法國三國交界處的一片山林地帶。德軍攻勢主要在比利時以及盧森堡境內展開。

Das Grab von Jäger, er wurde am 21. April 1911 geboren und fiel am 4. Februar 1945.

耶格爾的墓，他出生於1911年4月21日，陣亡於1945年2月4日。

Die Familie Jäger

耶格爾全家福

die deutschen Angriffe effektiv aufgehalten werden. Am 21. Januar 1945 mussten die deutschen Verbände die Ardennenoffensive schließlich beenden. Bis Anfang Februar 1945 entwickelte sich die Front im Westen wieder fast genau wie vor der Offensive. Der Unterschied war aber, dass Deutschland seine letzten Reservekräfte bereits verbraucht hatte und seitdem nie mehr einen Gegenangriff unternehmen konnte. Nach der Niederlage in dieser Schlacht gab es auch kaum noch Deutsche, die daran glaubten, dass Deutschland den Krieg noch gewinnen würde.

役」。在攻勢最初10天左右的時間中，8萬美軍面對20萬德軍突如其來的閃電式進攻迅速潰退。而立即趕來的盟軍增援部隊卻於聖誕節前後便有效遏止住了德軍的攻勢。1945年1月21日，德軍被迫終止阿登攻勢。截至1945年2月初，西方戰線再度與攻勢展開之前相差無幾，不同之處在於德國已經耗盡了最後的儲備力量，從此

Heinrich Jäger (2. von rechts) mit seinen Kameraden, aufgenommen im Jahre 1942.

海因裡希・耶格爾（右2）與戰友們在一起，攝於1942年。

Heinrich Jäger war ein Funker, der an der Ardennenoffensive teilnahm, und er fiel zwei Wochen nach der Offensive, am 4. Februar 1945. In den letzten Wochen seines Lebens verloren seine Frau und sein Sohn, die zu Hause in Hannover blieben, wegen der Flucht vor der Bombardierung den Kontakt mit ihm. Das brachte ihn in ungeheure Besorgnis. Tag und Nacht machte er sich Sorgen um die Sicherheit und das Wohlbefinden seiner Familie sowie um die Bildung seines Kindes. Die Ardennenoffensive wurde damals als Entscheidungspunkt für

再無力進行反擊。此次戰役失敗之後，也幾乎不再有德國人還相信德國會贏得戰爭。

海因裡希・耶格爾是一名參加了阿登攻勢的話務員，在攻勢結束後兩週於1945年2月4日陣亡。在他生命的最後幾個星期，留守在故鄉漢諾威的妻兒因為躲避轟炸而與他失去了聯繫。這令他心急若

Heinrich Jäger (1. von rechts) mit seinen Kameraden, aufgenommen im Jahre 1942.

海因裡希・耶格爾（右1）在工作中，攝於1942年。

Deutschlands Umschlag in den Sieg propagiert. Doch Heinrich erwähnte in seinem Brief kein einziges Wort über Erwartungen auf einen deutschen Sieg. Das Einzige, was ihn interessierte, war der Verbleib seiner Frau und seines Kindes.

Ein Foto von Heinrichs Grab wurde mit den Briefen von Heinrich zusammen aufgehoben. Er wurde gemeinsam mit zwei anderen deutschen Soldaten in einem Grab beerdigt. Möglicherweise konnte Heinrich bis zum Lebensende keine Nachricht von seiner Familie erhalten. Vielleicht

焚，日夜擔心家人的安全、家人的健康、孩子的教育。阿登攻勢當年曾被宣揚為德國反敗為勝的契機，而海因裡希在他的信中卻隻字未提對德國戰勝的憧憬。他唯一關心的就是妻兒的下落。

在海因裡希的信件一同保存的還有海因裡希墓地的照片，他與另外兩名德國軍人合葬一處。海因

Heinrich Jäger in Uniform

海因裡希・耶格爾
的戎裝照

war er, als er diese Welt verließ, immer noch voller Unruhe über das Schicksal seiner Familie. Unter den alten Briefen von Heinrich fand ich noch die Flüchtlings-Ausweise von seiner Frau Martha und seinem Sohn Günter, die im Jahre 1949 ausgestellt wurden. Das zeigt, dass die Mutter und der Sohn beide das Kriegsende heil überlebt haben.

裡希可能在生命的盡頭都沒能收到妻兒的音訊，在他離開這個世界時也許依然懷著對家人的無限焦慮。我在海因裡希的舊信中還發現了他夫人瑪塔與兒子京特簽發於1949年的難民證。由此可知母子二人都平安活到了戰後。

Flüchtlings-Ausweise von Martha Jäger und Sohn Günter, aus denen man entnehmen kann, dass Martha am 17. Mai 1909 in Hannover geboren wurde, und Günter am 2. Juli 1938 auch in Hannover.

瑪塔・耶格爾與幼子京特的難民證，據此可知瑪塔於1909年5月17日生於漢諾威，京特於1938年7月2日同樣生於漢諾威。

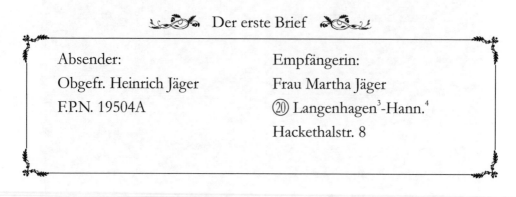

✅ Der erste Brief ✅

Absender:	Empfängerin:
Obgefr. Heinrich Jäger	Frau Martha Jäger
F.P.N. 19504A	⑳ Langenhagen[3]-Hann.[4]
	Hackethalstr. 8

(406)   Siebenahler [Siebenaler[5]] in Luxemburg, den 7.1.45

Liebe Mutti u. Günter!

Wir haben Schwein gehabt und sind gestern abend [Abend] nicht abgerückt. Der Amerikaner war inzwischen auch ohne uns zurückgehauen. Das hat uns wiederum eine ruhige Nacht eingebracht. Und dafür waren wir alle sehr dankbar. L. L. [Lieber Liebling], mach Dir bitte keine Sorgen um mich, es geht mir zur Zeit ganz gut und vielleicht können wir diese Nacht noch einmal ruhig schlafen, dann ist auch die letzte Müdigkeit überwunden. L. L. [Lieber Liebling], heute ist wieder etwas Post gekommen, aber nichts für mich. Meine Sorgen werden immer größer. Wohnt Ihr bei Tanna, geht Günter wieder zur Schule, wie geht es Tanna, seit [seid] Ihr noch alle wohlauf? Habt Ihr aus unserem Hause noch etwas retten können? L. L . [Lieber Liebling], es ist gemein, daß [dass] man mir keinen Urlaub gibt. L. L. [Lieber Liebling], ich habe einen schönen Atlas für Günter eingepackt, doch ich weiß nicht, wie ich ihn loswerde. Ich habe meine Privatanschrift von Kesten[6] drauf geschrieben.

---

3. Die Stadt *Langenhagen* befindet sich im mittelnördlichen Teil der Region *Hannover*.

4. Die Region *Hannover* befindet sich im Norden Deutschlands, gehört zum heutigen Bundesland *Niedersachsen*.

5. Siebenaler ist ein Dorf im Norden Luxemburgs.

6. Die Gemeinde *Kesten* befindet sich im Südwesten Deutschlands, gehört zum heutigen Bundesland *Rheinland-Pfalz*.

✠ 中文譯文

～ঔ 第一封信 ঔ～

寄信人：

一等兵 海因裡希·耶格爾

戰地郵編 19504A

收信人：

瑪塔·耶格爾 女士

⑳ 朗根哈根[7]/漢諾威地區[8]

哈克塔爾街8號

（406）　　　　　　　　　　　　盧森堡 錫本阿勒[9]，45年1月7日

親愛的孩子的媽和京特！

　　我們很幸運，昨晚沒有受命開拔。就算我們不打，美國人也會逃跑的。這又給我們帶來了一個安寧的夜晚。我們真是感激不盡。我親愛的，請不要為我擔心。我現在的日子過得挺好的，或許我們這一夜還能再睡個安穩覺，這樣就能徹底從疲勞中恢復過來了。我親愛的，今天送信的人又來了，但沒有給我的信。我越來越擔心。你們住在湯娜家嗎？京特又去上學了嗎？湯娜好嗎？你們身體都還好嗎？你們來得及從咱們家搶救出什麼東西嗎？我親愛的，不准我回家休假可真夠缺德的。我親愛的，我給京特包裹好了一本很漂亮的地圖冊，卻不知道怎麼寄出去。我寫上了在肯斯滕[10]的私人住址，可幾

---

7. 朗根哈根（Langenhagen）市位於漢諾威（Hannover）地區中北部。

8. 漢諾威地區位於德國北部，如今隸屬德國下薩克森（Niedersachsen）州。

9. 錫本阿勒（Siebenaler）是一個地處盧森堡北部的村莊。

10. 肯斯滕（Kesten）鄉位於德國西南部，如今隸屬德國萊茵藍-普法爾茨（Rheinland-Pfalz）州。

Der erste Originalbrief

第一封信件原件

Doch bis fast zum Rhein geht keine Privatpost mehr. L. L.[Liber Liebling], habt Ihr meine Pakete aus Kesten bekommen. L. L. [Lieber Liebling], schick mir um himmelswillen [Himmelswillen] keine Päckchen auf die kl. [kleinen] Marken, die kommen doch nicht an. In heißer Sehnsucht, meinen Schicksal vertrauend, grüße u. küsse ich Euch innigst und mit herzlichen Grüßen an Tanna[.]

Euer Vati

Der zweite Originalbrief

第二封信件原件

平直到萊茵河都不通私人郵件了。我親愛的，你們收到我從肯斯滕寄的包裹了嗎？我親愛的，千萬不要用小郵票給我寄包裹，根本就寄不到。懷著熱切的思念和對我自己命運的自信，我深情親吻你們、祝福你們，也衷心問候湯娜！

孩子的爸

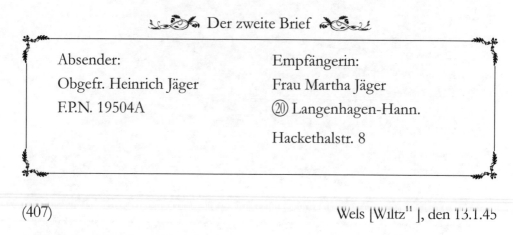

🙘🙘 Der zweite Brief 🙚🙚

Absender:
Obgefr. Heinrich Jäger
F.P.N. 19504A

Empfängerin:
Frau Martha Jäger
⑳ Langenhagen-Hann.

Hackethalstr. 8

(407)   Wels [Wiltz[11]], den 13.1.45

Liebe Mutti u. Günter!

Was ist nur mit Euch los. Ich warte jeden Tag voll brennender ungeduld [Ungeduld] auf ein Lebenszeichen von Euch, aber leider immer vergebens. Zufällig hörte ich gestern einmal den Wehrmachtsbericht und schon wurde wieder ein Angriff auf Hannover gemeldet. L. L. [Lieber Liebling], ist denn da überhaupt noch was zu zerstören? L. L. [Lieber Liebling], ich habe ja die leise Hoffnung, daß [dass] Du mit Günter bei Tanna wohnen kannst. Doch aber wenn nicht, wo soll ich Euch da vermuten? Wenn ich doch wenigstens mal einen Brief bekäme.

L. L. [Lieber Liebling], deute bitte in jedem Brief die Grundzüge von den [dem] Geschehenen an, damit ich mir, falls ich doch einmal einen Brief bekommen sollte, ein Bild machen kann. L. L. [Lieber Liebling], ich bin in solch großer Sorge um Euch, daß [dass] ich des Nachts nur andere ob Ihren [ihres] guten Schlafs bewundern kann. Obendrein plagen mich, sowie ich mich ruhig hinlege, die Leuse [Läuse], die ich trots [trotz] heufigen [häufigen] Wäschewechsels nicht mehr los werde. Zuletzt hatte ich seidene Unterwäsche an. Meine Annahme, darin würden sie sich nicht halten, hat mich sehr

---

11. Das Städtchen *Wiltz* liegt südwestlich von Siebenaler, die Luftlinie beträgt ca. 10 km.

〜❀ 第二封信 ❀〜

寄信人：

一等兵 海因裡希·耶格爾

戰地郵編 19504A

收信人：

瑪塔·耶格爾 女士

⑳ 朗根哈根/漢諾威地區

哈克塔爾街8號

（407）　　　　　　　　　　　　　　　　維爾茨[12]，45年1月13日

親愛的孩子的媽和京特！

　　你們到底出什麼事了？我每天都萬分焦急地等待著你們的音訊，卻總是徒勞。我昨天偶然從國防軍新聞裏聽到關於漢諾威再次遭到空襲的報導。我親愛的，那裏還有什麼可被摧毀的呢？我親愛的，我還是心存僥倖，希望妳和京特會搬到湯娜家住。可如果不是這樣，我該如何揣測你們的下落呢？要是我至少能接到一封你們的信也好！我親愛的，請在每一封信中都把你們的遭遇大致給我講一遍，這樣只要有一封信送到我手中，我就能有一個頭緒。

　　我親愛的，我真為你們擔心，所以我在夜裏只能羨慕那些能安然入睡的人。另外，每當我靜靜躺下，就飽受蝨子的折磨。即便我頻繁換洗衣服，也無法再擺脫它們。最近我換上了絲織內衣，以為它們沒法在這種內衣裡存活，可我大錯特錯了，它們在這內衣裏活得逍遙自在。昨晚我把這絲織內衣又換下來了。

---

12. 維爾茨（Wiltz）鎮地處錫本阿勒（Siebenaler）西南方向，飛行距離約為10公里。

geteuscht [getäuscht]. Da schienen sie sich erst recht wohl drin zu fühlen. Ich hab auch die gestern abend [Abend] wieder weg geschmissen [weggeschmissen].

L. L. [Lieber Liebling], falls Du meine Post erhälst, wirst Du schon warten, denn ich bin seit Sonntag nicht zum schreiben [Schreiben] gekommen. Der Amerikaner heizt uns tüchtig ein. Wir bekommen überhaupt keine Lichter und hocken meistens im dunkeln [Dunkeln]. Gestern hat uns nun der Ami ein Fenster in unseren Kuhstall eingebaut. Dafür bin ich ihm dankbar. Ich habe mich heute einmal wieder rasiert und gewaschen. Zu [Zum] Essen haben wir in rauen [großen] Mengen, alle Tage schmoren wir uns die schönsten Sachen. Es feht [fehlt] an nichts, an jeder Kuh sitzt immer einer am melken. L. L. [Lieber Liebling], unser Essenfahrzeug ist da, es ist 21 Uhr, der Brief soll noch mit. Endschuldige bitte die schlechte Schrift, ich hab nur ein sehr kärgliches Licht. In banger Hoffnung, daß [dass] Ihr wohlbehalten und gut untergebracht seit [seid], grüße und küse [küsse] ich Euch heiß und innig.

Euer lieber Vati

Herzliche Grüße auch an Tanna

....

我親愛的，妳得耐心等待才能收到我的信，因為我從週日起就沒機會寫信。美國人著實教訓了我們。我們根本不敢點燈，大多數時候都躲在黑暗裡。昨天一個美國佬把我們藏身的牛圈的一扇窗戶打破了。我太感謝他了！今天我又能刮鬍洗臉了。吃的東西我們有很多，每天我們都做最好的吃。什麼都不缺，每隻乳牛旁邊都總是坐著一個人擠奶。我親愛的，我們的食品車來了。現在是21點，這封信會一起送走。請原諒這潦草的字跡，我這裏的光線十分昏暗。心懷對你們安康和平安的急切希望，我衷心親吻你們、祝福你們！

愛你們的孩子的爸

同樣衷心問候湯娜！

Die Russen kommen!

俄國人來了！

Es war zweifelsfrei, dass die Rote Armee in der Geschichte einen erheblichen Beitrag zur Niederschlagung des deutschen Faschismus geleistet hat. Aber die von dieser Armee begangenen Verbrechen dürfen auch nicht vergessen werden. Von Ostpreußen nach Berlin war der antifaschistische Feldzug der sowjetischen Armee erfüllt von unzähligen Gräueltaten gegen die deutsche Zivilbevölkerung. Lediglich ein Fünftel der 130.000 von den sowjetischen Truppen eingeschlossenen deutschen Zivilisten in Königsberg haben überlebt. Nach der sowjetischen Eroberung von Berlin wurden über 100.000 deutsche Frauen vergewaltigt. Ob für die deutschen Soldaten oder die deutsche Bevölkerung, es gab damals nichts Schrecklicheres, als den Russen in die Hände zu fallen.

Das Zuhause von dem Unteroffizier Hans Haerbelt befand sich in Liegnitz in Niederschlesien. Im Januar 1945 erreichte die

蘇聯紅軍在歷史上為擊敗德國法西斯所做出的巨大貢獻毋庸置疑，然而這支軍隊所犯下的戰爭罪行也不能被遺忘。從東普魯士到柏林，蘇軍的反法西斯之路上充斥著無數對普通德國民眾的暴行。在柯尼斯堡被蘇軍包圍的13萬德國平民中僅有五分之一倖存，在蘇軍佔領後的柏林有超過10萬名德國女性遭到強姦。無論對當年的德國軍人還是德國百姓來說，沒有比落入俄國人之手更為可怕的事情。

二級下士漢斯・黑貝爾特的家在下西里西亞地區的利格尼茨。1945年1月，蘇聯紅軍已推進至上西里西亞，直逼下西里西亞。俄國

Rote Armee schon Oberschlesien. Die rasende Geschwindigkeit des russischen Vormarsches überraschte Haerbelt sehr. Obwohl sein eigenes Schicksal auch ungewiss war, sorgte sich Haerbelt aber am meisten darum, dass seine Familie „den bolschewistischen Horden in die Hände fallen" würde, deswegen schrieb er sofort an seine Familie, warnte seine Familie davor und forderte sie auf sich möglichst früh auf, die Flucht vorzubereiten.

Am 18. Tag nach dem Schreiben des Briefes von Haerbelt wurde Liegnitz am 9. Februar 1945 von den sowjetischen Truppen eingenommen. Zu jenem Zeitpunkt konnten über 15.000 Einwohner der Stadt nicht mehr rechtzeitig flüchten. Leider ist dieser Brief mein Einziger von Familie Haerbelt, hoffentlich war diese Familie nicht unter den 15.000.

人進軍速度之快令黑貝爾特大為驚訝。雖然自己的命運同樣飄搖不定，黑貝爾特最擔憂的卻是他的家人會「落入布爾什維克匪徒之手」，於是立即寫信提醒家人儘早做好逃亡準備。

就在黑貝爾特寫此信之後的第18天，利格尼茨於1945年2月9日被蘇軍攻佔。當時城中尚有超過1萬5千名居民未能及時逃離。可惜這封信是我唯一一封出自黑貝爾特家的信，但願這家人不在這1萬5千人之中。

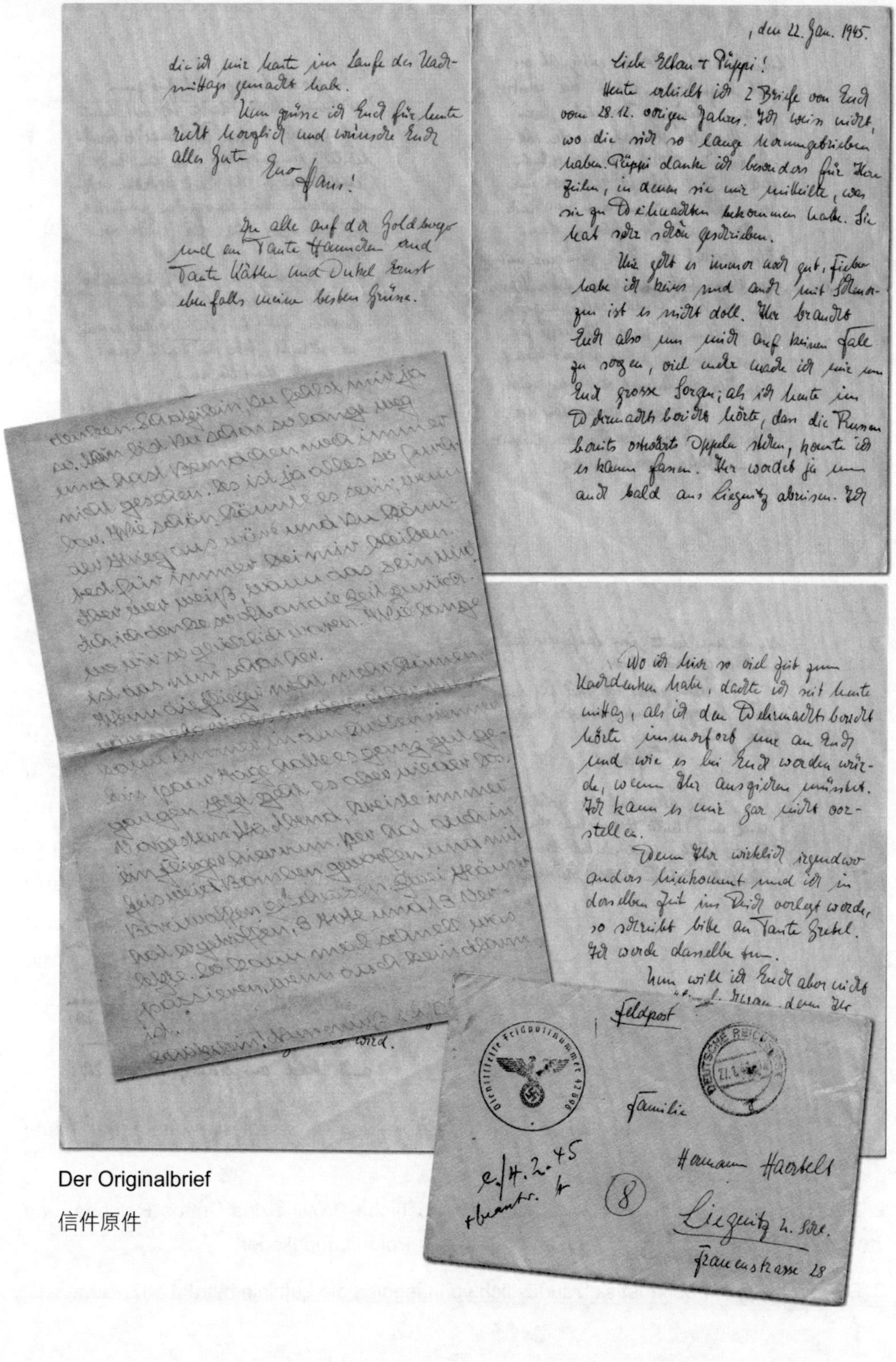
die ich mir heute im Laufe des Nachmittags gemacht habe.

Nun grüsse ich Euch für heute recht herzlich und wünsche Euch alles Gute

Euer Hans!

An alle auf der Goldberger und an Tante Hannchen und Tante Käthe und Onkel Ernst ebenfalls meine besten Grüsse.

, den 22. Jan. 1945.

Liebe Eltern & Püppi!

Heute erhielt ich 2 Briefe von Euch vom 28.12. vorigen Jahres. Ich weiss nicht, wo die sich so lange herumgetrieben haben. Püppi danke ich besonders für Ihre Zeilen, in denen sie mir mitteilte, was sie zu Weihnachten bekommen habe. Sie hat sehr schön geschrieben.

Mir geht es immer noch gut, Fieber habe ich keins und auch mit Schmerzen ist es nicht doll. Ihr braucht Euch also um mich auf keinen Fall zu sorgen, viel mehr mache ich mir um Euch grosse Sorgen; als ich heute im Wehrmachtsbericht hörte, dass die Russen bereits ostwärts Oppeln stehen, konnte ich es kaum fassen. Ihr werdet ja nun auch bald aus Liegnitz abreisen. Ich

Wo ich hier so viel Zeit zum Nachdenken habe, dachte ich seit heute mittag, als ich den Wehrmachtsbericht hörte immerfort nur an Euch und wie es bei Euch werden würde, wenn Ihr ausziehen müsstet. Ich kann es mir gar nicht vorstellen.

Wenn Ihr wirklich irgendwo anders hinkommt und ich in derselben Zeit ins Reich verlegt werde, so schreibt bitte an Tante Gretel. Ich werde dasselbe tun.

Nun will ich Euch aber nicht ... dem Ihr

Feldpost

Deutsche Reichspost

Familie

Hermann Haertel

Liegnitz i. Schl.

Frauenstrasse 28

e. 4.2.45

(8)

Der Originalbrief

信件原件

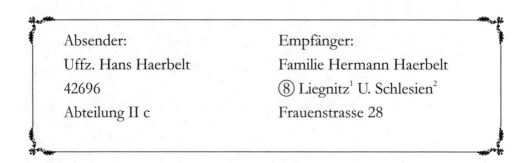

Absender: Empfänger:

Uffz. Hans Haerbelt   Familie Hermann Haerbelt

42696   ⑧ Liegnitz[1] U. Schlesien[2]

Abteilung II c   Frauenstrasse 28

den 22. Jan. 1945.

Liebe Eltern + Püppi!

Heute erhielt ich 2 Briefe von Euch vom 28. 12. vorigen Jahres. Ich weiss [weiß] nicht, wo die sich so lange herumgetrieben haben. Püppi danke ich besonders für ihre Zeilen, in denen sie mir mitteilte, was sie zu Weihnachten bekommen hatte. Sie hat sehr schön geschrieben.

Mir geht es immer noch gut, Fieber habe ich keins und auch mit Schmerzen ist es nicht doll. Ihr braucht Euch also um mich auf keinen Fall zu sorgen, viel mehr mache ich mir um Euch grosse [große] Sorgen, als ich heute im Wehrmachtsbericht hörte, dass die Russen bereits ostwärts Oppeln[3] stehen, konnte ich es kaum fassen. Ihr werdet ja nun auch bald aus Liegnitz abreisen. Ich bitte Euch aber eher zu zeitig als zu spät loszufahren, denn Ihr wisst ja aus genügend Beispielen, was den Menschen passiert, die den bolschewistischen Horden in die Hände fallen. Auch bitte ich Euch von mir keine Sachen mitzunehmen, um Euch

---

1. Die Stadt *Liegnitz* befindet sich im mittleren Gebiet von Unterschlesien und gehört heute Polen.

2. Die Region *Unterschlesien* war einmal eine östliche Provinz des Dritten Reiches, und wurde nach dem Ende des Zweiten Weltkrieges Polen angegliedert.

3. Die Stadt *Oppeln* befindet sich südöstlich von Liegnitz, die Luftlinie beträgt 137,7 km.

✠ 中文譯文

寄信人：	收信人：
二級下士 漢斯・黑貝爾特	赫爾曼・黑貝爾特 家
42696	⑧ 利格尼茨[4] 下西里西亞地區[5]
II c連隊	弗勞恩街28號

1945年1月22日

親愛的雙親＋碧碧！

今天我收到了你們在去年12月28日寫的兩封信。我不明白怎麼耽擱了這麼長時間。我特別感謝碧碧寫給我的話。她向我描述了她得到的聖誕節禮物，她寫得真好！

我的日子過得還算不錯。我的燒退了，也不感覺那麼疼了。你們千萬別為我擔心，倒是我很為你們擔心。當我今天在《國防軍新聞》中聽到俄國人已經打到奧波萊[6]以東的消息時，簡直驚呆了！你們想必不久也要撤離利格尼茨了。我勸你們趁早準備動身！你們再清楚不過，那些落入布爾什維克匪徒之手的人都遭受了怎樣的命運。另外我請你們不要把我的東西也帶上，免得

---

4. 利格尼茨（Liegnitz）市位於下西里西亞（Unterschlesien）地區中央地帶，如今歸屬波蘭。

5. 下西里西亞地區曾是第三帝國東部的一個省，在二戰結束後劃歸波蘭。

6. 奧波萊（Oppeln）市位於利格尼茨東南方向，飛行距離為137.7公里。

nicht unnötig zu belasten, denn Ihr werdet von Euch genügend mitzunehmen haben. Meinen guten Mantel soll sich Onkel Walter anziehen, da er ihm ja passt. Ich hoffe ja nur, dass es nicht so weit kommt, dass Ihr die Heimat verlassen müsst.

Ich glaube daran, dass der Russe noch vor Erreichen von Liegnitz zum Stehen gebracht wird. Wo ich hier so viel Zeit zum Nachdenken habe, dachte ich seit heute mittag [Mittag], als ich den Wehrmachtsbericht hörte, immerfort nur an Euch und wie es bei Euch werden würde, wenn Ihr ausziehen müsstet. Ich kann es mir gar nicht vorstellen.

Wenn Ihr wirklich irgendwo anders hinkommt und ich in derselben Zeit im Reich verlegt werde, so schreibt bitte an Tante Gretel. Ich werde dasselbe tun.

Nun will ich Euch aber nicht noch unnötig beschweren, denn Ihr habt ja selber genug zu denken. Es sind ja auch alles nur Gedanken, die ich mir heute im Laufe des Nachmittags gemacht habe.

Nun grüsse [grüße] ich Euch für heute recht herzlich und wünsche Euch alles Gute[,]

Euer Hans!

An alle auf der Goldberger [Straße] und an Tante Hannchen und Tante Käthe und Onkel Ernst ebenfalls meine besten Grüsse [Grüße].

累贅，因為必須帶的就已經夠多的了。我那件上好的大衣就給瓦爾特叔叔穿吧！應該挺合他身的。我真希望你們不會真的被逼到背井離鄉的地步。

我相信，俄國人到不了利格尼茨就會被擋住。自從今天中午聽了《國防軍新聞》之後，我就不住地想你們，想想你們要是真的不得不逃離家鄉可怎麼辦啊？我真無法想像！

要是你們真的流落他鄉，而與此同時我又被派到帝國的其他地方，就請把信寄給格蕾特爾姨媽。我的信也一樣會寄給她。

我不想讓你們白擔心，因為你們要操心的事情已經夠多的了。我所寫的只是我今天這一下午心中的想法而已。

我衷心為你們祝福，祝你們平平安安！

你們的漢斯

誠摯問候住在戈爾德貝格街的所有人，還有韓馨姨媽、克特姨媽和恩斯特叔叔。

Unser Kind ist krank

我們的孩子病了

Wegen Unterernährung und unzureichender ärztlicher Betreuung starben zahlreiche deutsche Säuglinge in der letzten Phase des Zweiten Weltkrieges. In Stuttgart zum Beispiel betrug im Mai 1943 die Säuglingssterblichkeit nur 3,8%, stieg aber im Dezember 1944 bereits rasch auf 20,3%. Demgegenüber fiel nur ein Jahr nach dem Krieg, im Mai 1946, die Stuttgarter Säuglingssterblichkeit schnell auf 6%. Es gab unvorstellbar viele deutsche Mütter, die wegen des Kriegsunheils ihre neugeborenen Kinder schmerzhaft verloren.

Der Unteroffizier Rudi Kunst zog schon vor der Geburt seines kleinen Sohnes Berndchen in den Krieg. Bis seine Frau Maria diesen Brief verfasste, hatte Rudi seinen Sohn noch nie zu Gesicht bekommen. Maria ernährte den kleinen Jungen allein zu Hause. Anfang 1945 war Berndchen schwer erkältet. Da bekam Maria fürchterliche Angst, war

由於營養不良與缺醫少藥，大量德國嬰兒在第二次世界大戰後期夭折。以斯圖加特為例，1943年5月斯圖加特嬰兒死亡率僅為3.8%，1944年12月竟已飆升至20.3%。而就在戰爭結束後一年，1946年5月的斯圖加特嬰兒死亡率驟降至6%。難以想像有多少德國母親因戰禍而痛失自己初生的孩子。

二級下士魯迪·昆斯特在兒子小貝恩德出生前就踏上了征途。直到妻子瑪麗婭寫此信之時，魯迪還從未見過兒子一面。瑪麗婭獨自在家撫養幼子。在1945年初，小貝恩德患上了嚴重的

aber ratlos. Sie wünschte sich ein wärmeres Zuhause, hatte jedoch keine Brennstoffe zum Heizen. Sie wollte gern den Arzt nach Hause zur Behandlung von Berndchen einladen, doch konnte der Arzt wegen der Bombardierung nicht kommen.

Ich weiß nicht, aus welchem Grund die Briefe von Familie Kunst seitdem plötzlich aufhörten. Dieser Brief ist der Letzte, den ich zum Lesen bekommen konnte. Hoffentlich wurde Berndchen nach kurzer Zeit wieder gesund, hoffentlich kam diese dreiköpfige Familie nach dem Krieg heil zusammen, hoffentlich gab es noch Briefe, die mir nicht zur Verfügung standen.

感冒。這令瑪麗婭驚恐萬分卻又無可奈何。她想讓家裡暖和一些，卻沒有取暖用的燃燒物；她想請醫生到家裡來給小貝恩德看病，但醫生卻因空襲而無法前來。

不知何故，昆斯特家的家信在此之後戛然而止。此信是我所能讀到的最後一封。但願小貝恩德不久後恢復了健康，但願這一家三口在戰後平安團聚，但願我只是沒能收集到此後的信件。

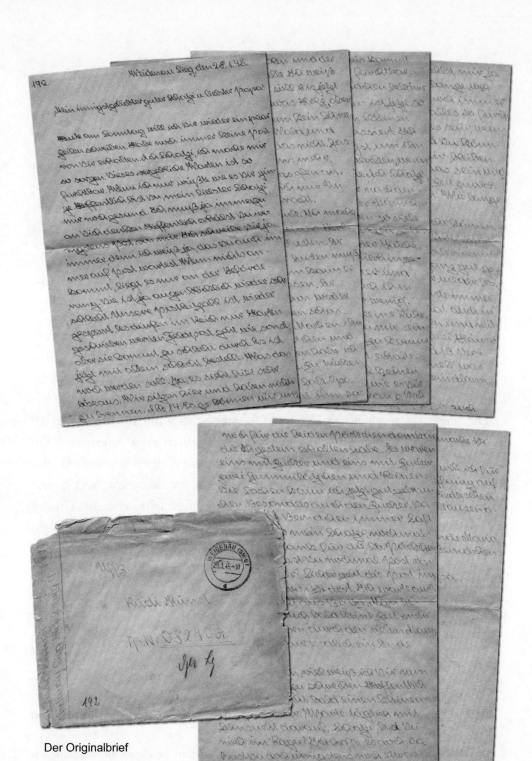

Der Originalbrief

信件原件

✠ Deutscher Originaltext

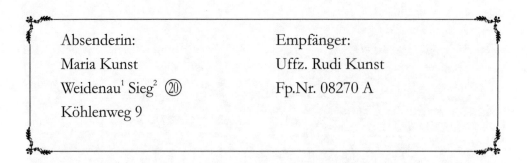

Absenderin:

Maria Kunst

Weidenau[1] Sieg[2] ⑳

Köhlenweg 9

Empfänger:

Uffz. Rudi Kunst

Fp.Nr. 08270 A

Weidenau Sieg, den 28. 1. 45.

Mein innigstgeliebter guter Schatzi u. liebster Papa!

Heute am Sonntag will ich Dir wieder ein paar Zeilen schreiben. Habe noch immer keine Post Dir erhalten. Ach Schatzi, ich mache mir so Sorgen. Dieses vergebliche Warten ist so furchtbar. Wenn ich nur wüßte [wüsste] wie es Dir ginge. Hoffentlich bist Du, mein liebster Schatzi mir noch gesund. Ich muß [muss] ja immerzu an Dich denken. Hoffentlich erhälst [erhältst] Du wenigstens Post von mir. Ich schreibe Dir ja immer, denn ich weiß ja, das [dass] Du auch immer auf Post wartest. Wenn nichts ankommt, liegt es nur an der Beförderung. Die ist ja augenblicklich wieder sehr schlecht. Unsere Postleitzahl ist wieder gesperrt. Es dürfen im Reich nur Karten geschrieben werden. Feldpost geht wie sonst, aber sie kommt zu schlecht durch. Es ist jetzt mit allem schlecht bestellt. Was das noch werden soll. Ja, es sieht hier sehr böse aus. Wir sitzen hier und haben nichts zu brennen. Alle 14 Tage können wir uns einen Zentner Kohlen holen und der ist in eine paar Tagen alle. Ich weiß nicht, was das noch geben soll. Bis jetzt hatten wir noch immer etwas Holz, aber das

---

1. Weidenau befindet sich westlich der Mitte Deutschlands, war in der Zeit des Zweiten Weltkrieges eine Gemeinde, wurde dann 1975 in die Stadt *Siegen* eingegliedert. gehört zum heutigen Bundesland *Nordrhein-Westfalen*.

2. Die Sieg ist ein Nebenfluss des Rheins, verläuft in den heutigen Bundesländern *Nordrhein-Westfalen* und *Rheinland-Pfalz*. Ihre Gesamtlänge beträgt 155 km.

✠ **中文譯文**

寄信人：　　　　　　　　　收信人：

瑪麗婭·昆斯特　　　　　　二級下士 魯迪·昆斯特

魏登瑙[3]/錫格河[4]畔 ⑳　　戰地郵編 08270 A

科倫路9號

魏登瑙/錫格河畔，45年1月28日

我最摯愛的孩子的爸！

　　我想在今天這個週日再給你寫封信。你的信我還是沒接到。唉！親愛的，我真擔心！這徒勞的等待真是可怕！我要是能知道你的情況該有多好！我最親愛的，但願你還很健康。我總是忍不住想你。但願至少我的信你能收到。我不斷給你寫信，因為我知道你同樣在等我來信。要是沒收到的話，就肯定是郵遞出了問題。目前郵遞又出現了很大困難。我們的郵政編碼又被停用了。在帝國境內只允許寄明信片。戰地郵件仍可以寄，但是很難送達。現在一切都很糟。以後會怎麼樣呢？反正現在已經很不好了。我們坐在家裡，沒有用來取暖的東西。我們每兩週可以買一擔煤，可幾天就燒完了。我不知道以後怎麼辦。我們以前還存了一些木柴，可現在也沒有了。假如沒有積雪的話，我們就可以到森林裡去找木柴，可現在沒法去。我們早就沒有煤氣

---

3. 地名自譯。魏登瑙（Weidenau）位於德國中西部，在二戰時期是一個鄉，後於1975年併入錫根（Siegen）市，如今隸屬德國北萊茵-威斯特法倫（Nordrhein-Westfalen）州。

4. 錫格（Sieg）河是萊茵（Rhein）河的一條支流，流淌於德國北萊茵-威斯特法倫州以及萊茵蘭-普法爾茨（Rheinland-Pfalz）州，全長155公里。

ist jetzt auch alle. Wenn kein Schnee läge[,] gingen wir in den Wald und holten Holz, so aber geht das nicht. Gas haben wir schon lange keins mehr, sonst machten wir den Gasofen an. Ja Schatzi, der Krieg hat doch nur Unglück, Not und Sorgen gebracht.

Berndchen ist sehr krank. Ich mache mir so Sorgen um den kleinen Kerl. Er hat so furchtbar den Husten. Er schreit jedesmal [jedes Mal][,] wenn er husten muß [muss], er quält ihn zu sehr. Dann kann er auch noch immer nichts essen. Er bricht ja alles aus. Er hat schon wieder so abgenommen. Wir haben schon allerlei mit ihm gemacht. Machen ihn [ihm] Packungen um das Brüstchen und um das Hälschen. Öllappen habe ich ihm auch schon aufgelegt. Zu trinken gebe ich ihm Milch, Tee und Saft. Opa war gestern beim Arzt und hat ihm was verschreiben lassen. Ins Haus kommt doch kein Arzt. Es ist ganz furchtbar. Habe immer Angst, Berndchen bekäme Lungenentzündung. Das ist jetzt so gefährlich. Ach, wenn dem kleinen Kerlchen nur nichts passiert. Ich habe immer solche Angst um ihn. Es wäre gar nicht aus zu denken, wenn er mir genommen würde. Ach Schatzi, ich darf gar nicht darüber nachdenken. Hoffentlich wird unser Männchen wieder gesund. Jetzt sterben so viele Kinder. Was das noch werden soll. Berndchen schläft jetzt in der Küche. Wir haben das Bettchen hierhingestellt. Dann liegt er wärmer und wir können immer nach ihm sehen. Schlafen tut er sehr wenig. Der Husten läßt [lässt] ihm keine Ruhe.

Ach Schatzi, könntest Du bei mir sein. Ich bin ja so unglücklich. Dazu kommt noch, das [dass] ich gar keine Post erhalte. Ich weiß mir manchmal keinen Rat. Wenn ich nur wüßte [wüsste], wie es Dir ginge. Ich muß [muss] ja immer an Dich denken. Schatzilein, Du fehlst mir ja so. Nun bist Du schon so lange weg und hast Berndchen noch immer nicht gesehen. Es ist ja alles so furchtbar. Wie schön könnte es sein, wenn der Krieg aus wäre und Du könntest für immer bei mir bleiben. Aber wer weiß, wann das sein wird. Ach, ich denke so oft an die Zeit zurück, wo wir so glücklich waren. Wie lange ist das nun schon her.

Wenn die Flieger nicht mehr kämen, wäre vieles[,] vieles anders. Aber man kann immer in den Stollen rennen, ein paar Tage hatte es ganz gut gegangen. Jetzt geht es aber wieder los. Vorgestern ~~Na~~[6] Abend, kreiste immer ein Flieger

了，不然我們就能開煤氣爐了。唉！親愛的，這場戰爭帶來的只有不幸、苦難和哀愁。

小貝恩德病得很重。我真為這小傢伙擔心。他咳嗽得那麼厲害。每次咳嗽的時候都不得不大聲叫喊，這讓他特別難受。而且他也沒法吃東西，吃進去就吐出來。他瘦了那麼多。我們已經想盡辦法為他治病。我們在他的小胸脯和脖子周圍敷上濕布。油布濕敷的方法我也給他試過。我給他喝牛奶、茶和果汁。外公昨天去醫生那裡給他開了一些藥，醫生不能來家裡。這真可怕！我總擔心小貝恩德會得肺炎。現在這是很危險的！唉！要是小貝恩德沒事就好了，我真為他害怕！我根本不能想像失去他。唉！親愛的，我想都不敢想。但願我們的小傢伙會好起來。現在有那麼多孩子夭折。將來可怎麼辦呢？此刻小貝恩德正睡在廚房裡。我們把他那張小床搬到了廚房，這樣他就能睡得更暖和些，我們也能隨時看著他。他睡得很少，咳嗽使他不得安寧。

唉！親愛的，你要是和我在一起該有多好！我真難受！而且我連信都收不到了。有時我真不知該怎麼辦。我真想知道你怎麼樣了。我總是忍不住想你。親愛的，我真想你！你已經離開了那麼久，連一面小貝恩德都沒見過。一切都那麼可怕！如果戰爭結束該有多好！如果你能永遠和我在一起該有多好！可誰知道要等到什麼時候呢？唉！我時常回憶我們以前共度的美好時光，已經恍如隔世。

假如轟炸機不來，那麼日子也會好過很多很多，不然就總是要躲到防空洞裡去。曾經有幾天沒挨炸，可現在又開始了。前天晚上有一架飛機一直在這一帶盤旋。它在蓋斯魏特[5]投下了炸彈還用機載武器掃射。兩座房子被它擊中，死了3個人，傷了13個。這事來得那麼快，連警報都來不及拉響。

---

5. 地名自譯。蓋斯魏特（Geisweid）在二戰時期是一個與魏登瑙相鄰的鄉，後同樣於1975年併入錫根市。

hier rum. Der hat auch in Geisweid[7] Bomben geworfen und mit Bordwaffen geschossen. Zwei Häuser hat er getroffen, 3 Tote und 13 Verletzte. So kann mal schnell was passieren, wenn auch kein Alarm ist.

Schatzilein! Nun muß [muss] ich Dir auch noch für die beiden Päckchen danken[,] die ich gestern erhalten habe. Es waren eins mit Zucker und eins mit Zucker[,] zwei Gummilätzchen und Leinen. Die Sachen kann ich jetzt gut gebrauchen. Besonders auch den Zucker. Da kann ich Berndchen immer Saft kochen. Also mein Schatzi, nochmals tausend Dank für die lb. [lieben] Päckchen.

Schatzi, hast Du nochmal Post von Deiner Mutter? Sicher geht die Post immer besser von dort. Ich warte auch auf Nachricht aus Brdbg. [Brandenburg][.] Man bekommt ja auch bald keine Zeit mehr zum Schreiben durch den vielen Alarm. Wenn das nur endlich ein Ende hätte. Schatzilein, viel weiß ich Dir nun nicht mehr zu schreiben. Hoffentlich erhalte ich recht bald einen kleinen Brief von Dir. Warte täglich mit Sehnsucht darauf. Schatzi, bist Du noch im Lager? Ich hoffe es doch. Da hast Du doch wenigstens noch etwas mehr Ruhe. Ach, wenn ich doch nur wüßte [wüsste][,] wie es Dir ginge. Ich mache Đi[8] mir so Sorgen.

Nun aber mein Schatzi[,] will ich für heute schließen. In der Hoffnung auf ein baldiges glückliches Wiedersehen grüßt und küßt [küsst] Dich vieltausend mal [vieltausendmal] von Herzen

Deine Dich ewig liebende Maria und Dein Berndchen[.]

Gruß von Oma und Opa

Ich liebe Dich so sehr!

---

6. Es handelt sich hier um einen Schreibfehler, der von der Briefschreiberin selbst korrigiert wurde.

7. Geisweid war in der Zeit des Zweiten Weltkrieges eine benachbarte Gemeinde von Weidenau, wurde dann ebenfalls 1975 in die Stadt *Siegen* eingegliedert.

8. Es handelt sich hier ebenfalls um einen Schreibfehler, der von der Briefschreiberin selbst korrigiert wurde.

親愛的！現在我要感謝你給我寄來的那兩個包裹。我昨天收到了。一個裡面裝著糖，另一個裝有糖和兩個橡膠嬰兒圍嘴，還有一些繩子。這些東西對我都非常有用，特別是糖。這樣我就可以經常給小貝恩德做果汁。總之，我親愛的，非常感謝你寄包裹來！

親愛的，你又收到你媽媽寄的信了嗎？從她那裡寄的信肯定送得更快。我也在等從勃蘭登堡來的消息。警報那麼頻繁，要不了多久就連寫信的時間都沒有了。這一切要是能結束該有多好！親愛的，我不知道還能給你寫些什麼。但願我能很快收到你的一封來信。我每天都在焦急地等待著。你還在營地裡嗎？我希望還在。在營地裡你至少能清靜些。唉，我要是能知道你怎麼樣該有多好！我真為你擔心！

好了，我今天就寫到這裡。希望早日平安團聚。千萬次深情祝福你、親吻你！

永遠愛你的瑪麗婭和小貝恩德

外公外婆向你問好！

我多麼愛你！

Die Flucht

逃亡

Die schlimmsten Fehler werden immer von den oberen Anführern begangen, die schlimmsten Folgen jedoch werden immer von der unteren Bevölkerung ertragen. In jenem eisigen Winter von 1944 auf 1945 machten sich etwa 12.000.000 Bewohner deutscher Abstammung im Osten des Dritten Reiches auf die Flucht vor der Roten Armee. Mindestens Hunderttausende von diesen Flüchtlingen starben an Eiseskälte, Hunger, Krankheiten oder Verfolgungen der Roten Armee. Die meisten Toten waren Frauen, Kinder und alte Menschen. Für dieses Unheil durfte das NS-Regime nie aus der Verantwortung entlassen werden: Um die Zuversicht am Sieg vor der Welt zu beweisen, verbot das Regime der Bevölkerung im Osten, eigenständig zu flüchten. Das Fluchtverbot wurde meistens erst im letzten Moment vor der Ankunft der sowjetischen Armee aufgehoben. Und die Verbotsaufhebung bedeutete oft nur, dass die Bevölkerung endlich die Freiheit hatte, sich selbst einen Fluchtweg zu suchen.

最錯的錯誤總是由上層領袖鑄成，而最惡的惡果卻總要由底層民眾品嘗。在1944至1945年的那個寒冬，第三帝國東部的大約1200萬德裔居民為躲避蘇聯紅軍而踏上了逃亡之路。這些難民中至少有數十萬人死於嚴寒、饑餓、疾病或蘇軍追殺。大多數死者為婦女、兒童以及老人。納粹政府對此災禍負有不可推卸的責任——為了向世界證明必勝信念，納粹政府禁止東部民眾自行逃亡。逃亡禁令大都在蘇軍到來前的最後一刻才解除。而禁令解除時常僅僅意味著民眾有終於自由自尋生路。

愛爾澤・伯裡希女士生活在德國東部城市科特

Frau Else Böngrich lebte in Cottbus im Osten Deutschlands. Der Strom der Flüchtlinge aus den östlichen Gebieten des Reiches erstreckte sich über ihre Heimat weiter nach Westen. Frau Böngrich nahm persönlich an der Rettung von Wöchnerinnen teil. In diesem Brief schilderte sie gründlich das tragische Bild der Flüchtlinge auf der Flucht. Wenn sie die hilflosen Mütter und verstorbenen Säuglinge sah, konnte sie nur trauern, als sie von den Skandalen über die Flucht der Potentaten hörte, konnte sie bloß seufzen. Sie vermochte nicht, das alles zu ändern. Mit ihren geringen Kräften half Frau Böngrich diesen Leuten im Elend. Aber bedeutete die erfolgreiche Ankunft im Westen auch tatsächlich in Sicherheit zu sein? Die Empfängerin Fräulein Hanna Burger wohnte ursprünglich schon im Westen, flüchtete trotzdem wegen der unerträglichen Bombardierungen der Alliierten aus ihrer Heimat nach Österreich. Zu diesem Zeitpunkt hatte Frau Böngrich selbst auch schon ihr Gepäck für die Flucht gepackt. Doch angesichts der Realität, dass sich die Ost- und Westfronten gleichzeitig zurückzogen, wusste sie überhaupt nicht, wohin sie flüchten sollte.

布斯。來自帝國東部地區的難民潮經由她的家鄉繼續向西奔湧。伯裡希女士親自參與救助難民中的產婦，在此信中詳細地描繪了難民們在逃亡途中的悲慘景象。目睹無助的母親與夭折的嬰兒，她唯有心痛；耳聞權貴溜之大吉的醜聞，她只得嘆息——這一切苦難都是她無力改變的。伯裡希女士盡自己的微薄之力幫助這些可憐的人們，可即便成功逃到帝國西部就意味著安全嗎？收信人漢娜·布爾格小姐原本就居住在帝國西部，卻同樣因不堪忍受盟軍轟炸而背井離鄉逃往奧地利。此時此刻，伯裡希女士本人也已為逃亡打好了行囊。然而面對東西兩線同時潰敗的現實，她根本不知道該逃往何方。

Cottbus, 4. 2. 45

II.

Liebe Hanna!

Schon oft hatten wir von Euch gesprochen und gefühlt, daß Euch das Schicksal der Bombengeschädigten oder gar der Totalausgebombten getroffen hat. Nun hat es uns beruhigt, daß Ihr auf diese Weise aus dem Westen fortgekommen seid und nun wenigstens ruhige Nächte haben werdet. Das muß ja wirklich erholend sein. Diese Reise mit tausend Hindernissen wird Dir unvergeßlich sein. Hoffentlich hast Du auch noch Erfolg mit der Zimmersuche für Deine Mutter. Die Hauptsache ist, daß Du und Deine lb. Mutter gesund bleibt und diese Zeit gut übersteht. — Uns geht es soweit noch gut.

[...] erhalten wir heute [...]keit nehmen die Aber [...]zt aber gut. Aber sonst [...] so sehr verändert. [...] dem Osten sind wir geworden. Vor 14 Tg. [...]tiler Flüchtlingszug [...]n ergießen. Ich selbst [...]e von Wöchnerinnen tätig. [...]Std. vorher entbunden [...] Bild des Jammers [...]bler. Eine solche un[...]nders schlimm, manche [...] Dazu kam diese Angst [...]e mit ihren Panzern [...] Weiter zogen durch [...] die Trecks, die land-[...] Schneesturm saßen [...]ller auf ihren Wagen [...]froren. Nun atmen [...]t, denn noch sind [...]

viele heimatlose Menschen auf dem Land.

[...] hier in einer Turn-[...] Menschen unterge-[...]en das Haus zu-[...] sind auf der Bahn [...]gen gefahren, der [...]en haben in mitter-[...] Schneetreiben zur Welt [...] die erfroren und [...] Tages wurden hier [...]e man aus den weiter-[...]gab. Es sollen [...] Osten zurückgeholt [...]e Volksdeutsche aus [...]n, die im Wartegau [...]waren. Am liebsten [...] nichts zu sehen. [...] schon unruhig gewor-[...] Offiziersfamilien und [...] nachts geflüchtet. [...] Empörung herrscht. [...]alt sind öffentlich

gebrandmarkt. Weiter gab die Kreisleitung bekannt, daß bei einer Räumung die Frauen und Kinder rechtzeitig rauskämen. Ich muß sagen, der Gedanke ist sehr belastend, denn man fragt sich, wohin mit all den Menschen und wie die Ernährung stattfinden soll. Denn die meisten lassen doch ihre Vorräte zurück. Viele sagen, sie lieber zu Fuß fortgehen, wie mit der [...], nachdem sie das Elend gesehen haben. [...] jeden Fall haben wir das Nötigste in Bereit-[...]e geparkt, hoffen aber, daß der Räumungs-[...] für Cottbus nicht kommt. Nun wird es [...] diesem Jahr doch zur Entscheidung kommen. [...]auerte nur, daß auch im Osten Offiziere [...] Pflicht vergaßen: es sind hier Anfang-[...] für Truppen errichtet, die sich der Vertei-[...]ng entziehen wollten. Ist das nicht traurig? [...]eute genug; alles Gute für Euch, be-[...]s Gesundheit. Wir müssen jetzt die Ner-[...]behalten, sonst sind wir verloren.

Mit herzlichen Grüßen von uns allen an Dich u. Deine lb. Mutter

Deine Else

Die Kinder haben kein Schule, da alles mit Flücht-[...]gen belegt ist. Onkels Schwiegereltern in Nürnberg sind total ausgebombt.

Der Originalbrief

信件原件

Fräulein Hanna Burger
Hotel Bad Ladis

(12b) Ladis / Post Prutz

Kreis Landeck / Tirol

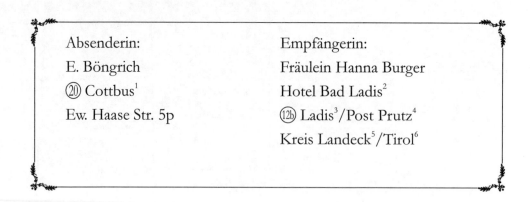

Absenderin:

E. Böngrich

⑳ Cottbus[1]

Ew. Haase Str. 5p

Empfängerin:

Fräulein Hanna Burger

Hotel Bad Ladis[2]

⑫ Ladis[3]/Post Prutz[4]

Kreis Landeck[5]/Tirol[6]

Cottbus, 4. 2. 45

Liebe Hanna!

Schon oft hatten wir von Euch gesprochen und gefürchtet, daß [dass] Euch das Schicksal der Bombengeschädigten und oder gar der Totalausgebombten getroffen hat. Nun hat es uns beruhigt, daß [dass] Ihr auf diese Weise aus dem Westen fort gekommen seid und nun wenigstens ruhige Nächte haben werdet. Das muß [muss] ja wirklich erholend sein. Diese Reise mit tausend Hindernissen wird Dir unvergeßlich [unvergesslich] sein. Hoffentlich hast Du auch noch Erfolg mit der Zimmersuche für Deine Mutter. Hauptsache ist, daß [dass] Du und Deine lb. [liebe] Mutter gesund bleibt und diese Zeit gut übersteht.

---

1. Die Stadt *Cottbus* befindet sich im Nordosten Deutschlands, gehört zum heutigen Bundesland *Brandenburg*.

2. Das Hotel *Bad Ladis* besteht bis heute immer noch und hat 60 Betten.

3. Ladis ist eine Gemeinde im östlichen Teil des österreichischen Landkreises *Landeck*.

4. Prutz ist eine benachbarte Gemeinde von Ladis, gehört ebenfalls zum Landkreis *Landeck*.

5. Der Landkreis *Landeck* liegt im Westen des österreichischen Bundeslandes *Tirol*, an der Schweiz und Italien angrenzend.

6. Der Bundesland *Tirol* liegt im Westen Österreichs.

✠ 中文譯文

寄信人：　　　　　　　　收信人：

愛爾澤·伯裡希　　　　　漢娜·布爾格 小姐

⑳ 科特布斯[7]　　　　　巴特·拉迪斯旅店[8]

埃瓦爾特·哈澤街5p號　　⑫b 拉迪斯鄉[9]／普魯茨[10]郵局

　　　　　　　　　　　　蘭德克縣[11]／蒂羅爾州[12]

科特布斯，45年2月4日

親愛的漢娜！

　　我們時常談起你們，擔心你們也會在空襲中受損失甚至家園徹底被毀。現在我們放心了，你們從西部逃了出來，如今至少可以安心睡覺了。這一定會起到調養身體的作用。這段歷盡千辛萬苦的旅程肯定會讓妳難以忘卻。但願妳也能為妳母親成功找到一處居所。最重要的是，妳和妳親愛的母親身體健康，熬過難關。

---

7. 科特布斯（Cottbus）市位於德國東北部，如今隸屬德國勃蘭登堡（Brandenburg）州。

8. 旅店名自譯。巴特·拉迪斯（Bad Ladis）旅店至今尚存，擁有60個床位。

9. 拉迪斯（Ladis）是一個地處奧地利境內蘭德克（Landeck）縣東部的鄉。

10. 地名自譯。普魯茨（Prutz）是一個與拉迪斯相鄰的鄉，同屬蘭德克（Landeck）縣。

11. 縣名自譯。蘭德克縣地處奧地利境內蒂羅爾（Tirol）州西部，毗鄰瑞士與意大利。

12. 蒂羅爾州地處奧地利西部。

Uns geht es soweit noch gut. Von meinem Schwager erhalten wir keine Nachricht mehr. In letzter Zeit nehmen die Alarme zu, verliefen bis jetzt aber gut. Aber sonst hat sich unsere Lage so sehr verändert. Durch den Ansturm aus dem Osten sind wir eine frontnahe Stadt geworden. Vor 14 Tg. [Tagen] fing sich an, ein unendlicher Flüchtlingsstrom in unsere Stadt zu ergießen. Ich selbst war bei der Aufnahme von Wöchnerinnen tätig, von denen manche 24 Std. vorher entbunden hatten. Ach es war ein Bild des Jammers und die Frauen so trostlos. Eine solche überstürzte Flucht ist besonders schlimm, manche hatten nur 1/4 Std. Zeit. Dazu kam diese Angst vor den Bolschewisten, die mit ihren Panzern so rasend vorstießen. Weiter zogen durch unsere Stadt laufend die Treks, die ländliche Bevölkerung. Im Schneesturm saßen sie da in Decken gehüllt auf ihren Wagen, die Kindergesichter blau gefroren. Nun atmen wir auf, daß [dass] es wärmer ist, denn noch sind viele heimatlose Menschen auf den Landstraßen unterwegs. Ich bin hier in einer Turnhalle gewesen, in der 400 Menschen untergebracht waren. Es schnürt einem das Herz zusammen. Die Flüchtlinge sind auf der Bahn auch in offenen Güterwagen gefahren, der Schnee fiel und Frauen haben inmitten aller ihre Kinder im Schneetreiben zur Welt gebracht. Es sind auch Kinder erfroren und totgedrückt worden. Eines Tages wurden hier 14 Kinder beerdigt, die man aus den weiterfahrenden Zügen herausgab. Es sollen 3 Millionen aus dem Osten zurückgeführt worden sein, darunter viele Volksdeutsche aus Russland u. Rumänien, die im Warthegau[13] angesiedelt worden waren. Am liebsten bliebe man zu Hause, um nichts zu sehen. Unsere Stadt ist auch schon unruhig geworden, da verschiedene Offiziersfamilien und Fabrikanten mit Autos nachts geflüchtet sind, worüber große Empörung herrscht. Sie wurden durch Drahtfunk öffentlich gebrandmarkt. Weiter gab die Kreisleitung bekannt, daß [dass] bei einer Räumung die Frauen und Kinder rechtzeitig rauskämen. Ich muß [muss] sagen, der Gedanke ist sehr belastend, denn man fragt sich, wohin mit all den Menschen und wie die Ernährung stattfinden soll. Denn die meisten lassen

---

13. Der Warthegau bzw. das Wartheland wechselte in der Geschichte mehrere Male den Besitzer: Preußen, Polen, Russland. Das Wartheland wurde 1939 vom Dritten Reich eingenommen, und gehört nach dem Ende des Zweiten Weltkrieges Polen.

我們都很好。我們還沒接到我姊夫/妹夫[14]的消息。最近警報愈加頻繁，可沒出什麼事。不過我們的處境是發生了很大變化。東部的難民潮使我們這座城變為了一座前沿城市。從14天前開始，無窮無盡的難民潮湧向我們這座城市。我本人負責接收產婦。她們中有些人剛剛在24小時前分娩。唉，真是一幅令人心碎的畫面！那些女人是那樣地無助！如此倉皇逃離是極為悲慘的，有些人只有15分鐘的準備時間——滿懷著對布爾什維克飛速推進的坦克的恐懼。逃難的人流穿城而過，繼續逃亡。這些來自鄉村的農人，他們在風雪中用毛毯裹身，坐在馬車上前行，孩子們的臉被凍得發紫。天氣的轉暖可算讓我們鬆了口氣，因為有那麼多無家可歸的人在路上奔逃。我曾經去過這裡的一個體育館，裡面竟然安置了400人。真讓人心痛如刀絞！還有些難民被用火車的敞篷貨車車皮運送。雪花紛飛，有些女人就在眾人之間頂著風雪生下孩子。有些孩子被凍死或擠死。有一次我們這裡在一天內就掩埋了14個孩子，都是從行進的火車上被人拋下來的。據說有300萬人被從東部疏散了回來，其中有許多都是以前移民到瓦爾塔地區[15]的俄國和羅馬尼亞德裔居民。我看最好還是待在家裡，眼不見心不煩。我們這座城市也變得不安起來，很多有汽車的軍官眷屬和企業主趁著夜晚天黑溜之大吉。這在城中激起了很大憤慨。他們被透過有線廣播公開譴責。另外，區政府也已通告，在疏散時會確保女人和孩子及時脫險。我要說，如此考量只會令人心痛不已，因為大家不禁要問，這麼多人要被疏散到何地，又如何來解決食品問題呢？大多數人都沒辦法攜帶他們的存糧。有很多人說，在目睹如此苦難之後，他們寧可徒步逃難也不願去坐那火車。

---

14. 德文原文中所用詞為「Schwager」，指姊姊或妹妹的丈夫。在此無法確定是姊姊還是妹妹。

15. 瓦爾塔（Wartheland）地區在歷史上曾數度易手——普魯士、波蘭、俄國，於1939年被第三帝國佔領，在二戰結束後劃歸波蘭。

dort ihre Vorräte zurück. Viele sagen, daß [dass] sie lieber zu Fuß fortgehen, wie mit der Bahn, nachdem sie das Elend gesehen haben.

Auf jeden Fall haben wir das Nötigste in Rucksäcke gepackt, hoffen aber, daß [dass] der Räumungsbefehl für Cottbus nicht kommt. Nun wird es in diesem Jahr doch zur Entscheidung kommen. Bedauerlich nun, daß [dass] auch im Osten Offiziere ihre Pflicht vergaßen; so sind hier Auffangstellen für Truppen errichtet, die sich der Verteidigung entziehen wollten. Ist das nicht traurig? Für heute genug; alles Gute für Euch, besonders Gesundheit. Wir müssen jetzt die Nerven behalten, sonst sind wir verloren.

Mit herzlichen Grüßen von uns allen an Dich u. Deine lb. [liebe] Mutter

Deine Else.

Die Kinder haben keine Schule, da alles mit Flüchtlingen belegt ist. Gustels Schwiegereltern in Nürnberg sind total ausgebombt.

....

反正我們是把必要的東西都打了背包，不過還是希望不要給科特布斯下達疏散令。今年將是決定性的一年。可嘆的是，東線的軍官們忘卻了他們的職責。我們這裡成立了收容站，用來關押那些企圖棄守不戰的官兵。這難道不可悲嗎？今天就寫這麼多。祝你們一切順遂，尤其是身體健康！我們現在必須保持鎮靜，否則我們將萬劫不復。

我們大家衷心祝福妳和妳慈愛的母親！

愛爾澤

孩子們沒去上學，因為難民把學校都佔滿了。古斯特爾在紐倫堡的岳父母家被徹底炸爛了。

„Kriegsnahe" (!?!)

「模擬戰爭」（！？！）

◇◇

Die Landstreitkräfte des Dritten Reiches im Zweiten Weltkrieg ließen sich hauptsächlich in zwei Sorten unterscheiden: Wehrmacht und Waffen-SS. Die Wehrmacht war die Fortsetzung des Deutschen Kaiserlichen Heeres bzw. der späteren Reichswehr der Weimarer Republik. Das Deutsche Kaiserliche Heer wurde schon im 19. Jahrhundert gegründet, während die Waffen-SS im Jahre 1939 offiziell aufgebaut wurde. Sie war in der Tat die Parteiarmee der NSDAP. Seit der Gründung legte die Waffen-SS besonderen Wert auf die Verstärkung der nationalsozialistischen Ideologie unter Soldaten, mit dem Zweck, eine „Elitetruppe" zu sein, die der NSDAP mit Leib und Seele dient.

Theo Opitz war ein Junker an der SS-Panzergrenadier-Schule Kienschlag. Am 14. Februar 1945 befahl ihnen die Schule, eine „kriegsnahe" Übung durchzuführen. Wegen Zeitknappheit war dieser Brief kurz und bündig geschrieben. Die Worte im Brief waren vage und zurückhaltend. Es scheint, dass Opitz etwas sagen wollte, traute sich aber nicht.

第三帝國在二戰中的陸軍武裝力量主要分為兩種：國防軍與黨衛軍。國防軍是德意志帝國皇家軍隊即此後威瑪共和國國防軍的延續。德皇軍隊早在19世紀便已成立，而黨衛軍則於1939年正式創建，實際上是國社黨的一黨之軍。黨衛軍自誕生之日便特別注重在軍中強化納粹思想，旨在成為一支死心塌地效忠於納粹黨的「精英部隊」。

特奧・奧匹茨是金施拉克黨衛軍裝甲步兵軍官學校的一名學員。1945年2月14日，學校命他們進行一次「模擬戰爭」訓練。由於時間倉促，此信寫得十分簡短。信中言語委婉含蓄。奧匹茨似乎欲言又止。極不

Theo Opitz
特奧・奧匹茨

Sehr ungewöhnlich war, dass er nach dem Wort „kriegsnahe" Klammern einfügte, worin zwei Ausrufezeichen und ein Fragezeichen standen. Der Spott und die Ratlosigkeit in seinem Herzen waren dadurch erkennbar.

Damit die Soldaten der Waffen-SS ausgezeichnete Vorbilder hätten, achtete die SS-Junkerschule immer sehr auf die gedankliche Schulung der Junker. Alle Junker mussten die sogenannte „weltanschauliche Erziehung" erhalten. Die SS-Junker sollten eigentlich in jedem Moment von der Richtigkeit der Entscheidungen durch die Vorgesetzten überzeugt sein. Durch diesen Brief kann man jedoch feststellen, dass die starken nationalsozialistischen Dogmen einen schließlich nicht von den rationalen Überlegungen in Verbindung mit der Realität zurückhalten konnten.

尋常的是，他在「模擬戰爭」這個詞之後添了一個括號，並在括號內加了兩個驚嘆號和一個問號。心中的諷刺與無奈由此可見。

為讓黨衛軍士兵擁有傑出的表率，黨衛軍軍官學校素來十分重視學員的思想養成。全體學員都須接受所謂的「世界觀教育」。黨衛軍軍官學員本應在任何時刻都堅信上級決策之正確。然而通過此信卻可以斷定，強悍的納粹教條最終依然無法阻止人對客觀現實的理性思考。

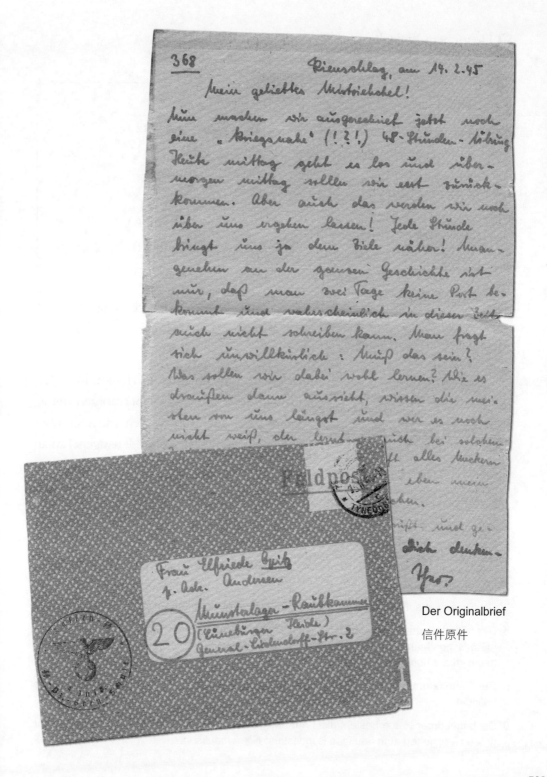

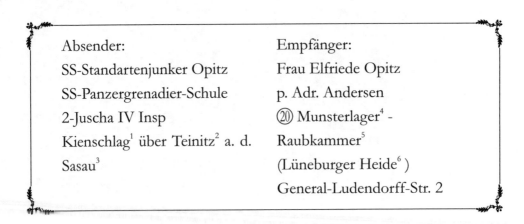

Absender:
SS-Standartenjunker Opitz
SS-Panzergrenadier-Schule
2-Juscha IV Insp
Kienschlag[1] über Teinitz[2] a. d.
Sasau[3]

Empfänger:
Frau Elfriede Opitz
p. Adr. Andersen
⑳ Munsterlager[4] -
Raubkammer[5]
(Lüneburger Heide[6])
General-Ludendorff-Str. 2

Kienschlag, am 14. 2. 45

Mein geliebtes Mistviehchel!

Nun machen wir ausgerechnet jetzt noch eine „kriegsnahe" (!?!) 48-Stunden-Übung. Heute mittag [Mittag] geht es los und übermorgen mittag [Mittag] sollen wir erst zurückkommen. Aber auch das werden wir noch über uns ergehen lassen! Jede Stunde bringt uns ja dem Ziele näher! Unangenehm an der ganzen Geschichte ist nur, daß [dass] man zwei Tage keine Post bekommt

---

1. Kienschlag ist der Schulname. Die vollständige Bezeichnung dieser Schule ist „SS-Panzergrenadier-Schule Kienschlag".

2. Teinitz ist ein Städtchen in Tschechien, liegt südöstlich der Hauptstadt *Prag*, die Luftlinie beträgt 30,8 km.

3. Die Sasau verläuft mitten in Tschechien, Ihre Gesamtlänge beträgt ca. 218 km.

4. Das Münsterlager befindet sich auf der Lüneburger Heide im Norden Deutschlands, ist ein militärisches Manövergelände mit einer Geschichte von über hundert Jahren, und wird bis heute immer noch verwendet.

5. Die Raubkammer ist ein Waldgebiet, das sich im nördlichen Teil des Munsterlagers befindet.

6. Die Lüneburger Heide besteht nicht nur aus Heiden, sondern auch aus Waldgebieten. Ihr größter Teil gehört zum heutigen Bundesland *Niedersachsen*.

✠ 中文譯文

<table>
<tr><td>寄信人：</td><td>收信人：</td></tr>
<tr><td>黨衛軍士官生 奧匹茨</td><td>埃爾弗裡德・奧匹茨 女士</td></tr>
<tr><td>黨衛軍裝甲兵學校</td><td>安德森家 轉</td></tr>
<tr><td>第2容克隊第IV訓練班</td><td>⑳ 民斯特演習場[10]/勞布卡默[11]</td></tr>
<tr><td>金施拉克[7] 泰尼茨[8]/薩紮瓦河畔[9]</td><td>（呂內堡草原[12]）</td></tr>
<tr><td></td><td>魯登道夫將軍街2號</td></tr>
</table>

金施拉克，45年2月14日

我親愛的小淘氣！

　　偏偏現在讓我們做一場「模擬戰爭」（！？！）的48小時訓練。今天中午開始，直到後天中午我們才能回來。但我們會挺過來的！我們真是每個小時都在接近目標！這件事就噁心在一連兩天都收不到信，而且很可能在此期間也沒機會寫信。我不禁問自己：「這有必要嗎？我們還能從中學到什麼

---

7. 校名自譯。金施拉克（Kienschlag）是校名。此校全稱為「金施拉克黨衛軍裝甲兵學校」。

8. 泰尼茨（Teinitz）是一個捷克小鎮，地處首都布拉格（Prag）東南方向，飛行距離為30.8公里。

9. 薩紮瓦（Sasau）河流淌於捷克中部，全長約218公里。

10. 民斯特演習場（Munsterlager）位於德國北部的呂內堡草原（Lüneburger Heide）之上，是一個歷史超過百年的軍用演習場，一直沿用至今。

11. 勞布卡默（Raubkammer）是位於民斯特演習場北部的一塊林區。

12. 呂內堡草原不僅由草原，而且還由林區組成。其絕大部分歸屬今日德國下薩克森（Niedersachsen）州。

und wahrscheinlich in dieser Zeit auch nicht schreiben kann. Man fragt sich unwillkürlich: Muß [Muss] das sein? Was sollen wir dabei wohl lernen? Wie es draußen dann aussieht, wissen die meisten von uns längst und wer es noch nicht weiß, der lernt es auch bei solchem Zirkus nicht. Na, es hilft alles Meckern nichts, ich werde mir jetzt eben mein Bündel packen und abrauschen.

Sei mir herzlichst gegrüßt und geküßt [geküsst] von Deinem immer an dich denkenden

Theo[.]

呢？」外界的局勢如何，我們中的大多數人都早已明瞭，而那些仍舊不明了的人也不會透過這種鬧劇有所長進。唉！一切抱怨都無濟於事。現在我就將打好行裝出發。

最深情地祝福妳、親吻妳，永遠思念妳！

特奧

Das chaotische Reich

混亂的帝國

Als das Ende des Krieges nahte, geriet die Ordnung des Dritten Reiches schon in ein komplettes Chaos, Soldaten ohne Kampfwillen, Bevölkerung ohne Festunterkunft, Verkehr unterbrochen, Lebensmittel knapp. Das „Tausendjährige Reich" hatte gerade einmal 12 Jahre existiert und würde wegen maßlosen Missbrauchs der Macht 988 Jahre vorher zusammenbrechen. Während des Zerfalls des Reiches wurden viele sonst im Alltag undenkbare Vorgänge zu immer häufigeren Szenen.

Dieser Brief kam von der Hand des Gefreiten Jakob Streiner, der gerade im Lazarett lag. Beim Luftangriff gab es niemanden in seinem Lazarett, der die Verwundeten und Kranken evakuierte. Sie konnten sich nur ihrem Schicksal ergeben. Der Versand eines Briefes von zu Hause an Jakob brauchte innerhalb Deutschlands sogar über einen Monat. Und die Unterschlagungstätigkeiten der Postbeamten wurden auch schon zu einem offenen Geheimnis. Streiner hatte noch

在戰爭接近尾聲的時候，第三帝國的秩序已徹底陷入混亂，軍無鬥志、民無定所、交通中斷、食品短缺。希特勒的「千年帝國」僅僅存在了12年，就將因窮兵黷武而提前988年壽終正寢。在帝國崩潰之際，諸多平日不可想像之事都成為司空見慣之景。

這封信出自正躺在醫院裡的二等兵雅各布・施特納之手。施特納所在的醫院在空襲中無人來疏散傷患，他們只得聽天由命。家人寄給雅各布的信在德國境內甚至都要過一個多月才能送到。而郵政人員監守自盜的行為也已成為公開的秘密。施特納還在一張信紙背面畫了一

Die einfache Skizze von Jakob Streiner, unten steht: „Du hast's mir angetan. O' Stendal."

雅各布・施特納的簡易素描，下方寫有：「你把我害苦了。哦，施滕達爾。」

eine einfache Skizze auf der Rückseite eines Briefblattes angefertigt, um sein Überleben nach dem Unglück darzustellen.

Die kollektiven Diebstahlstaten der Postangestellten, die in diesem Brief beschrieben werden, haben mich sehr schockiert. Soweit ich weiß ist der gute Ruf des deutschen Pflichtbewusstseins im großen Maßstab den Deutschen zu verdanken, die vor dem Zweiten Weltkrieg geboren wurden. Aber auch sie, als nun ein schreckliches Unheil bevorstand, würden jegliche Verhaltensregeln brechen, um ihr eigenes Leben zu retten.

幅簡易素描，再現劫後餘生的自己。

此信中所描述的郵局職員集體盜竊行為曾令我大為震驚。據我所知，德國人盡忠職守的美名很大程度上要歸功於二戰前出生的德國人。然而即便是他們，在面臨滅頂之災時也同樣會打破一切行為準則以求自保。

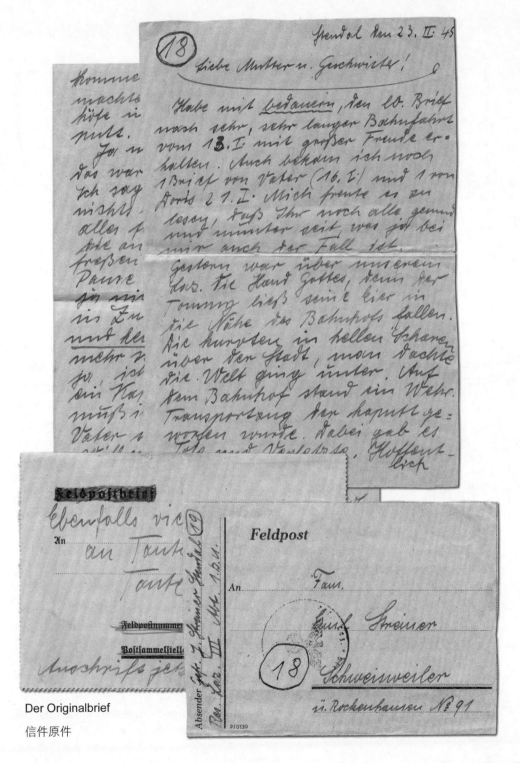

Der Originalbrief

信件原件

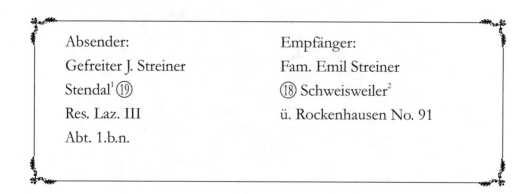

Absender:
Gefreiter J. Streiner
Stendal[1] ⑲
Res. Laz. III
Abt. 1.b.n.

Empfänger:
Fam. Emil Streiner
⑱ Schweisweiler[2]
ü. Rockenhausen No. 91

Stendal[,] den 23. II. 45

Liebe Mutter u. Geschwister!

Habe mit bedauern [Bedauern], den lb. [lieben] Brief nach sehr, sehr langer Bahnfahrt vom 13. I. mit großer Freude erhalten. Auch bekam ich noch 1 Brief von Vater (16. I.) und 1 von Doris 21. I. Mich freute es zu lesen, daß [dass] Ihr noch alle gesund und munter seit [seid], was ja bei mir auch der Fall ist.

Gestern war über unserem Laz. die Hand Gottes, denn der Tommy ließ seine Eier in die Nähe des Bahnhofs fallen. Die kurvten in hellen Scharen über der Stadt, man dachte die Welt ging unter. Auf dem Bahnhof stand ein Wehrtransportzug[,] der kaputt geworfen wurde. Dabei gab es Tote und Verletzte. Hoffentlich kommen die nicht mehr, die machten noch mehrere Bahnhöfe in dieser Richtung kaputt.

---

1. Die Stadt *Stendal* befindet sich im Nordosten Deutschlands, gehört zum heutigen Bundesland *Sachsen-Anhalt*.

2. Schweisweiler befindet sich im Südwesten Deutschlands, gehört zum heutigen Bundesland *Rheinland-Pfalz*.

✠ 中文譯文

寄信人：	收信人：
二等兵 雅各布・施特納	埃米爾・施特納 家
施滕達爾[3] ⑲	⑱ 施魏斯魏勒[4]
第三後方醫院	經 羅肯豪森91號
1.b.n.連隊	

施滕達爾，45年2月23日

親愛的媽媽、兄妹們！

我終於收到了你們1月13日寫的信，我高興極了！只可惜鐵路運輸耽誤了那麼那麼長的時間。另外，我還收到了爸爸在1月16日和多麗絲在1月21日寫的信。得知你們都平安無事，我很欣慰。我自己過得也不錯。

昨天我們這家野戰醫院承蒙上帝之手庇護，沒被英國佬在火車站附近下的蛋砸到。他們鋪天蓋地而來，盤旋於城市上空——讓人感覺世界末日到了。火車站裡有一班軍用列車被炸得稀爛，而且還有人員傷亡。但願他們不再來了，這條鐵路上的好幾個車站都被他們炸癱了。

---

3. 施滕達爾（Stendal）市位於德國東北部，如今隸屬德國薩克森-安哈爾特（Sachsen-Anhalt）州。

4. 地名自譯。施魏斯魏勒（Schweisweiler）位於德國西南部，如今隸屬德國萊茵蘭-普法爾茨（Rheinland-Pfalz）州。

Ja mit dem „Schicken"[!] Das war und ist so etwas. Ich sage nur, was, ich brauche nichts mehr, sonst geht doch alles flöten und die Herrn[,] die an den Stellen sitzen[,] freßen [fressen] sich die dicken Panse an, da wärt Ihr ja nicht schlau, also bitte in Zukunft <u>keine Päckchen und keine Fleischmarken</u> mehr schicken. Mit Urlaub ja, ich weiß nicht, das ist ein Kapitel für sich[,] jetzt muß [muss] ich auch mal noch Vater schreiben.

Will nun schließen und grüße Euch wie immer recht herzlich[,]

Euer Jakob.

Auf Wiedersehen.

Ebenfalls viele Grüße an Tante sowie Tante Anna.

....

對了，至於「郵寄」！一直還是老樣子。我說了多少次，別再給我寄東西了，不然寄什麼丟什麼。坐在郵局裡的那些先生們個個吃得大腹便便！你們不要受騙上當，以後請<u>不要再寄包裹和肉食票</u>。關於休假，我還沒得到消息，這事說來話長。現在我還得給爸爸寫封信。

就寫到這裡，永遠衷心祝福你們！

你們的雅各布

再見！

也代我向姨媽還有安娜大嬸問好！

Anhang 1

Verzeichnis der Feldpostnummern
附錄1 戰地郵編目錄

Feldpostnummer 戰地郵編	Entschlüsselung 解碼	Chinesische Übersetzung 中譯
01525 A	Stab III, Artillerie-Regiment 215	215炮兵團3營營部
01624	Regimentsstab mit Stabskompanie Infanterie-Regiment 531	531步兵團團部及 直屬連
02498	13. Kompanie, Infanterie-Regiment 274	274步兵團13連
02754 D	3. Kompanie, Sperrverband Haus	豪斯阻擊隊3連
05489	Bitte siehe L 05489	請見L 05489
05756 A	Stab III, Infanterie-Regiment 10	10步兵團3營營部
06852	3. Kompanie, Infanterie-Regiment 103	103步兵團3連
07241	2. Kompanie, Panzerjäger-Abteilung 643	643反坦克炮兵營2連
07389 B	1. Kompanie, Infanterie-Regiment 378	378步兵團1連
08270 A	Kommandeur der Panzergrenadier-Divisions-Nachschub-Truppe 29	29裝甲步兵師 後勤部隊指揮部
10570 C	8. Batterie, Artillerie-Regiment 157	157炮兵團8連
12338 B	9. Kompanie, Infanterie-Regiment 371	317步兵團9連
13013 C	2. Batterie, Artillerie-Regiment 340	340炮兵團2連
15231 C	2. Kompanie, Infanterie-Regiment 37	37步兵團2連
15481	1. Batterie, Artillerie-Regiment 55	55炮兵團1連
17449 D	11. Kompanie, Infanterie-Regiment 41	41步兵團11連
17866 E	4. Kompanie, Infanterie-Regiment 586	586步兵團4連
18612	Stabskompanie, Schützen-Regiment 115	115坦克步兵團直屬連
19504 A	Stab, Grenadier-Regiment 986	986步兵團團部
23093	Bäckerei-Kompanie 160, 60. Infanterie-Division	60步兵師160炊事連

Feldpostnummer 戰地郵編	Entschlüsselung 解碼	Chinesische Übersetzung 中譯
27629	Regimentsstab Infanterie-Regiment 12	12步兵團團部
28862	10. Kompanie, Grenadier-Regiment 959	959步兵團10連
30023	2. Kompanie, Infanterie-Divisions-Nachrichten-Abteilung 294	294步兵師通信營2連
30080	2. Kompanie, Infanterie-Divisions-Nachrichten-Abteilung 188	188步兵師通信營2連
30200	Kranken-Kraftwagen-Kompanie 199	199救護車連
36855	14. Kompanie, Grenadier-Regiment 546	546步兵團14連
40294 D	Bitte siehe L 40294 D	請見L 40294 D
41783 E	12. Kompanie, Grenadier-Regiment 723	723步兵團12連
42696	2. Kriegslazarett, Kriegslazarett-Abteilung 601	601野戰醫療營2院
46295 E	4. Kompanie, Infanterie-Ersatz-Regiment 608	608步兵補充團4連
47972 B	5. Kompanie, Sicherungs-Regiment 609	609警戒團5連
56397	Versorgungs-Staffel, Korps-Nachrichten-Abteilung zur besonderen Verwendung 468	468軍團通信特務營後勤隊
L 05489	Flieger-Division 1	空軍1師
L 25319	2. Batterie, leichte Flak-Abteilung 767	空軍767輕高射炮營2連
L 40294 D	7. Kompanie, Jäger-Regiment 24	空軍24獵擊機團7連
L 42669	Regimentsstab, Flak-Regiment 77	空軍77高射炮團團部
L 53022	6. Batterie, Flakscheinwerfer-Abteilung 708	空軍708防空探照燈營6炮兵連
L 54236	1. Kompanie, Luftnachrichten-Richtverbindungs-Abteilung zur besonderen Verwendung 1	空軍航空無線電導航通信特務1營1連
M 00394 A	Stab, Marine-Flak-Abteilung 222	海軍222高射炮營營部
M 30162 B	1. Kompanie, Schlachtschiff *Tirpitz*	海軍「鐵畢子號」戰列艦1連

Anmerkung:

Die deutschen Feldpostnummern im Zweiten Weltkrieg änderten sich alle paar Monate. Aus diesem Grund konnte dieselbe Truppe in verschiedenen Perioden unterschiedliche Feldpostnummern haben, während dieselbe Feldpostnummer in verschiedenen Perioden auch an unterschiedliche Truppen verteilt werden konnte. In diesem Verzeichnis stehen die Entschlüsselungen der Feldpostnummern ausschließlich für die Truppenteile, denen diese Nummern zu den Verfassungszeitpunkten der jeweiligen Briefe gehörten.

Eine fünfstellige Nummer steht für einen bestimmten Truppenteil. Der Buchstabe vor der Nummer steht für die Waffengattung, zu der dieser Truppenteil gehört:

L	Luftwaffe
M	Marine

Und der Buchstabe nach der Nummer steht für eine Einheit bis auf Kompanieebene, die zu diesem Truppenteil gehört:

A	Stab	B	1. Kompanie
C	2. Kompanie	D	3. Kompanie
E	4. Kompanie		

注釋：

第二次世界大戰中的德軍戰地郵編每隔數月就會變換一次。故此，同一支部隊會在不同時期擁有不同戰地郵編；同一個戰地郵編也會在不同時期分配給不同部隊。本目錄中的戰地郵編解碼僅是相應信件書寫時該編碼所屬的部隊。

五位數字代表某支部隊。數字之前的字母代表此部隊所屬軍種：

L	空軍
M	海軍

數字之後的字母代表隸屬此部隊的一個最低至連級的單位：

A	指揮部	B	1連
C	2連	D	3連
E	4連		

Anhang 2

Verzeichnis der deutschen Abkürzungen
附錄2 德文縮寫目錄

✠ Abkürzungen in der Allgemeinsprache 日常用語縮寫

Abkürzung 縮寫	Vollwort 全稱	Chinesische Übersetzung 中譯
Abt.	Abteilung	連隊
Adr.	Adresse	地址
Bez.	Bezirk	行政區
bzw.	beziehungsweise	或者説
d. h.	das heißt	也就是説
d. i.	das ist	這就是
einschl.	einschließlich	包括
evtl.	eventuell	可能/也許可以
Fam.	Familie	家人 / 家
Feb./Febr.	Februar	二月
Fr.	Frau	女士
Frl.	Fräulein	小姐
gr.	Gramm (Gewichtseinheit)	克（重量單位）
kg	Kilogramm (Gewichtseinheit)	公斤/千克（重量單位）
km	Kilometer (Entfernungseinheit)	公里/千米（距離單位）
M	Mark (Währungseinheit)	馬克（貨幣單位）
Min.	Minute (Zeiteinheit)	分鐘（時間單位）
Nov.	November	十一月
Nr.	Nummer	編號
od.	oder	或者
Pf.	Pfund (Gewichtseinheit)	磅（重量單位）
Sept.	September	九月
Std.	Stunde (Zeiteinheit)	小時（時間單位）
Str./-str.	Straße	街
u.	und	和
u. a.	unter anderem	就/另外就是
usw.	und so weiter	等等
v.	von	的
z. B.	zum Beispiel	例如
zzt.	zurzeit	目前 / 此刻

✠ Abkürzungen in der Militärsprache 軍事用語縮寫

Abkürzung 縮寫	Vollwort 全稱	Chinesische Übersetzung 中譯
Artl.	Artillerie	火炮
d. L.	der Luftwaffe	空軍的
fdl.	feindlich	敵方的
Fhj.	Fahnenjunker	士官生
Fw.	Feldwebel	中士
Gefr.	Gefreiter	二等兵
Inf.Ers.Btl./Inf.Gre.Ers. Btl.	Infanterieersatzbataillon/ Infanteriegrenadierersatzbataillon	步兵預備營/擲彈兵預備營
Kdo./-kdo.	Kommando	指揮所 / 司令部
Komp.	Kompanie	連隊
Kr.Sam.St.	Krankensammelstelle	傷患收容站
L.G.P.A.	Luftgaupostamt	空管區郵局
Laz.	Lazarett	野戰醫院
Lw.	Luftwaffe	空軍
MG	Maschinengewehr	機關槍
O.U.	Ortsunterkunft	駐地
Ob.Bmat.	Oberbootsmannsmaat	海軍一級下士
O.Gefr./O.Gfr./Ob.Gefr.	Obergefreiter	一等兵
OKW	Oberkommando der Wehrmacht	德軍最高統帥部
P.S.	Postsammelstelle	郵件集散站
Pak.	Panzerabwehrkanone	反坦克炮
Panz.Div.	Panzerdivision	裝甲師/坦克師
RAD	Reichsarbeitsdienst	帝國勞役團
Res.Laz.	Reservelazarett	後方醫院
Uffz.	Unteroffizier	二級下士
Wachtm.	Wachtmeister	中士
Zivil.	Zivilist	平民

Anmerkung:

Dieses Verzeichnis enthält ausschließlich die Abkürzungen, die in der damaligen oder heutigen deutschen Sprache üblicherweise gebraucht wurden oder werden. Und die Abkürzungen, die von bestimmten Briefschreibern spezifisch verwendet wurden, sind direkt im Brief in eckigen Klammern ([ ]) aufgelöst.

注釋：

此目錄僅包含當年或者今日德文中通用的縮寫。某些寫信人獨創使用的縮寫則被直接釋義於信件文中的方括號（[ ]）內。

Anhang 3

Literatur für den historischen und kulturellen Hintergrund
附錄3 歷史與文化背景參考文獻

Einleitung　引言

Hinrichsen, Horst: *Deutsche Feldpost 1939 – 1945. Organisation und Ausrüstung.* Wölfersheim-Berstadt: Podzun-Pallas Verlag, 1998.

Lakowski, Richard/Büll, Hans-Joachim: *Lebenszeichen 1945. Feldpost aus den letzten Kriegstagen.* 1. Auflage. Leipzig: Militzke Verlag, 2002.

Wünsche, Dietlind: *Feldpostbriefe aus China. Wahrnehmungs- und Deutungsmuster deutscher Soldaten zur Zeit des Boxeraufstandes 1900/1901.* 1. Auflage. Berlin: Christoph Links Verlag, 2008.

1. Ich lebe noch!　我還活著！

Böhler, Jochen: *Der Überfall. Deutschlands Krieg gegen Polen.* Frankfurt am Main: Eichborn Verlag, 2009.

Buchner, Alex: *Der Polenfeldzug 1939.* Leoni am Starnberger See: Druffel-Verlag, 1989.

2. Teilung von Polen　瓜分波蘭

Piekalkiewicz, Janusz: *Polenfeldzug. Hitler und Stalin zerschlagen die Polnische Republik.* Bergisch Gladbach: Gustav Lübbe Verlag, 1982.

3. Gute Nachricht zur Beförderung　晉升喜訊

Absolon, Rudolf: *Die Wehrmacht im Dritten Reich.* Band V. 1. September 1939 bis 18. Dezember 1941. Boppard am Rhein: Harald Boldt Verlag, 1988.

Walde, Karl J.: *Guderian.* Berlin/Frankfurt am Main/Wien: Verlag Ullstein, 1976.

4. Tage in Paris　巴黎的日子

Drolshagen, Ebba D.: *Der freundliche Feind. Wehrmachtssoldaten im besetzten Europa*. München: Droemer Verlag, 2009.

Jäckel, Eberhard: *Frankreich in Hitlers Europa. Die deutsche Frankreichpolitik im 2. Weltkrieg*. Stuttgart: Deutsche Verlags-Anstalt, 1966.

Tewes, Ludger: *Frankreich in der Besatzungszeit 1940 – 1943. Die Sicht deutscher Augenzeugen*. Bonn: Bouvier Verlag, 1998.

5. Mama ist im Himmel　媽媽在天國

Hehl, Ulrich von/Repgen, Konrad (Hrsg.): *Der deutsche Katholizismus in der zeitgeschichtlichen Forschung*. Mainz: Matthias-Grünewald-Verlag, 1988.

Ring, Matthias: *„Katholisch und deutsch". Die alt-katholische Kirche Deutschlands und der Nationalsozialismus*. Bonn: Alt-Katholischer Bistumsverlag, 2008.

6. Meine Braut　我的新娘

Lehrke, Gisela: *Wie einst Lili Marleen. Das Leben der Lale Andersen*. Berlin: Henschel Verlag, 2002.

Peters, Christian: *Lili Marleen. Ein Schlager macht Geschichte*. Bonn: Haus der Geschichte der Bundesrepublik Deutschland, 2001.

7. Das einsame Ostern　孤獨的復活節

Herzer, Jens: *Die Ursprünge der kirchlichen Feste. Ostern, Himmelfahrt, Pfingsten, Weihnachten und ihre biblischen Grundlagen*. Stuttgart: Deutsche Bibelgesellschaft, 2006.

8. Unternehmen Barbarossa　巴巴羅薩行動

Görich, Knut: *Friedrich Barbarossa. Eine Biographie*. München: Verlag C. H. Beck, 2011.

Stahel, David: *Operation Barbarossa and Germany's Defeat in the East*. Cambridge: Cambridge University Press, 2009.

9. Blitzkrieg gegen die Sowjetunion　對蘇閃電戰

Rees, Laurence: *Hitlers Krieg im Osten*. München: Wilhelm Heyne Verlag, 2000.

10. Klima in Afrika 　非洲水土

Kurowski, Franz: *Das Afrikakorps. Der Kampf der Wüstenfüchse*. München: Wilhelm Heyne Verlag, 1978.

Valentin, Rolf: *Ärzte im Wüstenkrieg. Der deutsche Sanitätsdienst im Afrikafeldzug 1941 – 1943*. Koblenz: Bernard & Graefe Verlag, 1984.

11. Einnahme von Charkow 　攻佔哈爾科夫

Mawdsley, Evan: *Thunder in the East. The Nazi-Soviet War 1941 – 1945*. London: Hodder Education, 2005.

12. Menschensee gegen Feuersee 　人海對火海

Oetting, Dirk W.: *Verbrannte Erde. Kein Krieg wie im Westen. Wehrmacht und Sowjetarmee im Russlandkrieg 1941 – 1945*. Graz: Ares Verlag, 2011.

13. Unsere halbe Wohnung 　我們的半套房子

Behrens, Alexander: *Johannes R. Becher. Eine politische Biographie*. Köln/Weimar/Wien: Böhlau Verlag, 2003.

Dwars, Jens-Fietje: *Johannes R. Becher. Triumph und Verfall. Eine Biographie*. Berlin: Aufbau Taschenbuch Verlag, 2003.

Girbig, Werner: *Im Anflug auf die Reichshauptstadt. Die Dokumentation der Bombenangriffe auf Berlin*. 1. Auflage. Stuttgart: Motorbuch Verlag, 2001.

Searby, John: *The Bomber Battle for Berlin*. Shrewsbury: Airlife Publishing, 1991.

14. Kleiner Spaß in der Kriegszeit 　戰時小趣

Hartmann, Christian: *Wehrmacht im Ostkrieg. Front und militärisches Hinterland 1941/42*. München: Oldenbourg Verlag, 2009.

Mosier, John: *Deathride. Hitler vs. Stalin. The Eastern Front 1941 – 1945*. New York: Simon & Schuster, 2010.

15. Die letzte Fahrt im Leben 　此生最後一程

Wuttge, Dagmar: *1812. Der leidvolle Marsch nach Russland. Erinnerungen des württembergischen Medizinalrates Christoph Heinrich Groß*. Seeheim-Jugenheim: edition tintenfass, 2008.

16. Vor Stalingrad　史達林格勒城下

Fowler, Will: *Schlacht um Stalingrad. Die Eroberung der Stadt – Oktober 1942*. Wien: Tosa Verlag, 2006.

Uhle-Wettler, Franz: *Höhe- und Wendepunkte deutscher Militärgeschichte. Von Leuthen bis Stalingrad*. 3. Auflage. Graz: Ares Verlag, 2006.

17. Um nicht aufs Schlachtfeld zu ziehen　為了不上戰場

Absolon, Rudolf: *Die Wehrmacht im Dritten Reich*. Band VI. 19. Dezember 1941 bis 9. Mai 1945. Boppard am Rhein: Harald Boldt Verlag, 1995.

18. Die letzte Nachricht aus dem Kessel　來自包圍圈中的最後音訊

Beevor, Antony: *Stalingrad*. London: Penguin Books, 1999.

Ebert, Jens (Hrsg.): *Feldpostbriefe aus Stalingrad*. Göttingen: Wallstein Verlag, 2003.

Knopp, Guido: *Stalingrad. Das Drama*. 1. Auflage. München: C. Bertelsmann Verlag, 2002.

Pätzold, Kurt: *Stalingrad und kein zurück. Wahn und Wirklichkeit*. 1. Auflage. Leipzig: Militzke Verlag, 2002.

19. Die letzte gute Zeit in Afrika　在非洲最後的好時光

Esebeck, Hanns Gert von: *Das Deutsche Afrikakorps. Sieg und Niederlage*. 4. Auflage. Wiesbaden/München: Limes Verlag, 1975.

Fry, Michael/Sibley, Roger: *Der Wüstenfuchs. Erwin Rommel und das deutsche Afrikakorps*. Deutsche Erstausgabe, 2. Auflage. Rastatt: Arthur Moewig Verlag, 1985.

Mitcham, Samuel W.: *Rommel's Desert War. The Life and Death of the Afrika Korps*. New York: Stein and Day, 1982.

20. Mama vergeben　諒解媽媽

Kästner, Erich: *Als ich ein kleiner Junge war*. 6. Auflage. München: Deutscher Taschenbuch Verlag, 2003.

21. Das Warten ohne Ende　無盡的等待

Mittermaier, Klaus: *Vermißt wird... Die Arbeit des deutschen Suchdienstes*. 1. Auflage. Berlin: Christoph Links Verlag, 2002.

Overmans, Rüdiger: *Deutsche militärische Verluste im Zweiten Weltkrieg*. München: R. Oldenbourg Verlag, 1999.

22. Grüße zum Muttertag　母親節祝福

Küster, Ulla (Hrsg.): *Kleine Geschichten zum Muttertag*. Stuttgart: Engelhorn Verlag, 1995.

Weyrather, Irmgard: *Muttertag und Mutterkreuz. Der Kult um die „deutsche Mutter" im Nationalsozialismus*. Frankfurt am Main: Fischer-Taschenbuch-Verlag, 1993.

23. Das Schicksal der Menschheit　人類的命運

Müller, Sven Oliver: *Deutsche Soldaten und ihre Feinde. Nationalismus an Front und Heimatfront im Zweiten Weltkrieg*. Frankfurt am Main: S. Fischer Verlag, 2007.

Zoepf, Arne W. G.: *Wehrmacht zwischen Tradition und Ideologie. Der NS-Führungsoffizier im 2. Weltkrieg*. Frankfurt am Main: Verlag Peter Lang, 1988.

24. „Gefallen für Großdeutschland "　「已為大德意志陣亡」

Dunn, Walter Scott: *Kursk. Hitler's Gamble 1943*. Westport: Praeger Publishers, 1997.

Engelmann, Joachim: *„Zitadelle". Die größte Panzerschlacht im Osten 1943*. Friedberg: Podzun-Pallas-Verlag, 1980.

Zetterling, Niklas/Frankson, Anders: *Kursk 1943. A Statistical Analysis*. London: Frank Cass Publishers, 2000.

25. Der Rückzug　撤退

Ripley, Tim: *Der Zweite Weltkrieg. Die Wehrmacht 1939 – 1945*. Wien: Tosa Verlag, 2003.

26. Am selben Tag 同一天

Konsalik, G. Heinz: *Das Herz der 6. Armee*. Stuttgart/Hamburg/München: Deutscher Bücherbund, 1980.

27. Das Spielzeugauto 玩具車

Körner, Torsten: *Die Geschichte des Dritten Reiches*. Frankfurt am Main: Campus Verlag, 2000.

28. Eier 雞蛋

Stüber, Gabriele: *Der Kampf gegen den Hunger 1945 – 1950. Die Ernährungslage in der britischen Zone Deutschlands, insbesondere in Schleswig-Holstein und Hamburg*. Neumünster: Karl Wachholtz Verlag, 1984.

29. In der Erinnerung leben 生活在回憶中

Knell, Hermann: *Untergang in Flammen. Strategische Bombenangriffe und ihre Folgen im Zweiten Weltkrieg*. Würzburg: Verlag Ferdinand Schöningh, 2006.

Lang, Jochen von: *Krieg der Bomber. Dokumentation einer deutschen Katastrophe*. Berlin/Frankfurt am Main/Wien: Verlag Ullstein, 1986.

30. Brückenwächter am Bug 布格河畔守橋人

Arnold, Klaus Jochen: *Die Wehrmacht und die Besatzungspolitik in den besetzten Gebieten der Sowjetunion. Kriegführung und Radikalisierung im „Unternehmen Barbarossa"*. 1. Auflage. Berlin: Verlag Duncker & Humboldt, 2005.

Hinze, Rolf: *Ostfront 1944*. 1. Auflage. Stuttgart: Motorbuch Verlag, 2011.

Musial, Bogdan: *Sowjetische Partisanen 1941 – 1944. Mythos und Wirklichkeit*. Paderborn/München/Wien/Zürich: Verlag Ferdinand Schöningh, 2009.

31. Ihr Freund ist vermisst 您的男友下落不明

Böll, Heinrich: *Das Vermächtnis*. Bornheim: Lamuv Verlag, 1982.

32. Unsere Zukunft 我們的未來

Wöss, Fritz: *Hunde, wollt ihr ewig leben*. Klagenfurt: Neuer Kaiser Verlag, 1958.

33. Schwarzer Pilot　黑人飛行員

Constable, Trevor J./Toliver, Raymond F.: *Holt Hartmann vom Himmel! Die Geschichte des erfolgreichsten Jagdfliegers der Welt*. 61. Auflage. Stuttgart: Motorbuch Verlag, 2007.

Dryden, Charles W.: *A-Train. Memoirs of a Tuskegee Airman*. Tuscaloosa/ London: The University of Alabama Press, 1997.

Moye, Todd J.: *Freedom Flyers. The Tuskegee Airmen of World War II*. Oxford University Press, 2010.

Scott, Lawrence P./Womack, William M., Sr.: *Double V. The Civil Rights Struggle of the Tuskegee Airmen*. East Lansing: Michigan State University Press, 1994.

34. Attentat auf den Führer　刺殺元首

Knopp, Guido: *Sie wollten Hitler töten*. 1. Auflage. München: C. Bertelsmann Verlag, 2004.

Müller, Christian: *Stauffenberg. Eine Biographie*. Düsseldorf: Droste Verlag, 2003.

35. Äpfel　蘋果

Rothenberger, Karl-Heinz: *Die Hungerjahre nach dem Zweiten Weltkrieg. Ernährungs- und Landwirtschaft in Rheinland-Pfalz 1945 – 1950*. Boppard am Rhein: Harald Boldt Verlag, 1980.

36. Gefangen ist vielleicht besser　當戰俘或許更好

Haupt, Werner: *Das war Kurland. Die sechs Kurlandschlachten aus der Sicht der Divisionen*. Friedberg: Podzun-Pallas-Verlag, 1987.

Haupt, Werner: *Kurland. Die vergessene Heeresgruppe 1944/1945*. Friedberg: Podzun-Pallas-Verlag, 1979.

37. Zigarettenwährung　香菸貨幣

Hengartner, Thomas/Merki, Christoph M. (Hrsg.): *Tabakfragen. Rauchen aus kulturwissenschaftlicher Sicht*. Zürich: Chronos Verlag, 1996.

Meyer, Paul W.: *Die Zigarette als Generaltauschware im deutschen schwarzen Markt 1945 – 1948. Ein Beitrag zur Geldgeschichte und Geldtheorie.* Augsburg: Wilhelm-Vershofen-Gesellschaft, 1984.

38. Nachdenken an Bord   艦上遐思

Epkenhans, Michael: *Tirpitz. Architect of the German High Seas Fleet.* Washington, D.C.: Potomac Books, 2008.

Sweetman, John: *Jagd auf die Tirpitz. Luftangriffe 1940 – 1944.* Hamburg: Koehler Verlagsgesellschaft, 2007.

Whitley, Mike J.: *Deutsche Großkampfschiffe.* Spezialausgabe, 1. Auflage. Stuttgart: Motorbuch Verlag, 2007.

39. Braunschweig, 15. Oktober 1944   布倫瑞克，1944年10月15日

Friedrich, Jörg: *Der Brand. Deutschland im Bombenkrieg 1940 – 1945.* München: Propyläen Verlag, 2002.

Grote, Eckart: *Target Brunswick 1943 – 1945. Luftangriffsziel Braunschweig, Dokumente der Zerstörung.* 1. Auflage. Braunschweig: Verlag Dieter Heitefuss, 1994.

40. Die Kastanien aus dem Feuer holen   火中取栗

Stackelberg, Jürgen von: *Fabeltiere und Tierfabeln. Studien zu La Fontaine.* 1. Auflage. Berlin: edition tranvía/Verlag Walter Frey, 2011.

41. Die letzten beiden Briefe   最後兩封信

Knopp, Guido: *Die Befreiung. Kriegsende im Westen.* 1. Auflage. München: Econ Verlag, 2004.

Ritgen, Helmut: *Westfront 1944.* 1. Auflage. Stuttgart: Motorbuch Verlag, 1998.

42. Gegen Kriegsende   終戰前

Greve, Friedrich A.: *Die Luftverteidigung im Abschnitt Wilhelmshaven 1939 – 1945. 2. Marineflakbrigade.* Jever: Verlag Hermann Lüers, 1999.

Hillmann, Jörg (Hrsg.): *Kriegsende 1945 in Deutschland*. München: R. Oldenbourg Verlag, 2002.

Koop, Gerhard/Mulitze, Erich: *Die Marine in Wilhelmshaven. Eine Bildchronik zur deutschen Marinegeschichte von 1853 bis heute*. Bonn: Bernard & Graefe Verlag, 1997.

43. Heiliger Abend in Nordeuropa 1944　北歐平安夜1944

Ottmer, Hans-Martin: *„Weserübung". Der deutsche Angriff auf Dänemark und Norwegen im April 1940*. München: R. Oldenbourg Verlag, 1994.

Schmitz-Köster, Dorothee: *Der Krieg meines Vaters. Als deutscher Soldat in Norwogon*. Berlin: Aufbau Taschenbuch Verlag, 2004.

44. Wo seid Ihr?　你們在哪裡？

Elstob, Peter: *Hitlers letzte Offensive*. München: Paul List Verlag, 1972.

Forty, George: *The Reich's Last Gamble. The Ardennes Offensive December 1944*. London: Cassell & Co, 2000.

45. Die Russen kommen!　俄國人來了！

Knopp, Guido: *Das Ende 1945. Der verdammte Krieg*. München: C. Bertelsmann Verlag, 1995.

Knopp, Guido: *Der Sturm. Kriegsende im Osten*. Berlin: Econ Verlag, 2004.

46. Unser Kind ist krank　我們的孩子病了

Ellerbrock, Dagmar: *„Healing Democracy". Demokratie als Heilmittel. Gesundheit, Krankheit und Politik in der amerikanischen Besatzungszone 1945 – 1949*. Bonn: Verlag J. H. W. Dietz Nachfolger, 2004.

47. Die Flucht　逃亡

Arndt, Werner: *Die Flucht und Vertreibung. Ostpreußen, Westpreußen, Pommern, Schlesien, Sudetenland*. Friedberg: Podzun-Pallas-Verlag, 1984.

Beer, Mathias: *Flucht und Vertreibung der Deutschen. Voraussetzungen, Verlauf, Folgen*. München: Verlag C. H. Beck, 2011.

Knopp, Guido: *Die große Flucht. Das Schicksal der Vertriebenen*. 1. Auflage. München: Econ Verlag, 2001.

48. „Kriegsnahe" (!?!) 「模擬戰爭」（！？！）

Schulze-Kossens, Richard: *Militärischer Führernachwuchs der Waffen-SS. Die Junkerschulen*. 2. erweiterte Auflage. Osnabrück: Munin-Verlag, 1987.

Stein, George H.: *Geschichte der Waffen-SS*. Düsseldorf: Droste Verlag, 1999.

Wegner, Bernd: *Hitlers politische Soldaten. Die Waffen-SS 1933 – 1945*. 6. Auflage. Paderborn/München/Wien/Zürich: Verlag Ferdinand Schöningh, 1999.

49. Das chaotische Reich 混亂的帝國

Hartmann, Christian/Hürter, Johannes: *Die letzten 100 Tage des Zweiten Weltkriegs*. München: Droemer Verlag, 2005.

Kershaw, Ian: *The End. Hitler's Germany 1944 – 1945*. London: Allen Lane, 2011.

Weißmann, Karlheinz (Hrsg.): *Die Besiegten. Die Deutschen in der Stunde des Zusammenbruchs 1945*. Schnellroda: Edition Antaios, 2005.

國家圖書館出版品預行編目資料

每天讀一點德文：知君何日同：81封二戰舊信中的德國往事 / 沈忠鍇著
--初版--臺北市：瑞蘭國際,2013.04
528面；17 x 23公分 –（雙語閱讀系列；02）
ISBN：978-986-5953-26-3（平裝）

1.德語 2.讀本

805.28   102003429

■ 雙語閱讀系列 02

每天讀一點德文

知君何日同

81封二戰舊信中的德國往事

作者｜沈忠鍇・責任編輯｜呂依臻

封面、版型設計、內文排版｜余佳憓・印務｜王彥萍
校對｜Cornelia Stryk、Gerhard Stryk、沈忠鍇、呂依臻、王愿琦

董事長｜張暖彗・社長兼總編輯｜王愿琦・副總編輯｜呂依臻
副主編｜葉仲芸・編輯｜周羽恩 ・美術編輯｜余佳憓
企畫部主任｜王彥萍・業務部主任｜楊米琪

出版社｜瑞蘭國際有限公司・地址｜台北市大安區安和路一段104號7樓之1
電話｜(02)2700-4625・傳真｜(02)2700-4622・訂購專線｜(02)2700-4625
劃撥帳號｜19914152 瑞蘭國際有限公司・瑞蘭網路書城｜www.genki-japan.com

總經銷｜聯合發行股份有限公司・電話｜(02)2917-8022、2917-8042
傳真｜(02)2915-6275、2915-7212・印刷｜宗祐印刷有限公司
出版日期｜2013年4月初版1刷・定價｜400元・ISBN｜978-986-5953-26-3